二月河 大河歷史小說

帝王三部曲

절대군주 건륭황제

【일러두기】

· 번역 원본은 1999년 4월 중국 하남문예출판사가 펴낸 제2판 1쇄본을 사용하였습니다.
· 본문에 나오는 인명과 지명 중 만주어를 제외한 모든 한자는 한글발음대로 표기하였으며, 독특한 관직명은 이해하기 쉽도록 의역한 부분도 있습니다. 그리고 소설 진행상 불필요한 부분은 축역하였습니다.

(절대군주)건륭황제. 2 / 이월하 저 ; 한미화 옮김. -- 서울 : 산수야, 2005
336p. ;22.4cm.

판권기관칭 : 二月河 大河歷史小說
원서명 : 乾隆皇帝
ISBN 89-8097-126-5 04820 ₩ 8,000
ISBN 89-8097-124-9(세트)

823.7-KDC4
895.1352-DDC21   CIP2005001230

小說[乾隆皇帝]根據與作家二月河的契約屬於山水野. 嚴禁無斷轉載複製.

[건륭황제]의 한국어판 저작권은 작가 이월하와의 독점계약으로 산수야에 있습니다.
신저작권법에 의해 국내에서 보호받는 저작물이므로 출판사의 사전 허락 없는 무단전재 및 복제를 금합니다.

二月河 大河歷史小說
帝王三部曲

絕代君主
건륭황제
乾隆皇帝

②

산수야

二月河 大河歷史小說
절대군주 건륭황제 ②

초판 1쇄 발행　2005년 11월 20일
초판 2쇄 발행　2009년 11월 10일

지은이　이월하
옮긴이　한미화
발행인　권윤삼
발행처　도서출판 산수야

등록번호　제1-1515호
등록일자　1993년 4월 30일
주소　서울시 마포구 망원동 472-19호
우편번호　121-826
전화　02-332-9655
팩스　02-335-0674

값　8,000원

ISBN 89-8097-126-5　04820
ISBN 89-8097-124-9(세트)

이 책의 모든 법적 권리는 도서출판 산수야에 있습니다.
저작권법에 의해 보호받는 저작물이므로
본사의 허락 없이 무단 전재, 복제, 전자출판 등을 금합니다.

산수야의 책은 독자가 만듭니다.
독자 여러분들의 소중한 의견을 기다립니다.

2 乾隆皇帝

제1부 풍화초로(風華初露) | 2권

황은(皇恩) · 7
죄수들의 난동 · 26
젊은 인재들 · 41
복귤(福橘)을 놓고 다투다 · 62
황숙(黃叔)들의 음모 · 84
회유 · 104
애타게 불러봐도 · 124
밀주(密奏) · 145
장친왕부(莊親王府)의 쇠소리 · 164
불륜(不倫) · 182
험시(驗屍) · 202
충신의 눈물 · 222
옥이의 사랑 · 243
국구흠차(國舅欽差) · 259
위위구조(圍魏救趙) · 278
흑사산(黑査山)의 도적떼 · 298
불타는 낙타봉 · 320

18. 황은(皇恩)

 세 사람이 양명시의 집을 나서니 밖에선 어느새 함박눈이 내리고 있었다. 벌써 수레 옆에 엎드려 있는 고무용의 등을 딛고 수레에 올라타려던 건륭이 잠시 멈추고 손가감과 사이직에게 물었다.
 "자네 둘은 평소에 양명시랑 왕래가 잦은 편이니 묻는데, 혹시 방금 쓰다만 세 번째 글씨가 대체 무엇인지 알겠는가?"
 두 사람은 거의 동시에 얼굴을 돌려 서로를 바라보았다.
 '역(逆)'자가 번개처럼 둘의 뇌리를 때리고 지나갔다. 그러나 이런 일은 추측만으로 세 치 혀끝에 올릴 수 있는 게 아니었다. 고개를 드리우고 한참 고민하던 손가감이 그제야 아뢰었다.
 "폐하, 글자가 너무 흐트러져 알아보기가 쉽지 않사옵니다. 하오나 양명시가 폐하께 긴히 아뢰올 말이 있는 건 분명한 것 같사옵니다. 신들이 자주 드나드는 편이오니 좀더 기다려 말을 하고 붓을 잡을 수 있을 때 필히 폐하께 주해 올리겠사옵니다."

"그리하세."

건륭이 머리를 끄덕이며 수레에 올라탔다. 그리고는 창 밖을 향해 말했다.

"짐은 이위한테 들렀다 갈 것이니 자네들은 수행할 필요 없네. 날씨도 추운데 건강 잘 지키도록 하게. 돌아가서 자네들에게 지의를 내릴 것이니 그리 알게."

말을 마친 건륭은 휘장을 내려 창을 가렸다.

이위의 병문안을 마치고 양심전으로 돌아온 건륭은 그제야 시장기를 느꼈다. 급히 어선(御膳)을 불렀으나 식욕이 없었다. 젓가락을 내려놓고 눈꽃이 휘날리는 궁전 밖을 바라보며 멍하니 앉아 있었다. 대체 무슨 생각을 하는지 왜 이러는지 자신도 까닭을 알 수 없었다. 이때 태감 진미미가 머리며 어깨에 눈을 잔뜩 이고 들어섰다. 그러자 건륭이 물었다.

"황후한테 무슨 일이 있는가?"

진미미가 잰 동작으로 건륭에게 문후를 올리고 나서 아뢰었다.

"황후마마께오선 지금 태후부처님의 처소에 계시옵니다. 아침부터 밖으로 행차하신 폐하께오서 돌아오셨는지 알아보라고 하시는 태후부처님의 명을 받았사옵니다. 시위들이 잡아온 꿩으로 한 솥 가득 탕을 끓여 놓으셨다고 하시며 폐하더러 부처님 전으로 걸음을 하시라고 하셨사옵니다!"

이에 건륭이 웃으며 말했다.

"태후마마와 황후께 짐이 아직 처리해야 할 일이 남았으니 날이 어두워서야 건너갈 수 있을 것이라고 아뢰거라. 눈이 탐스럽게 내리는 걸 보니 내일은 설경이 그만일 텐데 부처님을 모시고 설경을 감상하려면 오늘 일을 다 마쳐야 마음이 홀가분하지 않겠나.

짐의 말을 그대로 아뢰거라."

진미미가 응답과 함께 뒷걸음쳐 물러갔다.

건륭이 다시 야채를 젓가락으로 집어 입안에 넣었으나 깊은 생각에 잠긴 채 씹는 둥 마는 둥 하는 그 표정은 마치 나무껍질이라도 씹는 것 같이 고통스러워 보였다. 건륭은 이내 아예 수라상을 물리고 자리에서 일어났다. 느릿느릿 몇 발작 떼어놓던 건륭이 태감을 불러 하명했다.

"장친왕이 상서방에 있나 없나 보고, 있으면 양심전으로 들라하라."

"아뢰옵니다, 폐하."

태감이 굽실거리며 아뢰었다.

"장친왕께오선 방금 다녀갔사옵니다. 주식어른 댁에 다녀오는 길이라고 하시며 폐하께서 계시느냐고 물어오셨사옵니다. 폐하께서 부재중이시란 말에 장친왕께선 아직 식전이시라며 식사하러 가셨사옵니다. 쇤네가 지금 달려가 모셔오겠사옵니다."

"한시간 후에 들라하라."

건륭이 두 팔을 높이 뻗어 기지개를 켜며 말했다.

"짐은 산책 좀 하고 올 것이네. 고무용만 있으면 되니 시위들은 따라나설 거 없네."

그러나 고무용은 시위 렁써거더러 먼발치에서 미행하게끔 조치하고서야 안심하고 건륭의 외투와 사슴가죽 장화를 들고 건륭을 따라 양심전을 나섰다.

백설(白雪)이 애애(皚皚, 새하얗다)한 바깥 설경에 매료된 건륭은 먼저 어화원(御花園) 화방(花房)으로 와 매화(梅花)를 감상했다. 눈 속에서 오만하다 싶을 정도로 만개해 있는 매화는 볼 때마다 가슴을 설레게 했다. 그 앞에서 한참 명상에 잠겨있던 건륭이 천천히 걸음을 떼어 승건궁(承乾宮)을 돌아 월화문(月華門)으로 나왔다. 삼대전을 끼고 코끝이 빨개지도록 배회하고 나니 마음이 한결 편해지는 것 같았다. 이따금 쭈그리고 앉아 눈을 한 움큼씩 움켜 저 멀리 내던지기도 하며 건륭은 어린아이의 순수를 느끼기도 했다……

그렇게 반시간은 족히 돌아다니고 보니 시계는 벌써 유시(酉時) 정각을 가리키고 있었다. 군기처와 상서방은 퇴조(退朝) 시간이 다 됐는지라 접견을 기다리던 외관들도 물러가고 건청문 앞엔 서른 여섯 명의 시위들만 못 박힌 듯 눈사람이 되어 서 있었다. 군기처 장경(章京)들의 방문이 열려있는 걸 본 건륭이 호기심에 그쪽으로 발걸음을 옮겼다.

창문으로 들여다보니 난로 불이 빨갛게 타오르는 가운데 서리(書吏)로 보이는 사람이 문서를 정리하고 있었다. 서류를 꼼꼼히 분류하여 알아보기 쉽게 풀로 딱지를 붙이는 서리의 모습이 진지해 보였다. 난로 옆의 자그마한 탁자엔 술주전자와 땅콩 한 접시가 놓여 있었다. 방안으로 들어간 건륭이 등뒤에서 물었다.

"여긴 아직 퇴조 시간이 멀었나 보네?"

갑작스런 인기척에 흠칫 놀라며 서리가 뒤를 돌아보았다. 히죽 웃고 있는 건륭을 몰라본 서리가 웃으며 말했다.

"어디서 많이 뵌 분인 것 같은데, 어서 오십시오. 별 것 아닌 것 같은데 꽤 시간을 잡아먹네요. 난로 위에 술이 있으니 추운데 한 잔 따라 드십시오."

자신을 몰라보는 서리의 모습에 은근히 이름 못할 친근감을 느끼며 건륭이 외투를 벗어 벽에 걸었다. 그리고는 난롯가에 앉아 손을 쬐었다. 내친 김에 따끈한 황주 한 잔까지 따라 마시고 나니 얼었던 가슴속에 한줄기 난류가 흘러들어 단전까지 줄달음쳤다. 추위에 동면하던 오장육부들이 기지개키며 꿈틀대는 것 같았다.

"술맛 끝내 준다!"

저도 모르게 건륭이 감탄을 했다. 고개를 서류 속에 파묻은 채 문서를 정리하느라 여념 없던 서리가 웃으며 말했다.

"추위에 오들오들 떨다 한잔 얻어 마신 황주 맛 못 잊죠. 퇴조해서 집에 들어가는 일만 남았으니 실컷 드십시오. 땅콩 안주해서 드시면 더 좋을 텐데!"

건륭은 손가락으로 땅콩 한 알을 집어 입안에 넣었다. 난롯불에 구운 땅콩이 탁 터지며 입안 가득 고소한 냄새가 번졌다. 우적우적 씹는 느낌도 좋았고 씹을수록 입맛 돋우는 맛이 눈을 스르르 감기게 했다. 저도 모르게 다시금 주전자에 손이 간 건륭은 또 한 잔 가득 부어 쭉 들이켰다. 저절로 "카아!" 하는 소리가 났다. 술기운이 올라 불그스레한 얼굴을 들어 건륭이 물었다.

"그런데 일하면 다 같이 해야지 다들 어디 가고 혼자 남아 늦게까지 일하는 거요? 열심히 일하는 사람 성함이라도 알고 싶은데 알려줄 수 있겠소?"

마침 문서 정리를 끝마친 듯 손을 씻고 다가온 서리가 살갑게 웃으며 다가왔다. 건륭을 마주하고 털썩 걸상에 내려앉은 서리가 말했다.

"전도(錢度)라는 사람입니다. 이위 총독께서 추천해주신 덕분에 장상 밑에서 서리로 있습니다. 헌데 그쪽은 혹시 내무부 서무관 아니십니까? 인상이 어디서 많이 뵌 분 같은데."

그러자 건륭이 웃으며 말했다.

"안목이 뛰어나시군. 난 성이…… 경(瓊, '건륭'의 슴晉)씨요. 그저 경씨라고만 불러주오."

"흔한 성씨가 아니네요. 궁(窮, '瓊'과 발음이 같아 전도가 착각했음)씨 성을 가졌다고 하여 꼭 궁하다는 법은 없어요, 전(錢)씨인 내가 부자와는 거리가 멀 듯이."

전도가 창 밖을 쓸어보았다. 바깥은 온통 흰색으로 도배돼 있었다. 건륭이 따라주는 술잔을 냉큼 받아 쭉 들이키고 난 전도가 다시 술잔을 채워 건륭에게 건네주며 말했다.

"자자, 둘 다 서리끼리 잘 만났소, 한잔 쭉 비우시오! 몇몇 중당들이 퇴조하시자 마자 이것들은 어디로 새버렸는지 뿔뿔이 사라지고 말았지 뭐요. 아무튼 핑계 대고 도망가는 데는 선수들이라니까! 하기야 이 좋은 설경에 방안에서 매캐한 난로연기나 맡으며 처박혀 있고 싶은 사람이 어디 있겠소."

이 같이 말하며 전도는 땅콩을 한 움큼 집어 손끝으로 살살 문질러 껍질을 털어내며 연신 입안으로 던져 넣고 씹어댔다. 흥이 적당히 오른 건륭이 전도가 하는 대로 땅콩을 던져 입안에 넣으며 물었다.

"하지만 그쪽은 어찌 혼자 남아 있었소?"

그 사이 한 잔을 끝까지 비운 전도가 "끄윽!" 술 트림을 하며 손사래를 쳤다.

"보다시피 우리 여기는 하루만 방치해도 서류가 산더미라오. 서리들이 열 몇씩이나 돼도 다들 입만 살았지 일하는 걸 보면 눈이 콱 감겨 버리고 만다니까요. 이런 일은 나 같은 막료 출신을 따를 사람이 없지."

전도가 어느새 비어있는 건륭의 술잔을 채워주며 말했다.

"……문서도 한 번 보고는 다시 안 필요할 것처럼 아무 데나 쑤셔 박아 놓고는 위에서 급히 찾을 땐 뭐 마려운 강아지처럼 안달을 한다니까. 그래서 내가 한번 시범을 보여주려고 날짜별로 내용별로 분류해서 한눈에 알아보게끔 쫙 만들어 놓았다는 거 아니오? 지난번에도 폐하께서 소현(蕭縣)의 수재현황보고서를 찾으시는데, 나친 중당을 세워놓고 몇 사람이 한참 진땀을 빼서야 겨우 책궤 밑에서 찾아냈지 뭐요. 일하는 걸 보면 소경 코끼리 만지기가 따로 없다오!"

혹시 윤록을 만날까 하여 들어왔다가 따끈한 황주 몇 잔에 담흥이 도도하여 시간가는 줄 모르며 건륭이 물었다.

"그쪽은 막료 출신이었소? 그래, 여기 일이 전보다 어떤 것 같소?"

이에 전도가 웃으며 말했다.

"막료 노릇할 때가 열 배는 더 나았지. 여기 오래 있을 생각은 없소. 과거 한 번 더 보고 그래도 용문을 날아 넘지 못한다면 다시 옛날로 돌아가 '십팔금수도(十八禽獸圖)'나 구경해야지 별 수 있겠소?"

건륭은 이같이 직분 낮은 사람과 독대해 본 적은 없었다. 매일 판에 짜인 조심스럽고 계산된 말만 듣다보니 꾸밈과 가식 없이 인간의 본성이 그대로 드러나는 말이 그렇게 공감이 갈 수가 없었다. 비어 있는 전도의 술잔을 채워주며 건륭이 물었다.

"헌데 '십팔금수도'가 대체 뭐요?"

"주현(州縣)의 관원들이 장관(長官)의 접견을 받기 위해 모여드는 모습을 내가 열 여덟 마리의 동물에 비유해봤는데, 제법 재밌더라고."

전도가 꿀꺽 소리나게 단숨에 술을 반쯤 비웠다. 그리고는 실눈을 뜨고 웃으며 말했다.

"막 아문에 도착한 주현 관원들이 아문을 향해 사방에서 우르르 몰려드는 모습을 '오합(烏合)'이라고 한다면 접견을 기다리며 자기네들끼리 머리 맞대고 속닥대며 뭔가 의견을 주고받는 건 '승취(蠅聚, 파리떼)', 나머지는 내가 쭉 말할 테니 굳이 설명하지 않아도 알아들을 수 있을 거요. 세 번째는 '작조(鵲噪)'라 할 수 있겠고, 네 번째는 불려 들어와 한 쪽에 서 있는 모습인데 '곡립(鵠立)'이 따로 없고, 장관이 승당(昇堂)하면 흠칫 놀라는 모습들이 '학경(鶴驚)'에 가깝지. 그 다음은 '부추(鳧趨)' '어관(魚貫)', '노복(鷺伏)'…… 이밖에 장관이 자리를 내주어 앉는 모습은 '와좌(蛙坐)', 차를 내리면 사은을 표하는 데는 '원헌(猿獻)', 공손히 귀기울이는 모습은 '압청(鴨廳)', 고개를 갸웃하는 건 '고의(狐擬)', 접견이 끝나 두 줄로 서서 물러나가는 모습엔 '해행(蟹行)', 수레에 오를 때는 '호위(虎威)', 주린 배를 안고 집에 돌아와서는 '낭찬(狼餐)'과 '우음(牛飮)', 열여덟번 째는 잠자리에 들어 '의몽(蟻夢)'을 꾸는 일만 남았지. 이렇게 내 나름대로 아문을 드나드는 주현 관원들을 관찰한 결과 열 여덟 마리의 동물의 모습이 줄줄이 떠오르는 거 있지?"

전도의 말을 듣고 난 건륭이 절묘하다며 목을 뒤로 젖혀 크게 웃었다. 들고 있던 술잔의 술이 껄껄 웃는 건륭의 흔들림에 쏟아져 여기저기 물방울처럼 떨어졌다.

"참 기묘한 발상이오. 중인(中人)이 아니라면 어찌 이렇듯 적절한 비유를 해낼 수 있겠소!"

술이 이미 식어있는 걸 본 전도가 술 주전자를 다시 난로 위에 올려놓고 탄불을 뒤적거려 놓았다. 불기둥이 치솟아 오르며 시뻘겋게 타 들어가는 모습을 들여다보며 전도가 말했다.

"그래도 그쪽은 기인(旗人)인 덕분에 나같이 관운이 사납진 않았을 것이오. 난 어찌된 영문인지 관운이 영 신통치 않단 말이오. 한번 순풍에 돛단 듯 승승장구 해봤으면 원이 없겠소. 그렇게만 되면 전문경이 다 뭐요. 내가 곁에서 지켜 본 바로는 전중승은 유능한 관리로 알려져 있지만 실은 무식하게 용감하기만 할 따름이오. 아랫것들의 종용에 놀아나 괜찮은 관원들은 다 쫓아내고 어디서 몹쓸 자식들만 데려다 여기저기 꽂아놓더라니까. 사람 보는 안목이 통 없어!"

갈수록 흥미를 느끼며 건륭이 웃으며 말했다.

"오늘 우연찮게 들렸다가 명강의를 듣네. 사람 제대로 간파하는 법을 어디 한 수 가르쳐 줘 보오."

"난 사람 보는 눈이 올빼미라오."

전도가 적이 신이 나서 말을 이었다.

"자고로 말은 그 마음의 거울이라 했소. 부하 관원들을 접견시, 당장 불호령이 떨어지더라도 단도직입적으로 할말은 끝까지 다하고야마는 소신파가 있는가 하면 우유부단하여 자기 주장을 제대로 펴지도 못하고 돌아서서 가슴만 쥐어뜯는 소심파가 있소. 또한 알면서도 말을 무척이나 아끼며 대세에 따라 흘러가는 기회주의자가 있나하면 줏대없이 이리저리 휘둘리고 주먹 한 방에 날아가고야 마는 갈대형도 있다오. 이밖에도 많은 유형이 있지만 그 언사에서 속마음을 비춰보면 거의 5, 6할은 정확할 거요. 이게 첫째고."

이에 건륭이 물었다.

"오, 그럼 둘째도 있단 말이오?"

"무슨 소리요! 세 번째, 네 번째 할말이 무진장 많은 사람보고."
전도가 득의양양하여 혼자서 술을 따라 마시며 말했다.
"둘째, 미관말직이라도 조정의 관원이라면 낯선 곳에 임할 때면 항상 미복차림으로 공무를 보고 난 여가시간을 이용하여 어초경독(魚樵耕讀)들에게 가까이 접근해야 하오. 농사는 어찌됐는지, 부세는 감당할 만한지, 억울한 옥송(獄訟)같은 건 없는지 여부를 물어보다 보면 그네들과 함께 한숨짓고 눈물 훔치는 순간이 얼마나 소중한지를 알게 될 거 아니오."
건륭이 크게 흡족하여 연신 머리를 끄덕였다. 군기처의 말단에 불과한 서리의 입에서 이같은 고담준론(高談峻論)이 나올 줄은 꿈에도 몰랐던 건륭은 내심 감탄을 금치 못했다.
"오늘 우연찮게 만나 좋은 술, 좋은 얘기에 배불렀소. 더 이상 마시면 추해질 것 같으니 나중에 날잡아 한번 초대하겠소!"
외투를 걸치고 밖으로 나오려던 건륭이 주춤하고 고개를 돌려 웃으며 말했다.
"관운이 신통찮다고 툴툴대더니 대기만성할 사람인 것 같소. 곧 대운이 형통할지도 모르는 일이니 그리 낙심하지 마오!"
밖으로 나오니 거센 눈보라가 기다렸다는 듯이 얼굴을 얼얼하게 때리고 지나갔다. 흑하며 찬바람을 들이마시고 보니 정신이 번쩍 들었다.
건륭이 들어간 내내 밖에서 발을 동동 구르며 언 손을 호호 녹이고 서 있던 고무용이 급히 다가왔다.
"방금 장친왕께서 들었사옵니다. 폐하께서 여기 계시니 양심전으로 가시어 대기하라고 했사옵니다. 일각은 된 것 같사옵니다."
건륭이 말없이 외투 깃을 여미며 발걸음을 재촉했다. 양심전

계단을 오르며보니 장친왕 윤록이 처마 밑에 엎드려 있는 게 보였다. 건륭이 다소 안됐다는 말투로 말했다.

"오래 기다리셨죠, 십육숙. 추운데 어서 일어나 안으로 드시죠."
동난각으로 들어간지 한참 지나서야 건륭이 비로소 물었다.
"주식 스승 영전을 다녀왔다고 들었는데, 부의금을 좀 전달했는지요?"
그러자 윤록이 급히 상체를 굽혀 아뢰었다.
"신은 급작스레 다녀오다 보니 미처 챙기지 못했사옵니다. 왕부로 돌아와 사람을 시켜 4백 냥 짜리 은표를 보냈사옵니다. 심려 놓으십시오, 폐하! 절대 그 유가족들을 굶기거나 추위에 떨게 하는 일은 없을 것이옵니다."
"알겠네."
건륭이 돌연 어투를 달리하여 물었다.
"육경궁에는 현재 몇 사람이 공부하고 있는가?"
"아, 예, 폐하!"
느닷없는 건륭의 질문에 잠깐 어리둥절해 있던 윤록이 그제야 정신을 차리고 아뢰었다.
"전부 모이면 4, 50명 정도 되옵니다."
건륭이 잠시 침묵했다. 그리고는 다시 물었다.
"영련(永璉)이 자리는 어디쯤인가?"
영련은 건륭의 둘째아들로서 황후 부찰씨가 낳은 적출이었다. 건륭이 갑자기 그가 동궁학당에서 앉는 위치를 물어오자 윤록은 가슴이 철렁 내려앉았다. 그는 급히 대답했다.
"아직 일곱 살도 채 안된 어린아이인지라 번번이 유모가 데리고 들어오곤 하옵니다. 황장자(皇長子) 영황(永璜)과 자리를 같이

황은(皇恩) 17

하면 도움이 될까 하여 한 자리에 모셨사옵니다. 두 분 황자의 신분이 다르다는 건 알고 있었사오나 폐하의 특지가 안 계시는 데다 입궁하여 학습하는 데 지나지 않는 터라 순위에 그리 신경을 쓰지 않은 건 사실이옵니다……."

"그래도 그렇지, 십육숙."

건륭의 미간에 깊은 내 천(川)자가 그려졌다.

"물론 성조께서 정하신 규정에 따라 전위금책(傳位金冊)은 따로 비밀리에 보관하겠지만 '아들은 어미로부터 고귀해진다[子以母貴]'는 통례는 무시해선 아니 되지 않은가. 태자례(太子禮)를 행하지 않았을 뿐 영련의 신분은 여러 왕들보다 우위에 있단 말일세. 만에 하나 짐이 전위유조도 남기지 못하고 급작스레 붕어 한다면 의정왕 십육숙의 생각대로라면 보위계승자는 누가 될 것인지 궁금하네. 영황 아니면 영련? 그도 아니면 제삼자?"

비록 어투는 조용하고 부드러웠지만 보위까지 거론할 만큼 화제는 숨막히게 무거웠다. 윤록은 등골에 가시가 박힌 듯 더 이상 앉아있을 수가 없었다. 굵다란 식은땀을 흩뿌리며 급히 일어나 허리를 숙였다.

"신의 사려가 거기까지 미치지 못했사옵니다. 폐하께오서 아직 청춘이 정성(鼎盛)하시거늘 감히 그 방면으로 생각할 엄두를 못 냈사옵니다. 이제 폐하의 지의가 계시오니 내일부터 영련을 맨 앞줄의 첫자리에 모시고 나머지 형제와 황숙들과 신분 차이를 분명히 하도록 하겠사옵니다."

건륭이 손짓으로 윤록에게 앉으라고 명하고는 말했다.

"하기야 인신으로서 엄두를 못 냈을 법도 하지. 또 그래야 마땅하고. 짐이 자네를 부른 건 이 일 때문만은 아니네. 짐이 궁금한 건 육경궁 동궁학당에서 요즘 무슨 일이 없었느냐는 거네. 양명시 같은 젊은 일품대원이 평소에 건강상태도 양호한 걸로 알고 있는데, 갑자기 중풍으로 쓰러지는 걸 보고 혹시 어느 황자가 속을 썩여 그리 되지 않았나 싶어서 그러네."

그제야 어슴푸레하게나마 건륭의 뜻을 알아차린 윤록은 옹정이 아들 홍시에게 죽음을 준 사실을 떠올리고는 등골이 오싹해졌다. 안색이 하얗게 질린 그는 잔뜩 겁에 질린 목소리로 말했다.

"그런 일은 없사옵니다, 폐하! 몇몇 황자들이 산만한 건 사실이오나 폐하께서 존사중도(尊師重道)의 엄지(嚴旨)를 내리신 이래로 감히 양명시 앞에서 불경을 저지른 경우는 없사옵니다. 홍효(弘曉)는 친왕임에도 입궁시 양명시를 만나면 제자의 예를 깍듯이 갖추곤 하옵니다. 어제까지만 해도 신은 먼발치에서 황자들에게 〈예기(禮記)〉를 가르치는 양명시의 모습을 보았사옵니다. 오후에 양명시가 쓰러졌다는 비보를 받고 홍석(弘晳)을 불러 물어보니 '서재에서 물을 마시며 책을 읽고 있던 중 갑작스레 쓰러지는 걸 보았다'고 했사옵니다."

미간을 무겁게 찌푸리고 윤록의 말에 귀를 기울였으나 달리 이상한 느낌이 들지 않은 건륭이 다시 입을 떼어 물으려 할 때 온몸 가득 눈을 뒤집어 쓴 나친이 양심전 앞의 돌계단 위에 모습을 드러냈다. 건륭은 곧 입을 다물었다. 나친이 예를 갖추길 기다렸다가 건륭이 물었다.

"날도 어두운데 무슨 급한 일이라도 있는 겐가?"

그러자 나친이 가슴속에서 문서 하나를 꺼내어 공손히 받쳐 올리며 아뢰었다.

"손국새가 6백리 긴급으로 보내온 상주문이옵니다."

건륭이 겉봉을 뜯으며 말했다.

"자네들의 그 군기처는 아예 없애버리는 게 나을 법하더군! 자네와 장정옥에게 서화문 밖에 거처를 마련해준 것은 변사(辦事)에 편리를 도모해주기 위해서였거늘 자넨 되레 의존성이 생겨 나태해지는 것 같단 말일세. 당직을 서는 장경조차 없이 군기처를 비우다니 너무 심하지 않았나?"

들어오자마자 된 몽둥이에 한 대 얻어맞은 나친이 연신 머리를 조아려 잘못을 인정했다.

"천만 지당하신 지적이옵니다. 방금 전에 지나오며 보니 장경 하나가 남아 술을 마시고 있었사옵니다. 홧김에 내쫓아버렸사옵니다. 조속한 시일 내에 군기처를 정돈하겠사옵니다."

그러자 건륭이 냉소를 터트렸다.

"그렇다면 이 상주문은 그 술 취한 장경으로부터 전해 받은 게 아니란 말인가? 술에 취해 있어도 멀쩡한 사람보다 일만 잘하는데 웬 트집인가! 알고 보니 자넨 허수아비로군! 고무용!"

"예, 폐하!"

"이부에 지의를 전하게. 전도에게 직예의 주판(州判) 직을 내려 형부 류통훈 밑에서 일하게끔 하였으니 표(票)를 작성하라고 말일세."

"알겠사옵니다, 폐하!"

고무용이 물러가자 어안이 벙벙해진 나친이 물었다.

"폐하! 전도란 어떤 사람이옵니까?"

잠시 나친을 뚫어지게 쳐다보던 건륭이 웃으며 말했다.

"방금 자네가 엉덩이 차 내쫓았다던 그 친구네."

말을 마친 건륭은 곧 손국새의 긴급 상주문을 읽어보았다. 그러나 반쯤 읽어보던 건륭이 크게 노하여 눈썹을 곤추세우며 "탁!" 하는 소리와 함께 주장을 서안 위에 내팽개쳤다.

"말도 안돼! 어찌 이런 일이 발생할 수가 있냐 말이야!"

흥분하여 두어 걸음 떼어놓으며 건륭이 거친 숨을 몰아쉬었다.

"나친, 대체 무슨 일인가?"

윤록이 걱정스레 물었다.

"섬주(陝州)에서 죄수들이 탈옥하여 감옥을 시찰 중이던 지부를 붙잡아 인질극을 벌이고 있다 합니다."

나친이 덧붙였다.

"5백여 명의 죄수들이 아우성을 치는데 그것들을 내보내주지 않으면 지부까지도 감옥 안에서 굶어 죽게 될 판입니다!"

윤록이 흠칫 놀라며 급히 건륭이 내던진 주장을 주워들었다. 대충 훑어보고는 상주문을 도로 제자리에 갖다놓고 윤록은 아무 말도 하지 않았다. 크고 작은 정무에 임하면서 자신의 소관이 아닌 일에는 언제나 멀찌감치 비켜서 있는 윤록이었다. 뚜벅뚜벅 건륭의 발소리만 들으며 모두 침묵을 지키고 있을 때 건륭이 갑자기 홱 고개를 돌려 물었다.

"십육숙, 이를 어찌하면 좋을는지 한번 고견(高見)을 말씀해 보시오."

건륭이 자신의 의견부터 물어올 줄은 몰랐던 윤록이 고개를 숙이고 한참 생각한 끝에 말했다.

"두 말이 필요 없사옵니다. 병부더러 군사를 파견하여 진압해야 하옵니다. 주모자를 붙잡아 능지처참(陵遲處斬)으로 다스려야 마땅하옵니다! 오늘날의 태평성세에 이같은 일이 발생하다니 실로 믿어지지가 않사옵니다."

건륭의 시선이 나친에게로 쏠렸다. 그러자 나친이 급히 대답했다.

"신은 장친왕의 뜻대로 하면 절대 아니 된다고 생각하옵니다!"

"어떤 이유로?"

건륭이 차갑게 물었다.

"닭 잡는데 청룡도를 쓸 수는 없지 않사옵니까? 이만한 일에 천병(天兵)을 동원시킨다면 조정의 체통이 손상될 우려가 있사옵니다. 또한 목을 떼어 어깨에 둘러멘 자들이 그 무엇인들 두려워하겠사옵니까?"

그러자 건륭이 머리를 끄덕였다.

"일리 있는 말이긴 한데 그럼 자네 생각엔 어찌하는 게 좋겠는가?"

이에 나친이 대답했다.

"신의 우견으로는 노주(盧州) 사건을 처리하던 방법을 써보는 것이 어떨까 하옵니다."

'노주사건'이란 십 몇 년 전에 노주의 어느 고을에서 발생한 사건이었다. 장씨 성을 가진 집에서 혼례를 올려 며느리를 맞은 첫날밤이었다. 서로 혼인까지 약속한 정부(情夫)가 있음에도 신랑집의 재물이 탐나 사기혼약을 했던 신부가 첫날밤 신방에서 정부와의 내통 하에 꼬마 신랑을 침대 다리에 묶어놓고 인질로 삼아 재물을 요구했던 것이다. 워낙 충격적이고 흔치 않은 사건이었는지라 주현에서 지부로, 지부에서 성으로, 결국엔 옹정에게까지 보고되기에 이르렀다.

천하가 떠들썩한 가운데 옹정은 무슨 일이 있어도 꼬마신랑의 안전이 우선시 되어야 한다는 지의를 내렸다. 그러나 남녀 사기꾼이 요구한 액수가 워낙 천문학적이고 외부와 대처하는 요령이 뛰어난 지능범들인지라 열 살밖에 안 되는 꼬마신랑을 구출하고 범인들을 검거하기는 그리 쉽지 않았다. 궁여지책 끝에 조정에서는 그 동안의 전담관원들을 제쳐놓고 이위를 투입시켰다. 주먹을 불끈 쥐고 달려온 이위는 다짜고짜 오랫동안 맡으면 정신이 해롱해롱해지는 선향(線香)을 지펴 구멍을 통해 안으로 스며들어가게끔 했다. 도무지 불가능할 것만 같았던 이위의 방법이 그러나 근 3개월 동안의 납치사건에 종지부를 찍게 했던 것이다. 나친은 이제 섬주의 옥사점거 사건을 이 방법으로 해결해 보자고 하는 것이다.

그러나, 윤록은 머리를 절레절레 저었다.

"그건 범인이 두 명이었으니 가능했지만 5백 명도 넘는 범인들을 모두 선향에 취해 쓰러지게 만든단 말이오? 상황이 다른데 똑같은 방법을 써서는 안되지."

그러자 건륭이 고개를 끄덕였다.

"십육숙의 견해도 그럴 듯한데, 그렇다면 과연 묘책이 없단 말인가?"

"폐하께서 무력으로 토벌하는 걸 원치 않으시오니……"

윤록이 말을 이었다.

"치지는 않더라도 포위망만 쳐놓는 것이 어떨까 하옵니다. 위압감이 장기화되면 그 고문 또한 버티기 힘들 테니까 말이옵니다."

건륭이 연신 머리를 저었다.

"토벌을 보류하는 것은 조정의 체통에 손상이 갈까봐 우려해서이지 결코 그것들을 버리기 아쉬워서가 아니네."

그 동안 이마에 주름을 잡으며 깊은 사색에 잠겨있는 듯하던 나친이 천천히 입을 뗐다.

"폐하, 섬주는 일명 '일지화(一枝花)'라는 사교가 본거지로 삼고 해악을 끼치는 곳이옵니다. 현령 하나를 희생시키는 한이 있더라도 저 비적(匪賊)들의 음모가 이뤄지게 해서는 절대 아니 되옵니다. 섬주로 이어지는 하남, 산서, 섬서 세 성의 총독과 순무들에게 계엄을 지시하여 만인을 착살(錯殺, 억울한 사람을 죽이다)할지언정 하나의 범인도 그물을 빠져나가게 해선 아니 되게끔 조치해야 할 것이옵니다. 또한 손국새에게 엄명을 내려 이 소식을 봉쇄하고 조정에서 흠차를 파견하여 처리할 때까지는 절대 소문을 내지 못하게끔 해야 할 것이옵니다. 우린 필경 지리상 멀리 떨어져 있사오니 세부적인 사항은 의논할 수 없을 것이옵니다. 낙양(洛陽)에 있는 아계(阿桂)가 무능한 자가 아니오니 믿고 지켜보시옵소서."

나친의 침착하고 세밀한 배치에 적이 만족하며 건륭이 흡족하여 웃으며 말했다.

"당장 뾰족한 방안이 떠오르지 않으니 나친, 자네가 말한 대로 해보세. 그럼 이 일은 자네에게 지휘봉을 맡기겠네! 아계라니…… 회시(會試)에서 진사에 합격하여 지금 내무부 서리로 있는 그 사람 말인가?"

그러자 나친이 급히 대답했다.

"그렇사옵니다, 폐하! 폐하께오서 번저(藩邸)에 계실 적에 그 사람이 비단을 비롯한 공품 상납을 독촉하러 남방을 다녀온 적이 있사옵니다. 확실하고 똑똑한 인간성만큼이나 일처리도 깔끔한 사람이옵니다."

"흠차를 파견하는 것은 서두르지 말게. 하지만 정유(廷諭)엔 흠차가 언제든지 파견될 것이라는 가능성을 명시해두게."

눈 덮인 창 밖을 내다보며 건륭이 느릿느릿 입을 열었다.

"가능하면 조정을 놀라게 하지 말고 손국새와 아계 두 사람이 현지에서 처리하는 것이 최선일 텐데. 오늘은 그만 물러가게. 급한 용무가 있으면 양심전으로 기별을 넣게!"

19. 죄수들의 난동

건륭이 섬주의 옥변(獄變)에 대한 해결책을 강구하고 있을 때 낙양에 있던 아계는 손국새의 긴급 헌명을 받고 예정일보다 하루 앞당겨 섬주에 도착했다.

감옥은 섬주성 서북쪽에 있었다. 드물게 이 감옥은 지하에 있었다. 두툼한 황토층에서 두부 모양을 떠낸 것처럼 구조가 네모반듯했고, 통로 하나만이 천정(天井)으로 이어지고 있었다. 먼발치에서 보기에 천정 네 벽을 따라 구멍이 총총 뚫려 있는 것 같은 곳이 바로 감방이었다. 지상의 사방엔 아스라이 높은 담벽이 둘러쳐져 있었고, 네 모퉁이에는 망루가 있었다. 이곳이 바로 하남성에서는 물론 전국에서도 경계가 가장 삼엄하기로 소문난 섬주감옥이었다. 각종 주요 범죄자들과 사형을 기다리는 중죄인들을 수없이 수감시켰어도 언제 한 번 사소한 사고조차 발생하지 않았던 곳이었다.

문제는 바로 거기에 있었다. 수년간 별 사건없이 지내오면서 옥졸(獄卒)들의 기강이 해이해져 달이 차도록 감방에 내려가 순찰 한 번 돌지 않는 경우도 있었다. 새로 부임한 섬주의 주령(州令)인 미효조(米孝祖)는 이같이 구조가 특이한 감방은 처음 보는지라 신기한 마음에 내려가 둘러보던 중 일찍부터 폭동을 꾀하고 있었던 죄수들에 의해 그 자리에서 인질로 잡히고 말았던 것이다. 수행했던 관원과 옥졸들도 누구 하나 위기를 모면한 사람이 없었다.

 섬주에 도착한 아계의 행서(行署)는 악왕묘(岳王廟) 서북쪽에 있었다. 망루에 올라 굽어보면 감옥의 정형이 한 눈에 안겨오는 곳이었다. 아계가 도착하기에 앞서 미리 낙양에서 투입된 2천여 명의 녹영병들은 벌써 나흘동안 밤낮 감옥을 포위하고 있었지만 아직도 이번 사건의 두목이 누구인지는 모르고 있었다. 아계는 오늘 그들 두목과 먼발치에서나마 대화를 나누기로 결정했다. 검은 양가죽 외투를 걸치고 감옥의 망루에 올랐다.

 "여봐라! 밑에서는 귀기울여 듣거라!"

 천총(千總) 하나가 손을 나팔모양으로 감아 입을 대고 큰소리로 외쳤다.

 "우리 태존(太尊)께서 너희들과 대화를 나누고 싶다고 하신다!"

 웅성웅성하던 밑에선 잠시 침묵이 이어졌다. 한참 후에 누군가 빈정대는 소리가 들렸다.

 "태존은 무슨 빌어먹을! 우린 할말이 없으니 혼자서 실컷 지껄이라고 해!"

 아계가 한발 앞으로 나서며 큰소리로 물었다.

"너희들 두목이 누구냐? 나와 얘기 좀 하자!"
다시금 조용해지더니 이윽고 답변이 들려왔다.
"우린 두목 따윈 없어!"
"사람이 대가리 없이 어찌 살아?"
아계가 큰소리로 빈정대며 앙천대소를 했다.
"난 만주족의 대장부 아계라는 사람이야. 너희들 중 영웅임을 자처하는 사람이 있다면 나서거라!"
"약은 수작 부리지 마. 우린 꾀임에 넘어가지 않을 거야. 우리 두목을 알아뒀다가 나중에 목을 따려고 그러는 줄 누가 모를 줄 알아?"
입술을 꾹 다물어 양옆으로 길게 잡아당기는 아계의 얼굴에 노기가 충천했다. 그는 냉소하며 외쳤다.
"나도 너희들과 입씨름할 생각은 없다. 한마디만 하겠다. 살아남고픈 사람 있다면 투항하라! 하루동안 여유를 줄 테니 인질을 풀어주지 않으면 간하(澗河)의 물을 방출해버릴 것이다. 보아하니 물만 대면 양식장으로는 그만일 것 같은데!"
"우리 손에 잡혀있는 인질들을 버릴 생각이라면 맘대로 해. 어차피 우리도 죽을 각오는 단단히 한 사람들이니까! 7품관 하나에, 8품 전옥, 열 몇 명의 아역들을 포기하기란 그리 쉽진 않을 걸!"
"그네들이 아직 살아있다고 보진 않아!"
"믿지 못하겠으면 물을 대보면 알 거 아니냐!"
"그래 좋아!"
아계가 마침내 대노하여 크게 고함을 질렀다.
"누가 이기나 한번 해보자고. 여봐라!"
"예!"

"성 동쪽의의 간하 상류를 막아 물을 끌어오너라. 개자식들, 물이나 실컷 처먹고 뒈지라지! 잘 듣거라! 너희들이 원하는 대로 해줄 것이니 기대하라! 6척 깊이의 물이면 충분할 것이야!"

조용하던 지하의 감방에서 수군대는 소리가 들려오기 시작했다. 뭔가 다급히 의논하는 것 같았다. 그러길 한참, 시커먼 천으로 얼굴을 가린 사내들이 봉두난발의 초췌한 두 관원을 앞세워 밀치며 모습을 드러냈다. 그들은 아계를 향해 냉소하며 뇌까렸다.

"너희 형제들끼리 얘기해 봐라!"

분노가 탱천했지만 애써 숨을 고르며 아계가 물었다.

"미효조 어른, 정말 가슴이 아프오만 마지막으로 당부 말씀이 있으면 해보시오. 내가 전해드리겠소."

오랜만에 햇볕을 마주한 미효조가 눈을 잔뜩 찌푸려 석 장도 더 될 지상에 전신무장하고 서 있는 병사들과 아계를 바라보았다. 신색이 황홀해 보이고 얼굴이 백짓장 같은 미효조가 말했다.

"흠차어른, 내 사정은 차치하고 방금 결정한 대로 하시오. 주저하지 마시고 물을 대시오!"

찰싹!

말이 떨어지기도 전에 미효조의 뺨에 따귀가 올려붙여졌다. 그의 입가엔 순식간에 피가 터져 흘렀다. 얼굴을 가린 키다리 사내가 으르렁대며 욕설을 퍼부었다.

"개새끼야, 방금 말한 것과 다르잖아?"

그러자 미효조도 더 이상 두려울 게 없다는 듯 아예 큰소리로 외쳤다.

"이것들은 예사 죄수가 아니라 사교(邪教) 일지화의 일당들이오."

미처 말을 마치기도 전에 미효조는 심한 구타와 함께 안으로 떠밀려 들어가고 말았다.

그 모습을 지켜보던 아계는 터져 오르는 분노와 함께 어떻게든 미효조를 구해내야 한다는 생각에 마음이 초조해졌다. 잠시 생각 끝에 아계가 소리쳤다.

"밑에서는 잘 듣거라. 인질을 삼으려면 값어치를 따져봐야지 미효조 같은 무지렁이는 백년 껴안고 있어봐야 허사야! 조정에선 너희들이 구워먹든 삶아먹든 전혀 개의치 않아! 대가리는 멋으로 달고 다니냐? 생각을 좀 해보거라. 미효조를 풀어주고 너희들 5백 명이 목숨을 부지하는 게 나은지 아니면 한 솥에 쪄죽는 게 나을는지?!"

잠시 후 밑에서 응답이 들려왔다.

"이봐, 아계! 너의 검은 속셈을 누가 모를 줄 아나? 네가 어미 뱃속에서 꼼지락댈 때 난 벌써 이 바닥에서 유명한 '염라대왕'이었단 말이야."

도리를 따져봤자 먹혀들 리도 없고 으름장을 놓아도 소용이 없자 요령껏 대처해야겠다는 생각에 아계가 잠시 속으로 생각을 한 끝에 웃으며 말했다.

"그래! 내가 오늘 임자 만났다 치고 너희들의 의견을 수렴할 테니 어서 말해보거라."

"진작에 그리 고분고분하게 나올 것이지, 하하하!"

징그러운 웃음소리와 함께 밑에서 응답을 보내왔다.

"여기서 황하만 건너면 산서성 경내에 들어서게 되는데, 배 10척에 우릴 태우고 백리 길 밖까지 두 사람을 딸려 보내줘!"

"잔머리 굴리지마! 내가 너희들을 풀어준다고 해도 너희들이 우리 사람을 풀어준다고 어떻게 보장할 수 있겠어?"
　아계가 웃으며 말했다. 그러자 지하에서 다시 고함소리가 들려왔다.
　"내가 30년 동안 강호바닥에서 놀았어도 누구한테 신용 잃을 짓은 안했다! 황하를 건너 50리 밖에서 인질을 돌려 줄 것이야!"
　아랫입술을 지그시 깨물고 아계가 긴박하게 생각을 굴렸다. 황하를 건너 50리 길을 지나면 동으로 가나 서로가나 모두 인구가 가장 밀집한 곳이고 산이 많아 은닉하기에 더없이 적합할 터였다. 황하를 건너 인질을 돌려 받고 저것들을 일망타진하는 건 아무리 생각해도 무리였다. 오랜 생각 끝에 아계가 고함을 쳤다.
　"그쪽은 산서 경내이니 우린 그렇게 멀리 따라갈 수 없어. 황하 한가운데서 인질을 돌려 받아야겠어. 사내끼리의 약속이니 만큼 우리도 너희들을 순순히 보내줄 것이다!"
　이번엔 밑에서 침묵했다. 한참 후에야 역시 그 목소리가 응답을 보내왔다.
　"그건 안돼! 반드시 황하를 건넌 후에야 인질 교환이 가능할 것이다!"
　그러자 아계가 강하게 밀어 붙였다.
　"내가 너희들을 그 먼 곳까지 '호송'했다는 사실이 조정에 알려지는 날엔 난 목이 달아날 거란 말이야. 그래도 내 뜻을 받아주지 못하겠다면 맘대로 해! 나도 골치 아파 더 이상 신경 쓰고 싶지 않으니 물을 대고 말 거야!"
　짐짓 이같이 말한 아계는 지하의 동정에 귀를 기울였다. 의견충돌을 빚는 듯 잠시 목소리 낮춰 다투는 소리가 들려왔다. 그러길 한참, 마침내 죄수들이 울며 겨자 먹기로 응답을 했다.

"좋아, 우리가 한 발 물러서지! 하지만 우리 아우들이 언덕에 올라가 복병이 있나 없나를 확인한 연후에야 인질을 내 줄 것이니 그리 알라. 언제 떠날 건가?"

"지금!"

"말도 안되는 소리!"

사내가 험상맞게 앙천대소하며 말했다.

"시퍼런 대낮에 몇 백 명이 목표가 훤히 드러나게 움직이라고? 오늘밤 초경(初更)쯤은 돼야 해, 알았어? 초경!"

그러자 아계가 웃으며 말했다.

"그래, 초경에 떠나는 게 더 안전할 것 같으면 그리 하라! 하지만 미리 일러두는데, 밖에 나가서도 누가 감히 우리 하남부(河南府)를 기웃거리며 혼란을 초래시켰다간 일문이 멸족을 당할 줄 알아라!"

내뱉듯 이같이 말하고 난 아계는 곧 망루를 내려 악왕묘로 돌아왔다. 신시(申時)가 다 되도록 군관장령들을 소집하여 밀의를 마치고 난 아계가 비밀강령에 따라 각 영의 군사들을 몇 갈래로 나뉘어 움직이게끔 했다.

그날저녁 초경이 가까워오자 옥문(獄門)이 활짝 열렸다. 죄수들은 먼저 선두인 듯한 열 몇 명이 나와 관병이 있나 없나 동정을 살폈다. 수상쩍은 광경이 목격되지 않은 듯 이들은 신호와 함께 우르르 질척한 계단을 오르기 시작했다. 다시 호각소리가 울리자 미리 배치가 있은 듯 일사불란하게 움직여 순식간에 몇 줄의 행렬로 나뉘졌다. 옥졸 하나가 유지등(油紙燈) 두 개를 치켜들고 다가가 두목인 듯한 사내에게 건네주며 또박또박 힘주어 말했다.

"동서남 세 곳은 우리 태존께서 이미 초병을 세워두고 있으니 어설프게 망동을 하진 말아. 북쪽에 여섯 척의 배가 대기하고 있을 거야. 그 중 한 척은 우리가 인질을 돌려 받기 위해 비치해 둔 것이니 나머지 다섯 척으로 강을 건너도록 하라. 이 두 개의 유지등은 미효조 어른을 비추고 있어야 해. 등불이 꺼지는 순간 우리측에선 화살을 날리고 총을 발사할 것이니 명심하도록 하라. 이는 우리 태존 어른의 균령(鈞令)이시다!"

그러자 사내가 대뜸 목에 핏대를 올리며 으르렁댔다.

"열 척을 내준다고 약속해 놓고선 왜 고작 다섯 척이야? 태존인가 뭔가 불러와! 아니면 우린 그냥 옥으로 돌아가고 말 테니!"

그러자 옥졸이 웃으며 말했다.

"여긴 배가 다섯 척 밖에 없어. 아우성쳐도 어찌할 수가 없다고. 있으면서도 내주지 않는 게 아니니 말이야. 우리 태존께서는 지금 군사를 동원시키느라 건너올 수가 없어. 안그래도 태존께서는 미리 말씀이 계셨어. 천명을 거스르고 맘대로 하고 싶으면 그리 하라고! 어차피 조정에서 크게 비중을 두고 있는 관원이 아니니 조정으로선 그리 아쉬울 것도 없다고 하셨어!"

"다들 원위치 해!"

사내가 악을 바락바락 쓰며 기둥 같은 두 팔을 마구 흔들어댔다.

"씨팔, 너 죽고 나죽고 어디 끝까지 개겨 보자!"

그러나 사내의 호령에도 불구하고 수감된 이래 처음으로 바깥 바람을 쐬고 난 죄수들은 뜨악한 표정을 지으며 서로를 번갈아 볼 뿐 움직일 생각을 하지 않았다. 누구 하나 겨우 빠져 나온 지옥으로 다시 돌아가려 하지 않고 두목과 승강이를 벌이고 있을 때 동서남 세 곳에서 일제히 불기둥이 치솟아 올랐다. 먼 함성과 함께 북소리와 나팔소리가 점점 가까워오기 시작했다. 뭔가 이상한 기미를 눈치챈 사내가 성큼 다가가 옥졸의 덜미를 덥석 잡아 치켜올리며 으르렁댔다.

"이게 대체 무슨 짓이야?"

"내가 말했지."

옥졸은 아계가 돈으로 매수한 '칼잡이'로서, 방자하고 간교하기 이를 데 없는 자였는지라 전혀 두려운 기색없이 눈을 빤히 치켜뜨고 말했다.

"유지등으로 미효조 어른을 비추고 있으라고 했잖아. 조금만 더 지체하면 화살을 쏠 걸?"

그제야 당황한 사내가 미효조를 유지등 밑으로 끌어당겼다. 과연 북소리와 화각소리는 거짓말처럼 뚝 그쳤다. 자유를 향해 한 발을 내디딘 범인들이 소란스레 떠들기 시작했다. 도망가자고 고함지르는 자가 있는가 하면 자기네들 목숨을 담보로 객기를 부리고 있는 두목을 향해 욕설을 퍼붓기도 했다. 질서정연하던 행렬이 삽시간에 마구 흩어지고 주위는 한바탕 아수라장이 되었다. 그사이 아무도 눈치채지 못하게끔 죄수복을 갈아입은 이십여 명의 정예 관군(官軍)이 슬며시 죄수들 속으로 들어갔다. 그리고는 자연스레 두목에게로 다가갔다.

자신의 호령이 먹혀들 기미를 보이지 않자 비지땀을 철철 흘리고 있던 사내가 감히 더 이상 주저하지 못하고 팔을 휘둘러 대며 고함을 질렀다.

"기왕 나왔으니 다섯 척이든 세 척이든 강부터 건너고 보자!"

꼬불꼬불한 '지(之)'자 형으로 유일하게 강가로 통하는 오솔길을 따라 내려가 보니 과연 멀리 게딱지처럼 들러붙은 시커먼 선박이 보였다. 범인들은 냅다 환호성을 내지르며 먼저 올라타겠노라고 미친 듯이 밀치며 달려갔다. 두목이 자신의 측근들과 함께 미효조를 비롯한 인질들을 압송하여 맨 먼저 배에 올라탔다. 미처 배에 타지 못한 죄수들의 욕설과 악에 받친 고함소리가 아수라장을 이룬 가운데 더 이상 처음의 여유는 찾아볼 수 없는 듯한 두목이 떠나자며 연신 고함을 질렀다.

 그러나, 힘껏 노를 저어 배가 막 강가를 떠났을 때 갑자기 두목이 들고 있던 유지등불이 꺼지고 말았다. 다급해진 두목이 고개를 뒤로 꼬아 괴성을 질러댔다.

 "어떤 놈이야 뒈지고 싶어? 불이 꺼지면 화살 처먹고 나자빠진다고 했잖아!"

 "관군은 화살을 쏘지 않을 거야."

 죄수들 틈에서 속으로 비웃으며 아계가 말했다.

 "꽃병에 든 쥐를 잡으려고 꽃병을 깨지는 않을 테니까!"

 "누…… 누구야?"

 "네가 보고 싶어하는 아계라는 사람이다, 왜!"

 아계가 대갈했다.

 "어서 덮치지 않고 뭘 해?"

 "예, 태존어른!"

 스무 명을 넘는 친병들의 우렁찬 고함소리가 어둠을 뚫고 가까이에서 들려왔다. 일제히 꺼내든 비수가 섬뜩한 빛을 번뜩였다. 두목이 흠칫 놀라 주춤하는 사이 어느새 그 손아귀를 빠져 나온 미효조는 붐비는 인파를 뚫고 어디론가 어둠 속으로 숨어들고 말았다. 눈 깜짝할 새에 칼을 맞은 범인들이 자지러지는 비명을 지르며 한데 뒤엉켜 돌아갔다. 전혀 무방비한 상태에서 연신 칼맞고 물 속에 떨어지는 범인들 사이로 아예 칼을 피해 물 속에 뛰어드는 자들이 있는가하면 악에 받쳐 친병들과 쥐어뜯고 한판 대결을 벌이려는 자들도 있었다. 그러나 아무리 최후의 발악을 해도 장기간 훈련을 거친 정예 관군들을 대적하기엔 무리였다. 대세는 이미 기울었다고 생각한 두목이 우왕좌왕하며 주위를 맴돌고 있는 나머지 네 척의 배를 향해 고함질렀다.

"아우들, 청산이 그대로인데 땔감이 없겠나! 필사적으로 도망가, 하나라도 살아나가야 해!"

말을 마친 사내가 곧 물 속으로 뛰어들려 했으나 어느새 몇몇 친병들에 의해 꽁꽁 묶이고 말았다.

"하나도 도망가게 해선 안될 것이야."

어둠 속에서 아계의 눈빛이 섬광처럼 번뜩였다.

이렇게 조정을 떠들썩하게 만들었던 죄수인질사건은 관군의 완승으로 끝났다. 조사 결과 우두머리 셋을 비롯하여 과반수는 생포되었고, 백여 명은 화살을 비맞듯 맞고 고슴도치가 되어 물 속에 빠져 죽었고, 나머지는 행방불명이 되었다.

큰 무리없이 압도적인 완승을 거두었다는 사실에 하남성은 축제의 분위기에 들떠있었다. 막료들이 저마다 찾아와 아계에게 승리를 축하했고, 사상 초유의 감옥난동을 진압하는 과정에서 아계의 공로를 높이 칭송하고 황제에게 첩보주장을 올릴 것이라고 했다. 그러자 아계가 웃으며 사양했다.

"물론 대승을 거둔 건 사실이지만 그리 호들갑을 떨진 말았으면 하오. 나 혼자만의 공로를 지나치게 부각시키느라 하지 말고 총독과 순무가 묵묵히 뒷받침해 주었기에 가능했고, 친병들이 열심히 싸워준 결실이라고 주장을 올려주었으면 좋겠소. 무엇보다 중요한 건 천자의 홍복에 힘입었기에 두목들을 전부 생포할 수 있었던 것이니 그 점도 명시해주오. 그밖에 미효조가 부임한지 얼마 안지나 경내에 이같은 불상사가 발생했으니 본인은 억울해할지 모르지만 조심성이 결여되어 수많은 인력과 재력을 낭비시킨 미효조의 실찰죄(失察罪)를 물어야 마땅하다고, 가능한 한 공손하게 주하도록 하게!"

몇몇 막료들이 연신 알겠노라고 머리를 끄덕였다. 전방에서 잘 싸웠기에 이같은 전과를 올린 건 자명한 일이나 이런 식으로 주장을 올리면 황제의 용안에도 광채롭고 이로 인해 여러 사람들의 가슴이 훈훈해질 것이 분명했다. 고작 스무 살을 갓 넘긴 젊은 진사의 지혜로운 처사에 막료들은 내심 감명을 받는 눈치였.

그로부터 20일 후, 아계는 조정에서 내려보낸 정기를 받았다. 손국새에게 보내는 주비도 함께 동봉되어 있었다.

  금번 조정을 위해 실로 큰 일을 해냈네. 손국새, 자넨 짐의 기대를 저버리지 않고 잘하고 있네! 실로 대견스럽고 믿음직하네! 기타 유공자들의 명단을 작성하여 올려보내도록 하게!

그 밑 공백 부분의 주비는 아계에게 보내는 것이었다.

  첩보주장을 읽고 벅차오르는 환희를 금할 길 없었네! 짐이 축배를 들어 경하할 일이네! 우리 군의 일병일졸(一兵一卒)도 다치지 않고 완승을 거뒀다니, 실로 대단한 지혜와 모략이 아닐 수 없네. 평소에 손가감으로부터 경의 유능함과 청렴결백함에 대해 들은 바가 있네. 과연 조정의 믿음직한 신하임이 입증되었네. 이번 사건의 두목들은 자네가 직접 북경으로 압송하여 엄벌에 처하도록 하게. 미효조는 부임 초라 현지 사정에 어두워 이 같은 사고를 초래하였으니 죄를 묻기보다는 조심성이 결여됐다고 할 수 있겠네. 반년 봉록을 지불정지하고 유임시키도록 하게. 죄를 묻자면 전임 주령이 책임을 피해갈 수 없을 것으로 손가감에게 지의를 내려 처리하게끔 했으니 그리 알게.

자그마한 지부의 신분으로 장장 백 글자에 달하는 성지(聖旨)를 받았다는 것은 그리 흔한 경우가 아니었다. 또한 행간에 넘치는 긍정적인 평가가 아계로 하여금 흥분해서 꼬박 날밤을 새게 했다.

하남에서 북경으로 들어오는 길은 풍설이 휘몰아치는 데다 길까지 질척거려 행군에 어려움을 겪었다. 또한 죄수들을 압송하는 길인지라 혹시 발생할지도 모르는 각종 불상사에 대비하느라 바짝 신경을 곤두세우다보니 족히 한 달은 걸려서야 비로소 경성에 도착할 수 있었다. 형부 대당으로 가서 업무인계를 마친 아계는 그제야 비로소 안도의 숨을 길게 내쉬었다. 무거운 등짐을 지고 대장정을 마친 것 같은 홀가분한 기분에 집에 돌아오자마자 그는 깊은 잠에 골아 떨어지고 말았다.

이튿날 한결 가벼워진 눈꺼풀을 번쩍 올리며 눈을 떠보니 해가 서 발이나 올라와 있었다. 그는 몰락한 기인(旗人) 가문에서 자랐는지라 경성에 벗들이 많지 않았다. 멀리 하남까지 다녀왔음에도 그가 북경에 돌아왔다는 사실을 반기는 사람이 별로 없었고 집을 방문하는 이도 없었다. 쓸쓸하고 서글픈 마음에 반나절 동안 침대에서 구르던 아계는 관제묘로 바람쐬러 나가기로 했다. 눈을 밟으며 정양문을 나서니 관제묘로 향하는 길에는 삼삼오오 떼지은 행인들이 가득했다. 관제묘 앞의 눈길은 벌써 단단하게 다져져 있었고, 가게들마다 눈으로 여러 가지 모형을 만들어 손님을 끌기에 바빴다. 자못 흥미를 느끼며 절 안으로 들어가 향을 사르고 나오는 아계의 등뒤에서 누군가 부르는 소리가 들려왔다.

"아계가 아닌가! 여긴 어쩐 일이야?"

"누구? 아!"

잠시 그 사람을 유심히 뜯어보던 아계가 그제야 알겠다는 듯이 손뼉을 치며 반색했다. 수개월 전 은과 시험을 앞두고 잠시 붙어다녔던 문우 하지(何之)였던 것이다.

"북경으로 돌아와 내가 처음 만나는 친구라네. 여태 북경에 있었어? 다음 시험을 기다리는구나! 자, 전에 우리네 본거지였던 고씨네 술집으로 가서 한잔 하자고!"

아계가 못내 반가워하며 잡아끌자 하지가 웃으며 말했다.

"전에는 흉허물없는 벗이었어도 이젠 귀천이 달라졌는데, 그래도 벗은 잊지 않았구만!"

이에 아계가 어린이처럼 순진무구하게 웃으며 말했다.

"조강지처(糟糠之妻)와 빈천지교(貧賤之交)를 버리면 벌 받지! 밖에선 위풍이 당당하였다지만 북경에 돌아오니 문전이 한산한 것이 영 서글퍼!"

"나랑 같이 러민을 불러 조설근(曹雪芹)을 만나러 가지나 않을래?"

그 말을 하고는 하지는 한숨을 내쉬었다.

"조설근이 우익(右翼) 종학(宗學)을 박차고 나와버린 거 알고 있어? 멀건 국물이나 먹고사는지 모르겠어!"

아계가 적이 놀라워하며 물었다.

"여섯째도련님이 설근이를 잘 보셨던데, 어찌 끼니 걱정까지 할 정도로 영락했단 말인가? 듣자니 그 마누라도 여섯째도련님이 상으로 내리셨다면서?"

"여섯째도련님은 크게 될려나 봐."

하지가 담담히 말했다.

"지금 지방순찰을 떠나고 북경에 안 계시거든. 휴……! 요즘은 어떻게 지내는지 하도 궁금해서 찾아 가보려던 참이오!"

20. 젊은 인재들

아계가 하지를 따라 눈길을 한참 걸어 도착한 곳은 러민이 머물고 있는 장씨네 정육점이였다. 그러나 가게문은 꼭 닫혀 있었고, 옆방에서 러민의 글 읽는 소리만 높았다 낮았다 곡선을 타며 들려왔다.

"공자가 태산을 지나는데 묘지에 쓰러져 오열하는 아녀자가 있었으니, 어인 일이냐며 걸음 멈춰 물어오는 공자에게 여인은 상심이 겹쳐[重] 주체할 수 없다 하였네……."

"틀렸네요!"

애교 섞인 여자의 옹골찬 목소리가 들려왔다.

"이 글자는 자기가 가르쳐줬잖아. 경중(輕重)할 때 '중(重)'자가 분명한데, '종(從)'자라고 읽다니(重과 從은 발음이 같음)! 내가 뭘 모른다고 얼렁뚱땅 넘어가려고 했죠?"

방안의 동정에 귀기울이며 아계와 하지는 마주보며 웃었다. 이

때 웃음소리와 함께 러민이 말했다.

"'중(重)'자는 두 가지로 발음할 수 있단 말이야. 남들은 하나를 가르치면 열을 안다는데 이 여잔 둘도 모르니!"

그러자 여자가 일부러 토라진 척하며 말했다.

"알았어요. 내가 언제 말로 하여 본전 찾아본 적 있나? 계속해서 외우기나 해요!"

다시 목청을 가다듬은 러민의 목소리가 들려왔다.

"석자오구사우호, 오부우사언, 금오자우사언(昔者吾舅死于虎, 吾夫又死焉, 今吾子又死焉. 전에는 시아버지가 호랑이에 물려죽더니 지아비가 죽고 이제는 아들마저 죽었다는 뜻)……."

러민이 감정을 내어 읽던 중 여자가 깔깔대며 말했다.

"글 자체도 문제가 있고 자기가 또 잘못 읽었어! 외삼촌이 호랑이에 먹히고, 지아비가 말에 치여죽고, 아들도 말에 치여죽었다…… 뭐 이런 뜻인데, 말도 안돼! 무슨 한 집에 둘씩이나 말에 치여죽어! 그리고 '마(馬)'자가 분명한데, 자기는 왜 '언(焉)'자라 읽어요?"

러민이 참다 못해 푸우! 하고 웃으며 기가 막히다는 듯 한숨을 내쉬었다.

"그게 어찌 '마(馬)'자인가? 눈 부릅뜨고 똑바로 보셔! 그리고 '구(舅)'자라고 무조건 외삼촌인 게 아니라 옛날엔 시아버지를 뜻했다고. 알겠나이까, 마님?"

밖에서 하지와 아계는 입을 틀어막고 킥킥거렸다. 두 남녀가 토닥토닥 사랑싸움을 하는 것을 재미있게 듣던 하지가 가까이 다가가 문을 두드렸다. 그리고는 일부러 목소리를 굵게 하여 고함을 질렀다.

"장씨 있는가? 세금 받으러 나왔소!"
"무슨 세금을 맨날 받아! 사람잡겠네, 그냥."
갑자기 거적문이 떨어져나가라 벌컥 열리며 세모눈을 앙칼지게 부릅뜬 여자가 두 손을 허리춤에 지른 채 삿대질을 해댔다.
"우린 더 이상 세금 낼 일 없어! 다 받아갔잖아, 파렴치한 것들 같으니라고!"
흥분하여 가슴이 오르락내리락하며 거친 숨을 몰아쉬던 여자는 그러나 상대를 알아보는 순간 면구스러워 어찌할 바를 몰라했다. 귓볼까지 빨개져 쥐구멍이라도 찾을 듯하던 여자가 손으로 입을 가리며 고개를 떨구었다.
"전 또…… 하선생이신 줄도 모르고……."
"자네 침대머리에 연지 바른 호랑이가 앉았군."
다소 의외라는 표정을 짓고 있는 러민을 향해 하지가 농담을 했다.
"숙제검사 다 마쳤나? 이렇게 다그치는 사람 있으면 다음엔 저절로 철썩 붙겠는데?"
옥이가 어느 틈에 슬그머니 자리를 비운 사이 세 사람은 격의 없이 웃으며 인사말을 나눴다. 아들과 함께 안뜰에서 돼지를 잡고 있던 장명괴(張銘魁) 내외가 손님이 왔다는 말에 급히 달려나와 하지와 아계를 반갑게 맞아주었다.
"어찌 이리 오랜만에 걸음을 하셨나이까, 하어른. 이제 막 돼지머리를 솥에 넣었으니 기다렸다가 드시고 가시죠? 따끈한 황주도 덥혀 놓겠나이다……."
"이분은 하남지부로 있는 아계라는 사람이오."
하지가 러민에게 아계를 소개했다.

"술직(述職)차 왔는데, 러민형이랑 설근이를 만나러 가보려고 말이오."

두 사람이 자신을 찾은 이유를 알게된 러민이 급히 말했다.

"잘 왔소! 그렇지 않아도 설근이는 어찌 지내고 있을까 걱정하고 있던 중이었는데!"

그러자 어느새 들어온 옥이가 한마디 끼어 들었다.

"조설근이라는 사람은 내가 보기엔 별볼일 없어 보이던데, 어찌 다들 그리 걱정하시는 거예요? 무슨 사내가 일하는 것을 그리 싫어해서야 쓰겠어요? 〈홍루몽〉인가 뭔가 하는 황서(黃書, 음란서적) 따윌 끄적이면 밥이 나오나 떡이 나오나?"

이같이 중얼거리며 안뜰로 들어간 옥이가 남동생에게 팔뚝만한 고깃덩어리와 막 삶아내어 향기가 군침을 삼키게 하는 간이며 심장 등 내장을 들려 보냈다. 그리고는 당부했다.

"형이 들고 가는 것보다 네가 들어다 주고 와. 길이 미끄러우니 조심하고!"

이에 하지가 급히 사양했다.

"이번엔 내가 술을 사기로 했으니 그만 거두시오. 보아하니 그리 넉넉치도 못한 것 같은데, 우리한테 다 주고 나면 식구들은 뭘 먹고 살겠소."

그럼에도 옥이가 막무가내로 동생의 등을 떠밀자 하지가 주머니에서 반 냥 짜리 은자를 꺼내어 탁자 위에 내려놓았다. 장명괴 내외를 비롯하여 일가식솔 모두 마음씨 곱고 착한 사람들임에도 가게는 낡고 볼품없는 것에 마음이 서글퍼진 아계가 다섯 냥 짜리 은덩어리를 꺼내놓았다. 그러자 장명괴가 당황하여 몸둘 바를 모르며 급히 사양했다.

"이러시면 아니 되옵니다. 절대 아니 되옵니다. 두 분 어른 모두러 상공(相公, 젊은 남자에 대한 존칭)의 벗들이온데, 이리 하시면 쇤네들의 성의를 무시하는 격이옵니다. 어서…….."

장명괴의 말이 끝나기도 전에 세 사람은 벌써 대문을 나섰다. 잠시 후 등뒤에서 옥이의 고함소리가 들려왔다.

"이봐요! 주량도 없는 사람이 적당히 하세요!"

"누군 좋겠다! 저렇게 걱정해 주는 사람도 있고!"

아계가 웃으며 러민을 향해 말했다.

"겉보기엔 성격이 엄청날 것 같은데, 참 착하고 고운 처녀인 것 같소!"

"그럼."

하지가 힘껏 고개를 끄덕이더니 말했다.

"비록 남 앞에 버젓이 나설 수 있는 영생(營生)은 아니지만 일가 모두 착하디 착한 사람들이지! 내 생각엔 러민 자네도 변변한 가족조차 없는 판에 얼추 마음이 통하면 식 올리고 살림 차리지 그래……."

러민은 시무룩하게 웃을 뿐 대답이 없었다. 웃고 떠들며 길을 재촉하다보니 어느새 조설근의 집이 저 앞에 보였다.

아계는 조설근의 집을 찾는 것이 이번이 처음이었다. 멀리 바라보니 자그마한 냇물이 담장을 따라 졸졸 흐르고 있었고, 냇가에는 제멋대로 자란 커다란 회자나무가 떡 버티고 서 있었다. 나무 밑에 돌로 만든 탁자며 의자가 있었지만 두터운 눈 이불을 뒤집어쓰고 겨울나기에 여념이 없었다. 그리 크지 않은 뜰은 토담으로 둘러져 있었고, 고드름이 길게 드리워진 세 칸 초가집은 거북이처럼 낮게 엎드려 있었다. 토담 안에 한 그루 석류나무가 있었고, 일부러 남겨놓은 듯한 빨간 석류가 눈 뒤집어 쓴 나뭇가지 사이로 살며시 고개를 내밀고 있어서 보는 이로 하여금 운치가 배가되게 했다.
 역시 조설근이로구나! 하고 감탄하며 다가선 세 사람이 막 문을 두드리려 할 때 뒤에서 덩치 큰 말을 달려 바싹 뒤쫓아오는 사람이 보였다. 잠시 기다려보니 그는 다름 아닌 전도였다. 서로 웃어 보이며 인사말을 나눈 뒤 하지가 물었다.
 "오늘 어쩐 일이야? 설근이가 청첩장이라도 돌렸던가?"
 "아계 어른이 개선하셨군요!"
 전도가 반색하며 읍해 보였다. 문을 두드리고 기다리고 있노라니 거적문이 가냘픈 신음소리를 내며 열렸다. 고개를 내밀어 러민 일행을 알아본 조설근이 좋아라 반겼다.
 "어쩐 일이오, 다같이! 어서 들어오게. 아계 어른은 언제 귀경하셨소?"
 조설근이 서둘러 사람들을 방으로 안내했다.
 세 칸 짜리 초가집은 대단히 비좁았다. 몇 사람이 들어서니 벌써 갑갑해지기 시작했다. 아계가 둘러보니 정방과 서쪽 방은 통해 있었고, 천장엔 천붕(天棚)조차 없었다. 동쪽엔 청포(靑布)로 반쯤 가려있는 것이 부엌일 것 같았다. 남쪽으로 난 창가엔 허름한 책상이 있었고, 그 위엔 벼루며 붓, 종이가 어지러이 널려있었다. 구들 위에 만들다 만 연이며 종이 조각, 가위, 풀 그릇이 있었고, 손님이 들어서자 방경이 서둘러 치우느라 여념이 없었다. 대충 앉을 자리를 마련해놓고 방경이 사람들을 향해 몸을 낮춰 인사하고는 목소리를 낮춰 조설근에게 말했다.
 "내가 물을 끓여 차를 내어올 테니 잠시만 기다리세요. 술도 없고 반찬도 내놓기 쑥스러운데, 어떡하죠?"

난감해하는 방경의 얼굴을 바라보던 설근이 어쩔 수 없다는 듯 웃으며 말했다.
"별수 없지. 차로 술을 대신하는 수밖에. 담교(淡交)엔 술이 필요 없고, 심어(深語)에는 차가 제격이라고 했는데, 뭐가 어때서!"
그러자 러민이 웃으며 말했다.
"그래서 우리가 준비해 왔다는 거 아니오. 여기 삶은 돼지간도 있고 다 있소! 내가 모모를 시켜 술을 받아오게 할 테니 형수는 이걸 데워주시기만 하면 돼요."
옥이의 동생 모모(毛毛)가 급히 들고있던 보통이를 방경에게 건네주었다. 방경이 유난히 조심스레 움직이는 모습을 본 하지가 조설근을 향해 웃으며 말했다.
"이제 곧 애아버지 될 거라며? 부럽다, 부러워! 흙먼지 떨어지는 집에서 살면 어때서, 갖출 건 다 갖췄는데?"
하지의 말에 사람들은 한바탕 웃음을 터트렸다. 이때 모모가 갑자기 창 밖을 손가락으로 가리키며 말했다.
"형, 저기 지게를 메고 오는 사람은 육육(六六) 아니에요?"
러민이 소리나는 쪽을 바라보니 과연 은과에서 탈락하여 거리를 떠도는 러민에게 술과 음식을 내주며 용기를 북돋아 주었던 그 육육이라는 사내였다. 지게 한 쪽에는 무게가 너댓 근은 실히 될 것 같은 잉어가 매달려 있었다. 그것은 아직 살아있어 퍼덕거렸다. 조설근의 문 앞에 다다라 지게를 내려놓으며 사내가 큰소리로 불렀다.
"러상공, 조어른 안에 계시나이까? 옥이 처녀가 황주(黃酒)를 보냈나이다!"
방안 가득한 사람들이 좋아라 뛰쳐나갔다. 술통과 잉어를 방안에 들여놓으며 조설근이 희색이 만면하여 말했다.

"자넨 나의 왕륜(汪倫, 당나라 때 이태백에게 술을 끊이지 않게 공급해주었던 백성)이네. 술이 고파 미치기 일보직전이었는데 말이야. 가지 말고 같이 실컷 마셔 보자고!"

"조어른, 황송하옵니다. 쇤네가 어찌 낄 자리, 안 낄 자리를 모르고 아무 데나 들어앉겠나이까. 지난번에도 술 마시고 늦게 들어갔다가 주인한테 돼지게 혼났나이다. 빌어먹을 영감탱이가 얼마나 못 됐는지 모르옵니다……"

빈 통을 들고 일어서며 육육이 말했다.

"옥이 처녀가 그러는데, 술과 잉어 모두 아계 어른의 돈으로 샀으니 부담 갖지 마시라고 했사옵니다. 양껏 드시되 러어른은 술을 좀 적게 드시라며 신신당부했사옵니다!"

육육의 말에 사람들은 일제히 러민을 바라보며 웃었다. 문 어귀로 몇 걸음 떼던 육육이 고개를 돌려 조설근에게 말했다.

"조어른, 혹시 마님께서 산달이 되어 여러 가지로 도움이 필요하시면 쇤네의 마누라를 보내드리겠나이다. 가까이 사니 주저 마시고 불러주십시오."

말을 마친 육육은 콧노래를 흥얼거리며 대문을 나섰다.

술이 있고 안주가 풍성하니 사람들은 한껏 들떠 있었다. 조설근이 주전자 가득 술을 따라 난로 위에 올려놓았다. 부엌에선 고기 익는 향이 방안 가득 퍼지기 시작했다. 조설근의 집에 들어서는 순간부터 명문(名門)의 후예가 몰락해 이토록 빈한한 생활을 한다는 것에 내심 안타까이 생각하던 아계는 사람들이 담소를 즐기는 틈을 타 슬그머니 자리에서 일어났다. 방경이 생선을 손질하느라 여념 없는 사이 부엌으로 들어간 아계가 몰래 50냥 짜리 은표를 소금단지 밑에 눌러놓고 나왔다. 그리고는 자리로 돌아와 한숨을 지었다.

"설근형이 이렇듯 청빈하게 살고 있을 줄은 정말 몰랐소."
"설근형은 해 뜰 날이 얼마 남지 않은 사람이오."
전도가 웃으며 말을 이었다.
"'천생아재필유용(天生我才必有用)'이라고 하지 않았소! 황은(皇恩)이 호탕한 데다 관정(寬政)이 봄햇살 같은데 무슨 걱정이오! 설근형의 조부이신 연정(楝亭)어른은 만천하가 우러러 모시는 영웅이시거늘 당금 폐하께서도 대단히 경중(敬重)하시는 분이라오! 설근형이 예기(銳氣)를 조금 거두시고 조정의 부름에 쾌히 응하신다면 비황등달(飛黃騰達)은 시간문제라니까!"

조설근이 시무룩히 웃을 뿐 응답이 없자 러민이 말했다.
"공자가 진(陳)에서 곤액(困厄)당하여 쌀겨조차 없어 못 먹고, 회음후(淮陰侯)가 표모(漂母)에게서 걸식하고, 오차우(伍次友)가 오시(吳市)에서 퉁소를 불었소. 설근형이 오늘날 조금 빈한하게 사는 것도 하늘이 대임을 내리실 상서로운 조짐이 되지 말라는 법도 없지 않겠소?"

아계도 뭔가 할말이 있는 듯 입술을 움찔거리자 조설근이 먼저 말했다.
"여러분들의 나를 향한 진심을 내가 어찌 모르겠소만 러민이 날 성현과 나란히 비교하여 말한 것은 너무 과분했던 것 같소. 하늘은 나를 인간 세상에 강생하여 고생시키려 함이니 관직에 오르지 못할 것이오. 나 또한 그리 되고 싶은 마음도 없고. 하늘이 나를 가엾이 여기시어 인간세상에서 허덕이고 돌아갈 때 기서(奇書) 한 권이라도 남기게끔 허락해 주시었으면 더 이상 여한이 없겠소!"

그러자 하지가 말했다.

"난 여태 설근형을 좇아다니며 원고를 쓰는 대로 읽어보고 베끼고 하다보니 본인 못지 않게 홍루몽에 대해 애착이 간다오. 〈홍루몽(紅樓夢)〉이 천추만대에 회자되지 못한다면 내 눈을 도려내어 여러분들의 술안주를 만들어줄 것이오! 이 책은 탈고하면 필히 기서가 될 것이니. 그리고 이 얘긴 내가 언제든 다 모인 자리에서 하려고 했었는데, 지난번 내가 은과에서 낙방했을 때 어느 날 이상한 꿈을 꾸었더랬소. 어떤 곳에 가니 거기에 방(榜)이 나붙어있는데 지나가던 행인이 퉤퉤! 침을 내뱉으며 그 위에 이름이 나붙은 자들은 모두 공명만을 좇는 똥파리들이라며 매도하는 거 있지? 내가 다가가 보니 방은 행인의 말을 입증하듯 '수(獸)', '조(鳥)', '충(蟲)' 세 부분으로 나뉘어져 있는 게 아닌가!"

그 말에 전도가 푸우! 웃음을 터뜨렸다.

"자네가 질투심이 지나쳐서 일부러 꾸며낸 건 아니겠지?"

"전혀 아니라고는 말할 수 없지."

하지가 웃으며 말을 이었다.

"'수(獸)' 부(部)에 이름이 오른 치들은 관직에 오르면 인혈(人血)을 빨아먹고 인육(人肉)을 먹는다고 하오. 포식하고 나면 불룩한 배를 쓸어 내리며 산으로 돌아간다고 하는데, 듣기 좋게 말하면 '공성신퇴(攻城身退)'형이라고 하네. 과명(科名)은 얻었으나 사도(仕途)엔 오르지 못한 사람은 '조(鳥)' 부에 속한다나? 이 부류의 사람들은 오로지 관직에 오르는 것만이 인생의 전부라 생각하는지라 별의별 짓을 서슴지 않는다고 하오. 권력에 편승하여 그 앵무새 노릇을 충실히 한다고 하여 그리 분류한 것 같소. '충(蟲)'

부엔 말 그대로 겨울의 문턱에선 늦가을의 처량한 벌레 같은 처지에 놓인 사람들만 있는데, 흰 수염이 석 자나 되도록 책만 읽었어도 시험만 치면 족족 떨어져 평생 시험에 한이 맺혀 살다 쓸쓸히 생을 마감한다는 뜻인가 봐. 하기야 이런 벌레들이 인간세상의 태반은 될 것이니 그 인생도 참 가엽지."

하지의 긴 탄식이 끝나기도 전에 아계와 러민, 전도는 벌써 크게 웃어버리고 말았다. 어느새 술잔마다 술이 따라져 있는 걸 본 아계가 먼저 한잔 꿀꺽 쏟아 붓고는 입을 쓱 문지르며 말했다.

"욕 한번 질펀하게 잘했네! 그에 비춰보면 나와 전도는 벌써 '수(獸)' 부에 발을 들여놓았네? 내가 이번에 섬주에서 난동을 부린 죄수들을 백 명도 넘게 죽여버렸으니 인육을 먹은 거나 다름없지 않겠소?"

이에 전도가 물었다.

"그래 배불렀소?"

"아직."

아계가 광대의 행동을 해 보이며 선뜻 농담을 받았다.

방경이 접시에 곱게 담은 요리를 내오자 설근이 받아 식탁에 올려놓으며 말했다.

"자네들한테만 국한되는 건 아닌 것 같소. 진종일 책과 씨름하는 나도 고기 먹고 쌀 먹고 하잖소. 고기 먹을 때는 야수 같고, 쌀 먹을 때는 새 같은 느낌이 가끔씩 들곤 하오. 기름이 다되어 등잔불이 스러져 더 이상 글을 쓰지 못할 때는 고개 들어 탄식을 내뱉고 머리 떨궈 눈물짓는 내 모습을 상상해보면 가을벌레 그 이상, 그 이하도 아니지 않겠소? 인생은 색색공공(色色空空)이라 했거늘, 사람들은 잘난 사람 못난 사람 그 누구도 이 범주에서 벗어날 수 없을 것이오."
 이같이 말하며 조설근은 젓가락을 들어 접시를 두드리며 소리 높여 노래하기 시작했다.

관직에 오른 이 가업이 조령(凋零)할 때 있고, 부귀한 이 금은 보화가 가뭇없을 때 있다네.
베풀며 사는 사람 죽음에서 헤어나오듯, 무정한 사람 분명 보응(報應)이 있을 것이네.
목숨 빚은 목숨으로 갚게 되고, 눈물 빚은 눈물로 갚게 되니
원망과 미움은 속절없는 것이오, 헤어짐과 만남은 미리 정해진 것이라네.
삼생인연(三生因緣) 간파한 이는 공문(空門)으로 은둔하나 어리석은 자는 경거망동으로 성명(性命)을 잃을 것이네.

 시를 읊듯 노래하는 조설근의 진지한 모습에 사람들은 잠시 넋이 나가 있었다. 풍성한 주안상을 마주하고도 분위기가 한결 가라앉아있는 걸 느낀 조설근이 말을 돌렸다.
 "모처럼 만났는데 본의 아니게 여러분들의 흥을 깨뜨린 것 같소! 평소에 보고 느낀 걸 벗들에게 털어놓는다고 생각하고 가볍게 넘겨주게. 지난번 은과 시험을 앞두고 만났을 때가 어제 같은데 오늘 다시 만나니 각자의 신변에 꽤 많은 변화가 있는 걸 보니 감회가 새롭소. 나중에 헤어졌다 다시 만날 땐 어떤 큰 변화가 있을지 모르겠군!"
 "틀림없이〈홍루몽〉에 나오는 곡(曲)일 테지."
 아계가 감개에 젖어 술잔을 비우며 말을 이었다.

"……참 좋은 말이긴 한데, 너무 소극적인 것 같소. 우린 필경 신선이 아니오. 칠정육욕(七情六欲)이 있고, 오곡잡량(五穀雜糧)을 먹고사는 사람이란 말이오. 저서(著書)는 도량(稻粱)을 위해서가 아니라고 하지만 일단 수수일지라도 배를 불려야 책을 더 잘 읽고 쓸 수 있지 않겠소! 이번에 폐하를 알현하고 나서 외임(外任)으로 파견되어도 좋고 안 돼도 상관없는데, 만약 외임으로 나가게 된다면 나랑 같이 바깥구경 하고픈 생각은 없소?"

조설근이 사람 좋게 웃으며 요리를 집어주고 술잔을 들라 손시늉을 하며 말했다.

"나도 사실은 거인 시험을 본 적이 있는 사람이오. 인간세상의 연화(煙火)를 먹지 않는 신선이 아니라는 건 잘 아오. 보다시피 지금 돈을 만드느라 방안 가득 널어놓고 이러잖소. 내다 팔아 쌀을 사오기 위함이 아니겠소? 북경에 괜찮게 사는 벗들이 적잖이 있어 가끔씩 들여다보고 도와주곤 한다오. 지난번에는 윤계선(尹繼善)이 북경에 술직왔다며 나더러 청객(淸客)으로 자신과 더불어 살 생각은 없냐고 했소만 집사람이 회임 중이라 흔쾌히 응하지 못했소. 사실 청객이 되는 것도 그리 창피한 일은 아니라 생각하오. 집사람이 해산하고 나면 금릉(金陵)을 한번 다녀올까 하오!"

조설근이 저 혼자 웃으며 말을 이었다.

"청객에 대해…… 나보다 더 많이 아는 사람 있으면 나와 보오. 내가 어렸을 적에 우리 집에도 난다 긴다 하는 명사들이 청객으로 많이 들어와 있었거든. 근데 내가 이제 청객으로 남의 집에 간다니!"

이같이 말하며 조설근은 곧 청객에 대한 나름대로의 견해를 재밌게 엮어 말하기 시작했다.

일필호자(一筆好字) — 쓸만해.
이등재정(二等才情) — 드러내지 않아.
삼근주량(三斤酒量) — 토할 정도는 아니야.
사계의복(四季衣服) — 볼 때마다 똑같아.
오자위기(五子圍棋) — 물리지 않아.
육회곤곡(六回昆曲) — 사양치 않고.
칠자왜시(七字歪詩) — 끝내 줘.
팔장마적(八張馬吊) — 대수롭지 않아.
구품직함(九品職銜) — 선택할 여지없어.
십분화기(十分和氣) — 인간성 문제없어!

사람들은 넘어갈 듯 크게 웃었다. 그리고는 밤 가는 줄 모르고 주령을 하며 술잔을 기울였다.

이튿날 아계는 상서방으로부터 즉각 입궐하여 폐하를 알현하라는 통지를 받았다. 잠시라도 지체할세라 말을 달려 서화문에 도착한 아계는 경관(京官)이 아니어서 건넬 표패(票牌)도 없는지라 이름만 말하고는 문 밖에서 기다렸다. 담배 한 대 태울 정도의 시간이 흘러 태감 하나가 나오더니 큰소리로 물었다.

"어느 분이 아계 어른이십니까? 군기처로 들라고 하십니다!"

말을 마친 태감은 곧 돌아섰다. 아계가 급히 따라온 하인에게 고삐를 건네주고 부랴부랴 태감을 따라나섰다. 융종문 내에 있는 군기처 앞에 도착하여 직명을 말하니 안에서 장정옥의 목소리가 들려왔다.

"들어오게."

"예!"

응답과 함께 아계가 성큼 방안으로 들어갔다. 두툼한 솜으로 만든 거적이 출입문 안쪽에 드리워져 있어 방안은 훈훈했다. 장정옥은 다리를 포개어 구들 위에 앉아있었고, 창가의 의자에는 일품대원의 복색을 한 관원이 앉아있었다. 산호정자 뒤에 쌍안공작화령을 꽂고 두 손을 무릎에 올려놓은 그는 유심히 아계를 훑어보고 있었다. 아계가 예를 갖춰 인사하기를 기다려 장정옥이 웃으며 말했다.

"먼저 두 사람이 알고 지내야겠소. 여기 이분은 호(號)가 거산(居山)인 운귀총독(雲貴總督) 장광사(張廣泗) 장군이네. 그리고 이쪽은 방금 얘기했던 하남지부 아계라는 사람이오. 앞으론 그대의 부장(副將)이 될 것이니 유심히 봐 두오. 그리고 아계, 장광사 장군 하면 당대의 명장이고 영웅호걸이시니 모를 리가 없겠지. 자넨 이제부터 무직(武職)으로 바뀌어 장장군의 휘하에서 일하게 되었네. 게으름 피우지 말고 열심히 배우고 노력하면 좋은 일이 있을 것이네."

자신이 지부인 종4품(從四品)에서 네 등급을 껑충 뛰어 종2품(從二品) 부장으로 진급한다는 사실에 아계는 흠칫 놀랐다. 목마 탄 느낌이 싫진 않았지만 꿈에도 무직으로 전환되리라는 생각은 못했던 터라 좀 내키지 않았다. 짧은 순간이지만 그는 심각하게 고민했다. 결과는 자신이 아직은 찬밥 더운밥 가릴 만한 형편이 못된다는 것이었다. 애써 웃음을 지어 보이며 장광사에게 정중히 인사하고 난 아계가 말했다.

"묘강대첩(苗疆大捷)에서 사방에 명성을 떨치신 장군의 산두(山斗)를 흠모해마지 않았사온데, 오늘 그 풍채를 가까이에서 뵐 수 있게 되어 실로 광영된 일입니다. 후학소배(後學少輩)로서 장군을 따라 전력을 다해 일할 것을 언약합니다. 아직 대단히 부족한 이 사람을 많이 이끌어주시고 훈회를 내려주셨으면 합니다!"

장광사의 얼굴에 알 듯 말 듯한 미소가 스쳤다. 그는 고개를 끄덕여 보이며 말했다.

"내가 자네 나이 때엔 한낱 천총에 불과했었는데, 후생가외(後生可畏)라더니 실로 옛말 그른 데 없네. 자네는 이 나라 구신(舊臣)의 후예이기도 하니 그 전도가 한량없을 것이네! 자네가 섬주에서 올린 용병에 관한 주장은 나도 읽어보았는데 문채(文采)도 뛰어나더군. 물론 비상한 책략임은 인정하나 내 생각엔 죄수들이 출옥할 때의 혼란을 틈타 때려주었더라면 싸움을 더 빨리 끝냈을 수 있었지 않았나 하는 아쉬움은 더러 있네. 그런 의미에서 자네가 뒤에 붙인 아슬아슬한 장면들은 사족이 아니었나 싶네. 이에 대해서 자넨 어찌 생각하나?"

첫마디부터 따지고 드는 느낌이 다분했다. 뿐만 아니라 은근히 아계의 책략을 무시하고 별로 뛰어난 데도 없는 사람이 오로지 만인(滿人)이라는 점 때문에 이토록 순식간에 목마를 타는 행운을 지니게 되었다고 비아냥거리는 것 같았다. 장정옥도 느낌이 이상한 듯 미간을 찌푸렸다. 그러나 곧 화제를 돌려버렸다.

"이런 저런 군무에 대해선 두 사람이 앞으로 지긋지긋할 정도로 논의할 수 있을 테니 사람 숨이나 쉬게 해야지! 좀 있다 폐하께서 부르실 테니 아계, 자넨 들어갈 준비나 하게······."

장광사가 웃으며 자리에서 일어났다. 그는 장정옥을 향해 읍해 보이더니 아계에겐 머리만 끄덕여 보이고는 돌아서 나갔다. 아계는 일순 천만 근이나 되는 바윗돌에 짓눌리는 압박감에 사로잡히고 말았다. 장광사의 뒷모습이 멀리 사라질 때까지 눈 하나 깜짝하지 않고 바라보던 아계가 그제야 고개를 돌려 웃으며 장정옥에게 말했다.

"장상께서 달리 훈계가 계시다면 주저하지 마시고 말씀해주십시오."

"훈계라니 무슨······."

장정옥이 웃으며 말을 이었다.

"자네가 모시게 될 장장군은 용병술이 뛰어난 사람일세. 그에 비하면 자넨 필경 이제 막 세상 밖으로 나온 햇병아리지. 병흉전위(兵凶戰危), 이 네 글자의 참뜻을 항시 명심해야 하네. 목이 오락가락하고 총칼이 번뜩이는 전쟁을 무서워할 줄 알아야 한단 말일세. 자넨 아직 군권(軍權)이 없기 때문에 위에서 내려오는 군령과 병영의 규칙에 충실해야 하고 장군과의 호흡을 제대로 맞춰 가야 하네. 내가 알기로 자넨 다른 만인들과 달리 겸허하고 책 읽는 욕심이 대단한 전도 유망한 젊은이네. 큰 병사(兵事)가 없는 틈에 병서나 많이 읽어두게. 미리 칼 갈아놓지 않고 때가 되어 부처님 다리를 껴안고 진땀 흘려봤자 아무 소용이 없다네. 지금은 내 말이 실감나지 않을지도 모르나 때가 되면 크게 느낄 날이 있을 것이네. 병무에 뛰어난 감각을 가진 선배 장군들이 얼마 안 남았네. 악종기, 장광사 등 몇 사람이 고작인 실정이네. 때문에 자네 세대에서는 속된 말로 싹수가 보인다 싶으면 전처럼 단계를 밟지 않고 껑충 뛰어넘어 높은 자리에 오르는 경우도 비일비재할 것이네. 푸헝도 문관이지만 이번에 흠차로 내보내면서 폐하께오선 그더러 절강, 강남 두 성의 열병(閱兵)을 지휘하라고 하명하셨네. 그래서 요즘은 병서를 읽고 정무보다 군무에 더 힘을 쏟는다고 들었네! 문직에서 무직으로 전환시켜 기용하는 것이 진정한 중용이라는 걸 알아두게!"
 장정옥의 덕담이 이어지고 있을 때 태감 고무용이 들어와 아뢰었다.
 "장상, 폐하께오서 장상과 아계 어른을 들라고 하십니다!"
 "예, 폐하!"
 두 사람이 퉁기듯 일어나 급히 대답하고는 고무용을 따라 양심전으로 향했다.
 두 사람이 양심전 천정(天井)에 들어섰을 때 안에서 와장창 뭔가 그릇이 박살나는 듯한 시끄러운 소리가 들려왔다. 잠시 발걸음을 멈추고 들어보니 건륭이 누군가를 크게 꾸짖으며 화를 내고 있었다.
 "이 일은 누구한테 도움을 청해도 소용없는 일이니 남에게 구걸하느니 자기 자신에게 물어보라고 전해! 가는 길에 자녕궁에 들러 부처님께 여쭈어라. 이 일은 짐이 이미 처리했으니 저녁에 문후 올리러 가서 자세히 말씀 올릴 것이라고 해라!"
 안에선 누군가 목소리를 낮춰 말하는 듯한 소리가 들렸다. 그러자 다시 건륭의 짜증 섞인 고함이 들려왔다.
 "알았어, 알았다고! 알았다고 하지 않았느냐. 어찌 그리 귀찮게 구는 건가? 물러가게!"
 잠시 후 육궁총관태감(六宮總管太監)인 대영(戴英)이 사색이 되어 물러 나왔다. 두 사람 곁을 지나며 대영은 장정옥을 향해 경황없이 절을 해 보이고는 허겁지겁 떠나갔다.
 장정옥이 아계를 데리고 들어와 보니 건륭은 뒷짐을 지고 동난각에서 왔다갔다하며 배회하고 있었다. 노한 기색이 얼굴에 가득했고 잔뜩 기죽은 궁녀들은 바닥에 엎드려 박살난 자기 조각을 줍고 있었다. 예를 갖추고 나서 장정옥이 조심스레 여쭈었다.
"어인 연으로 심기를 다치셨사옵니까, 폐하!"
"공사(公事) 때문은 아니네."
건륭이 숨을 길게 내쉬며 온돌로 돌아가 앉았다. 그리고는 천천히 입을 열었다.
"돈비(惇妃)가 오늘 사소한 일로 궁녀 하나를 때려 죽였다고 하네. 후궁으로서 못할 짓을 해놓고선 죄가 두려워 나라씨와 태후 부처님께 가서 울고불고 하소연하며 짐을 설득해줄 것을 청했다지 뭔가. 대영은 태후부처님이 보내서 왔네. 요즘은 궁중이나 밖이나 한 마디로 법도라곤 없는 아수라장이네. 짐이 효를 중히 여겨 웬만하면 태후부처님의 뜻을 어기지 않는다는 점을 악용하여 툭하면 태후께 달려가는데……."
다시금 화가 치밀어 오르는 듯 건륭이 물잔을 집어들었다. 그러나 잔은 비어 있었다. 그는 곧 명령했다.
"우유 한 잔 내어오너라! 장정옥에겐 인삼탕을, 아계에겐 차를 상으로 내리도록 하라!"
두 사람이 연신 사은을 표했다. 장정옥이 천천히 입을 열어 진언했다.
"이같이 사소한 일로 폐하께서 심기를 다치셔선 아니 되옵니다. 우리 대청(大淸)의 황후나 궁빈들은 자고로 인덕하시어 노비를 죽이는 일이 그리 흔한 편은 아니옵니다. 전명(前明) 같은 경우에는 하루에도 노비들이 대여섯씩은 죽어나갔다 하옵니다."
"짐은 벌써 돈비를 폐위시켰네."
건륭이 여전히 일그러진 표정으로 말을 이었다.

"아무리 주종관계가 엄연하다지만 인명이 우선시 되어야 하네. 선제께오선 생전에 천하의 일인자시면서도 햇빛 아래에서 그 누구의 그림자조차도 밟기 저어하셨네. 전에도 몇몇 궁인들이 대들보에 목매고 우물에 뛰어들어 죽은 일은 있었지만 그건 어디까지나 자살이었네. 이번처럼 찻잔을 잘못 내려놓아 자기가 손을 좀 데었다 하여 대곤(大棍)으로 쳐죽인 경우는 아마 없을 것이야. 밖으로 소문이 퍼지면 사람들은 후궁들을 어찌 생각할 것이며, 자손들에겐 몹쓸 본보기를 보이는 경우가 아니고 뭔가!"

건륭이 애써 가슴을 진정시키는 듯했다. 한참 침묵 끝에 아계를 향해 말했다.

"형신한테서 좋은 얘기 들었으리라 믿네. 자네 주인 장광사를 만나봤는가?"

"예, 폐하."

아계가 급히 절을 하고는 아뢰었다.

"폐하의 재배지은(栽培之恩)은 하늘보다 높사옵니다! 소인은 어느 날 갑자기 무직(武職)으로 전환될 줄은 꿈에도 몰랐을 뿐더러 하루아침에 목마를 타게 될 줄도 몰랐사옵니다. 가장 낮은 곳에서 출발하여 조정과 백성을 위해 진력을 다해 봉사하는 관원이 되는 소박한 꿈을 꾸어왔사옵니다. 하오나 이제 무직으로 전환되었사오니 모든 것을 처음부터 시작하는 자세로 임하겠사옵니다."

건륭이 머리를 끄덕였다. 깊이를 알 수 없는 까만 눈동자로 아계를 바라보던 건륭이 입을 뗐다.

"형신은 짐의 고굉이라, 짐은 어떤 얘기든 서슴지 않고 하는 편이라네. 솔직히 짐이 자네를 기용한 이유는 만인이라서가 아니네. 장우공(莊友恭), 전도(錢度) 모두 한인(漢人)이지 않은가! 희조(熙朝, 강희제 재위기간) 때부터 내려온 노신들은 짐의 세대에 와서는 이미 기력이 많이 쇠잔해 있네. 짐은 아직 젊으니 이제 젊은 인재들을 낚아 올려 서서히 이들 노신들의 자리를 메워 나가야겠네. 형신이나 어얼타이 모두 몇 십 년 동안 그 진가를 유감없이 발휘한 짐의 고굉들이네. 희조 때부터 앞만 보고 달려오느라 자기의 삶을 영위할 시간은 없었네. 낙향하고 싶어하는 속마음을 훤히 알고 있으면서도 마땅한 계승자가 없어 짐이 짐짓 모른 척하고 있는 실정이라네. 그렇지 않은가, 형신?"

이에 장정옥이 급히 대답했다.

"폐하께선 실로 심모원려(深謀遠慮)하시옵니다! 인재는 대대로 많았사오나 흙 속에서 진주를 발견하여 다듬어 놓지 못한 재상의 책임이 크옵니다. 신은 이를 대단히 송구스럽게 생각하옵니다."

그러자 건륭이 웃으며 말했다.

"그냥 자네 뜻을 들어보고자 한 것이지 자넬 책망하려고 했던 건 아니네! 짐은 문직과 무직에 대해 칼로 자르듯 구분하는 걸 싫어하네. 짐은 문무를 두루 겸비한 인재를 원하네. 무직으로 전환됐다고 하더라도 손에서 책을 놓으면 안되네. 짐은 성조와 같은 일대 영주(令主)로 천추에 남고자 하니 자네들이 현신(賢臣)으로서의 자질을 갖춰 뒷받침을 해주어야 할 것이 아닌가. 그게 짐의 바람이고 소망이네. 그리 알고 물러가게!"

21. 복귤(福橘)을 놓고 다투다

 멀어져 가는 아계의 뒷모습을 바라보며 장정옥은 감개가 무량했다. 전 같으면 이같이 직분이 낮은 관원들은 여럿을 한꺼번에 접견했으며 간단히 한 두 마디씩 물어보고 물리치는 것이 관례였다. 그러나 오늘 건륭은 파격적으로 아계를 대했다. 아계에게 말시키는 대신 자신의 가슴을 확 터놓고 의중을 남김없이 드러내 보였다.
 장정옥은 이 자리를 빌어 비로소 건륭이 자신의 낙향을 윤허치 않는 것은 인간적인 배려가 부족해서가 아니라 마땅한 후임이 없어서라는 사실도 함께 깨달을 수가 있었다. 잠시 생각한 후 장정옥이 아뢰었다.
 "폐하께오서 나라를 다스리고 인재를 중용함에 있어 신중하시고 담대하신 데 대해 신은 탄복해마지 않사옵니다. 사람에 대한 확신과 믿음이 섰다면 과감히 크게 써야 할 것이옵니다. 그 옛날

고사기(高士奇)는 서른 살 밖에 안된 신진이었사오나 성조께선 그 직무를 일일칠천(一日七遷, 하루에 일곱 번 옮기다)하시어 빠른 시일 내에 중용하셨사옵니다. 신 또한 스무 살의 나이에 상서방에 입직하였사옵니다. 경력과 연륜의 부족함은 폐하를 조석으로 모시며 그 웅재대략(雄才大略)을 가까이에서 느끼고 배우는 것으로 충분히 메울 수 있었사옵니다."

"짐도 그리 생각하네."

건륭이 깊은 사색에 잠긴 채 말했다.

"성조 초기에는 남명(南明)의 새끼 왕조가 최후의 발악을 할 때였고, 삼번(三藩)의 할거로 인해 정세가 안팎으로 대단히 복잡할 때였지. 사실은 난세가 따로 없었네. 그러나 지금은 태평성세가 오래 지속되다보니 인재가 득실거리긴 해도 요행을 바라고 구은(求恩)을 넘겨보는 파렴치한 쓰레기들이 뒤섞여 있어 난세 때처럼 그 진가를 식별해내기가 그리 용이하지 않다네. 다행히 지금은 성조 때처럼 그리 인재에 목마른 때가 아니니 여유를 갖고 선택하여 기용할 수 있는 건 사실이네. 이것이 성조 때와 다른 점이지. 3년 전인가 과친왕(果親王) 집에서 연극을 하던 중 희자 하나가 실수로 휘두른 칼에 다른 희자(戲子)의 목이 떨어져나가 무대를 피바다로 만든 사고가 있었지 않은가. 그 당시 윤당의 아들…… 홍정(弘晸)이라고 했나? 그 자리에서 기절해 버렸지 않은가. 십사숙의 둘째아들 홍명(弘明)이는 지금도 부엌에서 닭 모가지 비트는 것만 보면 두 손으로 얼굴을 가리고 감히 쳐다보지도 못한다고 하네. 성조 때 같았으면 큰 웃음거리가 아니겠는가? 푸헝이 무호(蕪湖)에서 열병하는 와중에 지각한 두 천총의 목을 쳤다며 무호장군(蕪湖將軍)이 주장을 올렸더군. '푸헝의 행법(行法)에 삼군

(三軍)이 두려움에 떤다'며 지나치게 가혹하다는 뜻을 비쳤기에 짐이 주비를 내려 엄히 꾸짖었네. 군관이 하늘과 같은 군법을 어겨 목을 쳤는데, 뭐가 어찌 됐단 말이냐고. 장군으로서 그리 무르게 굴고 선행만 베풀고 싶으면 삭발하고 절로 들어가라고 했네!"

건륭의 장편대론을 들으며 장정옥은 내심 감복해마지 않았다. 잠시 후 그는 길게 숨을 내뱉으며 아뢰었다.

"신은 세 분의 주군을 시중들어 왔사오나 이젠 흙 속에 반쯤 묻힌 산송장이나 다름없사옵니다. 우리 대청의 극성시대를 못보고 눈을 감을 것 같아 안타깝사옵니다."

"보고 갈 수도 있겠고, 그냥 갈 수도 있겠지."

건륭이 형형한 눈빛을 들어 먼 곳을 바라보며 말을 이었다.

"허나 짐은 자네가 꼭 보고 가길 바라네. 자넨 세 조대의 증인이니까. 사실 성조와 세종의 간난신고(艱難辛苦)가 없었다면 오늘날 짐의 웅심도 한낱 헛것에 불과하겠지."

건륭이 천천히 발걸음을 떼어놓았다. 머나먼 추억을 실에 꿰어 잡아당기듯 그는 잠시 묵묵히 생각에 잠겨있었다. 그러던 그가 편안한 미소를 지으며 말했다.

"묘족들의 반란은 평정했으나 대소금천(大小金川)엔 처링처왕 부탄의 항복과 반란이 무상한 실정이네. 짐은 반드시 이것들의 반란의 근원을 근절시켜버릴 것이네. 지금 문제는 내지(內地)의 정치가 아직 어수선하다는 건데, 이것부터 해결하지 못하면 모든 일은 노력에 비해 성공할 확률이 반밖에 안 될 것이네."

그러자, 장정옥이 여쭈었다.

"폐하께오선 내지의 백련교들의 움직임에 심려를 표하시는 것이옵니까?"

그러자 건륭이 머리를 저었다.
"백련교 같은 사교가 생겨나는 온상이 뭔 줄 아나? 토지가 집중되고 부세가 불균등하며 지주와 소작농들의 불화가 그야말로 수화불용(水火不容)의 지경에 이르러 빈익빈 부익부의 현상이 가중화된 산물이 아니고 뭐겠나! 사람이 먹을 게 없고 헐벗으면 무슨 짓이든 못하겠는가? 사교가 중원과 남방에서 발을 붙일 수 있었던 것은 이같이 맘 둘 데를 모르는 사람들을 종교라는 이름하에 매수했기 때문이네. 정치가 바른 궤도에 들어서고 각종 사회적 부조리가 하나씩 해결되고 부자들이 없는 자에게 베풀고 이끌어 주는 세상이 올 때 백련교는 그 작란(作亂)의 기본을 잃게 될 것이네. 푸헝의 상주문을 읽어보았는가?"
"예, 폐하! 읽어보았사옵니다."
장정옥이 급히 답했다.
"감숙성에서 지주들이 소작세를 올려 받기 위한 수단으로 소작농들로부터 땅을 거둬들여 큰 충돌을 빚고 있다 하온데, 이는 예삿일이 아니옵니다. 나라에서 부세 감면책을 실행하는 것은 백성들에게 그 혜택이 돌아가게 하기 위함이지 결코 소수 세력들만이 수혜를 받으라는 것이 아니지 않사옵니까? 그럼에도 소수 기득권층이 더 기고만장하여 없는 자를 괴롭히는 수단으로 전락됐다는 것은 아니 될 말씀이옵니다."
"그럼 자네 생각엔 어찌 하는 것이 바람직할 것 같은가?"
그러자 장정옥이 대답했다.
"토지겸병 현상은 진시황(秦始皇) 때부터 어느 조대나 피해갈 수 없었던 뿌리깊은 고질병이옵니다. 태평성세가 길어지면 이런 현상은 불가피하오니 조정으로선 적절하게 대처하는 요령이 필요할 것 같사옵니다. 신의 우견으론 폐하께서 명조(明詔)를 내리시어 부세 감면책의 진정한 의미를 만천하에 가르쳐주고 전주(田主)들로 하여금 조정에서 받은 혜택의 반을 소작농들에게 나눠주라고 명령하시는 것이 어떨까 하옵니다."

오랜 침묵 끝에 건륭이 비로소 입을 뗐다.

"가진 자와 없는 자의 인간성을 그리 획일적으로 재단할 순 없네. 부자들 중에도 베풀기 좋아하는 사람이 있고 악독한 자들이 있듯이, 소작농들 중에도 부지런하고 소박하여 당연한 대가를 받아 마땅한 사람들이 있는가 하면 게으르고 비열한 자들이 있는 법이라네. 굳이 따지자면 소작농들 중에는 법도를 준수하지 않는 사람들이 더 많다네. 지금도 지주들에게 무차별적인 공격을 일삼는 자들이 있는데, 그런 명조까지 내리면 일부 소작농들이 소작료 납부를 거부하는 빌미가 되어 지주들의 원성을 사게 될 것이네!"

건륭의 말에 공감하는 표정을 지으며 장정옥이 말했다.

"폐하의 지적이 천만 지당하옵니다. 하오면 쌍방의 입장을 절충하여 소작료 인하를 권유하는 내용의 조유(詔諭)를 내려 그 반응을 시험해보는 것이 어떻겠사옵니까?"

"그리 시도해 보세나."

건륭은 이 문제가 역대의 제왕들이 미완으로 남긴 숙제라는 걸 잘 알고 있었다. 푸헝의 주장을 받고 심각하게 여러 가지 대책을 고민해 보았지만 뾰족한 수가 없었다. 이제 장정옥의 '소작료 인하를 권유한다'는 식의 조치를 취해 보는 수밖에 없었다. 그런데 조유 초안을 작성하라는 건륭의 명을 받은 장정옥은 자리에서 일어나는 순간 돌연 가슴을 움켜잡고 휘청했다. 순간이지만 그 모습을 발견한 건륭이 다그쳐 물었다.

"형신, 왜 그러나? 어디 안 좋은가? 낯빛이 창백하네."

이에 장정옥이 애써 웃음을 지어보였다.

"이젠 노환이옵니다. 일어나는 순간 머리가 좀 어지러웠을 뿐이옵니다."

이같이 말하며 장정옥은 급히 강희로부터 하사받은 약을 꺼내어 입안에 넣고 우물거려 삼켰다. 차츰 안색이 돌아오고 건륭이 미처 말리기도 전에 장정옥은 어느새 붓을 잡고 생각하며 적어내려가기 시작했다.

천하를 다스림에 있어서 당연히 애민(愛民)이 우선시 되어야 함은 자명한 일이다. 애민지도(愛民之道)는 조세(租稅)를 감면해 주것으로 시작된다. 전량(錢糧)을 수납하는 쪽은 대부분 지주들이기에 조정의 조세감면책의 직접적인 수혜자는 지주들이다. 자신들은 조정으로부터 엄청난 혜택을 받으면서 소작농들에겐 갖은 가렴주구를 그대로 적용시킨다는 것은 도의적으로 문제가 되지 않을 수 없다. 조정으로부터 열 개를 받았다면 그 중 다섯 개는 소작농들에게 내어주는 것이 바람직할 것이다. 강남에는 의로운 지주들이 많아 소작료를 면제해주어 소작농들 사이에서 그 덕이 회자되고 있다 하니 짐은 실로 감명받은 바가 크다. 만천하의 지주나 소작농들 모두 짐이 아끼는 적자(赤子)들이다. 지주들은 짐의 뜻을 깊이 헤아려 소작농들의 고충을 덜어주고 소작농들은 그 고마움을 가슴깊이 아로새겨야할지어다. 부디 인화(人和)로 천시(天時)를 감화시켜 더 큰 풍작을 거두길 기원하는 바이다!

다 쓰고 난 장정옥은 미세하게 떨리는 손으로 종잇장을 받쳐들고 조심스레 먹을 불어말려 건륭에게 공손히 받쳐 올렸다. 받아들고 자세히 읽어보고 난 건륭이 고무용을 불러 건네주었다.

"나친더러 즉각 인새(印璽)를 박아 전국 각지로 내려보내라고 하게."

그리고는 장정옥에게 말했다.

"형신, 자네 많이 피곤해 보이네. 수라를 같이 해도 맛있게 먹지 못할 것 같으니 오늘은 그만 물러가게. 짐이 보기에 장우공의 문필이 괜찮아 보이니 내일 군기처로 들일까 하네. 일상 조서는 장우공에게 맡기고 자넨 잘못된 부분이나 바로 잡아주면 되겠네. 장우공에겐 좋은 경험이 될 것이고, 자넨 덕분에 과부하에서 놓여날 수 있으니 일석이조가 아니겠는가?"

장정옥이 사은하고 물러간 후 건륭이 시계를 꺼내보니 신시(申時)가 막 지난 시각이었다. 그는 서둘러 승여(乘輿)에 앉아 태후가 있는 자녕궁으로 향했다. 눈은 어느새 멈춰 있었고 자녕궁의 처마 밑에는 크고 작은 눈더미가 시선을 끌었다. 궁원을 청소하는 태감들은 모두 눈으로 볼거리를 만드는 데 일가견이 있었다. 가산(假山) 모양을 만들어 놓기도 하고 운치 있는 정자며 생동감 넘치는 곰, 표범, 사슴, 학 등 조각품들이 제법 볼만했다. 건륭이 들어선 줄도 모르고 한 쪽에서 삽으로 깎아만들기에 여념 없던 태감들이 뒤늦게 건륭을 발견하고는 황급히 연장을 내던지고 그 자리에 시립했다.

건륭은 가타부타 말없이 궁전 안으로 들어갔다. 태후가 온돌마루에 앉아 있었고 나라씨와 돈비가 양옆에서 등을 두드려준다, 다리를 문질러준다 하며 경황이 없어 보였다. 한 걸음 앞으로 성큼 다가선 건륭이 격식을 갖춰 문후를 올렸다.

"소자, 태후부처님께 문후를 올립니다!"
"일어나세요, 폐하."
태후가 덧붙였다.
"저쪽에 앉으시죠. 수라는 드셨는지요?"
자리에 앉은 건륭이 돈비를 힐끔 일별했다. 때를 같이하여 건륭을 훔쳐보던 돈비의 눈길이 건륭과 부딪치는 찰나에 비켜갔다. 건륭이 웃으며 태후에게 말했다.
"소자는 이제 막 관원을 접견하고 내려오는 길인지라 아직 수라 전입니다. 어선방의 얼간이들이 손맛이 엉터리여서 음식을 떠올리기만 해도 입맛이 싹 가십니다. 안그래도 태후부처님에게 한술 얻어먹으려던 중입니다!"
태후가 웃으며 돈비에게 말했다.
"뭘 하나, 어서 가 폐하께서 즐겨 드시는 음식을 만들어 오지 못하고!"
"예, 태후마마!"
조심스레 온돌을 내려선 돈비가 건륭과 태후를 향해 몸을 낮춰 인사하고는 잔뜩 주눅이 들어 말했다.
"폐하께오선 어떤 요리를 드시고 싶으신지 분부를 내려주시옵소서."
겁에 질린 돈비의 목소리는 가늘게 떨렸다. 고양이 앞에 물려온 쥐처럼 잔뜩 오그라들어 있는 그 모습을 보며 건륭은 가엾기도 하고 사랑스럽기도 했다. 마치 자신이 뭔가 잘못을 범한 것처럼 얼굴을 붉히며 건륭이 말했다.
"담백한 음식 위주로 하게. 자네가 만든 돼지간 요리는 먹을만 하던데, 그거 하나 볶아 올리게."

건륭이 자신을 무시해버리진 않을까 전전긍긍하던 돈비는 의외로 다정다감한 건륭의 태도에 적이 안도하는 눈치였다.

돈비가 황공해하며 물러가는 뒷모습을 바라보던 태후가 말했다.

"성격이 좀 과격한 게 흠입니다. 이번에 아주 혼이 났을 겁니다. 대영에게서 황제의 뜻을 전해듣고 나도 눈물이 쏙 빠지게 혼냈습니다. 처벌을 내리고 내리지 않고는 황제의 권한입니다만 평소에 불같던 이가 하루아침에 된서리 맞은 것처럼 저리 주눅들어 있는 것도 보기에 딱합니다. 여인네들은 체면을 목숨처럼 중히 여기는데. 아니 그렇습니까, 폐하!"

태후가 돈비의 편을 들어올 줄을 알고 있었는지라 건륭이 차를 홀짝홀짝 마시며 시무룩한 표정으로 말했다.

"어머니 말씀이 천만 지당합니다. 태후마마나 황후, 빈비들 모두 소자를 아끼고 소자가 현명한 천자로 우뚝 서게끔 밑거름이 되어주는 존재라는 걸 소자는 잘 알고 있습니다. 태후마마께오선 자비로움을 인성의 근본으로 여기시는 독실한 불교 신자시니 드리는 말씀입니다만 아무리 그 궁인이 백 번 잘못했다고 해도 존엄한 하나의 생명이거늘 어찌 화가 난다고 하여 대곤을 휘둘러 죽여 버릴 수가 있겠습니까? 그런 사람에게 아무런 처벌도 내리지 않는다는 건 신령께서도 이를 용서치 않을 것입니다. 소자가 방금 전에 어마마마의 뜻에 따라 지의를 내렸습니다. 아시다시피 양홍기(鑲紅旗) 소속의 3등시위가 유부녀를 겁탈하고 그 남정네를 죽여 없앤 일이 있지 않습니까? 부의에서는 혁직처벌을 내렸으나 어마마마께서 살인범에 너무 관대하다고 하시며 그 죄를 엄히 물어줄 것을 하명하시어 소자가 그 일가를 멀리 흑룡강(黑龍江)으로 유배 보냈습니다. 천가(天家)의 일원일지라도 인명(人命) 앞에선 모두가 평등합니다. 벌써 소문이 파다할 텐데 은근슬쩍 덮어 감추었다간 훗날 조정의 체통에 손상이 갈 것입니다. 소자 생각에 지은 죄에 비해선 처벌이 미약하오나 돈비를 '빈(嬪)'으로 격하시키고 부리는 몸종들을 줄이는 정도의 처벌이나마 내려야겠습니다. 소자는 앞사람이 던지고 간 한 움큼 모래에 뒷사람이 눈을 다치는 불상사를 미리 막자는 생각입니다. 그럼에도 어마마마께서 처벌이 너무 무겁다고 하시면 의지(懿旨)를 내리시어 면죄부를 주셔도 무방하겠습니다."

태후의 감정을 다치지 않게 적극 배려하면서도 자신의 주장을 조리 정연하게 천명한 건륭의 이 한마디에 태후는 자상한 미소를 머금었다.

"폐하의 말씀이 바른 이치입니다."

그사이 돈비가 자신이 준비한 요리를 받쳐들고 들어섰다. 두 사람의 대화를 대충 들은 것이 분명한 돈비를 향해 태후가 입을 열었다.

"애야, 좀 서운하겠지만 폐하도 나름대로 고충이 있으신 분이다. 폐하의 지의에 따르도록 하거라. 알겠느냐?!"

그러자 돈비가 그러겠노라고 쾌히 응답했다. 식탁 위에 요리를 내려놓고 돌아서는 돈비의 얼굴 위로 눈물이 주르륵 굴러내렸다. 건륭이 뭔가 위로의 말을 건네려 할 때 태감이 영황, 영련 두 황자를 데리고 들어섰다. 접시로 향하던 젓가락을 멈추며 건륭이 물었다.

"지금 하학(下學)하는 길이냐? 어마마마께 문후는 올렸고?"

"예, 아바마마!"

두 아들이 엎드려 머리를 조아렸다. 몸을 일으킨 영련이 공손히 아뢰었다.

"소자들은 막 어마마마의 처소를 다녀오는 길이옵니다. 어마마마께선 감기 기운이 있으시어 병기(病氣)가 전염될까 저어되어 문후 올리러 올 수 없사오니 소자들더러 대신 태후부처님과 아바마마께 문후 올리라고 하셨사옵니다."

영련과 영황은 아직 총각(總角)의 어린 나이인지라 옥을 다듬어 놓은 것 같은 얼굴들이 대단히 호감이 가는 인상이었다. 붉은 명주실을 드리운 전모(氈帽)를 쓰고 옥색 두루마기에 금단을 수놓은 짙은 갈색의 마고자를 껴입고 있는 두 황자는 꼬마어른같이 건륭의 질문에 답했으나 목소리는 아직 젖냄새 덜 가신 꼬마의 그것이었다. 진종일 일에 지친 건륭은 둘 다 한 품에 껴안고 부자지간의 정을 나누고 싶었지만 손자를 안으면 안았지 아들은 안아주지 않는다는 '부도체존(父道體尊)'의 청궁(淸宮)의 가법(家法)으로 그리 할 수는 없었다. 근엄한 표정 그대로 건륭이 물었다.

"오늘은 누가 강서(講書)를 했느냐. 〈사서〉는 어느 장까지 읽었고?"

이에 영련이 급히 대답했다.

"오늘은 손사부님께서 모시(毛詩)〈석서(碩鼠)〉1장을 가르치셨사옵니다. 장조가 오늘 처음 들어와 서화를 가르쳐 주셨습니다. 오후엔 수업이 없어 사부님께서 저희 둘을 데리고 양사부님의 병문안을 다녀왔사옵니다. 거기서 돌아와 어마마마께 문후 올리고 오는 길이옵니다."

습관처럼 물은 말에 영련으로부터 양명시에게 다녀왔다는 말을 듣는 순간 건륭은 암담해지고 말았다. 오전에 태의원에서 진맥

결과를 들여보내어 양명시는 명이 경각에 이르렀다고 했던 일이 번개처럼 떠오르며 마음은 주체할 수 없이 가라앉았다. 굳어진 얼굴로 건륭이 말했다.

"손가감, 사이직 모두 학문이 연박(淵博)한 사람들이니 시키는 대로 열심히 따르거라. 그리고 숙부님들의 말씀도 잘 듣고, 알겠는가?"

"예, 아바마마······."

두 아이는 대답과 함께 머리를 조아리고는 태후에게로 다가가 문후를 올렸다. 내내 두 손자의 귀여운 모습을 자상한 미소로 지켜 보고 있던 태후가 주위의 시선을 전혀 의식치 않고 두 손자를 한 품에 끌어안았다. 여염집의 할머니처럼 볼에 뽀뽀하고 머리를 쓰다듬어주며 '내 새끼'를 연발했다. 그리고는 나라씨와 돈비에게 분부를 내렸다.

"애들이 온종일 책과 씨름하느라 얼굴이 그냥 핼쑥해졌어. 하밀과(哈密瓜, 참외의 일종)와 여지(荔枝, 열대과일) 좀 내오게!"

할머니의 품에 안겨 어느새 순진무구한 동심으로 돌아가 있는 두 손자의 작은 손바닥을 들어 자신의 손에 맞춰보며 태후는 즐거움에 흠뻑 도취되어 있었다. 어느 사부님이 제일 좋으냐고 물어 천진한 답변에 크게 웃기도 하고, 학당에 무슨 일이 있었는지를 묻기도 했다. 그러자 영황이 대답했다.

"늘 그대로인데요, 오늘은 이친왕(怡親王)과 리친왕(理親王)께서 싸우시는 것 같았사옵니다. 서로 쳐다보지도 않고 말도 하지 않았사옵니다. 제가 칠숙 홍승(弘昇)에게 무슨 영문인지 여쭈었다가 별 참견 다하려 든다며 꾸중만 들었사옵니다. 장조 사부님이 손잡고 매화를 같이 그렸사온데, 내일 부처님께 받쳐 올리겠사옵

복귤(福橘)을 놓고 싸우다

니다."

"어느 두 사람이 싸웠다고?"

배가 어지간히 불러와 황후의 처소를 찾으러 떠나려던 건륭이 고무용이 후궁들의 녹두패(綠頭牌, 후궁들의 이름이 적혀 있음. 침수를 같이 할 사람을 선택함)를 가져오자 깊은 생각 없이 돈비의 녹패를 꺼내들었다. 그리고는 물었다.

"무슨 말을 어떻게 하면서 다투었는가?"

조모의 품에 안겨 과일을 먹고 있던 영황이 건륭의 질문에 급히 태후의 품을 떨치고 나와 공손히 아뢰었다.

"이친왕과 리친왕께서 다투시는 것 같았사옵니다. 소자가 보니 리친왕이 따라준 차를 이친왕이 거칠게 밀어내치며 아무 말도 하지 않았사옵니다. 아무튼 평소의 모습들이 아니었사옵니다."

건륭이 다시 물으려 할 때 태후가 웃으며 말했다.

"폐하, 저들도 인간인데 젊은 기분에 가끔씩 토닥거리고 싸울 때도 있지 않겠습니까. 가볍게 넘기시고 황후의 처소를 다녀오십시오. 폐하께서 자리해 있으니 우리 조손(祖孫) 사이에 더 진한 애정을 나눌 수가 없지 않습니까?!"

태후의 말에 건륭이 피식 웃었다.

"그럼 소자 이만 물러갑니다."

태후를 향해 깊숙이 허리를 굽혀 보이며 건륭이 말했다. 그러자 나라씨도 웃으며 말했다.

"소첩도 아직 황후마마께 문후를 여쭙지 않았사오니 폐하를 따라 다녀오도록 하겠나이다."

이같이 말하며 나라씨는 돈비를 향해 몰래 눈을 찡긋해 보였다. 황제가 자신의 녹패를 뽑았다는 사실에 이번 사건으로 자신이 황제에게 크게 밉보이지는 않았구나 하는 안도와 함께 돈비는 얼굴을 살짝 붉혔다.

겨울이라서 해가 토끼 꼬리만 했다. 두 사람이 자녕궁을 나섰을 때 밖은 어느새 어둠이 짙게 깔려 있었다. 구름 한 점 없이 맑은 하늘엔 벌써 별들이 하나둘씩 모습을 드러내기 시작했다. 궁궐의 높은 담장들이 바람막이가 돼주던 좁다란 영항을 벗어나니 북풍이 한아름 안겨 와 흐윽! 흐느끼게 했다. 뼛속에 스며드는 추위에 흠칫 떨며 건륭이 말했다.

"날씨가 이리 변덕을 부리니 황후가 감기에 걸리지! 오늘 자네 녹패를 뽑지 않았다 하여 서운해 말게! 오늘밤은 돈비를 위로해줘야 하니 내일 같이 하세."

"무슨 감기에 드셨다고 그러시나이까. 황후마마께오선 월경통을 앓고 계시나이다. 많은 사람들 앞이라 소첩이 사실대로 말씀 올릴 수가 없었을 뿐이옵니다."

나라씨가 가벼운 한숨과 함께 말을 이었다.

"…… 벌써 두 달째 생리가 없다고 하옵니다. 또 아기씨가 들어서지 않았는지 모를 일이옵니다!"

그러자 건륭이 히죽 웃었다. 그리고는 말했다.

"그래서 자네도 짐의 아들을 생산하고 싶어서 마음이 급한가 보네? 아들을 낳아 자신의 입지를 굳히고 싶은 게지. 아니 그런가? 무슨 일이든 억지로 되는 법은 없으니 자연의 순리에 따르세. 짐이 아직 정력이 여전한데 뭘 그리 조급해 하나!"

그러자 나라씨가 허리를 꼬며 아양을 떨었다.

"정력이 여전하면 뭘 하나이까? 폐하께오선 사발의 음식 드시며 솥을 넘겨보시고, 호숫가에 앉아 강을 그리워하시는 분이 온데……. 하늘을 봐야 별을 딴다고 했거늘 신첩이 하늘 볼 기회는 날로 줄어드는 것 같사옵니다……."

나라씨의 애교 넘치는 공세에 건륭이 고개를 뒤로 젖히며 크게 웃었다.

"아녀자들의 질투가 무섭다더니 짐은 걱정이 앞서네. 그래도 짐이 자네의 녹패를 뽑아준 경우가 황후보다 더 많았지 않나! 황후는 이쪽으론 담담하다 못해 무슨 병이 있지 않나 의심까지 받을 지경이네. 황후가 이러하니 망정이니 같이 극성을 부렸더라면 짐이 제 명에 못 갈 뻔했네!"

나라씨가 입을 가리고 수줍게 웃으며 말했다.

"폐하께오선 여자를 너무 좋아하시옵니다. 유난히 정에 약하신 분 같사옵니다. 지난번 푸헝이 올려온 주장을 신첩도 읽어보았사옵니다. 폐하께서 맘을 두셨던 신양의 왕씨네 딸이 혼약을 치렀다고 했지 않사옵니까. 그 일로 폐하께서 좀 우울해하시는 것 같았사옵니다……. 사실은 신첩도…… 그리 밝히는 편은 아니옵니다. 궁빈들이 아들을 못 낳으면 늘그막에 신세가 처량해진다기에……."

이같이 말하는 나라씨의 두 눈에 눈물이 그렁그렁 맺혔다.

"됐네, 눈물 거두게."

건륭이 위로해 주었다.

"짐이 자네 마음을 잘 알고 있으니, 걱정 말게! 종수궁이 가까워오니 행동거지 조심하게. 눈물짓는 모습 아무 데서나 보이는 건 안 좋은 일이네."

큰황자 영황(永璜)의 판단은 정확했다. 그의 몇몇 숙부는 티격태격하고 있는 게 사실이었다.

건륭이 제정한 규칙에 따라 황자들은 매일 오고(五鼓, 진시) 때 육경궁으로 입궐하여 내무부에서 준비한 간식을 간단히 먹고〈사서〉와〈역경〉공부를 하게 돼 있었다. 사시(巳時) 무렵에 아침 공부를 마치고 각자의 집으로 돌아갔다가 오후 미시(未時) 말경에 다시 입궁하여 신시(申時)에 저녁상을 받고 다시 한 시간 동안 공부를 해야만 했다. 오전과 달리 글공부 대신 금기서화(琴棋書畵) 가운데서 임의로 하나를 선택할 수 있었다. 건청궁의 시위들로부터 말타기, 활쏘기와 무예를 배우는 것은 황자들의 필수였다. 이 역시 오후시간에 잡혀 있었다.

양명시가 위독하다는 소식을 접한 장친왕 윤록이 오후 나절에 홍효 등을 데리고 병문안을 가고 손가감과 사이직도 업무가 밀려서 아문으로 나오지 못하자 일시에 육경궁은 사부도 수뇌도 없는 형국이 되고 말았다. 처음엔 아무 일도 발생하지 않았다. 홍첨을 비롯한 몇몇 황숙들은 한 쪽에서 한가로이 바둑을 두거나 가야금을 뜯고 있었고, 열 몇 명의 황자들은 가벼운 의복차림에 공자궁(工字宮) 밖에서 무예를 연마하고 있었다. 한가로운 일상이 이어지고 있던 중 홀연 육경궁 대문 밖에서 항친왕(恒親王) 윤기의 막내아들 홍환(弘晥)이 헐레벌떡 달려 들어와 말했다.

"다들 복귤(福橘)이 먹고 싶지 않아? 주먹만큼 큰 씨 없는 복귤이 새로 들어왔는데, 한 입 베어 물면 사르르 녹아내리는 게 꿀맛이 따로 없어, 꿀맛이! 열두 상자나 들어왔는데, 내가 하나 훔쳐먹어 본 바로는 맛이…… 환상적이었어! 둘이 먹다 하나가 죽어도 몰라!"

그가 어찌나 입맛을 맛있게 다시며 수선을 떨어대는지 몇몇 어린 황자들은 어느새 손가락을 입안에 넣고 침을 이만치 흘리고 있었다. 아직 동심이 그대로인 홍진, 홍조, 홍환, 홍교, 홍경 등 꼬마 황숙들은 마침내 그 유혹을 못 이겨 머리를 맞대고 하나씩 훔쳐오기로 쏙닥대며 '음모'를 꾸몄다. 한데 뭉쳐 킥킥대며 나름대로 작전을 짜고 있을 때 리친왕 홍석(弘晳)이 방안에서 걸어나오더니 힘껏 기지개를 켰다. 그리고는 웃으며 물었다.

"요 장난꾸러기들이 또 무슨 음모를 꾸미는 거야! 하라는 무예 연습은 안하고? 십육숙한테 일러 혼내킬 테니 적당히 해?"

"친왕마마!"

홍교가 한 발 앞으로 나가 예를 갖춰 인사하며 사정하듯 말했다.

"어디선가 주먹만한 복귤이 들어왔다 하여 군침이 흘러 뭘 할 수가 없습니다……. 친왕마마의 큰기침 한 번에 내무부 관원들이 벌벌 떨 것이오니 한 상자만 얻어주시면 아니 되겠습니까……."

그러자 홍석이 웃으며 말했다.

"까짓것 복귤 한 상자 얻는 게 뭐가 그리 어렵겠나. 다만 이제 막 운송된 공품이라 양심전과 종수궁에 올리기도 전에 자네들이 먼저 먹는 건 누가 봐도 예의에 어긋나는 행위거든. 그러니 좀 참아. 이런 일 때문에 십육숙한테 혼나선 곤란하지 않겠어? 지난번에도 양사부님께 유사한 일로 혼이 나고도 그래! 다들 금지옥엽의 귀한 몸인데 사소한 일로 자주 훈계를 받아서야 안되지."

그러자 홍환이 웃으며 말했다.

"됐네요, 셋째형! 공품은 입고하기 전엔 정확한 숫자를 장부에 올리지도 않는 걸요. 태감들도 먹고 있었어요! 한 상자 들고 오는 게 부담스러우면 한 사람 앞에 하나씩만 가져다줘요. 폐하께서 아시더라도 애교로 봐주실 수 있게. 리친왕이 그 정도 배짱도 없어요?"

이에 홍석이 타협하여 웃으며 홍향을 불러 말했다.
"봉신원(奉宸苑)의 조백당(趙伯堂)을 찾아가 리친왕이 그러는데, 몇몇 꼬마황자들이 먹고 싶어하니 밀봉이 허술한 상자의 복귤을 몇 개만 보내라고 하게."
홍향은 직친왕 윤제의 막내아들이었다. 부친이 내내 수감되어 있다가 죽은 지 3년 된 홍향은 그래서인지 황숙들과 어울리지 못하고 따돌림을 당하기 일쑤였다. 그런 나날이 이어질수록 홍향은 자연스레 기가 죽고 착하다 못해 멍청해 보일 정도였다. 평소에도 거의 집에만 있었고 묻지 않는 말은 한마디도 하는 법이 없었다. 자신도 여느 황숙들처럼 군침이 돌았지만 잠자코 있었던 홍향인지라 홍석이 자신에게 심부름을 시키자 좋아라 방안과 뜰 여기저기에 널려있는 사람 수를 세었다. 모두 서른 여섯이었다. 모처럼 흥이 나서 봉신원으로 달려가 공품을 전문관리하는 조백당에게 리친왕의 뜻을 전하자 육경궁의 황자들이 원한다는 말에 조백당은 두 말 없이 서른 여섯 개의 복귤을 정확히 골라냈다. 장부를 책임진 부하에게 운송 도중 이상이 생겨 버린 걸로 처리하라고 지시하고 난 조백당은 친히 서른 여섯 개의 복귤을 상자에 담아 육경궁까지 가져다주었다.
목을 길게 빼들고 초조히 기다리던 황자와 꼬마황숙들은 일제히 함성을 지르며 우르르 달려갔다. 저마다 하나씩 들고 껍질을 발라 허겁지겁 먹기 시작했다.
이제 감귤은 하나밖에 남지 않았다. 자신이 몫이라 생각하여 홍향이 막 집으려던 찰나 등뒤에서 홍환이 거칠게 헤집고 들어오더니 냉큼 복귤을 집어가는 것이었다. 약올리듯 홍향의 눈앞에서 껍질을 발라 홍향의 발 밑에 내던지며 통통한 귤 한 쪽을 떼어 입안에 홀랑 집어넣은 홍환이 눈을 희번덕거려 위로 치켜 뜨며 너무 맛있어 기절할 것 같다는 과장된 표정까지 지었다.
"그 까짓 거 안 먹어도 돼."
이같이 내뱉으며 뭔가 이상하다고 생각한 홍향은 그제야 머릿수를 세면서 정작 자신은 빠뜨렸다는 사실을 깨닫게 되었다. 복귤 하나를 얻어먹을 일념으로 힘들게 다리품을 팔고도 정작 자신은 냄새조차 제대로 맡아보지 못하는 실망이 좌절감으로 뒤바뀌면서 홍향은 울컥 설움이 치밀어 올랐다.
얼굴 가득 억울한 표정을 짓고있는 홍향을 약올리듯 황자와 황숙들은 일부러 입소리를 크게 내며 쭐쭐 빨아대는가 하면 입술을 날름날름 내둘러 입가를 닦아내며 환상이 따로 없다는 과장된 반응을 보였다. 일부러 홍향에게로 바투 다가서서 소금 녹이듯 조금씩 야금야금 먹는 황숙들도 있었다. 도무지 참을 수 없어 홍향이 말했다.
"혀가 더럽게도 기네. 형제간이라는 것이 남보다도 못해."
황숙들은 마침내 홍향이 반응을 보이자 더욱 재미있어 하며 골려주는데 열을 올렸다!
홍향이 인내의 한계를 느끼고있을 때 홍환이 타는 불에 키질하고 나섰다. 그는 홍향의 눈치를 힐끗힐끗 살피며 옆에 있는 홍조에게 말했다.
"봐라, 멍청이들은 이마에 멍청이라고 적혀 있지? 자기 스스로 쓸모 없는 인간이라는 걸 인정하니 그나마 좀 똑똑한 멍청이라고 해야 하나?"
그 한마디에 아이들이 손뼉까지 쳐대며 흐느적거렸다. 홍환이 으쓱해하며 다시 입을 열려 할 때 씨근덕대며 가슴이 심하게 오르

내리던 홍향이 단숨에 달려가 홍환을 힘껏 밀어버렸다. 느닷없이 한방 얻어맞은 홍환은 아끼던 귤이 저만치 떨어져 먼지 고물 묻어 나뒹굴고 사람도 비틀거리며 엉덩방아를 찧고 말았다! 성난 사자처럼 갈기를 세우고 열 손가락을 갈고리처럼 치켜든 홍향은 내친김에 뒤로 넘어간 채 엉덩이걸음으로 마구 뒷걸음치는 홍환의 배를 냅다 걷어차며 분노를 터뜨렸다.
"한번 더 까불어봐! 한번 더 놀려보라고, 어찌되나!"
한 무리의 황자들이 아우성을 지르며 우왕좌왕하는 사이 조백당은 슬며시 줄행랑을 놓고 말았다. 동각에서 홍첨과 바둑을 두고 있던 홍석이 바깥이 소란스러워지자 벌떡 일어나 문을 열고 나왔다.
껍질이 어지러이 널려있고 짓밟혀 흉물스러운 복귤이 나뒹굴고 있었다. 한 무리의 아이들이 홍향과 홍환을 둘러 싸고있어 누가 누굴 때리는지 알 수 없었다. 화가 난 홍석이 크게 고함을 질렀다.
"이게 지금 뭐 하는 짓거리야? 체통도 없이! 다들 그만하지 못해? 당사자들 이리로 와 봐!"
셋째형이 모습을 드러내자 으쓱해하며 잠시 머뭇거리는 홍향을 향해 경멸스런 표정을 지어 보이던 홍환이 홍향의 뺨을 힘껏 때렸다. 불이 번쩍하며 잠시 볼을 감싸쥐고 있던 홍향이 심한 욕설을 퍼부으며 달려들었다. 그러나 어느새 달려온 태감들에 의해 저지당하고 말았다. 태감들에게 두 팔을 묶인 채 광기에 가까운 반항을 보이며 홍향이 소리쳤다.
"홍석! 싸움을 이런 식으로 말려도 되는 거야? 왜 나만 잡고있는 거야? 다같이 날 우롱하는 거야?"
사실 홍석은 홍향이 말한 것처럼 일부러 홍환에게 유리하게끔

복귤(福橘)을 놓고 싸우다 81

처리하려는 생각은 없었다. 그러나 같은 황숙이긴 하나 아직 작위조차 없는 홍향이 친왕인 자신에게 이같이 무례하게 덤벼들자 버럭 화가 치밀었다. 눈을 부릅뜨고 코를 벌름거리며 홍석이 무섭게 고함을 질렀다.

"억지로라도 꿇어 앉혀! 본 데 없는 자식이 그렇지 뭐, 제 아비를 빼다 박았어!"

"우리 아버지가 널더러 물을 떠 바치라고 했어, 밥을 달라고 하셨어?"

태감들에 의해 강제로 무릎꿇은 홍향이 눈물범벅이 되어 대들었다.

"내가 본 데 없다고? 그래, 보고 배운 게 있는 넌 이렇게 처사하냐? 양사부님, ……어찌 비참하게 그리되셨습니까……. 사부님이라도 계셨더라면 전 이리 처량하진 않았을 텐데……. 상천도 어찌 그리 무심하십니까! 우리 사부님을 해코지하도록 내버려두시다니요……. 지켜드리지 못해 죄송합니다, 사부님……."

황자들과 황숙들은 한바탕 혼란을 겪고 나니 홍향이 울면서 하소연하는 내용에 관심을 보일 겨를이 없는 듯했다. 그러나 홍석은 가슴이 철렁 내려앉는 긴장에 휩싸이고 말았다. 얼굴이 창백하게 질려 홍석이 경황없이 고함을 질러댔다.

"다들 들어가 책이나 읽어! 무슨 굉장한 볼거리가 생겼다고 이 난리들이야! 태감들은 어서 깨끗이 청소하지 않고 뭘 해? 좀 있다 십육숙과 영황, 영련이 오면 이게 무슨 꼴이야?"

말을 마친 홍석은 태도를 한결 부드럽게 하여 홍향에게로 다가오더니 손을 내밀어 일으켜 세워주며 위로했다.

"오해하지마! 맹세코 내가 누굴 편애하는 건 아니야. 홍환, 이 자식은 내가 두 번 다시 너를 괴롭히지 못하도록 단단히 혼내주마⋯⋯. 가엾은 것, 네가 성정이 이리 대단할 줄은 몰랐다. 그래 집엔 다 무사하고? 그만 눈물 거두고 형을 따라와 봐!"

그렇게 한차례 소동은 끝이 났고, 영황과 영련이 돌아왔을 때는 바람도 잦아들고 파도 역시 잠이 든 평범한 일상이 계속되고 있었다.

22. 황숙(黃叔)들의 음모

불안한 마음에 좌불안석하며 겨우 학당이 끝나는 신시 말경까지 기다린 홍석(弘晳)은 애써 담담한 척하며 동화문을 나섰다. 손짓으로 몸종태감 왕영(王英)을 불러 목소리를 낮춰 지시했다.

"지금 항친왕부와 이친왕부로 가서 홍승(弘昇)과 홍창(弘昌)더러 만사 제쳐놓고 달려 오라 전해라. 진판(珍版) 서적을 몇 권 얻어놓고 있으니 늦게 오면 남 다 주고 말 것이라고 하라."

말을 마친 홍석은 곧 수레에 올랐다. 집으로 향하는 길에 그는 내내 같은 생각을 반복했다.

'양명시의 찻물에 약 탄 사실은 아무도 모르게 극비에 부쳐졌는데……, 이 자식이 어찌 알고 그런 소리를 할까? 홧김에 그냥 떠들어본 소릴까?"

생각다 못해 머리가 지끈지끈 아파왔다. 양명시가 '중풍'으로 쓰러지기 하루 전의 정경이 눈앞에 선명하게 나타났다.

그 날은 절기상 동지(冬至)가 지난 이튿날 오후였다. 이번원(理藩院)과 광록사(廣祿寺)로 가서 기인(旗人)들의 연례(年例) 은자를 지급한 상황과 공신 자녀들 중 작위를 지닌 사람들에게 상으로 내리는 은자의 지급여부를 알아보려고 집을 나선 홍석은 동화문을 지나면서 입고 있는 옷이 얇아서인지 가마 속에 앉아서도 한기가 느껴졌다. 문득 육경궁 서재에 자신이 벗어두고 온 여우털 외투가 생각났다. 태감들은 함부로 드나들 수 없는 곳인지라 어쩔 수 없이 홍석은 가마에서 내려 직접 육경궁으로 향했다. 서재엔 아직 학생들이 와 있지 않았고 양명시만이 홀로 화로불 가에서 턱을 고이고 깊은 생각에 잠겨 있었다. 홍석이 옷걸이에 걸려 있는 외투를 내리는 동안에도 사람이 드나드는 것조차 모르는 양명시를 향해 홍석이 물었다.

"사부님, 무슨 생각을 그리하시나요?"

"오!"

그제야 홍석을 발견한 양명시가 고개를 저어 생각을 털어내며 말했다.

"친왕마마께서 걸음하셨습니까? 마침 잘 오셨습니다. 안 그래도 보여 드릴 물건이 있었는데."

그 표정이 한껏 굳어있고 말하는 투가 그리 반가운 것 같지는 않았다. 예를 갖춰 인사하는 것도 잊은 채 곧추 서안 앞으로 다가가는 양명시의 고집스런 뒤통수를 바라보며 다소 기가 죽은 홍석이 물었다.

"사부님, 대체 무슨 일인지요?"

양명시가 아무런 대꾸도 없이 서랍 속에서 공책 한 권을 꺼내어 내밀었다.

"홍연(弘曣)이 쓴 방자(仿字)인데 한번 보십시오."

다소 뜨악한 표정으로 심각하기만 한 양명시를 힐끗 바라보며 공책을 받아든 홍석은 몇 장 넘겨보았다. 아무리 봐도 양명시가 심각해할 이유를 찾아내지 못한 홍석이 고개를 갸웃하고 있을 때 양명시가 말했다.

"밑에 받친 방송체(仿宋體) 첩자(帖子)를 뽑아내어 뒷면을 보십시오."

홍석이 시키는 대로 공책 갈피 속에 단단히 끼워져 있는 첩자를 꺼내어 보니 장조(張照)의 수필(手筆)로 된 〈석고가(石鼓歌)〉였다. 별로 문제될 게 없었다. 뒤집어보니 여기저기 낙서가 어지러웠다. 호두알 만한 글자가 있는가 하면 깨알같이 박혀 있는 글자는 한 눈에 알아보기도 힘들었다. 열심히 들여다보고 있는 홍석을 날카로운 눈빛으로 주시하고 있던 양명시가 손가락으로 첩자의 왼쪽 하단을 가리켜 보였다. 홍석의 시선이 주르르 미끄럼을 타고 내렸다. 거기엔 깨알같은 글씨로 이같이 적혀 있었다.

신묘경오정사병진(辛卯庚午丁巳丙辰)이 상극(相剋)이라니 웬 말이냐! 그 이치를 알 수 없으니 양명시에게 물어야겠다. 가사방(賈士芳)이 요괴(妖鬼)를 잡았다고 하니 과연 재미있는 일이로군…….

그 밑엔 짙은 필묵으로 기상천외한 부적들을 그려놓았다. 순간 홍석은 등골이 오싹해지고 머리 껍질이 터져나가는 듯한 긴장에 가슴이 오그라드는 것 같았다. 자신의 얼굴을 뚫어지게 바라보고 있는 양명시를 의식하여 홍석이 주체할 수 없이 떨려오는 목소리로 말했다.

"어린애들이 뭐라고 끄적거려 놓은 것 같은데……. 통 뭐가 뭔지 알아볼 수가 없네요……."
"무심한 사람은 당연히 뭐가 뭔지 모를 테지요."
양명시의 목소리가 얼음장같았다.
"이 여덟 글자의 간지(干支)는 당금 폐하의 생진팔자(生辰八字)인데, 누군가 '상극'을 운운하니 홍연이 몰래 적어놓았다가 나한테 묻고자 함인 게 틀림없습니다. 이 밑의 부적에 대해선 나도 몰라 백운관에 가져가 장정일 도사에게 물어보니 보기엔 애들이 마구 낙서해 놓은 것 같지만 대단한 문장이 숨어 있었음이 밝혀졌습니다!"
양명시는 사정없이 홍석의 얼굴을 가리고 있는 가면에 구멍을 뚫었다. 홍석은 갈수록 육신(六神)이 갈 곳을 잃어 시선 둘 데를 몰라했다. 비수 같은 눈빛을 자신의 일거수일투족에서 떼지 않고 있는 양명시를 힐끗 훔쳐보며 홍석이 더듬거렸다.
"홍…… 홍연이 물어 왔나요?"
그러자 양명시가 고개를 저었다.
"그런 건 아닙니다. 내가 부주의로 찻잔을 엎질렀는데, 공책이 물에 젖자 이 역자(逆字)들이 비로소 그 실체를 드러냈던 겁니다. 그래서 홍연을 불러 물었더니 조심스러워하면서도 아는 만큼은 들려주더군요."
"그놈이 뭐…… 뭐라고 허튼소리를 하던가요?"
"그건 친왕마마께서 더 잘 아실 텐데, 어찌 나한테 묻는 겁니까?"
양명시가 갑자기 음성을 높였다. 인상을 험악하게 구기며 "탁!" 하고 부서져라 서안을 내리치며 고함을 쳤다.

"잊지 마십시오. 이 사람은 6년 동안 지현(知縣)을 지낸 사람입니다! 그렇게 안 봤는데 실로 인피를 쓰고 어찌 그런 짓을 할 수가 있단 말입니까? 어떤 얼간이 도사의 영향을 받고 어떤 사교(邪敎)의 물을 먹었기에 감히 이같이 인륜을 저버리는 짓을 서슴지 않는단 말입니까? 전철의 흔적이 역력한데 무슨 배짱으로 윤제가 일삼았던 짓을 그대로 답습한단 말입니까? 안중에 군부(君父)도 없고 불충불효한 당신은 대체 뭐야! 당신이 저지른 것이 어떤 죄값을 받아 마땅한지 알기나 하는 건가? 지금이라도 늦지 않으니 당신과 한통속인 그 요인을 폐하의 면전에 꿇어앉히고 죄를 인정하는 상주문을 올려야만 살길이라도 날 것이오!"

끝부분에는 말까지 놓아버린 양명시였다. 인정사정 보지 않는 양명시의 호된 질책에 홍석은 간담이 갈기갈기 찢기는 것 같았다. 파랗게 질려버린 입술을 바르르 떨며 큰비에 흙더미 무너지듯 곧 허물어질 것같이 위태로워 보였다. 양명시도 분노에 낯빛이 누렇게 떠있었다. 한참 질식할 듯한 침묵이 흐른 뒤, 홍석이 겁에 질려 퀭한 두 눈을 땅에 꽂으며 의중을 떠보듯 말했다.

"사부님, 그래도 막판 살길을 가르쳐주시니 인사(人師)로서의 인애심을 느낄 수가 있네요. 얼마 전 아우들 중에 누군가가 밤이면 뒤뜰에서 귀신 우는 소리가 들려 무서워 잠을 못 자겠다며 어디선가 도사 하나를 청해온다는 소리는 들은 적이 있어요. 하지만 난 그 도사를 본 적도 없고, 그 뒤론 대체 무슨 일이 발생했는지를 전혀 모르고 있었던 거예요. 사실이에요. 믿어주세요, 사부님. 며칠동안만 말미를 주시면 제가 그 검은 내막을 철저히 밝혀내고 말 거예요……. 진실이 밝혀지는 대로 속속 사부님께 보고 올릴 것을 약속드려요……."

"그럼 진짜 누구의 소행인지 모른단 말입니까?"

양명시가 다소 누그러든 듯 한결 평온해진 말투였다.

"이렇게 큰 사건을 저지르면서 친왕마마께 알리지 않았을 리는 없지 않습니까?"

"난 정말 억울하다니깐요!"

홍석이 오만상을 찌푸려가며 간절한 표정을 지어내며 자신의 억울함을 호소했다.

"천지신께 맹세해요! 솔직히 방금은 저도 기절하는 줄 알았어요. 마른하늘에 날벼락도 유분수지 천가에 어찌 이런 일이! 선친께서 살아 생전에 큰백부님인 직친왕 윤제로부터 이런 식으로 요법의 피해를 입었다고 들었어요. 전 명색이 친왕이고 책께나 읽었다는 사람이에요. 그런 괴이한 요술 따위로 큰일을 이루지 못한다는 걸 잘 아는 사람이라고요. 이미 엎지른 물이지만 누가 엎질렀는지 그 장본인을 반드시 색출해내고 말 거예요. 며칠만 말미를 주세요!"

어느새 눈물콧물 범벅이 되어 있는 홍석을 바라보며 양명시의 마음은 한결 누그러들었다. 측은하다는 듯 탄식을 내뱉으며 양명시가 입을 뗐다.

"나도 이젠 성질이 많이 죽었습니다. 전 같으면 당장 탄핵주장을 올리고도 남았을 텐데 말입니다. 제자의 그릇됨은 스승의 몫이라 했기에 더더욱 참을 수 없었던 것입니다. 사실 타계하신 큰이친왕께오선 이 사람에게 은혜를 내리신 분입니다. 난 지금세대에서 또다시 선대와 같은 불행을 겪는 걸 차마 눈뜨고 볼 수가 없는 사람입니다. 지금 이것이 얼마나 큰 죄에 해당하는지 아십니까? 요술의 유효 여부를 떠나 군신간에, 수족간에 꼭 이런 식으로

해야겠습니까?"

털썩!

홍석이 양명시의 발 밑에 무릎을 꿇었다. 그리고는 머리까지 조아리며 말했다.

"사부님의 인덕하심은 상천을 감화시킬 것입니다! 구천에 계신 선친께서도 사부님의 훈육을 들으시고 제자를 진심으로 아끼시는 자애로움을 보셨을 겁니다……. 사부님, 우리 가문은 더 이상 선대에 몰아쳤던 그런 파고를 견뎌낼 수가 없습니다……."

홍석은 눈물을 비오듯 쏟아냈다.

"그런 말씀 마시고 어서 일어나십시오!"

자명종이 미시(未時)를 가리켰다. 양명시가 급히 홍석을 일으켜 세우며 말했다.

"황자들이 보면 좋지 않으니 어서 눈물 거두십시오."

양명시의 부축을 받아 엉거주춤 일어선 홍석이 결연한 표정으로 말했다.

"원흉이 누구인지 반드시 캐내고 말 것입니다. 그리고 필히 내 손으로 죽여 없앨 것입니다. 며칠만 말미를 주시되 조정에는 당분간 비밀로 해주십시오. 이 사건에 주련되는 사람이 적지 않아 파장이 우려됩니다……. 허락해주십시오. 아니면 전 이 자리에 꿇어앉아 굶어 죽을 것입니다……."

홍석의 능청스런 구설(口舌)은 마침내 양명시를 완전히 누그러뜨리는데 성공했다. 다시금 무릎을 꿇으려는 홍석을 당겨 일으키며 양명시가 한숨을 지었다.

"이런 파란을 두 번 다시 겪기엔 이친왕부 뿐만 아니라 조정도 원기가 많이 상해 있습니다. 이친왕마마의 청을 들어줄 테니 사흘

이내에 확실한 답변을 주십시오. 이 일에 가담한 하인들은 전부 죽여 없애 증거를 인멸하고 주모자인 황자나 황숙은 색출해낸 뒤에 다른 이유를 들어 작위를 폐위시킬 것을 주청올리면 되겠습니다. 그때 가서 난 이 비밀을 무덤까지 가지고 갈 것을 약조 드립니다……. 평생 티끌만치도 양심에 어긋나는 짓을 해본 적이 없는 사람입니다, 하지만 늘그막에 이런 일이 있을 줄은……."

양명시는 낙담하여 머리를 저었다. 독하디 독한 술 한 모금을 빈속에 삼킨 듯 양명시의 표정이 고통스러워 보였다.

그러나 양명시는 믿어선 아니 될 사람을 믿어버리고 만 것이다. 그는 서로간에 철석같이 약조한 그 이튿날 자신이 치명적인 일격을 당할 줄은 꿈에도 생각지 못했던 것이다. 홍석 또한 꿈에도 생각지 못했던 경우를 당하게 되었으니 그건 다름 아닌 그날 점심때 집에 가지 않고 서재의 한 모퉁이에서 웅크리고 자는 척하고 있던 홍향이 이 둘의 대화를 하나도 빠짐없이 들었다는 사실이었다.

마침내 홍석이 탄 대교(大轎)가 목적지에 도착하여 천천히 내려앉기 시작했다. 왕영이 주렴을 걷어올리며 눈을 감고 수레 벽면에 기대어 생각에 잠겨 있는 홍석을 향해 조심스레 아뢰었다.

"친왕마마, 왕부에 도착했사옵니다. 홍승, 홍창 두 마마께서 먼저 와 계시옵니다. 문 앞에서 대기중이십니다!"

"알았네."

홍석이 약간 핏발이 선 눈을 천천히 뜨고 설핏 잠이 들었던 듯 다소 몽롱한 눈빛으로 바깥을 내다보며 허리를 굽혀 수레에서 내려섰다. 그는 한 쪽에 서 있는 홍창과 홍승에게는 외눈 한번 안

주고 횡하니 대문으로 들어갔다. 홍승과 홍창이 못내 의아스러워 하며 잠시 번갈아 보고는 부랴부랴 홍석의 뒤를 따라 서재로 향했다.

리친왕부(理親王府)는 북경의 모든 왕부들 중에서 가장 규모가 크고 방대한 곳이었다. 강희 12년에 처음 공사를 하기 시작하여 무려 십 년만에야 건축이 완료된 태자부(太子府)였다. 70년 동안 주인의 명운에 따라 수 차례나 부침을 거듭한 왕부는 방치와 수선의 반복 속에서 어느새 많이 낡아있었다. 그러나 세월이 아무리 바뀌어도 내부 구조는 윤잉(允礽)의 전성시대를 그대로 유지하고 있었다. 정중앙의 은안전(銀安殿) 일대는 윤잉이 두 번째로 폐위 당하면서 봉해진 뒤로 여태 그대로였다. 이곳 서재 역시 몇 십 년 동안 그 자리에 그대로 있었다. 한쪽 벽면을 차지한 큰 유리창을 통해 동쪽으로 바라보면 거대하고 웅장한 은안전과 온통 검붉은 태선(苔蘚)으로 뒤덮여 신비롭기만 한 담장이 한눈에 안겨왔다. 담 위의 틈서리엔 기를 쓰고 세상 구경나온 가냘픈 풀들이 누렇게 늙어 스산한 바람 속에 오들오들 떨며 한세상 살아오며 보고 느낀 그 무엇을 하소연하는 것만 같았다. 서재에 들어선 홍승과 홍창은 여전히 아무 말 없이 창 밖만 하염없이 바라보는 홍석의 무게에 짓눌려 당분간 숨죽이고 있는 수밖에 없었다. 그러길 한참, 홍승이 마침내 용기를 내어 물었다.

"둘째형, 진판 도서 몇 권을 얻으셨다고 들었는데, 과연 사실인 지요?"

"지난번 양사부한테서 본 첩자랑 똑같애."

홍석이 휙 돌아섰다. 빛을 등지고 있어 그 낯빛은 어두웠다.

"양명시보다 더 대처하기 어려울 것 같은데."

그러자 안색이 창백하게 질린 홍승이 병든 닭발을 연상케 하는 열 손가락을 깍지껴 가슴에 갖다 대며 초조한 표정으로 말했다.

"약(藥)은 태의(太醫) 원안순(阮安順)이 인도의 민간요법으로 직접 조제한 것이고, 제가 직접 마시는 걸 지켜봤는데⋯⋯. 그 당시 안팎을 수차 살폈어도 다른 사람은 없었어요!"

이같이 말하며 홍창을 노려보는 홍승의 눈빛이 서늘했다. 그러자 홍창이 급히 말했다.

"절 의심하세요? 애들 장난도 아니고 제가 어찌 감히 비밀을 누설시킬 수가 있겠어요? 만에 하나 제가 그런 속셈이 조금이라도 있었다면 진작에 나친을 찾아가지 않았겠어요?"

"난 자네들의 진심을 의심하는 건 아니야. 자네들이 변심했더라면 진작에 큰일이 터져도 열두 번은 더 터지지 않았겠어? 내가 걱정하는 건 자네들이 취중에 실수하지 않았느냐는 거야. 그런데 지금 생각해보니 그것도 아닌 것 같아. 자네들이 홍향이랑 술자리를 같이 했을 리가 만무하지."

그는 중얼거려 말했다. 그제야 차츰 평상시의 모습을 회복해가던 홍석이 오늘 육경궁에서 황자와 황숙들간에 복귤을 둘러싸고 벌어진 사건을 들려주었다. 그리고는 덧붙였다.

"홍향이 어찌 알고 그리 떠벌리느냐 말이야. 정말 아무리 생각해도 예삿일이 아니야. 머리가 터질 것 같아."

그러자 홍승이 물었다.

"사적인 자리에서 좀 살살 달래가며 은근 슬쩍 떠보지 그랬어요, 어디서 들었나."

그러자 홍석이 말했다.

"아무리 어린애라지만 그걸 어찌 대놓고 물어? 일단 임시방편으로 입을 틀어막느라 금과자(金瓜子) 몇 개와 도금된 메뚜기 조롱을 주어보냈지. 이제 여덟 살밖에 안됐으니 애는 애더라고. 언제 얻어맞았더냐 싶게 좋아라 하며 달려가는 거 있지!"

이제 스무 살을 갓 넘긴 홍창은 이들 셋 중에서 가장 어렸다. 검은 비단을 댄 양가죽 장포를 입고 자줏빛 천마가죽 조끼를 받쳐 입은 그는 준수한 얼굴에 반짝이는 유리알 같은 크지 않은 두 눈이 영악해 보였다. 그는 옹정의 심복아우였던 이친왕(怡親王) 윤상(允祥)의 적자(嫡子)였다.

그러나, 윤상이 타계했을 때 열 살밖에 안된 성친왕(誠親王) 윤지(允祉)의 아들 홍성(弘晟)이 그 아비를 대신하여 장례식에 참가하면서 홍창은 출세에 치명타를 입고 말았다. 사연인즉 홍성이 엎드려 머리를 조아리던 중 효모(孝帽)가 영전을 모신 탁자 밑으로 떨어지고 말았다. 냉큼 손으로 집어 머리에 착용했더라면 괜찮았을 테지만 어린 마음에 홍성은 탁자 밑으로 기어 들어가 손대지 않고 황소처럼 머리로 모자를 써보려고 했던 것이다. 때마침 옆자리에서 그 모습을 발견한 홍창이 참다못해 "푸우!" 하고 웃음을 터뜨리고 말았다.

윤록이 참핵문을 올리자 경위를 알게 된 옹정이 크게 노하여 홍성을 종인부에 감금시키도록 하명하고 급기야는 그 아비 윤지의 친왕 작위를 폐하기에 이르렀다. 장례식장에서 웃음을 터뜨렸다는 이유로 홍창도 패자(貝子) 작위를 박탈당했고 결국엔 윤상의 큰아들 홍효가 이친왕의 작위를 세습받게 되었던 것이다. 이 일로 인해 홍창은 숙부인 윤록과 형 홍효를 눈에 든 가시처럼 여겨왔다.

홍석의 말을 듣고 난 홍창이 입을 열었다.

"아무튼 둘째형이 현명하게 대처하신 것 같네요. 홍향의 집이서 발 막대기 휘둘러도 걸릴 게 없는 적막강산임은 주지하는 바인데, 그것도 꼬마에게 한꺼번에 너무 많은 금덩어리를 들려보내는 건 되레 역효과를 거둘 소지가 큽니다. 우리 말에 '밤이 길면 꿈이 많다[夜長夢多]'라고 했어요. 코흘리개 애의 입을 영구히 막아버릴 방법은 은자도, 금자도 아니에요. 양명시도, 홍향도 죽여 없애야 합니다. 용단을 내려야 할 때 우유부단했다가 동창사발(東窓事發)하는 날엔 우린 최소한 영구감금에 처해질 것입니다!"

홍창은 물불 가리지 않기로 소문난 막가파였다. 혈육인 홍향을 죽여 없애자는 말을 아무렇지도 않게 내뱉는 그 모습에 홍석과 홍승은 모두 등골이 오싹해지고 말았다.

"좀 지나친 발상인 것 같아."

홍석이 고개를 저으며 말했다.

"양명시는 몰라도 홍향은 필경 우리들의 골육이고 아직 젖냄새도 안 가신 꼬맹이야……."

그러자 소름끼치는 미소를 띠우며 홍승이 말했다.

"이는 대청의 사직이 원주인에게 되돌려지느냐, 마느냐가 판가름나는 대사예요. 골육의 정 따윌 운운할 때가 아니라는 말이에요. 지금은 해야 하나 말아야 하나를 생각할 때가 아니라 할 수 있나 없나를 따져봐야 할 때예요. 양명시는 이미 '중풍'에 걸려있으니 그 놈 하나 없애는 것쯤은 일도 아니겠지만 홍향도 꼬마라고 얕볼 일이 아니에요. 태의 원안순은 이미 코가 꿰인 이상 두 번이고 세 번이고 우리한테 휘둘리게 돼있어요. 홍향에 대해선 좀더 지켜보는 게 좋겠어요. 아무런 확증도 없이 그냥 해본 소리일 수도 있으니 말이에요. 궁핍한 사람들은 은자 몇 냥에도 충분히 비굴해질 수 있으니 일단 물질적인 공세를 시도해봅시다. 멀쩡하던 아이가 죽어나가면 대가 끊어진 윤제(允禔) 일가가 가만히 있지 않을 것이고 사태는 더 복잡해질 소지가 있어요!"

"홍승, 네 말이 맞아."

잠깐 혼란을 겪으며 마음이 흔들렸던 홍석이 홍승의 말에 공감하여 말했다.

"말이 마르면 털이 길어지듯이 사람은 궁색해지면 뜻이 천해진다[馬瘦毛長, 人窮志短]고 했어. 홍향의 형이 죽은 지 얼마 안됐는데, 홍향까지 잘못되면 그 어미가 미쳐 날뛸 거야! 아무리 모르게 하는 일일지라도 하늘이 알고 땅이 알고 네가 알고 내가 아는 법이니 우리 되도록 자기 손으로 무덤 파는 짓은 삼가자! 양명시 하나를 없애는 것으로 홍향 모자에게 은근한 압력을 주고 가끔씩 은자를 찔러주면 그 사람들도 송곳으로 자기 눈 찌르는 짓은 안할 거야. 또한 무고한 사람을 죽여 천하를 얻으려는 건 불인(不仁)한 행위야."

그러자 홍창이 웃으며 말했다.

"천하를 빼앗아 가진 사람들치고 피바다를 건너지 않고 시체를 타고 넘지 않은 사람이 어딨어요? 그럼 그때 죽은 사람들 모두 죄질이 악랄한 사람들이란 말씀이에요? 이는 부인지인(婦人之仁)이에요. 전 그 옛날 우리 아버지(윤상)와 십사숙처럼 한다면 하고야 마는 불 같은 성격을 좋아해요. 형의 말씀에 얼마간 공감하지만 전 여전히 처음 생각 그대로 홍향을 죽여 없애야 한다고 생각해요!"

찬바람이 처마 밑을 휩쓸고 지나갔다. 새가 집을 짓는 것을 막기 위해 처마 밑에 내건 쇠그물이 불안스레 떨며 오싹한 충격음을 냈다. 세 사람 모두 점점 노을빛이 짙어가는 창 밖을 내다보며 잠시 아무 말도 없었다. 홍석의 두 눈엔 명멸하는 귀신불 같은 빛이 새어나왔다. 한참 후에야 그는 중얼거리듯 입을 열었다.

"이 은안전만 보면 난 그때가 생각나……. 우리 아버지, 대단히 인자하신 태자이셨고, 장래가 촉망되는 분이셨지. 너무 착하시다 보니 누가 앙심을 품고 올가미를 조여오는 줄도 모르시고 그만…… 옹정은 사실 우리 아버지의 종복(從僕)에 불과했어. 전위 유조를 고쳐 강산을 탈취하고 보위에 오르면 뭘 하나! 엉덩이가 따스해지기도 전에 편궁(偏宮)에서 폭사(暴死)했는 걸. 그래서 죄는 지은 대로 간다는 거야! 홍력 또한 별볼일 없는 것이 아비 잘 만난 덕에 떡하니 구중에 올라 우릴 굽어보고 있으니 눈꼴시어 못 보겠어. 천의(天意)…… 천의란 정말 점치기 어려운 것이야!"

달이 유난히 어둡고 바람이 기승을 부리던 이날 저녁, 자정을 넘겨 양명시는 독극물이 들어있는 탕약을 먹고 한 많은 생을 마감하고 말았다.

이튿날 새벽, 때맞춰 측간시중을 들려고 나왔던 조카 양풍이 어느새 꼿꼿하게 굳어있는 양명시의 모습에 흠칫 놀라며 황급히 코끝에 손을 대보았다. 이미 호흡은 끊겼고 손을 만져보니 쇳덩이 같이 차가웠다. 오열을 터뜨릴 경황도 없이 양풍은 털썩 그 자리에 주저앉고 말았다. 양명시가 갑자기 '중풍'에 걸려 몸져누웠다는 사실을 처음부터 이상하게 여겨온 양풍이었다. 그러나 병석엔 늘 관개(冠蓋)들이 구름 같고 직접 진맥하고 약을 조제하는 의원은 태의원의 원안순인 데다 끓여 나오는 탕약 모두 자신이 먼저 먹어 보고서야 양명시에게 떠 먹이곤 했었기에 의혹이 굴뚝같아도 감히 누구에게도 토로할 수가 없었다. 이젠 유일한 피붙이가 이승의 끈을 놓고 떠나버렸다는 생각이 떠오르는 순간 양풍은 덮치듯 양명시의 몸에 쓰러졌다. 잠든 사람을 흔들어 깨우듯 어깨를 마구 흔들며 짐승의 그것 같은 오열을 터트렸다.

"숙부님⋯⋯. 이젠 기침 하셔야죠⋯⋯. 황자들도 기다리고 우리 모두가 기다리고 있는데⋯⋯ 기약 없는 그 길을 한 마디 말씀도 없이 가시다뇨⋯⋯. 숙모님과 아우들은⋯⋯ 이제 어떻게 살아가야 하나요⋯⋯. 흑흑⋯⋯."

느닷없는 양풍의 울음소리에 옷 입은 채로 살풋 잠들어 있던 양부인이 벌떡 일어났다. 선잠이 깨어 모래알 박힌 것처럼 깔깔한 눈을 비비며 달려 들어와 보니 태의원의 원안순이 허둥대며 들어섰다. 정신 사납게 운다며 양풍을 나무라던 원안순이 한걸음에 다가와 양명시의 맥을 짚어보았다. 고개를 절레절레 저으며 눈꺼풀을 뒤집어보던 그가 대뜸 안주머니에서 은침을 꺼내어 양명시의 머리, 귀밑이며 앞가슴에 꽂기 시작했다. 침은 촘촘하게 꽂혀 수십 개는 더 될 것 같았다. 태의에게 일말의 기대를 건 양풍과 양부인의 반쯤 얼빠진 눈이 원안순의 손짓 몸짓에 따라 부산스레 움직였다. 그러던 중 원안순이 갑자기 경이로움에 찬 목소리로 외쳤다.

"맥박이 돌아왔습니다! 부인, 여기 좀 만져보십시오!"

"그게 사실인가요?"

양부인이 허둥지둥 다가가 태의가 가르쳐준 오른쪽 맥을 짚어보았다. 잠시 숨죽이고 있노라니 과연 천천히, 아주 느리게 물이 흐르는 듯한 미세한 박동이 느껴졌다. 순간 희비가 교차하여 눈물이 그렁그렁한 양부인이 양명시의 얼굴을 들여다보며 뭔가 말하려고 하는 찰나, 양명시가 부르르 몸을 떨었다. 그리고는 마음속 갈피, 갈피에 묻어있는 애수를 말끔히 토해내려는 듯 길고 무거운 한숨을 쏟아냈다.

그것이 양명시가 할 수 있었던 이승에서의 마지막 항거였다! 가늘기로 유사(遊絲) 같았던 맥박이 툭 끊기는 순간 양부인이 크게 당황해하며 원안순을 바라보았다. 그러나 원안순은 아무 말도 없이 다가가 실성한 사람처럼 눈길을 한 곳에 박은 채로 침을 빼내기 시작했다. 한참 후에야 그는 입을 뗐다.

"부인, 안됐지만 전 최선을 다했습니다. 양어른은 이미……."
그는 대단히 힘겹게 그 말을 내뱉었다.
"귀천(歸天)했습니다……."
원안순의 입에서 마지막 한마디가 떨어지는 순간 양부인은 기절하여 그 자리에 쓰러지고 말았다.

죄를 지은 모든 범인들이 자신의 범행현장을 앞에 두고 두려워하듯 원안순 또한 얼굴이 한껏 굳어져 있었다. 기절해 있는 양부인과 가슴 치며 오열하는 양풍을 번갈아 보며 급히 두 눈을 질끈 감고 합장하며 뭔가 한바탕 중얼거리던 원안순이 말했다.

"양어른의 진맥 상황과 처방전을 가져올 테니 양부인이 한 번 보고 태의원에 보내주시오……."

말을 마친 원안순이 막 돌아서 나가려던 순간, 천천히 정신이 돌아온 양부인이 돌연 어디서 그런 힘이 솟구쳤는지 알 수 없는 괴력으로 벌떡 일어나 원안순을 덮쳤다. 화들짝 놀란 원안순이 황급히 한 쪽으로 비켜섰다. 몸을 웅크리고 겁에 질린 눈빛으로 양부인을 돌아보며 원안순이 물었다.

"부인, 왜…… 왜 그러십니까?"

"내 남편 살려 내! 이 돌팔이 같은 놈아!"

양부인이 입에 거품을 물고 기를 쓰며 고함을 질렀다.

"우리 남정네가 글씨 쓰고 말하는 데는 시일이 걸리겠지만 목숨엔 이상이 없다며? 어제까지 멀쩡하던 사람이 하룻밤 사이에 숨을 거두다니…… 말이나 돼? 말이나 돼냐고……."

그녀는 기운없이 다시 땅바닥에 쓰러지고 말았다.

"당신 운남에서 돌아올 때 뭐라고 했어요……. 관직은 신물이 나니 조용히 살겠다고…… 약속했잖아요……. 이게 무슨 마른 하늘에 날벼락이에요, 그래……."

양부인과 양풍, 그리고 가인들이 한 데 부여잡고 오열을 터뜨리고 있을 때 홍승과 홍창이 궁중의 다과류를 담은 합(盒)을 하나씩 들고 양명시네 뜰로 들어섰다. 안에서 들려오는 울음소리를 들으며 두 사람의 얼굴엔 포착하기 어려운 미소가 번졌다. 몇 걸음만에 성큼 방안으로 뛰어들어간 홍창이 다과합을 내팽개치듯 던져버리고 오장을 찢는 듯한 고함을 지르며 양명시에게로 달려갔다.

"사부님……!"

홍승 또한 눈물을 비오듯 쏟으며 양명시의 침대 옆에 무릎을 꿇었다. 한여름 날의 소나기인들 이리 급할까. 형제의 두 눈에서는 양동이째로 퍼붓는 듯한 눈물이 하염없이 흘러내렸다. 듣는 이의 가슴을 저미는 넋두리 또한 제법 그럴싸했다.

"사부님……, 육경궁에서 사부님으로부터 받은 사랑과 배려는 생각만 해도 가슴 한 쪽이 물이 되어 흐릅니다……. 그동안 못난 저희들을 얼마나 아껴주셨습니까……. 어찌 한마디 말씀도 없이 이렇게 가실 수가 있단 말입니까? 이렇게 허망하게 이승의 끈을 놓아버리기에 사부님은 너무 젊습니다! 이제 누가 우리들의 손목을 잡고 서화를 가르쳐주겠습니까? 저희뿐만 아니라 조정과 종묘 사직 또한 사부님을 얼마나 필요로 하는지 모르시죠······."

구슬프게 울던 가족들을 제치고 둘이서 주역이 되어 한바탕 울고불고 하던 둘은 그제야 눈물을 거두고 양씨 모자를 위로하며 말했다.

"죽은 사람은 되살아나지 못합니다. 부디 절애하십시오. 지금은 이러고 있을 때가 아니니 우리가 가서 십육숙에게 기별을 넣어 즉각 폐하께 주하여 조치토록 할 것이니 사모님께선 방안의 촛불을 다 꺼버리고 폐하의 은지를 기다리십시오."

그러자 이번에는 홍창이 말했다.

"우리가 사부님을 여러분 모셨어도 청렴하고 강직하신 데는 양사부님을 따를 사람이 없었습니다. 자제분들도 미처 추스르지 못하시고 재물 하나 남기지 못하시고 돌아가셨지만 저희들이 있는 한 걱정하지 마십시오. 자제분들은 필히 은음(恩蔭)을 받아 장성할 것이고, 앞으로의 출세길도 보장이 될 겁니다. 아! 그리고, 약소하지만 저희들도 제자된 입장에서 부의금을 천 냥씩 준비해 왔습니다. 이 돈이면 평생 경제적인 어려움은 없을 것입니다······."

두 형제의 위로와 격려가 이어지는 동안 양부인은 겨우 오열을 그쳤다. 예기치 않았던 두 황숙의 성의에 차츰 마음의 문을 열며 양부인이 말했다.

"정말 무어라 감사의 말씀 올려야 할지 모르겠사옵니다. 장례가 끝나면 조카더러 두 아이를 데리고 두 분 마마께 절이라도 올리게끔 보내겠사옵니다."

그러자 홍승이 말했다.

"제자로서 당연한 일을 했을 뿐입니다. 황송해 마십시오. 그리고 양사부님께서 생전에 집필하신 원고가 많으신 걸로 알고 있는데, 사모님께서 정리해주시면 제가 가져다 책자로 발행하여 사부님의 문장을 빛내드리겠습니다."

달리 거부반응이 없는 양부인과는 달리 양풍은 홀연 의혹이 앞섰다. '때맞춰' 부의금을 갖고 달려온 것도 그렇고 필요 이상의 관심을 보이는 것도 이상했다. 원고를 가지러 서재로 들어가려는 양부인을 제지시키며 양풍이 말했다.

"죄송합니다만 숙부님의 원고를 정리하려면 시일이 좀 걸릴 것 같습니다. 지금은 경황이 없으니 며칠 뒤 마음이 차분해진 연후에 깔끔하게 정리하여 소인이 직접 왕부로 보내드리겠습니다."

홍승이 매섭게 양풍을 노려보았다. 그러나 양풍은 그 시선을 피하지 않았고, 그런 양풍에게 위협을 주기엔 양풍의 이유가 너무 당연했다. 한참 생각한 끝에 홍승이 무뚝뚝하게 내뱉었다.

"그리 해줄 수 있으면 더 좋고. 아무튼 부탁하네. 사부님의 원고를 내가 공짜로 가지겠다는 건 아니네."

그사이 원안순이 양명시의 처방전과 맥안(脈案)을 한아름 안고 나오는 걸 본 홍창이 말했다.

"형, 같은 방향이니 태의랑 같이 갑시다."

"두 분 마마!"

양명시네 대문을 나선 원안순은 그러나 말에 올라탈 생각을 않고 홍승에게 말했다.

"지난번 주신 은자 3천 냥으론 부족할 것 같사옵니다. 두 분 마마께서 2천 냥 정도 더 상을 내려주셨으면 하옵니다. 소인은 이제 귀국해야겠사옵니다."

의술이 뛰어난 인도인 의생을 바라보며 홍승이 말했다.

"은자 2천 냥을 더 주는 건 문제될 게 없는데, 여기 있으면 크게 될 사람이 굳이 그 낙후된 곳으로 돌아가려는 의도가 뭔가?"

말 위에 올라타 고삐를 잡으며 원안순이 말했다.

"가진 것 다 팔아 아들에게 의학공부를 시켜오신 어머니께서 아들이 그 의술로 나쁜 짓을 했다는 사실을 아시면 그 자리에서 졸도하실 것이옵니다. 그리고 소인이 양명시처럼 비참하게 죽어가지 말라는 법도 없을 것이옵니다!"

말을 마친 원안순은 곧 고삐를 힘껏 낚아채며 말을 달렸다. 멀어져 가는 원안순의 뒷모습을 노려보며 홍승이 소름끼치는 웃음을 지었다.

"저놈의 어미를 붙잡아 둬, 저놈이 여길 뜨지 못하게."

그러나 홍창의 생각은 달랐다.

"보내버립시다. 곁에 두면 우리가 꿈자리가 사나워 발 뻗고 잠을 못 잘 겁니다!"

홍승이 입을 떼어 뭐라 말하려 할 때 저 멀리에서 전도가 말을 타고 달려오는 모습이 보였다.

23. 회유

전도는 양명시의 집에서 그리 오래 머물지 않았다. 이위의 문병을 갔던 자리에서 동료로부터 비보를 전해 들었던 것이다. 그는 형부아문으로 들어온 이래 류통훈을 따라 두어 번 정도 양명시의 집을 찾은 적이 있었다. 그리 깊은 교분은 아니지만 그래도 사람이 죽었다는데 가만히 있을 수는 없었다. 양명시의 명망으로 보아 필히 문상객들이 문전성시를 이루었을 거라 생각하며 달려왔으나 막상 도착해보니 아직 비보가 널리 알려지지 않은 상태라 사람들은 가뭄에 콩 나듯 드문드문 몇 명밖에 없었다. 달관귀인(達官貴人)들에게 눈도장이라도 많이 찍어두려던 전도는 고무풍선 바람 빠지듯 삽시간에 어깻죽지가 축 처지고 말았다. 부의금 명단을 들여다보니 홍승(弘昇) 형제의 이름이 맨 위에 올라와 있었고, 액수도 전도로선 혀를 찰 정도로 어마어마한 은자 2천 냥이었다. 그 뒤로는 모두 천 냥 미만이었지만 역시 전도로선 벅찬 액수였다.

전도는 피식 자조하듯 웃으며 양풍에게 말했다.
"뱁새가 황새 따라가려다 가랑이 찢어진다고 나 같은 새우는 흥내조차 못 내겠네."
이같이 말하며 전도는 빈칸에 '전도 24냥'이라고 적어 넣었다. 거대한 산자락에 매달린 초가집처럼 현혁(顯赫)한 관원들의 이름 아래서 전도의 이 여섯 글자는 그렇게 초라해 보일 수가 없었다. 필을 내려놓고 막 물러가려던 전도는 그러나 허겁지겁 뛰어들어 오는 누군가와 정면으로 맞닥뜨리고 말았다. 유심히 살펴보니 상대는 놀랍게도 돌쇠였다! 색깔은 바랬지만 깔끔한 회색 두루마기를 입고 있는 돌쇠는 덕주(德州)에서 볼 때보다 좀 살이 오른 것 같았지만 모습은 그대로였다. 여기서 돌쇠를 만날 줄은 꿈에도 몰랐던 전도가 크게 놀라 소리쳤다.
"자네 돌…… 돌쇠 맞지? 여긴 어쩐 일이야?"
"전어른, 난 이제 더 이상 돌쇠가 아닌 육세경(陸世京)이에요."
돌쇠가 급히 전도에게 예를 갖춰 인사하며 말했다.
"북경에 온 지 한참 됐어요. 역시 대내에서 군기처 어르신들의 야식을 챙겨드리는 일을 맡고 있어요. 사실 저는 대내에서 전어른을 몇 번 뵈었어요. 워낙 바쁘신 분이고 저도 별다른 일이 없고 하여 아는 척하지 않았을 뿐이에요."
이같이 말하며 돌쇠는 자신이 양명시를 따라 북경으로 들어오게 된 경위와 양명시의 천거를 받아 군기처에서 잡역을 맡게 된 전후 사연을 대충 들려주었다. 그리고는 덧붙였다.
"양어른은 청관이셨어요. 일개 하인이 당장 그 은혜를 갚을 길이 없어 영전(靈前)에서 실컷 울기라도 하려고 우리 대장한테 휴가를 얻어서 왔어요……."

사실 전도는 이 육세경과 긴 얘기를 나누고 싶은 생각은 전혀 없었다. 육세경이 하는 말에 그저 부연하여 말했다.
"잘 됐네. 북경에서 끼니라도 거르지 않을 수 있는 일자리가 있다는 게 무엇보다 중요하지. 잘해보게. 특수한 경우를 제외하곤 대부분 자네처럼 밑바닥부터 시작하는 것이니. 열심히 하다보면 나도 도울 수 있는 일은 도울게……"
대충 얼버무리고 전도는 도망치듯 발걸음을 재촉하여 아문으로 돌아왔다. 물론 양명시의 집을 너무 일찍 찾아 정작 만나야 할 사람들은 못 만나고, 만나고 싶지 않은 사람만 만났다는 생각에 돌아오는 길 내내 짜증스러웠다. 형부아문에 들어와 한숨 돌리기도 전에 문지기가 아뢰었다.
"전어른, 순덕부(順德府)의 노(魯) 태존께서 내방하셨습니다."
전도는 잠시 생각한 끝에 순덕부의 노홍금(魯洪錦)을 떠올렸다. 지주 장천석(張天錫)이 소작세를 내지 않는다고 하여 소작농인 영주(寧柱)를 때려죽인 사건이 발생했다. 가해자인 장천석에 대해 지부인 노홍금은 목을 쳐야 마땅하다고 주장했으나 그 상급 기관인 도부(道府)에서는 지주와 소작농 사이의 분쟁은 명분이 있다는 이유를 들어 장천석에 대한 형이 지나치게 무겁다며 노홍금의 판결을 기각해 버렸다. 이에 불복하여 노홍금이 직접 형부로 상소문을 올렸고, 전도는 류통훈과의 합의에 따라 노홍금의 원심을 유지하게끔 지시하였던 것이다. 전도가 생각하기에 노홍금은 공정한 심판에 대한 감사의 뜻을 전하러온 것 같았다. 해오라기 보복(補服)을 입고 팔자걸음을 떼어놓으며 들어선 노홍금을 전도가 반갑게 맞았다.
"어서 오시오, 노지부! 북경엔 언제 도착했소? 먼저 처소를 방문했어야 하는데……. 어서 자리하오!"

"긴요한 일이 있어서 온 건 아니오."

노홍금이 두 손을 맞잡아 들어올리며 인사를 표했다. 그리고는 얼굴 가득 웃음을 띠우며 말했다.

"류강 어른한테서 오는 길이오. '지주와 소작농 사이는 존비(尊卑)의 명분을 떠나 인명은 똑같이 중요하니 살인은 그 어떤 식으로든 합리화될 수 없다'던 전어른의 원심유지 판결문을 받아들고 한참 감격했소. 그래서 이번에 북경에 온 김에 어른의 풍채를 뵙고 싶어 예의가 아닌 줄 알면서도 이렇게 불쑥 찾아뵙게 되었소."

형부아문에 들어온 이래 공적인 일로 외관으로부터 칭찬을 받아본 건 처음인지라 전도는 내심 기뻤다. 희색이 만면하여 손수 차를 따라 노홍금의 손에 들려주며 겸손하게 말했다.

"그리 말씀하시니 몸둘 바를 모르겠소! 내가 되레 노지부의 강직한 성품과 공정한 심판에 감복해마지 않던 중이라오."

이와 유사한 사건에 대한 순치, 건륭 연간의 판례를 청산유수처럼 쏟아놓던 전도가 말했다.

"소작세를 못 내겠다며 대항한 죄는 보통 곤장 스무 대면 족하거늘 장아무개가 관직을 남용하여 사람을 죽였다는 사실은 그 '살인상명(殺人償命)'의 죄를 물어 마땅하지."

전도가 말하는 동안 내내 머리를 끄덕이던 노홍금이 기다렸다는 듯이 웃으며 일어섰다.

"오늘 참으로 좋은 말씀 많이 들었소. 좀 있다 장상을 뵙기로 했으니 그만 가봐야겠소. 나중에 내가 술을 살 테니 몇몇 친구들을 불러 함께 깊은 얘기를 나누도록 하세."

이같이 말하며 노홍금은 푸른 비단 주머니 하나를 꺼내어 전도에게 건넸다.

"단연(端硯)이요. 경관(京官)들이 청빈하다는 건 주지하는 바요. 이런 건 받아도 크게 문제될 게 없으니 약소하지만 받아두오."

전도가 받아보니 제법 묵직했다. 막료 시절엔 이보다 더 값진 물건도 서슴없이 받았으나 경관이 되고 난 지금은 다소 부담스러웠다. 받아야 하나 마나를 두고 잠시 망설인 끝에 전도는 노홍금이 자신에게 추호도 악의가 없다는 사실에 자신하며 그냥 물리치는 것도 예의가 아니라는 생각에 받아두기로 했다. 이때 3품 관원의 정자(頂子)를 단 관원이 중문을 들어서는 모습이 보였다. 급히 단연을 치우고 노홍금을 배웅하러 대문 밖으로 나갔다 들어가니 그 관원은 이미 안에서 앉아 기다리고 있었다. 가까이 다가가 상대를 눈여겨본 전도는 그만 깜짝 놀라고 말았다. 그 사람은 다름아닌 류강(劉康)이었던 것이다!

"혹시 전어른이시오?"

류강이 웃으며 자리에서 일어났다. 그리고는 자신을 소개했다.

"이제 막 호광(湖廣)에서 상경한 류강이라는 사람이오."

"아, 아……."

전도가 둔기로 맞은 것 같은 충격에서 겨우 헤어났다. 그리고는 공수를 했다.

"존함은 익히 들어왔소! 산서성(山西省) 포정사(布政司)로 발령난 줄 알고 있었는데, 호광에서 오다니 어쩐 일이오?"

류강을 자리에 안내하고 탁자 옆에 내려앉은 전도는 하마터면 노홍금이 마시다 남은 차를 엎지를 뻔했다. 그러나 상대는 아무것도 눈치채지 못했을 지도 모른다는 생각에 애써 진정하며 전도가 말했다.

"산동성의 이재민들을 안치하는 과정에서 재해복구비를 착복하는데 이골난 역대 관리들과는 달리 지극히 모범적인 표상이 되었다 하여 조야에 칭찬이 자자하오!"

자신을 본 순간 화들짝 놀라며 마치 사갈(蛇蝎)을 피하듯 속으로 방어벽을 쌓고 있는 전도의 속마음을 알 리가 없는 류강이 허허 웃으며 말했다.

"모두 조정의 은덕이고 어얼타이 사부님의 가르침 덕분이오. 난 이번에 평륙현(平陸縣)의 진서신(陣序新)이 관공소를 아수라장으로 만들고 관원을 모독한 사건을 조속히 마무리 짓기 위해 왔소. 우리 아문에서는 이 사건 때문에 관계부처에 여러 차례에 걸쳐 상소문을 올렸지만 모두 기각당하고 말았소. 너무 오래 끌어 오다 보니 지방에선 별의별 소문이 다 돌고 있는 실정이오!"

그러자 전도가 말했다.

"보아하니 노홍금이 지주와 소작농의 분쟁을 처리함에 있어서 내가 노홍금의 손을 들어주었다는 관보를 읽고 나한테 따지러 온 거구만?"

류강이 곰방대를 꺼내어 담배를 쟀다. 불을 붙여 한 모금 길게 빨아들이고는 입을 열었다.

"무슨 말씀을 그리하시오? 따지다니, 감히 어느 면전이라고. 진서신은 다른 성에서 우리 산서로 전근 온 지 얼마 안 되는 관원이고 나랑은 아무런 갈등도 없는 평범한 사이오. 이 사건은 장천석 사건과 흡사하긴 하나 인명사고는 없었소. 그런데 어찌하여 진서신에게 교형(絞刑) 집형유예를 선고할 수 있단 말이오?"

눈을 내리깔고 있던 전도가 눈꺼풀을 치켜올려 류강을 힐끗 쳐다보았다. 그리고는 담담하게 말했다.

"이 두 사건은 전혀 다른 성격을 띠고 있소. 소작농인 영주는 지주에 의해 맞아죽었소. 하지만 진서신은 지주를 때려 다치게 했소. 지주와 소작농 사이에 존귀의 구별은 없으나 상하구분은 엄연하오. 관부에서 사람을 다치게 한 죄를 물어 피해자의 상처를 치료해주고 사흘 동안 항쇄를 씌워 반성케 한다는 적당한 조치를 취했거늘 진서신이 판결에 불복하여 감히 공당을 소란케 하고 현관(顯官)을 '주구(走狗)'라고 모독한 것은 실로 그 죄를 용서키 어렵소."

전도가 단호히 잘라 말하자 류강이 웃으며 다가앉았다.

"이 사건은 직접 내 손을 거친 사건은 아니오. 허나 우리 아문의 관원이 이런 불미스런 일을 저질렀다고 하니 달리 무마할 방법은 없을지 전어른께 도움을 청해보라며 다른 관원들이 하도 성화를 떨어서……."

이 같이 말끝을 흘리며 류강이 주머니에서 자그마한 종이뭉치를 꺼내더니 전도의 앞으로 슬며시 밀어보냈다.

"이게 뭔가?"

전도가 들어보니 묵직했다. 헤쳐보니 황금빛이 눈부신 50냥 짜리 금덩이였다. 전도의 낯빛이 대뜸 어두워졌다.

"이걸 나더러 받으라고 가져왔소? 도로 거두시오."

"전어른, 그게 아니라……."

"거두라고 했소!"

삽시간에 얼굴에 경련을 일으키며 전도가 소리쳤다.

"사람을 잘못 봤소! 난 조정에서 내주는 봉록이면 충분한 사람이오!"

류강은 속으로 아차! 하며 가슴을 쳤다. 그러나 짐짓 내색하지는 않고 웃음을 머금었다.
 "이는 내가 선물하는 게 아니라 채경(蔡慶)을 비롯한 우리 아문의 다른 관원들이 조그마한 성의를 모아 보낸 것이오. 사건과는 무관하게 보낸 것이니 절대 오해는 말아주오. 술 한잔 거하게 사드렸다고 치고 크게 개의치는 않으리라 생각하고 보낸 것인데, 이리 매정하게 뿌리치면 그네들이 얼마나 무안하겠소? 아니면 먼저 받아두었다가 나중에 채경이 북경에 오면 그때 호되게 질책하여 돌려주든지 하시는 게 좋겠소."
 전도가 잠시 침묵을 지키자 어느 정도 자신의 뜻을 수렴한 줄로 알고 류강이 도망치듯 살짝 빠져 나오려고 했다. 이때 등뒤에서 전도의 추상같은 고함소리가 들렸다.
 "류어른! 날 어찌 보고 이런 짓까지 서슴지 않는 거요? 억지로 떠 안겨 놓고 도망가다니 정인군자는 못 되겠군!"
 이쪽에서 큰소리가 나자 각 부처의 관원들이 고개를 기웃거려 왔다. 쫓기듯 경황없는 3품 관원의 등뒤로 종이뭉치 하나가 날아들었다. "쿵!" 하는 소리와 함께 대문에 맞고 떨어진 종이뭉치는 껍질이 벗겨져 나가면서 주먹만한 금덩이가 그 실체를 드러내고 말았다. 류강이 뭐라 중얼거리며 누가 볼세라 금덩이를 주워들고 날 듯이 형부아문을 빠져나갔다.
 "흥!"
 경멸에 찬 눈빛으로 류강의 뒷모습을 바라보는 전도의 얼굴엔 음산한 미소가 번졌다. 마음을 가라앉힐 요량으로 차 한 잔을 따라 놓고 각지에서 올라온 문서들을 펼쳐들었다. 이때 문 두드리는 소리가 들렸다. 류강이 다시 돌아온 줄로 알고 전도는 호통부터 쳤다.

"이게 아직도 안 갔어? 얼마나 더 창피를 당해야겠어? 가서 어얼타이한테 다 일러바쳐! 난 상관없어."

이같이 고함 지르며 횅하니 다가가 문고리를 낚아채듯 잡아 문을 홱 열어젖힌 전도는 그러나 어이가 없어 실소하고 말았다. 형부상서인 사이직과 시랑인 류통훈이었던 것이다. 급히 두 사람을 안으로 안내하며 그 자리에서 참견례를 갖춘 전도가 말했다.

"두 분 어른인 줄도 모르고 무례를 범하고 말았습니다!"

사이직이 아무 말 없이 전도가 앉았던 자리에 앉았다. 그 동안 전도가 처리한 사건관련 문서를 뒤적여보았다. 손님석에 앉은 류통훈이 웃으며 말했다.

"문닫아 걸고 누구랑 그리 화를 내고 있었소?"

전도가 두 사람에게 차를 따라 건네며 멋쩍은 듯 웃으며 말했다.

"화를 내다니! 화기(火氣)가 성하면 간(肝)을 다친다고 했는데, 목숨걸고 누구한테 화를 내겠소."

"분명히 화냈어, 방금."

류통훈이 히죽 웃으며 말을 이었다.

"우리가 귀라도 먹은 줄 알아? 어얼타이 중당까지 곁들여가며 한바탕 거품을 물던데 뭘?"

그러자 전도가 씁쓸한 웃음을 지어냈다.

"막료시절엔 관직에 오르기만 하면 뭐든지 척척 잘해낼 것 같았는데, 갈수록 호관(好官)이 된다는 게 얼마나 힘이 드는지 알 것 같소……."

사실 전도가 형부에 들어온 이래로 사이직은 줄곧 황제가 친히 간택한 주사(主事)의 일거수일투족을 지켜 보아왔다. 본인이 정정당당한 과갑(科甲) 출신인지라 사이직은 수순을 밟지 않고 어느 날 문득 들어온 잡도(雜途) 출신들을 탐탁치 않게 여겨왔다. 관원들로부터 전도가 밖으로 금덩이를 내던졌다는 말을 전해듣고 류통훈을 불러 전도를 찾은 사이직은 비굴하지도 거만하지도 않은 전도의 언행에 실로 오랜만에 처음으로 총애하는 마음이 생겨났다. 전도가 말하지 않아도 자초지종을 다 미뤄 짐작할 수 있는 사이직이 말했다.

"류강은 평소에 평판이 괜찮은 사람이네. 아랫것들의 철딱서니 없는 성화에 못 이겨 그런 짓을 했나본데, 전도 자네의 처사가 맘에 드네! 앞으로 이 일로 인해 무슨 일이 있든 신경 쓰지 말게. 우리가 알고 있으니 걱정 말게!"

그러자 전도가 급히 대답했다.

"두 분 어른께서 믿어주시니 소인은 더더욱 두려울 게 없습니다! 그래봤자 어얼타이 중당한테 미운 털이나 박히겠죠."

전도의 말에 사이직이 파안대소를 했다.

"연갱요(年羹堯), 참으로 어마어마했지? 발 한 번 구르면 자금성(紫禁城)이 엉덩방아를 찧을 정도였지. 그래도 나 사이직한테는 함부로 하지 못했거늘, 어얼타이가 감히? 걱정 말게, 내가 있는 한은 어느 누구도 자네한테 미운 털을 박지 못할 것이니. 올해 미결된 사안을 처리하기 위해 관원을 산서로 파견해야 하는데 내가 자네를 위촉하겠네. 저들이 어찌 나오나 보게."

그 날 세 사람은 장시간 격의 없는 대화를 나누었다. 전도가 사이직과 류통훈을 배웅하러 문밖에 나오자 다른 사관들이 뭐라 쑥덕대며 귀엣말을 했다. 전도는 내심 우쭐해졌다.

한편 전도에 의해 쫓기다시피 형부아문을 나선 류강은 가슴이 쿵쾅거리고 호흡마저 가빠왔다. 벌건 대낮에 악몽을 꾼들 이보다 황당하랴 싶었다. 사실 류강은 평륙현의 사건을 빌미로 전도에게 접근을 시도했던 것이다. 상경하여 아계와 전도가 성은을 듬뿍 받고 있다는 소문을 접한 그는 두 사람이 앞으로 어마어마한 거목이 될 것을 믿어 의심치 않았다. 그리하여 미리 선을 대놓으려고 했던 것이 그만 역효과를 불러오고 말았던 것이다. 그러나 아무리 숨을 고르게 하려고 마음을 먹어도 3품 대원인 자신이 6품 새우에 불과한 미관에게 뺨따귀 얻어맞는 굴욕보다 더한 모독을 받았다는 사실에 그는 울분이 치밀어 참을 수가 없었다…….

씩씩대며 집으로 돌아와 오후 나절 내내 그는 두문불출하고 백치처럼 구석자리를 지켰다. 날이 어둑어둑해져서야 비로소 조금이나마 마음의 평정을 찾은 류강은 문득 내일이 원소절(元宵節)이라는 생각이 뇌리를 스쳤다. 원소절 전날 저녁 자신의 집으로 와서 한잔 나누자던 어얼타이의 말이 떠오른 류강은 서둘러 얼굴에 냉수를 두어 번 끼얹고는 가마에 앉아 어얼타이의 부저(府邸)로 향했다.

옹정황제가 붕어한 지 1년도 안된 국상기간이라 민간의 일체 위락활동은 금기시 되어 있었다. 그러나 관가의 통제는 점차 느슨해졌다. 길가엔 벌써 꽃등을 파는 시장이 자리를 잡기 시작했고, 집집마다 문 어귀에 각양각색의 현란한 등불을 내걸고 있었다. 갈수록 인파는 늘어만 갔고 꽃등 구경나온 사람들이 삼삼오오 떼지어 다니며 좋아라 했다. 인산인해를 피해가느라 가마는 자꾸만 뒤뚱거렸고 불편해진 류강은 아예 내려 걸었다. 국상과는 관계없이 명절 분위기에 한껏 들떠 있는 인파를 헤집고 한참 걷노라니 어느새 어얼타이의 부저가 멀리 보였다. 그러나 관원들이 왁자지

결할 줄 알았던 어얼타이네 문 앞은 노란 유리궁등만 달랑 두 개 내걸려 있을 뿐 인적은 드물었다. 류강을 알아보는 문지기가 반가이 맞았다.

"오늘저녁 모신 손님들이 그리 많지 않아 조용합니다. 어상께선 손님접견 때문에 술자리가 이어지는 중간에 한번 나오실 거라고 하셨습니다. 여러 어르신의 양해를 구하신다고 말씀하셨습니다. 어서 안으로 드십시오."

"어상의 균령을 받들겠습니다."

어얼타이에게 오늘의 조우(遭遇)를 한바탕 하소연 하려던 류강은 그제야 어얼타이가 건강상 이유로 요즘 집에 있으니 손님 맞을 처지가 못 되어 그럴 것이라 짐작하고 이같이 말했다.

객청(客廳)에는 바깥에서 보기와는 달리 대단히 시끌벅적했다. 류강이 보니 장군, 순무에서부터 지현(知縣), 천총(千總)에 이르기까지 문무관원들이 3, 40명은 족히 될 것 같았다. 거의 모두 어얼타이가 왕년에 주시험관을 지내며 선발한 문생(門生)들이었다. 삼삼오오 낭하에 모여 등미(燈謎, 등불에 쓴 수수께끼)를 풀며 웃고 떠드느라 사람 들어서는 줄도 모르는 축들이 있는가 하면 등불이 휘황한 대청에서 주령을 외치며 권커니작커니 술잔을 부딪치는 이들도 있었다. 어허, 호중조(胡中藻) 등 몇몇 동년들도 있었고, 평소에 가깝게 지내는 아무싸, 푸르단, 쉬룬 등의 모습도 보였다. 류강은 그들에게로 다가갔다.

"다들 먹는 데는 발빠르군."

"아니, 이게 뉘신가!"

동년배들이 반색을 하며 늦게 온 류강을 반겼다. 저마다 술을 한 잔씩 치켜들고 낭하에 서서 수수께끼를 푸느라 여념 없던 이들은 늦게 온 대가로 벌주를 마셔야 한다며 류강에게로 달려들었다. 결박하듯 팔을 뒤로 꼬아 꼼짝달싹 못하게 하고 서로 자신의 술잔을 들어 오만상을 찌푸리고 당하고만 있는 류강의 입안에 쏟아 부었다. 류강이 퉤퉤! 하며 내뱉는 바람에 얼굴이며 온몸 가득 술벼락을 맞은 짓궂은 무리들이 비명을 지르며 달아났다. 잠시 화가 동했지만 오랜만에 동료들이 다같이 모인 자리라 반가운 마음이 앞선 류강이 웃으며 가장 적극적으로 자신에게 술세례를 안긴 쉬룬을 쫓아가려고 했다. 그런데, 바로 그 순간, 뒤뜰의 월동문으로 몇 개의 유리등이 명멸하며 다가오는 게 보였다. 어얼타이일 거라고 짐작하며 류강이 손가락을 입에 대며 쉿! 하고 소리를 냈다. 모처럼 만에 동심으로 돌아가 한바탕 쫓고 쫓기는 추격전을 기대했던 사람들이 뚝 웃음을 멈추었다. 그러나 등불은 류강 등에게로 다가오지 않고 서쪽 뜰 쪽으로 비켜갔다.

류강이 못내 의아스러워하며 옆에 있던 어허에게 물었다.

"어 중당이 손님을 배웅하는 것 같은데, 병이 그리 심각하진 않나 보네."

그러자 어허가 머리를 저었다.

"어상은 아닐 것이야. 누굴 접견하는지는 모르겠지만 장정옥 아니면 나친이 아닐까?"

"나친이야."

호중조가 수염을 만지작거리며 말했다.

"맨 끝에 따라가는 사람이 나친 중당네 종복(從僕)이거든. 그리고 태감 복식을 한 사람이 있는 것 같은데, 몇몇 중당어른을 빼고 집에 태감 부리는 사람이 어딨어?"

류강 등이 멀어져 가는 사람들의 실체를 두고 이러쿵저러쿵 애기하고있을 때 어얼타이의 긴 그림자가 다가오고 있었다. 대청 안팎에 있던 사람들 모두 낭하에 모여 상체를 깊숙이 숙이고 어얼타이를 맞이했다. 호북성 순무 거단이 먼저 한 쪽 무릎을 꿇어 인사했다.

"제자 거단이 여러 동년들을 대표하여 스승님께 문후를 올립니다!"

그 말이 끝나자 사람들 모두가 무릎을 꿇었다.

"모두 일어나게."

어얼타이의 수척하고 혈색이라곤 없는 얼굴에 한 가닥 미소가 스치고 지나갔다.

"난 천성적으로 별로 재미가 없는 사람이라 되레 여러분들의 주흥을 깰 것 같아 이런 자리는 자제하는 편이네. 내가 부른 손님들이니 더불어 두어 잔 마시고 일어나려고 하네. 여러분들은 부담스러워하지 말고 오래도록 즐기게."

말을 마친 어얼타이는 곧 주석(主席)에 가 앉았다. 저마다 이참에 도장을 단단히 찍어두려고 아부를 떨어보려 했으나 마냥 근엄하기만 한 어얼타이의 눈치만 볼 뿐 누구도 감히 입을 열지 못했다. 관품에 따라 번갈아 가며 올리는 술잔을 받아 어얼타이는 조금씩 마시는 시늉만 낼 뿐 한 순배가 다 돌아가도록 한 잔도 마시지 않았다. 자신의 차례가 되자 류강은 공손히 술을 따라서 올리는 것 외에 미리 준비해두었던 쪽지 하나도 함께 받쳐 올렸다. 사람들의 이목이 집중되는 가운데 어얼타이가 펼쳐보니 이같이 적혀 있었다.

찹쌀 반홉, 생강 다섯 쪽, 얼음물을 솥에 넣어 두어 번 끓인 뒤

수염 달린 대파를 총백(蔥白) 부분만 대여섯 개 함께 넣어 끓인다. 쌀이 거의 익을 무렵 식초를 조금 넣어 더울 때 먹는다.

어안이 벙벙해진 어얼타이가 물었다.
"이게 뭔가? 무슨 죽에 식초까지 넣나?"
그러자 류강이 얼굴 가득 아부 어린 웃음을 지어 보이며 말했다.
"이는 일명 '신선죽'이라는 것입니다. 찹쌀과 대파, 생강 그리고 식초는 서로 궁합이 잘 맞는다고 합니다. 몸 아픈 사람은 병을 덜고 건강한 사람에게는 보양식으로 그만이라고 합니다. 학생이 산동성 재해복구현장에 갔을 때 어떤 마을 전체가 전염병이 번져 아우성을 떠는데, 유독 한 집만은 말짱했다고 합니다. 그래서 그 비방을 물어봤더니 매일 이 신선죽을 먹은 덕분이라 했습니다. 문득 스승님 건강이 염려되어 전 죽 만드는 법을 다시 한번 물어봤습니다. 그 집 어르신은 여든이 넘었음에도 아직 물지게를 메고 다닐 정도로 정정하다고 합니다!"
"오, 그래?"
어얼타이가 웃으며 약선(藥膳)을 끓이는 방법이 적힌 종잇장을 가인에게 건네주며 말했다.
"허구한날 몸에 받지도 않는 인삼죽을 끓여 대느라 고생하지 말고 신선죽이나 한 번 끓여내라고 하거라. 오히려 민간비법이 맞는 경우가 있어."
말을 마친 어얼타이가 자리에서 일어서며 잔을 들었다. 그리고는 말했다.
"모두들 밖에서 일년 동안 수고 많았네. 북경에 있어도 각자의 일에 바빠 이처럼 다같이 모이기가 쉽지 않을 텐데, 이번에 모처럼 다함께 명절을 쇠게 되어서 기쁘네. 그런 의미에서 이 잔은 건배하세!"

사람들은 일제히 스승의 건강을 기원하는 축배를 들었다. 이번에는 어얼타이도 잔을 깡그리 비웠다. 그제야 창백하던 얼굴에 조금씩 혈색이 돌기 시작하는 어얼타이가 야채 하나를 입안에 넣고 씹어 넘기며 말했다.

"선제께선 생전에 문생들이 붕당을 만들어 파벌싸움을 벌이는 걸 대단히 혐오스러워하셨네. 당금 폐하께서도 비록 관정(寬政)을 강조하시지만 궁극적으론 선제와 같은 뜻을 내비치고 계시네. 모두들 아직 젊은 나이에 밖에서 한 몫 단단히 맡고 있는 장래가 촉망되는 사람들이니 시시각각 자신의 발 밑을 내려보고 조정의 신하로서의 위신에 흠집이 가지 않게끔 신경써야겠네. 누군 누구의 문생이고, 어느 파벌이냐를 염두에 둔다면 절대 일 처리가 공정해질 수 없네. 그런 생각에 좌지우지된다면 순신(純臣)이라고 할 수가 없지. 어쌴은 이번에 지의를 받고 지방순시에 나갔는데, 일을 매끄럽게 잘 처리했다고 하여 폐하께서 벌써 표창을 내리셨네. 또한 노작은 황하 제방을 보수하는 현장에서 제대로 먹지도 자지도 못하고 일에만 매달리다보니 지쳐 쓰러져 편지 보낸 걸 보니 글씨마저 비뚤비뚤 쓰러져 있었네. 그 소식 듣고 가슴이 아파 내가 아끼던 산삼 1근을 보내주었지. 왜냐, 그 친구는 스승의 얼굴에 혈색이 돌게 해주었기 때문이네! 자네들도 진정 이 스승을 위한다면 매일 무리 지어 쓸데없이 입방아만 찧으며 시간을 죽일 게 아니라 좀더 건전한 생각을 가지고 매사에 최선을 다해야 할 것이네. 열심히 일하여 백성들이 입이 닳도록 칭찬하는 사람은 내 문하가 아닐지라도 천거할 것이며, 백성들의 눈밖에 난 사람은 여러분들

중의 한 사람일지라도 그 죄를 물을 것이네!"

어얼타이의 입에서 이 말이 나올 줄 짐작하고 있었던 사람들은 저마다 고개를 떨구고 귀기울여 들었다. 그중 거단이 어얼타이가 가장 아끼는 측근이라는 데 토를 달 사람은 아무도 없었다. 당연히 발언은 그가 주체가 될 수밖에 없었다. 목청을 다듬어 진지한 어투로 거단이 감개에 젖어 말했다.

"20년 동안 관직에 있으면서 매번 상경 때마다 스승님의 고담준론을 경청해 오지만 늘 심득이 새롭습니다. 제가 보기에 스승님은 달리 빼어나다고 하기보다는 공맹지도를 철저히 따르시고 매사에 빈틈이 없으시며 항상 최선을 다하시는 표상이시기에 많은 사람들의 존경을 한 몸에 받고 계신 것 같습니다. 전 스승님의 천거를 받아 외관이 되었지만 도원(道員) 시절에 입고시킨 은자가 색깔이 제각각이라고 하여 스승님으로부터 탄핵당하여 지부(知府)로 폄직당했고, 포정사 시절엔 실수로 탐관을 현령으로 잘못 올려놓았다가 불행히도 스승님께 두 번째로 탄핵당하고 말았죠. 오늘날 이 자리에 오르기까지 전 선후로 다른 사람도 아닌 스승님으로부터 여섯 차례나 폄직 당하거나 다른 처분을 받아왔습니다. 저도 사람인 이상 그 당시엔 억울하고 서운한 마음이 없지 않았으나 지금에 와서 돌이켜보니 아끼는 자식 매 한번 더 든다는 옛말이 떠오르며 고마운 마음이 앞섭니다. 스승님 같은 인품과 풍채를 뉘라서 존경하지 않을 수가 있겠습니까?"

거단은 필경 환해(宦海)의 능구렁이였다. 아부를 떨어도 전혀 거부반응이 없을 정도로 그는 말을 잘했다. 오전에 형부아문에서 한바탕 추태를 보인 사실을 떠올리며 류강은 내심 거단에 대해 탄복해마지 않았다. 자신은 이제 실추된 명예를 어찌 회복할까 생각하고 있을 때 어얼타이가 다가와 그의 어깨를 두드렸다.

"자네, 날 따라와 보게. 나머지는 계속 즐기도록 하고. 술은 과하게 마셔 좋을 게 없으니 자제토록 하고 다른 놀이를 하게."

말을 마친 어얼타이는 곧 자리를 떴다. 류강은 두 근 반, 세 근 반하는 마음을 달래며 그 뒤를 따라갔다.

"류강, 자네 오늘 형부에 다녀왔나?"

서재로 들어가자마자 어얼타이가 단도직입적으로 물어왔다.

"거기서 창피를 당했다면서?"

그 목소리는 마치 막 팬 장작의 바짝 마른 속내같이 창백하고 무뚝뚝했다. 피곤이 역력한 눈빛은 류강을 뚫어지게 주시하고 있었다. 얼굴을 귀밑까지 붉히며 쥐구멍을 찾던 류강이 한참 후에야 "네!" 하고 짤막하게 답했다. 다른 말은 감히 한마디도 할 수가 없었다. 어얼타이가 차갑게 웃으며 말했다.

"자넨 지금 이 노인네가 귀신이 아닌가 생각하고 있을 테지. 사실 난 남의 뒤를 캐는 데는 영 서투르다네. 재미있지도 않고. 방금 내가 배웅한 손님들이 누군 줄 아나? 나친 중당이 폐하를 모시고 다녀갔네. 이 말은 나친 중당에게서 들었네."

순간 류강은 온 몸의 피가 삽시간에 거대한 흡혈귀에 의해 빨려 버린 듯 허깨비처럼 멍해지고 말았다. 창호지 같은 얼굴을 들어 잔뜩 겁에 질려 어얼타이를 힐끔 훔쳐보며 류강이 말했다.

"정말 스승님 체통에 먹물을 뿌린 격이 되고 말았습니다. 학생이 죽을죄를 지었습니다. 하오나 그 금덩이는 정말로 다른 동료들이 보낸 것이었습니다. 학생이 시비곡직에 어리숙하여 다른 사람을 대신해 따귀를 맞고 말았습니다!"

그러자 어얼타이가 껄껄 웃으며 말했다.

"내가 이미 폐하께 말씀을 잘 여쭈었네. 폐하께서는 자넬 믿으셨네. 푸헝이 산동에서 돌아왔을 때도 폐하의 면전에서 자네 칭찬을 적잖이 했었다고 하네. 아니면 이번에 적어도 '비도무취(卑鄙無恥, 비천하고 더러운 것은 냄새가 없다)' 정도의 고어(考語)는 신분기록서에 그대로 찍혔을 것이네."

어얼타이의 말에 류강이 한편으론 안도하며 조심스레 물었다.

"폐하께오선 뭐라고 말씀하셨습니까?"

"폐하께선 그저 웃으시면서 사리분별력 없는 젊은이가 한번 톡톡히 잘 당했다고 하셨네!"

어얼타이가 말을 이었다.

"그 전도라는 친구는 관직에 대한 욕심이 이만저만이 아닌 사람이라네. 승진에 대한 욕구가 숯불보다 더 뜨거운 사람으로 자신에게 디딤돌이 되어줄 희생양을 찾는 데 혈안이 되어 있는 중인데 자넨 하필이면 그런 자에게 찾아가 뺨 때려달라고 들이밀었으니!"

류강은 건륭이 자신을 '사리분별력이 없다'했지만 전혀 고깝게 들리지 않았다. 되레 크게 안도하며 마침내 여유를 찾은 류강이 웃으며 말했다.

"학생은 오늘 창피하고 분한 마음에 반나절동안 두문불출하고 반성해 보았습니다. 결국 이 모든 것은 저 자신이 덕이 깊지 못했던 탓이었습니다……."

이같이 말하며 문득 기발한 생각이 떠오른 류강은 내침 김에 한마디 더 했다.

"그래서 말인데요, 오늘의 치욕을 영원히 가슴 한 쪽에 아로새기자는 뜻에서 전 이름을 '수덕(修德)'이라 고치고 싶습니다. 스승님께서 이부에 언질을 주십시오."

"그건 어려운 일이 아닐 거네. 이부에 가서 내가 허락했다고 개명시켜달라고 청을 하게."

이름을 고쳐 혹시 나중에라도 미칠지 모를 화를 피해가려는 류강의 속셈을 알 리 없는 어얼타이가 말했다.

"'수덕(修德)' 두 글자가 참 중요하지. 개명하면서 거듭 태어나야 하네. 똥파리는 깨지지 않은 달걀은 쫓지 않는다 했네. 전도가 어찌 사이직이나 류통훈을 디딤돌 삼지 않고 하필이면 자네 류강을 자빠뜨렸겠나. 자기 스스로 자신을 모욕하고 우습게 여길 때라야 남들도 그 사람을 업신여기고 모욕하기 시작한다네. 모두 자네 잘못이니 다른 사람을 원망하고 미워하는 마음은 없어야겠네."

어얼타이의 말뜻을 음미하며 류강은 건륭이 분명 전도에 대해서 높이 평가했을 거라 추측했다. 부끄러움과 질투가 밀려왔지만 전혀 내색하지 않고 류강이 말했다.

"스승님 말씀을 명심하겠습니다. 전 추호도 전어른에 대해 원망 같은 악감정은 없습니다."

"자기 잘못을 반성한다니 나도 더 이상 말하지 않겠네."

어얼타이가 한결 부드러워진 어투로 말을 이었다.

"처음 같아서는 죽이 되든 밥이 되든 그대로 엎어두려고 했었네. 하지만 나야 문호에 대한 편견이 전혀 없지만 소인배들은 자네를 나라는 사람의 연장선 위에서 생각하기 일쑤란 말일세. 그래서 일러두는데, 자네들이 잘못하면 불행은 자네들만으로 끝나는 게 아니라는 걸 항시 명심해야 하네. 자기 전에 가슴에 손 얹고 내 말을 다시 한번 음미해보게. 됐네, 그만 물러가게!"

24. 애타게 불러봐도

옹정이 붕어하고 처음 맞는 원소절(元宵節, 정월 대보름)이지만 3년이라는 국상(國喪) 기간이 무색할 정도로 민간에서는 벌써 예전의 명절 분위기를 회복해 가는 것 같았다. 그러나 황가의 궁원들에는 형식적으로 몇 개의 꽃등만 초라하게 내걸려 있을 뿐 길거리에 비하면 스산하기까지 해 보였다. 정월 대보름 전날, 차례로 장정옥, 어얼타이, 사이직, 손가감과 이위 등 군정대신들을 찾아보고 궁으로 돌아온 건륭은 이름 모를 질투가 치밀었다. 뚜벅뚜벅 발걸음을 떼어놓으며 양심전으로 돌아온 건륭이 시계를 보니 유시(酉時) 무렵이었다. 고무용을 불러 순천부 부윤을 궁으로 들이라 명하니, 태감 고무용이 아뢰었다.

"잊으셨사옵니까, 폐하! 순천부 부윤 하흠(何欽)은 지난 달 모친상을 당하여 자리를 비운 이래로 아직 돌아오지 않았사옵니다! 순천부의 다른 관원을 불러올까요?"

"됐네."

그제야 건륭은 잠시 생각을 더듬는 듯하더니 자조하듯 말했다.

"짐은 좀 기분이 언짢네. 선제께서 붕어하신 지 2년이 됐나 삼년이 됐나! 밖에선 그 새를 못 참고 벌써 아무 일도 없었던 양 폭죽이 하늘을 수놓고 꽃등이 길거리를 덮고 있다네! 짐이 관대한 정치를 한다 하여 저네들의 이같은 무례를 방종할 수는 없지 않은가. 소인들은 과연 어쩔 수가 없군! 순천부로 갈 거 없이 직접 류통훈에게 지의를 내릴 것이니 그 사람을 불러오게."

"예, 폐하!"

고무용이 대답과 함께 물러갔다. 가슴에 손을 얹어 마음을 진정시키며 건륭이 용안 위에서 주장(奏章) 하나를 집어들었다. 어쌘이 안휘성의 수해상황을 보고 올린 주장이었다. 황하의 범람으로 인해 제방이 열일곱 군데나 터졌고, 그 피해는 고스란히 일곱 개 부(府)와 스무 개 현(縣)에 돌아갔다며 수해상황을 소상히 적었고 끝 부분엔 이같이 적고 있었다.

......안휘성 포정사 형기문(邢琦文)이 떠내려간 제방이 일곱 곳 밖에 안 된다며 거짓보고를 하여 자신의 불찰을 덮어 감추려한 죄를 필히 물어야 하옵니다. 신이 실제로 조사해본 바에 따르면 물에 잠긴 전답과 가옥만 해도 천리 길에 이어졌고 피해상황은 형기문이 보고한 것보다 훨씬 심각하옵니다. 월동용 옷가지와 이불은 강소성에서 조달받았사오나 이재민들이 워낙 산지사방에 널려있어 배급에 어려움을 겪고 있는 실정이옵니다. 이대로 나가다간 갈 곳 잃은 굶주린 백성들이 황교(荒郊)에서 얼어죽고 말 것이옵니다. 자발적으로 생겨난 인시(人市, 노예시장)엔 다른 지역의 부자들이 이참에 헐값으로

노복을 사 가려고 밀려드는 바람에 북새통을 이루옵니다. 부모자식 간에 생이별하는 비참한 광경은 실로 가슴이 미어지는 것 같아 외면하고 말았사옵니다. 형기문이 수해상황을 제대로 폐하께 주했더라도 하늘같은 성덕을 쌓으신 폐하께서 더 큰 은택(恩澤)을 내리시어 인명피해를 반쯤은 줄였을 것이옵니다. 설상가상으로 요즘은 백련교가 행선(行善)의 미명하에 지푸라기라도 잡고 싶어하는 이재민들을 끌어 모은다 하옵니다. 예기치 않은 민변을 미연에 방지하기 위해 신은 감히 왕명기패(王命旗牌)를 청하여 이미 형기문의 목을 쳤사옵니다. 지의도 없이 사사로이 관원을 참살한 죄를 물어주시옵소서, 폐하!

여기까지 읽고 난 건륭이 주필을 들어 빈자리에 붓을 날렸다.

경의 결단력 있는 처사에 갈채를 보내네! 허니 그 무슨 죄를 묻겠는가? 사교(邪敎)의 움직임을 면밀히 주시하여 반드시 그 주동자를 잡아 정법에 따라 처하도록 하게. 속히 강남, 산동, 직예에 서한을 보내어 갈대거적과 이부자리를 더 지원 받아 이재민들에게 나눠주어 민심을 안정시키는 데 주력하게.

어싼의 상주문은 이어 이같이 적고 있었다.

구제양곡은 조정에서 조달된 수량으론 턱없이 부족했사옵니다. 다행히 전 총독 이위가 재임 중에 각 향촌에 의창(義倉)을 만들어 유사시를 대비하여 식량을 비축해두었기에 그 덕을 톡톡히 보게 됐사옵니다. 앞으로 두 달 동안 식량걱정은 하지 않아도 될 것 같사옵니다. 이재민들을 안치함에 있어 선제 때의 방식 그대로 천명을 단위로 이재민들의 임시 거처를 만들었사옵고, 죽은 젓가락을 꽂아 넘어가지 않을 정도여야 한다고 지시했사옵니다. 그 와중에도 벼룩의 간을 내먹는 자들이 있어 재해복구비를 횡령한 혐의가 있는 현령 7명, 서리 473명을 색출하여 혁직(革職)이나 감금처벌을 내리고 이부와 호부에 보고 올렸사옵니다. 폐하께서 부디 신의 의중을 헤아려 주시고 재해상황을 통촉하시어 이재민들이 춘황기를 무사히 넘기게끔 은자 120만 냥을 보내 주셨으면 하옵니다. 여름철 밀수확이 시작되면 신은 곧 상경하여 폐하께 모든 상황을 보고 올리도록 하겠나이다. 심신에 큰 타격을 입은 이재민들에게 조금이라도 더 폐하의 은택을 전달하지 못하고는 면목이 없어 폐하를 배알할 수 없을 것이옵니다.

여기까지 읽고 난 건륭은 마음 한구석에 감동의 물결이 밀려왔다. 신들린 듯 널뛰는 촛불을 잠자코 응시하고 있던 건륭이 잠시 침묵 끝에 다시 붓을 들었다.

경(卿)의 나라를 위한 충정은 저 하늘의 교교한 달빛을 닮았네. 자네의 이같은 상주문을 받아 읽고도 감동을 느끼지 못한다면 짐은 어리석은 황제에 불과할 것이네. 짐의 관정(寬政)은 지나치게 옥죄인 이치(吏治)의 숨통을 어느 정도 틔워주고 천하의 민심을 안정시키려는 데 그 바탕을 두고 있네. 문무군신들 중에 관정의 뜻을 잘못 이해하여 직무에 소홀하고 공로를 분식하는 자가 있으면 그 죄를 엄히 물어야 할 것이네. 자넨 한창 말썽이 되고 있는 지주와 소작농들의 불화의 한가운데서 중립을 지키고 지주라 하여 무작정 매도하고 소작농이라 하여 무조건 눈감아주는 법 없이 공정하게 대처하는 자세가 짐의 마음에 와 닿았네. 경을 비롯하여 노작, 이시요, 전도, 아계, 류통훈 모두 짐의 즉위와 더불어 새로이 얻은 보물들이라 생각하네. 짐은 류강이란 자를 이 행렬에 합류시키고자 했으나 오늘 보니 부족한 점이 한 두 가지가 아니더군. 항시 쾌마가편(快馬加鞭)하는 마음가짐 잃지 말고 맡은 바에 전력투구하도록!

다 쓰고 난 건륭은 긴 숨을 내쉬었다. 우윳잔을 들어 한 모금 마시고 주장 하나를 더 뽑아냈다. 절강성 순무가 제방 보수와 관련하여 노작(盧焯)에 대해 올린 주장이었다.

…… 신이 지의를 받고 현장을 찾으니 뚝섬 높이가 6장(丈)이고, 길이가 무려 740장이나 되는 어마어마한 견고한 성(城)이 눈앞에 우람하게 모습을 드러냈사옵니다. 모두 단단한 돌로 쌓아 하도아문에서는 이제 백년홍수가 두렵지 않다고 했사옵니다. 허나 노작은 이미 기진맥진하여 피골이 상접한 형체가 차마 눈뜨고 볼 수가 없었사옵니다! 공정이 끝났다 하여 노작은 서둘러 상경하려 하오나 신은 길에서 자칫 몸져눕지나 않을까 걱정이 태산같사옵니다. 현지에서 3개월 동안 휴양하여 상경 길에 오르게 하는 것이 어떨까 주청 올리는 바이옵니다. 또한 현지 향신(鄕紳)과 백성들이 노작의 공로를 높이 칭송하여 사당을 지어주겠노라고 하옵니다만 신이 혼자 결정할 수 없어 폐하의 성재(聖裁)를 부탁하는 바이옵니다.

건륭은 돌연 득의양양해졌다. 자신의 안목이 틀림없음이 증명되는 순간이었기 때문이다. 방금 전의 주비에서 그는 노작을 새로

얻은 보물이라 했거늘 절강순무의 주장은 이를 뒷받침해줬던 것이다. 그는 즉각 3개월 동안 노작을 휴양시켰으면 하는 절강순무의 뜻을 받아들이고 노작을 위한 사당건립을 인준해주는 내용의 주비를 달았다.

건륭이 붓을 내려놓고 다른 주장을 보려하는 찰나 태감 진미미가 주렴을 걷고 들어섰다. 건륭이 물었다.

"황후가 보내서 왔나? 무슨 일인가?"

태감이 미처 뭐라 답하기도 전에 황후 부찰씨가 사뿐사뿐 들어섰다. 그 뒤로 궁녀가 경태란(景泰蘭) 받침대에 뽀얀 국물이 끓고 있는 그릇을 받쳐들고 들어섰다. 양심전의 크고 작은 태감, 관아(宮娥)들이 일제히 길게 엎드린 가운데 건륭이 반색을 했다.

"안 그래도 속이 좀 출출했었는데, 이 늦은 시간에 자네 참 생각이 깊은 사람일세."

"일어들 나게."

황후가 미소 띤 얼굴로 궁인들을 바라보며 말했다. 건륭을 향해 몸을 살짝 낮춰 인사 올리고 난 황후가 건륭을 마주하여 온돌 모서리에 살포시 걸터앉으며 말했다.

"자녕궁에 다녀오는 길이옵니다. 부처님께서 외부의 대원들을 찾아 나서신 폐하께서 돌아오셨는지 궁금해 하셨사옵니다. 늦었으니 오늘은 문후 올리러 자녕궁을 찾지 않으셔도 괜찮다고 하셨사옵니다. 종수궁으로 돌아와 보니 신첩의 주자(廚子, 식모)가 새끼꿩 우린 물에 두부와 어두(魚頭)를 넣고 탕을 끓여놓고 기다리기에 폐하께서 가장 즐기시는 음식이라 들고 와 보았나이다."

황후가 태후의 말을 전할 때는 연신 "예! 예!"를 연발하던 건륭이 허허 웃으며 말했다.

"역시 우리 '재동(梓童, 연극에 나오는 착한 여인)'이 최고야. 어찌 짐의 마음을 이리도 귀신같이 점칠까!"

이같이 말하며 숟가락으로 야들야들한 두부를 떠 입김으로 조심스레 불어 먹어본 건륭이 부찰씨를 향해 씽긋 웃으며 엄지를 내둘렀다. 그리고는 다시 국물을 떠 후루룩 빨아 마시고는 연신 "좋다!"를 연발했다. 그러자 황후가 손으로 입을 가리고 조용히 웃으며 말했다.

"연극은 싫어하신다는 분이 '재동'은 어찌 아시옵니까. 아랫것들이 들으면 폐하께서 몰래 연극 구경을 하시는 줄 알겠나이다."

건륭은 빙그레 웃으며 부지런히 숟가락을 놀려 국물을 떠먹기에 바빴다. 이때 고무용이 아뢰었다.

"폐하! 류통훈이 대령하였사옵니다."

건륭이 이처럼 음식을 맛있게 드는 걸 본 적이 없는 황후가 고무용을 나무랐다.

"이 바닥에서 잔뼈가 굵은 사람이 어찌 눈치가 그 모양인가? 때를 살펴서 들라고 할 일이지! 이리 늦은 시간에 긴요한 용무라도 계시어 사람을 부르신 것이옵니까?"

건륭이 다시 두부를 몇 개 건져먹었다. 이마에 송골송골 내돋힌 땀을 훔치며 건륭이 말했다.

"모처럼 만에 음식다운 음식을 먹고 나니 속이 다 후련하네. 사실은 오늘 짐이 밖에 나갔다가 충격을 좀 받아 우울했었네. 3년 국상기간이 이제 시작인데 세인들은 벌써 까맣게 잊고 좋아라 꽃등 구경 다니는 모습을 보니 그리 씁쓸할 수가 없었다네. 백성들은 그렇다 치고 어얼타이네 집에서까지 술자리가 낭자하게 벌어졌다고 하니 한심해!"

"그런 일은 소첩이 왈가왈부할 일이 아닌 줄 아옵니다만……."
부찰씨가 웃으며 말을 이었다.
"자고로 '친척의 슬픔은 여전한데 타인들은 벌써 고성방가'라고 하지 않사옵니까? 이는 인지상정이라 해야겠사옵니다. 폐하께오서 오늘 여러 신하들 집으로 걸음하신 건 명절이라 위로해 주기 위함이 아니겠사옵니까? 하오나 이리 불쾌해하시면 되레 그네들의 뒤를 캐고 다닌 것처럼 비춰지기 십상이옵니다. 지나치게 민감해하실 건 없지 않겠사옵니까? 게다가 오늘 부처님께서 내리신 의지(懿旨)에 의하면 내일 원소절엔 꽃등은 내걸지 않더라도 궁중식솔들이 모처럼 바람쐴 시간은 주신다고 하셨사옵니다. 또한 내일저녁엔 자녕궁에서 연회를 베풀어 명부(命婦)들과 더불어 즐기실 예정이라고 하옵니다! 폐하께오서 지나치게 반응하시면 부처님의 체면을 다치게 하는 수도 있사옵니다."
황후의 간절한 권언(勸言)에 건륭이 히죽 웃었다. 자신이 적막하니 다른 사람들도 따라서 외로워야 한다는 강박관념에 사로잡혀 있다는 것을 건륭은 황후의 권언을 통해 비로소 느꼈다. 그러나 다른 대신들의 집을 밀탐하게끔 분부한 류통훈을 불러들인 이상 이 생각을 접는다면 달리 분부할만한 공사(公事)도 없었다. 잠시 생각 끝에 건륭이 하명했다.
"류통훈을 들라하라."
부찰씨가 자리를 피하려하자 건륭이 불러 세우고 말했다.
"정직한 신하이네. 젊고 장래가 촉망되는 사람이라고. 영련(永璉)이에게 나중에 꼭 필요한 사람일 테니 황후도 봐둬서 나쁜 점은 없을 것이네."
부찰씨는 그제야 자리에 앉았다.

한밤에 부름을 받은 데다가 양심전 밖에서 장시간을 기다리며 류통훈은 무슨 일인지 불안하기 이를 데 없었다. 수화문 밖에서 무릎이 감각을 잃을 정도로 엎드려 찬별 총총한 하늘을 바라보며 그는 요즘 들어 자신의 손을 거쳤던 사건과 처리가 미비했다고 생각되는 부분을 꼽아보았다. 황제가 어떤 부분을 어떻게 물어올 것이며 그 경우 어찌 답할 것인가를 고민하던 중 그는 문득 혹시 자신에게 비밀임무를 수행하기 위해 파견하는 것은 아닐까 하는 생각이 들었다. 여러 가지 생각에 머리가 복잡해 있을 때 고무용으로부터 들라는 전갈이 왔다. 종종걸음으로 양심전 붉은 계단 위에 올라선 류통훈이 목소리를 낮춰 이름을 말했다.

"신, 류통훈이 대령하였나이다!"

류통훈이 대령하였다는 말에 자리를 피하려던 고무용이 급한 김에 문지방에 걸려 저만치 나가떨어져 넘어질 뻔했다.

"고무용!"

건륭이 난각에서 불렀다.

"문지방이 너무 높아 벌써 코 깰 뻔한 관원들이 부지기수라네. 내일 내무부에 명하여 싹 깎아버리라고 하라. 들었느냐?"

고무용이 급히 대답하고 물러갔다. 그제야 부찰씨도 자리한 것을 발견한 류통훈이 급히 한 발 앞으로 나가 엎드려 머리 조아리며 말했다.

"신 류통훈이 폐하와 황후마마께 문후를 여쭙사옵니다! 밤중에 급히 부르심에 어인 일이온지 심히 궁금하옵나이다."

그러자 건륭이 웃으며 부찰씨를 힐끗 일별하더니 말했다.

"당황해하진 말게, 급한 일이 있는 건 아니니까. 방금 짐이 여러 대신들 집을 찾아보고 왔는데, 생각 같아선 자네한테도 들르고 싶었으나 자네 직급이 시랑밖에 안되니 괜히 사람 차별한다는 오해를 받을까 저어되어 그냥 왔네. 방금 황후가 꿩을 넣고 끓인 두부탕을 가져왔는데 맛이 그만이더군. 문득 자네 생각이 나 다 먹지 못하고 남겼네. 황후가 자넨 비록 직분은 낮지만 보기 드문 충신인 것 같다며 자네한테 상을 내리자고 하시네. 내일은 자네가 궁전 순찰을 돌다보면 먹을 시간이 없으니 지금 이 자리에서 먹어 버리게!"

류통훈은 건륭이 이렇게 자신을 치켜 세워줄 줄은 몰랐다. 황제의 의중을 헤아린 황후가 활짝 미소를 지으며 건륭이 먹다 남은 두부탕을 들어다 건륭의 옆에 있는 탁자 위에 올려놓았다.

"망극하옵니다, 폐하! 망극하옵니다, 황후마마……!"

가슴 뭉클한 감격에 류통훈이 자제력을 잃고 울컥 눈물을 쏟아내고 말았다. 연신 머리를 조아려 눈물을 흩뿌리며 목이 메어 흐느꼈다.

"신이 무슨 덕이 있다고 주군과 황후마마께서 이같이 마음을 써주시는지 신은 그저 황공하기만 하옵니다……."

부들부들 떨며 일어난 류통훈은 옆자리의 나무걸상에 앉아 국물을 떠 눈물과 함께 넘겼다.

건륭과 황후는 내내 아무 말도 없었다. 류통훈이 부자연스러워 할세라 황후는 종이 한 장을 가져다 수를 놓기 위한 꽃 문양을 그리기 시작했고, 그 앞에서 건륭은 읽다만 주장을 들여다보기 시작했다. 마침내 국물을 전부 떠 마시고 난 류통훈이 일어나 사은을 표할 때서야 건륭이 비로소 웃으며 손사래를 쳤다.

"부산스레 자꾸 일어서지 말고 앉게. 짐이 몇 글자 주비를 달고 나서 자네한테 분부내릴 일이 있네."

말과 함께 쓰기를 마친 건륭이 붓을 내려놓고 웃으며 말했다.
"자네가 보기에 류강은 어떤 사람 같은가?"
"일 처리엔 나름대로 열심인 줄로 알고 있사옵니다."
오늘 형부아문에서 있었던 일을 건륭이 벌써 알고 있다는데 적이 놀라며 류통훈이 조심스레 입을 열었다.
"그는 산동성의 수해복구현장에서 복구비에 철저하기로 호평이 자자하옵니다. 산서성으로 전근 온 후부터 다소 안 좋은 소문이 들리긴 하오나 큰 문제는 아니옵고 동료들 사이에서 적이 없어 팔방미인이라는 점 때문에 그 속내가 음흉하다는 설이 나도는 것이옵니다. 이번에 전도에게 한방 얻어맞은 것도 실은 지나친 동료애 때문이라고 하옵니다. 이런 측면에서 신은 전도가 너무 민감하게 반응하지 않았나 생각하옵니다. 이는 사적인 자리에서 따끔하게 혼내고 타이를 일이지 꼭 그렇게 떠들썩하게 해야만 했는지도 좀 아쉽사옵니다."
이에 건륭이 빙그레 웃으며 말했다.
"이게 바로 속이 부실하면 필히 겉으로 드러난다는 것이네. 전도는 자신이 돈에 철저하다는 모습을 많은 사람들에게 보여줌으로써 오히려 그 명예를 얻으려 했던 게 아닌가 하는 의구심에서 완전히 놓여나기는 어려울 것이네. 또한 짐이 알기로 류강은 원래 빈한한 훈장선생이었네. 가족의 끼니를 잇기 힘들 정도로 가난했던 사람이 관직에 오른 지 불과 몇 년 사이에 산동성의 재해복구비로 은자 만 냥씩 내놓을 정도로 사정이 좋아졌다는 것은 어딘가 좀 석연치가 않네. 자네 말처럼 그가 청관이 분명하다면 관직에 올랐어도 달라진 게 없어야 마땅하지……. 휴! 세상일은 알다가도 모를 일일세."

류통훈이 급히 상체를 숙이며 미소를 지으며 아뢰었다.

"그렇사옵니다, 폐하. 지난번 관보에서 푸헝의 주장을 읽어보니 치세를 위한 폐하의 관정(寬政)을 일부 관원들은 태평을 분식하는데 악용하고 있다고 하옵니다. 신이 보기에 대개 글공부 좀 했다는 사람들은 관직에 오르기 전에는 제세구민(濟世救民)의 뜻을 가지고 있사오나 한자리 차고 앉으면 곧 그 근본을 잃어버리기 십상이 대부분이옵니다. 오로지 관운이 형통하기만을 학수고대하고 대책없이 불의에 타협하고 정작 자신들을 어버이로 믿고 따르는 백성들의 질고(疾苦)는 뒷전이옵니다. 위로는 황제폐하의 환심을 사기 위해 희자 아닌 희자 노릇을 하는가 하면 아래로는 자기와 관련된 부처 관원들의 눈밖에 나지 않고자 안간힘을 쓴다고 봐야 하옵니다. 관가의 실태가 이러하니 돈과 여자를 비롯한 각종 기상천외한 검은 거래가 극성을 부리지 않을 수가 있겠사옵니까?"

이에 건륭이 파안대소했다.

"그렇다면 류통훈, 자네 생각엔 과연 어찌해야 이러한 악습들을 근절할 수 있겠는가?"

"달리 방법이 없사옵니다."

류통훈이 웃으며 머리를 저었다.

"화하민족이 생겨난 이래로 272명의 제왕군주를 거쳐오면서 어느 누구도 근절하지 못했던 문제이옵니다. 전에 무측황후(武則皇后)가 탐관과의 한판 전쟁을 선포하면서 처음으로 밀고함(密告函)이라는 걸 설치하여 백성들이 황제와 조정에 직주할 수 있는 권한을 부여했고, 혹리라고 정평이 나 있는 관원들을 파견하여 암행을 하여 수많은 탐관들의 목을 쳤다고 하옵니다. 그 자리를 메우기 위해 새로이 입조한 신예 관원들더러 태감들은 '또 한 무리 저승사자가 왔다'라고 쑥덕대곤 했다 하옵니다. 그럼에도 탐관들은 여전히 꺼지지 않는 불씨처럼 때가 되면 되살아나곤 하옵니다. 하루아침에 모가지 날아 갈 위험을 감수하고서라도 탐관이길 원하는 건 그만큼 '옥당금마(玉堂金馬), 경장미주(瓊漿美酒)'의 유혹이 만만치 않기 때문이옵니다. 달리 뾰족한 대책은 없사옵니다. 인주께서 수시로 민생현장을 찾으시어 임시방편이 될지라도 각종 폐단을 바로잡아 주시어 용암과도 같은 민변의 분출을 막는 길밖에 없사옵니다."

류통훈의 논리에 건륭과 황후 모두 표정이 얼어붙고 말았다. 오래 동안 묵묵히 생각에 잠겨있던 건륭이 터벅터벅 방안을 거닐기 시작했다. 그러길 한참, 갑자기 몸을 돌린 건륭이 말했다.

"내일 지의를 내려 자네더러 좌부도어사(左副都御史)직을 겸하게 할 것이네. 푸헝이 밖에 나간 시일도 그리 짧지가 않으니 자네가 흠차 신분으로 짐을 대신하여 산동, 산서, 섬서, 하남, 직예 일대를 돌아보고 있는 그대로를 짐에게 주하도록 하게. 너무 늦었네. 오늘은 이만 물러가고 내일 다시 패찰을 건네어 못 다한 얘기를 나누세."

그날저녁 건륭은 황후의 처소에 머물렀다. 황후가 몸에 신열이 나고 가벼운 기침이 끊이지 않자 건륭은 일순 당황했다. 그러나 부찰씨로부터 회임에 따른 병리현상이니 곧 좋아질 것이라는 안도의 말을 들은 건륭은 그제야 놀란 가슴을 쓸어내렸다. 그리고는 웃으며 말했다.

"깜짝 놀랐네. 알고 보니 용종(龍種)을 잉태하느라 체질이 허약해진 게로군! 고맙소이다. 짐에게 용자 하나를 더 선물하게 됐으니!"

 황후는 심사가 무거워 보였다. 왜소한 몸을 새우처럼 웅크려 건륭의 품에 기댄 채 가볍게 고개를 저으며 말했다.

 "솔직히 고백하면 신열 기운은 회임 전부터 느껴졌사옵니다."
 건륭이 그 머리를 쓰다듬어주며 말했다.

 "황후는 체질이 워낙 약한 편이라서 웬만한 한열(寒熱)에 더 민감해서 그러네. 자넨 짐이 가장 좋아하고 아끼는 황후이고, 만천하 중생들의 국모이네. 짐의 모든 건 황후의 것이니 힘을 내고 기운을 차려야 하네!"

 황후는 응답이 없었다. 한참 후에야 건륭을 향해 돌아눕는 황후의 얼굴에 눈물이 낭자했다.

 건륭이 깜짝 놀라 물었다.
 "어인 연유로 눈물을 흘리는 게요?"
 "너무…… 기뻐서 눈물이 나옵니다."
 "기뻐서 울었단 말인가?"
 "여인네들은 남정네들과는 달리 기뻐도 울곤 한답니다."
 "내 알다가도 모를 일일세."
 건륭이 피식 웃었다. 황후의 머리를 쓰다듬어 내리며 건륭이 뭐라 말하려 할 때 황후가 먼저 입을 뗐다.
 "소첩이 죽으면 폐하께오선 어떤 시호를 내려 주실는지요?"
 순간 건륭의 얼굴이 굳어졌다. 벌떡 일어나 앉아 부찰씨의 어깨를 우악스레 부여잡고 건륭이 급히 다그쳐 물었다.
 "황후, 무슨 말을 그리하는 게요? 말이 씨가 된다는데, 어쩌자고 그리 상서롭지 못한 말을 꺼내고 그러오?"

황후도 일어나 앉았다. 어느새 끄덕끄덕 졸고 있는 촛불을 바라보던 황후가 탄식과 함께 처연한 미소를 지으며 말했다.

"신첩은 전에 선제께서 유난히도 아끼시던 태비(太妃) 과얼쟈씨 생각이 나서 그러옵니다. 그 사람도 신첩과 똑같은 증상으로 앓아오다 스무 살이 되나마나한 나이에 가고 말았사옵니다……. 시호도 없이 쓸쓸히 가던 과얼쟈씨가 문득 생각나옵니다. 신첩은 사후에 폐하께오서 '효현(孝賢)' 두 글자만 내려주시면 여한이 없을 것이옵니다."

황후의 말이 끝나기도 전에 건륭의 손이 사정없이 그녀의 입을 막아버리고 말았다.

"앞으로 다시 이런 말을 입밖에 냈다간 짐이 크게 화를 낼 것이네. 즉위하고 할 일이 많은 데다 황후의 건강이 여의치 않아 자주 찾지 않은 건 사실이오만 우리 둘은 죽마고우의 정을 키워온 사이잖소. 황후는 아직도 짐을 모르겠소? 허튼 생각 말고…… 어서 잠이나 자시오……."

이튿날 동이 터 오자 건륭은 눈이 번쩍 띄었다. 마냥 가냘프게만 보이는 하얀 팔을 이불 밖으로 내놓고 숨소리도 고르게 황후는 깊이 잠들어 있었다. 눈가엔 눈물 흔적이 역력했다. 혹여 깰세라 조심조심 일어나 이불깃부터 여며주고 난 건륭은 중의(中衣)를 입고 까치발로 바깥 대전에 나왔다. 밤을 지키던 몇몇 궁녀들이 급히 다가와 시중들려 했으나 건륭은 손사래를 쳐 물리쳤다. 그리고는 태감 진미미를 불렀다.

"황후마마께서 요즘 수라를 잘 드시고 계신가?"

건륭의 얼굴이 굳어져 있는 걸 본 진미미가 조심스레 아뢰었다.

"황후마마께오선 요즘 들어 수라를 맛있게 드시지 못하시는 것 같사옵니다. 육식은 입에 대지도 않으시고 하루에 두 끼 야채 정도만 조금씩 드시고 있사옵니다. 전에 정이(鄭二)라는 주자(廚子)가 있을 때는 돼지냄새 안 나게 요리를 잘한다고 칭찬하시며 육식을 좀 드시던 황후마마시옵니다. 하오나 정이가 간 뒤로는 육식 드시는 모습을 보지 못했사옵니다."

이에 건륭이 다그쳐 물었다.

"정이는 지금 어딨나?"

진미미가 웃으며 말했다.

"어주방(御廚房)의 도자기 하나를 훔쳐 잿더미 속에 파묻어 밖으로 빼돌리려다 덜미를 잡히는 바람에 쫓겨났사옵니다……."

그런 말은 듣고 싶지 않다는 듯 건륭이 손사래를 쳤다.

"당장 가서 지의를 전하게, 무슨 수를 쓰든 반드시 정이를 찾아내어 원위치시키라고 말이야. 월례(月例)는 원래의 두 배로 인상시킨다고 하게. 돈이 있으면 물건을 훔치진 않을 것이네. 그리고 정이가 오면 전하게. 황후마마가 하루에 고기 한 냥씩만 들 수 있게 한다면 짐이 하루에 은자 한 냥씩을 상으로 내리겠노라고 말일세!"

"예? 예, 폐하!"

잠시 침묵한 끝에 건륭이 다시 물었다.

"황후마마를 진맥하는 태의는 누군가?"

"엽진동(葉振東)이라는 자이옵니다."

진미미가 급히 대답했다.

"태의원(太醫院)의 으뜸가는 의정(醫正)이옵고 지의가 없는 사람에겐 맥을 봐주지 않는다 하옵니다. 황후마마의 신열에는 싱싱한 웅담이 최고라 했사옵니다. 하오나 곰들이 겨울엔 밖에 나오지 않으니 어디 가서 그 많은 웅담을 취해오겠사옵니까?"

"그런 말은 들었으면 즉시 짐에게 전했어야지."

건륭이 무뚝뚝하게 말했다.

"창춘원 사육장에 아직 곰 열 몇 마리 정도는 남아 있을 것이네! 먼저 급한 불부터 끄고난 후 짐이 흑룡강장군더러 곰 몇 마리 더 잡아오게끔 할 것이네. 웃기는 소리! 겨울이라서, 곰들이 밖에 나오지 않는다 하여 짐이 속수무책일 것 같은가?"

이같이 중얼거려 말하던 건륭이 갑자기 오싹 끼치는 추위에 두 팔로 어깨를 감쌌다. 그제야 자신이 여태 속옷바람이었다는 생각이 든 건륭이 서둘러 안방으로 들어갔다. 그사이 부찰씨는 어느새 깨어나 있었다. 몸이 아파도 눈빛은 여전히 맑은 샘물 같은 부찰씨였다. 건륭이 들어서자 옷을 걸치고 일어나 앉으며 말했다.

"신첩이 다 들었사옵니다. 생사는 명에 달려있다고 했사옵니다. 신첩은 당장 어찌되지는 않을 것이옵니다. 폐하께오서 그리 심각해하시면 신첩은 되레 부담스러워지옵니다."

"경천명(敬天命)도 좋지만 진인사(盡人事)도 중요하다네. 아니면 자연의 섭리 앞에 사람이 할 수 있는 일은 아무 것도 없단 말인가?"

건륭이 웃으며 말을 이었다.

"황후를 향한 짐의 마음을 몰라줘도 좋네. 아무튼 짐은 최선을 다해 볼 것이네."

몇몇 궁녀들이 엎드린 채로, 선 채로 서둘러 건륭의 의복시중을 들었다. 용포며 마고자 그리고 관모(冠帽)까지 구색을 갖춰가자 황후가 직접 용포의 색상에 맞는 허리띠를 골라 건륭의 허리에 둘러주었다. 손가락으로 금사술(金絲繸)을 눌러주며 흐뭇한 미소를 지어 늠름한 건륭의 풍채를 바라보던 부찰씨가 말했다.
"수많은 국사가 폐하를 기다리고 있사옵니다. 어서 가 보시옵소서."
이같이 말하며 고개를 들던 부찰씨가 문득 주렴 앞에서 빙그레 웃으며 서 있는 뉴구루씨를 발견하고는 물었다.
"언제 왔어? 전혀 인기척을 못 들었지 뭐야."
뉴구루씨가 약간의 질투를 애교있는 미소에 담아 급히 몸을 낮춰 인사했다.
"태후부처님 처소에 다녀오는 길이에요. 태후부처님께서 황후마마의 존체를 염려하시기에 소첩이 어제 뵐 때만 해도 한결 기색이 좋아 보였사오니 심려 놓으시라고 말씀 올렸어요."
그러자 건륭이 말했다.
"자네들은 먼저 자녕궁으로 건너가게. 짐이 향을 사르고 오는 길에 부처님께 들러 문후 올릴 거라 말씀 올리고 이번에 초대받은 외관 명부(命婦)들의 명단을 작성하여 짐과 황후에게 올리도록 하게."
건륭의 깊은 뜻을 훔쳐본 듯 뉴구루씨가 애교를 떨며 말했다.
"명단은 벌써 작성하여 자녕궁 부처님 전에 올려졌사옵니다! 심려 놓으시옵소서, 폐하! 폐하께서 꼭 필요하다고 생각하시는 명부들은 다 초대될 것이옵니다!"
"그렇다면 다행이네."
그사이 자명종이 일곱 번 울리자 더 이상 지체할 수 없다는 듯 건륭이 서둘러 궁전을 나섰다. 난교(暖轎)에 앉아 호롱불 든 두 태감 마보옥(馬保玉)과 오진희(吳進喜)의 안내 하에 순정문(順貞門)까지 가보니 시위 써렁거, 수룬이 어가를 영접하여 호위했고, 장오가가 앞에서 길을 안내했다. 먼저 대고전(大高殿)에 들러 향을 사르고 수황전(壽皇殿), 흠안전(欽安殿)을 차례로 찾은 다음 두단(斗壇)에서 천지신께 배례(拜禮)를 했다. 곤녕궁(坤寧宮)의 서안(西案), 북안(北案), 조군(灶君)도 두루 참배했고, 동난각으로 가 신패(神牌), 불전(佛前)에서도 절을 올렸다. 때마침 궁녀 금하(錦霞)가 사사(賜死)당했던 그 궁전 앞을 지나며 건륭은 마음이 무거워졌다. 그대로 지나칠 수는 없을 것 같은 생각에 승여(乘輿)를 세우라 명하였다. 그러자 태감 마보옥이 웃으며 말했다.

"이 궁전은 방치해두어 피폐해진 지 1년이 넘었사옵니다. 내무부로부터 전해받은 예부의 의주(儀注) 순서엔 이 궁전이 들어있지 않사옵니다……."

미처 말을 끝맺기도 전에 건륭의 눈초리가 사나워졌다. 마보옥은 흠칫하며 입을 다물었다. 건륭이 엄히 꾸짖었다.

"과연 짐이 예부의 지시에 따라야 하나 아니면 예부가 짐의 뜻에 맞춰야 하나 그만한 분별력도 안 서는 겐가? 군소리 말고 문이나 열라!"

금하가 죽은 이후 봉해진 이 궁전은 그 동안 누구도 감히 가까이 하지 못한 곳이었다. 가끔씩 밤만 되면 이 속에서 애처로운 흐느낌 소리가 들린다는 괴괴한 소문이 돌면서 야경꾼들조차 먼발치에서 비켜가곤 했다. 대문을 밀어젖히니 비둘기 몇 마리가 푸드득거리며 날아올랐다. 머리가 쭈뼛거리는 두려움에 젖어있던 태감들이 화들짝 놀라 뒷걸음쳤지만 울며 겨자 먹기로 건륭을 따라 들어서는 수밖에 없었다. 땅바닥의 돌 틈서리에서 자라난 풀들이 키를 넘었고 죽은 듯 적막한 기운이 감도는 뜰엔 궁전 누각을 스쳐가는 소슬한 바람소리가 떠난 이의 체읍(涕泣)같았다. 건륭의 얼굴엔 비감이 서려있었다. 흉물스런 잡초들을 밟으며 금하가 머물렀던 방 앞으로 다가온 건륭은 누렇게 색바랜 창호지를 통해 실내를 들여다보았다. 여기저기 거미줄이 그물처럼 쳐져 있고 두껍게 내려앉은 먼지에 색이 바랜 온돌 위엔 쥐인지 족제비인지 모를 동물의 발자국이 찍혀 있었다. 몇 권의 책이 어지러이 널려 있었고, 침대를 두른 분홍색 휘장이 높다라이 말려 올라가 있었다. 모든 건 그날저녁 그대로였다. 다만 금하가 대들보에 목을 매달면서 차버린 걸상만이 저만치 구석에 나동그라져 있었다. 착하디 착한 금하는 이팔청춘 꽃다운 나이에 망울진 채로 꽃 한번 피워 보지 못하고 저 걸상 위에서 억울하게 죽어갔을 것이다······. 건륭은 생각할수록 소름이 끼치고 마음이 아파왔다.

"짐이 자넬 죽였네. 짐이 자넬 배신했네······."

낙심천만하여 이같이 중얼거리며 건륭은 한 걸음 물러나 둥그런 배를 내밀고 언제나 그러하듯 인자하게 웃고 있는 미륵불상을 향해 합장하며 고개를 숙였다. 눈물을 가득 머금고 향불 세 개를 사라 향로에 꽂으며 그는 속으로 묵념했다.

"금세(今世)에 못 다한 인연 내생에라도 함께 했으면······."

누가 볼세라 손수건으로 몰래 눈물을 찍어내고 밖으로 걸음을 떼며 건륭은 나지막이 시 한 수를 읊었다.

무너진 궁궐의 화장대는 그대로인데, 눈길이 가는 곳마다 잡초만 무성하구나.

홍분(紅粉)은 그 어디에 있는가, 애타게 불러봐도 한줌의 눈물만 흥건하네!

건륭이 처연한 기분에 젖어 뜰을 방황하고 있을 때 고무용이 종종걸음으로 들어와 아뢰었다.
"폐하, 북경에 있는 2품 이상 관원들 모두 건청궁에 모였사오니 폐하께서 지금 조하(朝賀)를 받으실지 여부를 여쭈라며 나친 중당이 보내서 왔사옵니다."
"됐네. 그네들더러 어좌를 향해 머리만 조아리고 물러가 명절을 쇠라고 하게!"
"예, 폐하!"
"잠깐만."
고무용이 돌아서는 찰나 생각이 바뀐 건륭이 말했다.
"짐이 지금 곧 건너간다고 이르거라!"

25. 밀주(密奏)

건청궁은 자금성에서 태화전을 제외하고 가장 큰 조회(朝會) 장소였다. 건륭은 36인이 드는 노란색 양교(亮轎)에 앉아 건청문 정문으로 들어왔다. 궁 밖에는 장친왕 윤록을 비롯한 몇 십 명의 친왕 종실들, 그리고 장정옥을 비롯한 나친, 어얼타이, 육부구경, 한림원의 한림과 술직차 상경한 백여 명의 외관들이 영접나와 있었다. 마음 맞는 사람끼리 삼삼오오 떼지어 오랜만에 만났노라며 부둥켜안고 반가워하는 이들이 있는가 하면 한 쪽에서 조용히 뭔가를 의논하는 축들도 있었다. 이들은 조복 차림의 건륭이 고무용의 등을 하마석(下馬石)삼아 수레에서 내리는 걸 보고는 일제히 무릎을 꿇었다.

건륭은 발걸음도 가벼이 계단을 올랐다. 문득 눈길이 닿은 곳에 윤록의 등뒤에 무릎꿇고 있는 윤아가 보였다. 그는 잠시 발걸음을 멈추고 윤록을 향해 웃으며 말했다.

"황숙들은 연세가 있으니 굳이 무릎꿇을 필요가 없겠네. 십황숙, 그래 요즘 건강은 어떠신가? 너무 예의에 구애받진 말게!"

"모두…… 폐하의 은택 덕분이옵니다."

건륭이 그 많은 사람들 중에서 맨 먼저 자신에게 관심을 보여주자 일순 황공해진 윤아가 더듬거렸다.

"신…… 신은 죄질이 무거운 무용지물에 불과하옵니다. 집, 집에서도 하릴없이 빈둥대고 있던 중 폐하의 용안을 우러러보고자 들…… 들었사옵나이다. 문…… 문후라도 여쭙고 싶었사옵니다."

옹정의 형제들 중에서 물불 가리기 않기로 소문난 열째 윤아였다. 입은 여과장치 없이 아무 말이나 생각나는 대로 내뱉고 고삐 풀린 성난 황소처럼 천방지축이었던 윤아가 십년간의 철창생활 끝에 무골충(無骨蟲)으로 여겨질 만큼 조심스러워져 있었다. 건륭은 숙부 윤아가 조부인 강희황제 앞에서 광언(狂言)을 내뱉고 채찍세례를 받으면서도 끝내 잘못을 인정하지 않던 모습을 보면서 자라왔다. 어린 홍력의 눈에 마냥 무섭기만 한 숙부로 비춰졌던 윤아가 이젠 완전히 딴사람으로 변해있는 모습을 보며 건륭은 속으로 깊은 한숨을 삼켰다. 한 움큼이 되어 엎드려 있는 윤아에게로 다가간 건륭이 위로했다.

"다른 생각일랑 마시고 건강을 잘 챙겨 늘그막에 정정하셔야 합니다. 필요한 것 있으면 내무부에 기별을 넣어 보내라고 하십시오."

말을 마친 건륭은 곧 발걸음을 크게 떼어 대전으로 들어왔다. 정중앙에 위치한 수미좌에 자리한 건륭이 분부했다.

"모두 들라 하라."

삽시간에 붉은 계단 밑에선 고악이 대작했고 품질(品秩)에 따라 황친과 문무대신들이 숙연한 표정으로 어관(魚貫)하기 시작했다. 왕공종친들과 문무백관들이 동서 행렬로 나뉘어 움직였고, 두 행렬의 맨 앞자리에 선 윤록과 장정옥이 먼저 마제수(馬蹄袖, 한쪽 무릎을 꿇어 한 쪽 팔을 휘둘러 땅에 꽂으며 하는 인사)를 했다. 그러자 등뒤의 사람들도 따라 예를 행하며 일제히 함성을 질렀다.

"만세!"

건륭은 다음 순서를 진행하기에 앞서 크고 작은 태감들이 음식 접시를 들고 분주히 뛰어다니는 모습을 보고서야 오늘의 의주(儀注)에 사연(賜宴) 순서가 있다는 사실을 상기시켰다. 하마터면 실수할 뻔한 건륭은 은근히 기대가 클 사람들더러 "어좌를 향해 머리 조아리고 물러가라"고 선포해버리지 않은 것에 대해 다행으로 여겼다. 잠시 생각한 끝에 건륭이 말했다.

"원단명절 때 짐이 태화전에서 경들을 접견했었지만 장내가 너무 크고 사람들도 지나치게 많아 군신 사이에 마음 터놓고 폐부지언(肺腑之言)을 나눌 기회조차 없었지. 그래서 오늘 조회 뒤 끝에는 연회를 준비하기로 했네. 상례(常禮)에 구애받지 않아도 되네."

건륭은 미소를 지어 좌중을 둘러보았다. 신하들은 급히 절을 하여 사은을 표했다.

"방금 제당(祭堂)을 돌면서 열 조종(祖宗)의 유상(遺像) 앞에서 많은 생각을 했네."

건륭이 어좌에 앉아 근엄한 표정으로 말했다. 신하들이 숨소리마저 죽인 가운데 그의 음성은 빠르지도 느리지도 않았다. 쇠붙이가 서로 부딪치는 소리를 내며 건륭이 입을 열었다.

"태조 때부터 시작하여 짐은 벌써 여섯 대 군주가 되어 있네.

태조, 태종이 목숨걸고 전쟁터를 누비며 피를 흘려 싸워 이긴 우리 대청의 기업(基業)을 이어받으신 세조, 성조께서 위대한 전통을 계승, 발양하여 기틀을 탄탄히 다지고 천하를 안정시키는 데 주력하지 않았더라면, 또한 선제께서 재위 13년 동안 백년 퇴풍(頹風)과의 한판승부를 통해 이치(吏治)를 쇄신하지 않았더라면 오늘날의 번영창성한 시대는 오지 않았을 것이네. 짐은 어려서 성조께서 삼군(三軍)을 거느리고 서부로 친정(親征)하시어 완적(頑敵)들을 토벌하는 풍채를 친히 목격하지는 못했네. 하지만 부조(父祖) 두 분께서 조건석척(朝乾夕惕)하시고 항시 전력투구하시던 정경은 지금도 눈앞에 삼삼하네."

이같이 말하며 군신(群臣)들을 쓸어보는 건륭의 두 눈에 드넓은 호수의 잔잔한 수면을 방불케 하는 파문이 일었다.

"'앞사람이 나무 심어 뒷사람이 그늘 덕본다[前人栽樹, 後人乘涼]'라는 말에 대해서 짐이 곰곰이 생각해 보았네. 뒷사람이 그늘에 대(大)자로 누워 그늘을 향유하는 데만 그친다면 이는 곧 집안 망하고 나라가 망국의 길을 걷게 될 조짐이네. 뒷사람이 또 나무를 심어야만 그 뒤에 오는 사람이 쉬어갈 그늘이 있지 않겠나. 군자의 은택은 오세(五世)에서 끊긴다고 했네. 이는 바로 대대로 내려가면서 나무 심기에 게을리 했기 때문이 아니겠나. 고목이 병들어 죽거나 벌채를 당한다면 그 위에 서식하던 호손(猢猻)들은 뿔뿔이 흩어져 하루아침에 가원(家源)을 잃게 되는 것이네! 그러므로 짐은 앞사람의 그늘에서 낮잠만 자는 그런 무능한 황제는 아니 될 것이네."

아랫입술을 살짝 물어 미소를 지으며 건륭이 말을 이었다.

"선조들께서 커다란 숲을 만들어 주시어 울울창창한 그늘 밑에서 더위라곤 모르고 살아보니 짐 또한 후세들에게 이에 못지 않은 숲을 물려줘야겠다는 생각이 드네. 그래서 짐은 즉위 이래 종고지락(鐘鼓之樂)에 탐하지 않고 금의옥식(錦衣玉食)을 즐기지 않았네. 또한 미색을 가까이 하지 않고 정백성심(精白誠心)으로 천하에 임해 왔네. 추위에 떠는 사람에게 옷가지를, 기아에 허덕이는 사람은 밥술을 뜨게 해주며 황동백수(黃童白叟) 모두 더불어 사는 태평성세를 만드는 것이 짐의 숙원이네!"

어느새 얼굴에 미소가 깡그리 사라진 건륭의 말은 계속 이어졌다.

"짐이 관대한 정치를 지향하는 것은 선제의 유명(遺命)에 따른 것이네. 중용을 뿌리내려 보다 개연성 있는 정치를 하기 위함이지 결코 대책없이 마냥 관대하기만 할거라곤 생각하지 말게. 지난 1년 동안의 정황에서 알 수 있듯이 천하의 전량(錢糧)을 면제하니 국고엔 비록 2천만 냥이라는 세수가 줄어들었지만 백성들이 조금이나마 허리를 펴고 사니 조정으로선 이 얼마나 값진 희생인가? 일곱 개 성(省)의 수백 주현(州縣)들이 물난리를 겪었고, 그 틈서리를 비집고 사교(邪敎)가 들어와 백성들을 고혹(蠱惑)하고 선동했으나 우려했던 대란은 없었네. 왜 그런 줄 아는가? 바로 우리 백성들이 배가 불러 웬만한 유혹엔 넘어가지 않았기 때문이지! 혹자는 전량을 면하여 무슨 효과를 거두었느냐고 비아냥거리겠지만 이게 바로 그 무엇보다 값진 공효(功效)가 아니겠는가! 짐이 두 눈으로 똑똑히 보아 그 누구보다 잘 아는데, 해마다 나라에서 부세(賦稅)를 징수할 때면 수많은 빈민과 힘없는 전주(田主)들이 혹리(酷吏)의 갖은 가렴주구에 일년동안 뼈빠지게 일해 벌어들인 노력의 결실을 송두리째 빼앗기고 길바닥에 내몰리곤 하는 참극

이 되풀이되어 왔네. 집도 절도 없이 길바닥에 내몰린 이들이 멀건 죽이라도 한 그릇 내주는 사람 앞에서 비굴해지지 않을 수가 있겠나? 우리 말에 극한에 내몰린 사람들의 눈에는 '젖 먹이는 여자는 모두 어미처럼 보인다'는 말이 있네. 법을 준수하고 착하게 산 죄밖에 없는 우리 양민들이 도둑으로 비적(匪賊)으로 내몰려 결국엔 조정의 적으로 전락한다면 이 얼마나 가슴 아픈 일인가?"

이쯤하여 건륭의 표정은 쇳덩이처럼 굳어져 있었다.

"아마 짐이 이같은 선정을 베푸느라 일부 탐관들의 재원을 막아버린 것 같네. 벌써부터 짐이 허황된 명성을 노리고 그랬느니, 세종의 뜻을 어겼느니 하는 말들이 많은가 보더군. 분명히 못박아두는데 짐은 유약하여 아무 말이나 그저 좋게 듣고 넘기는 그런 군주는 아니라네. 지금부터 짐이 하는 말을 귀 씻고 바로 들어두게. 짐은 성조(聖祖)를 본보기로 대청(大淸)의 극성시대(極盛時代)를 열어 일대영주(一代令主)로 남을 것이네. 짐의 뜻에 순응하는 자라면 통렬한 직간(直諫)도 좋고 용린(龍鱗)을 긁는 그 어떤 언행도 짐은 쾌히 수락할 것이네. 그러나 짐의 뜻을 역행하는 자는 삼 척 빙하 속에 매장될 것이네!"

옹정 연간의 원소절 사연(賜宴) 때는 군신(群臣)들이 건청궁에 모여 늘 그러하듯 '만수무강송(萬壽無疆頌)'을 부르고 군신(君臣) 간에 백량체(柏梁體)의 시(詩)를 맞춰 읊고 머리 조아려 사은을 표함과 동시에 연회석에 마주앉는 것이 관례처럼 되어 있었다. 신하들은 몰래 소매 속에 다과류를 집어넣어 집에 돌아가 가솔들과 나눠먹는 재미에 익숙해져 있었다. 올해는 새로운 군주가 즉위하여 맞는 첫 번째 명절이라 '관정(寬政)'의 기치를 내건 건륭으로부터 자장가 같은 부드러운 훈회와 격려를 기대했던 군신들은 마냥 얌전해 어느 대감집의 도련님 같던 황제의 추상 같은 모습에 적이 놀라는 눈치였다. 그 산 같은 위엄이 무서웠고 비수 같은 말투가 갈기를 세운 옹정의 모습 그대로였다. 잔뜩 숨죽이고 뻣뻣하게 엎드려 있는 2백여 명 신하들의 모습이 더없이 후줄근해 보였다.

"오늘은 날이 날인만큼 이런 말은 며칠 뒤에 하려고 했었네."

말투를 달리하는 건륭의 얼굴에 흡족한 미소가 번졌다.

"내일부터는 다시 바빠질 테니 따로 조회(朝會)라고 소집할 것 없이 이 자리를 빌어 몇 마디 했네. 연회를 시작하라!"

기다렸다는 듯이 고악 소리가 울려 퍼지고 백관들이 저마다 머리를 조아려 사은을 표하고 자리에서 일어섰다. 어선방의 집사태감이 꼬마 태감들을 거느리고 이미 상다리 휘어지게 준비해놓았던 연회상을 조심스레 나르기 시작했다. 일사불란하게 움직여 어느새 자리배치가 끝나고 연회석이 질서정연하게 마련되자 건륭이 한 손으론 장정옥을, 다른 한 손으론 어얼타이를 잡고 미소를 지으며 자리에 앉았다. 장친왕 윤록, 이친왕 홍효와 군기처대신 나친이 건륭과 동석하여 아랫자리에 앉았다. 건륭이 살짝 턱을 끄덕여 보이자 홍효가 급히 일어나 큰소리로 외쳤다.

"고악을 멈추거라. 군신(君臣)간에 대시(對詩)가 있겠다!"

中元佳節春氣揚.
정월 대보름 좋은 날에 봄색이 완연하니,

건륭이 만개한 국화 같은 미소를 띄우고 술잔을 높이 들었다. 한 모금 마시고 이같이 운을 떼니 건륭이 고개를 돌려 장정옥과 어얼타이를 향해 웃으며 말했다.

"경들은 세 조대를 거친 원로들이니 백량체 시 정도는 식은 죽 먹기일 테지. 경들에게 연수주(延壽酒) 두 잔을 상으로 내릴 테니 대시(對詩)는 젊은이들에게 양보하는 게 어떻겠나?"

그러자 두 노신이 일어나서 아뢰었다.

"그리하겠사옵니다, 폐하!"

건륭이 흡족한 표정으로 웃으며 나친에게 시선을 두었다. 그러자 나친이 재빨리 나섰다.

"신은 통 시엔 자신이 없사옵니다만 한번 맞춰보겠나이다."

太和春風眞浩蕩.
태화전에 춘풍이 그야말로 호탕하다.

"사주(賜酒)!"

건륭이 조금 들뜬 기분으로 말했다. 고무용이 서둘러 돌아가며 술을 따랐다. 건륭은 좌중을 둘러보며 누군가를 찾는 듯했다. 마침내 여섯 번째 연회석에 자리한 손가감을 발견한 건륭이 그를 거명했다.

"손가감, 자네 건강 때문에 걱정했었는데, 기색이 퍽 좋아보여 다행이네! 다음은 자네가 이어보게!"

불현듯 이름을 거명당한 손가감이 불에 덴 듯 벌떡 자리에서 일어났다.

"신 역시 시사에 자신이 없긴 마찬가지이옵니다. 하오나 한번 신의 마음을 담아보겠사옵니다."

손가감이 못내 황송해하며 입을 열었다.

聖恩卽今多雨露.
성은이 마치 비와 이슬처럼 내리네.

척 듣기에도 이는 백량체가 아니었다. 사람들은 모두 어안이 벙벙한 눈치였다.
"자네들은 이 사람을 모를 것이네."
건륭이 웃으며 손가감을 가리켰다.
"열 아홉 살에 부친을 살해한 악덕지주를 야밤에 3백리 길을 쫓아가 죽여버리고 화를 피해 3년 동안 은신해오다가 마침내 사도(仕途, 벼슬길)에 오른 사람이네. 정직하고 성정이 사내다워 선제의 성총을 한 몸에 받아왔고, 이젠 짐의 고굉으로서 그 입지를 굳힌 양신(良臣)이네. 성은이 우로(雨露) 같다는 말은 본인의 일생에 대한 솔직한 고백이 아닌가 싶네. 짐은 이러한 노신(老臣)을 존경하네! 손가감은 병 때문에 술을 마실 수 없으니, 고무용......!"
건륭이 어안(御案)을 가리키며 말했다.
"저 구슬 박힌 옥여의주를 손가감에게 상으로 내리도록 하라!"
대전 안은 삽시간에 한바탕 부러움에 찬 자그마한 소란이 터져나왔다. 이와 때를 같이하여 한림들 중에서 홀연 6품 정자를 단 관원 하나가 일어섰다. 체격이 대단히 우람했고, 검은 얼굴이 네모진 사내는 술잔을 높이 들어 보이며 손가감의 시구를 이었다.

洒向人間澤萬方.
인간세상 만방에 두루 뿌려지네.

밀주(密奏) 153

건륭이 보니 전혀 낯선 얼굴이었다. 눈짓으로 윤록에게 물으니 윤록도 모르겠다는 듯 가벼이 머리를 저었다. 그러자 장정옥이 조금 다가앉으며 목소리를 낮춰 아뢰었다.

"작년 은과(恩科)를 통해 새로이 발탁된 진사인 기윤(紀昀)이라는 사람이옵니다."

"음, 이름이 기윤이라고?"

건륭이 주의깊게 기윤을 한참 지켜보았다. 진사 출신으로는 드물게 체격이 우람하고 뭇 사람들의 이목이 전혀 부담스럽지 않은 초연하고 침착한 모습에 문득 호감이 갔던 것이다.

"자네는 체구를 보니 무인(武人)같은데, 고기 먹을 줄 아나?"

"신은 무부(武夫)의 기백과 문인의 섬세함을 지닌 사람이옵니다. 또한 고기를 대단히 즐기는 편이옵니다."

기윤이 공손히 대답했다.

"경관(京官)이 된 이래로 사정이 여의치 않아 열흘에 한 번 꼴일 정도로 고기 맛을 보기 힘들어졌사옵니다. 오늘 성은을 입어 실컷 먹어볼 생각이옵니다!"

황제의 면전이라 하여 지나친 비굴함도, 그렇다고 광기어린 무례함도 없이 절제가 돋보이는 그 일거수일투족에 건륭은 반한 눈치였다. 건륭은 크게 기뻐하며 손짓으로 기윤을 불렀다.

"이리 오게, 가까이 와보게!"

기윤이 급히 머리를 조아리고 일어나 빠른 걸음으로 어좌의 옆자리로 왔다. 허리를 새우처럼 굽히고 시립하여 있노라니 건륭이 선탁(膳卓) 가운데 놓인 커다란 고기접시를 가리키며 물었다.

"저걸 다 먹을 수 있겠나?!"

기윤이 보니 먹음직하게 쪄낸 새끼양의 뒷다리가 통째로 올라와 있었다. 보기에도 기름기가 번지르르하고 아직 아무도 젓가락을 대지 않아 약 3근은 될 것 같았다.
"다 먹을 수 있을 것 같사옵니다. 군부(君父)께오서 내리신다면 죽음이라도 마다하지 않을 것이거늘 하물며 맛있는 고기를 하사하시는데 뭘 더 바라겠사옵니까?"
건륭이 희색이 만면하여 자리에서 일어섰다. 그리고는 친히 접시를 들어 기윤에게로 다가와 웃으며 말했다.
"배포가 맘에 드네. 그리 말하니 이걸 상으로 내리겠네!"
궁전 안에 가득한 문무대신들은 젓가락을 멈춘 채 저마다 두 눈이 휘둥그래졌다.
"망극하옵니다, 폐하!"
기윤은 덥석 받는 대신 먼저 길게 엎드려 머리를 조아리고는 그제야 두 손으로 접시를 받아들었다. 그리고는 엎드린 채로 고기를 뜯어먹기 시작했다. 황제를 비롯하여 수많은 이목이 집중된 가운데 추호의 꾸밈도 없이 인성 그대로를 드러낸 채 기윤은 그렇게 두 손 가득, 입 주위 가득 기름을 번질거리며 고기를 뜯어먹느라 여념이 없었다. 고개도 들지 않았고 어느 누구의 눈치도 보지 않고 순식간에 커다란 양 뒷다리는 뼈만 앙상하게 남은 채 접시에 내동댕이쳐졌다. 그러고도 성에 차지 않는 듯 그는 접시에 남은 즙도 함께 마셔버리고는 혓바닥으로 깨끗이 핥아냈다. 그리고 나서야 기윤이 아뢰었다.
"신은 이제 사흘 동안 굶어도 될 것이옵니다!"
건륭이 파안대소했다. 일변 내시들더러 손 씻을 물을 준비하라 명하며 건륭이 대단히 만족스러운 듯 기윤을 바라보았다.
"대개 마음 넓은 사람들이 식사량도 크다고 했네. 보아하니 심

밀주(密奏) 155

기(心機)는 없는 사람인 것 같군. 좋네!"

그러자 기윤이 대답했다.

"오륜(五倫)을 누리며 사는 인간으로서 심기를 품어선 아니 되옵니다. 양이 많으면 복도 크다고 했듯이 심기가 깊으면 재화도 깊다고 사려되옵니다!"

의외의 수확이었다. 젊은 나이에 이같이 흉금이 깊고 의연하기란 그리 쉬운 일이 아니라고 생각했다. 내내 웃음을 잃지 않고 흡족한 표정으로 기윤을 바라보던 건륭이 미소를 지은 채 물었다.

"자네, 자(字)는 없는가?"

"있사옵니다, 폐하!"

기윤이 급히 아뢰었다.

"신은 자가 효남(曉嵐)이라 하옵니다."

건륭이 고개를 약간 젖히고 잠시 생각하더니 말했다.

"참 기민한 사람인 것 같은데, 짐이 자네의 시재(詩才)를 한번 시험해 볼까 하네. 부담은 갖지 말고 평소의 실력을 유감없이 발휘했으면 좋겠네."

"알겠사옵니다, 폐하. 시제(詩題)를 내려 주시옵소서."

"어젯밤 내무부로부터 밀비(密妃)가 아이를 출산하였다는 소식을 접했네. 이 내용으로 시 한 구절을 만들어 보게나……"

"황제폐하가 어젯밤 황자를 얻었다(君王昨夜得金龍)!"

"음…… 짐의 말을 다 들어봐야지. 금룡은 아니고 계집아이였네."

"선녀가 하늘에서 내려왔네(化作仙女下九重)."

"애석하게도 놓쳐버리고 말았네."

"인간으로 살기 싫다면 보내주리라(料應人間留不住)."

"짐이 금수하(金水河)에 내다 버리라고 명했네."

"훨훨 날아가 수정궁에 뛰어들었네(翻身跳入水晶宮)!"

사람들은 기윤의 민첩한 재사(才思)에 넋을 잃고 말았다. 부러움과 질시가 교차되면서도 부득불 그 재주를 인정하지 않을 수 없었다. 처음엔 기윤의 동기를 불순히 여겼던 나친마저도 이쯤하여 흐뭇한 웃음을 지었다. 건륭은 생각 같아선 당장이라도 기윤을 상서방으로 들이고 싶었으나 흥분을 눅자치고 좀더 지켜보기로 했다. 허허 소탈한 웃음을 웃으며 건륭이 말했다.

"과연 멋진 친구로군! 열심히 매진하게. 짐이 그 재주를 썩히게 방치해 두지는 않을 것이니. 그리 알고 그만 물러가게. 나중에 짐이 우육(牛肉)을 상으로 내릴 거네."

기윤이 물러가기를 기다려 건륭이 고개 돌려 윤록을 향해 말했다.

"이제부턴 자네가 짐을 대신하여 여러 신하들의 주흥을 돋워주도록 하게. 일부 노신들에게는 너무 무리하게 술을 권하지 말고."

이와 같이 분부하고 천천히 대전을 나선 건륭이 고무용에게 물었다.

"어제 류통훈더러 패찰을 건네라고 하지 않았던가? 그 사람이 오지 않은 건가, 아니면 왔는데 밖에서 밀려난 겐가? 요즘 아랫것들은 갈수록 맘에 안 드네."

"아뢰옵니다, 폐하."

고무용이 아뢰었다.

"류통훈은 대령한 지 한참 됐사옵니다. 길에서 수레를 막아 억울함을 호소하는 사람을 만나 자조치종을 들어주고 이위, 즉 이대인(李大人)을 뵙고 오느라 좀 늦었다고 하옵니다. 쇤네를 보자마자 폐하의 기분이 어떠신 것 같으냐고 물어왔사옵니다. 소인이 등본처(謄本處)의 옆방에서 대령하게끔 해놓고 막 폐하께 주청 올리려던 참이옵니다."

그러자 건륭이 웃으며 말했다.

"뵙기를 청하면서 짐의 기분부터 헤아리려 드는 건 무슨 뜻인가! 그래 자넨 어찌 답했던가?"

이에 고무용이 재빨리 아뢰었다.

"폐하께선 대단히 즐거워하신다고 여쭸사옵니다. 쇤네가 폐하를 시중 들어온 이래로 오늘같이 밝은 모습은 처음 본다고 했사옵니다."

건륭은 더 이상 말없이 고무용의 안내 하에 등본처의 옆방으로 왔다. 인기척도 내지 않고 불쑥 들어서니 류통훈은 서안 위에 엎드려 부지런히 뭔가를 적고 있었다.

"무슨 꿍꿍이를 꾸미기에 짐이 기분 좋을 때를 노리는 겐가?"

"폐하!"

고개 들어 건륭을 보고도 류통훈은 그리 놀라는 눈치가 아니었다. 붓을 내려놓고 일어서며 류통훈이 말했다.

"신은 폐하께 밀주를 올리려 하옵니다. 하오나 폐하께서 기분 좋을 때를 기다려 주하려 했던 건 아니었사옵니다. 다만 폐하의 흥을 박살내기에 충분한 사건이라 폐하께서 한창 즐거워하실 때를 피해야겠다는 생각이 들었을 뿐이옵니다."

순간 건륭의 얼굴에 웃음이 사라졌다. 일변 류통훈의 마음씀씀이에 감명을 받았고 일변 무슨 일인지 불길한 예감에 사로잡혔던 것이다. 류통훈을 마주하여 자리하며 건륭이 담담하게 입을 뗐다.

"대체 무슨 일인가? 주(奏)하도록 하게."

류통훈이 상체를 숙여 보이며 아뢰었다.

"덕주부(德州府)로 국고환수를 독촉하러 내려갔던 하로형(賀露瀅)이 자살한 사건에 따른 것이옵니다. 그 사인이 석연치는 않았사오나 자살로 잠정판정이 났사옵니다. 그러나 현재 하로형의 처가 자신의 남정네가 자살 아닌 타살을 당한 게 분명하다며 상소해 왔사옵니다. 그 가해자는 덕주부의 지부였던 류강(劉康)이 틀림없다고 하옵니다."

순간 건륭의 눈빛이 번쩍했다. 류통훈을 힐끗 일별하며 아무 말도 없었다.

"하로형의 처 하류씨(賀柳氏)가 사패루(四牌樓)에서 신의 수레를 막아 그 억울함을 피눈물로 하소연했사옵니다."

검붉은 류통훈의 얼굴에 근육이 물결쳤다.

"행색이 초췌하고 피골이 상접한 하류씨는 두 아이를 데리고 있었사오나 세 사람 모두 몇 날 며칠 변변한 밥 한끼 못 먹었다고 하옵니다. 조정의 명관을 고발한다기에 흔히 이익을 노리고 신분 있는 관원들을 물고 늘어지는 그런 족속인 줄 알고 좋게 타일러 보내려고 했사옵니다. 그랬더니 하류씨가 차마 입에 담기 어려운 상스러운 욕설을 퍼부으며 '끼리끼리 논다'고 신을 매도하는 것이었사옵니다. 그리고 자기는 일반백성이 아니라 4품 고명(誥命)이라는 것이옵니다."

"신이 크게 놀라하며 그제야 고소장을 들여다보니 사건의 자초지종이 일목요연했사옵고, 가해자 류강을 비롯하여 산동순무인 악준(岳濬), 포정사 산달(山達)까지 그 방조죄를 물어 마땅하다고 행간마다 피눈물이 묻어나고 있었사옵니다. 더욱 놀라운 건 양강총독으로 산동성의 치안을 겸하여 책임졌던 이위, 그리고 전도까지도 이름이 거론되어 있었사옵니다."

여기까지 한꺼번에 쏟아내고 난 류통훈은 마치 가슴 가득한 한기(寒氣)를 토해내듯 긴 숨을 내쉬었다. 사건이 그리 간단치만은 않을 거라는 예감에 건륭 또한 해연(駭然)해졌다. 물론 이 사건에 대해 일찍이 들은 바는 있었다. 그러나 이 정도로 심각할 줄은 몰랐다. 악준이라면 큰 이친왕 윤상이 아끼던 애장(愛將)으로서 홍효가 '악형(岳兄)'이라며 깍듯이 모시는 절친한 사이였고, 산달이라면 또 윤록 문하의 포의노(包衣奴)였다. 리친왕 홍석과도 각별한 사이로 알려져 있었다. 건륭은 이위가 어찌하여 이 사건에 개입되어 있는지 못내 궁금해하며 말했다.

"보아하니 이 사건으로 인해 조정이 한바탕 시끌벅적해질 것 같네! 자네가 맡아 처리하도록 하게."

"조정뿐만 아니라 정국에도 영향을 미칠 것이옵니다."

류통훈이 다른 생각이 깊은 듯 심각한 표정을 지었다.

"하류씨가 고소한 내용이 전부 사실이라면 류강이 흉악범으로 돌변한 이유는 바로 하로형이 자신의 검은 뒤를 캐는 게 두려웠기 때문이옵니다. 살인을 저질렀으니 십악죄(十惡罪)에 해당되어 그 목을 쳐 마땅하오나 그리 되면 폐하의 '관정(寬政)'에 흠집을 내는 격이 될 것이옵니다. 이 사건의 자초지종을 잘 아는 이위가 한 발 물러나 있고, 제궐(帝闕)에 몸담고 있는 전도가 함구하고 있는 건 모두 폐하의 대국(大局)에 혼란을 야기시킬 걸 우려했기 때문이라 사려되옵니다. 전후사연이 어찌되었든 이젠 피해자 가족이 문제삼고 나서는 한 들추기 싫어도 들추어 해결할 수밖에 없겠사옵니다. 그 길로 신이 이위를 찾아갔더니 이위는 폐하의 성재(聖裁)에 따르는 수밖에 없지 않겠냐고 했사옵니다."

건륭은 잠시 말이 없었다. 좁다란 방안에서 천천히 걸음을 떼어
놓으며 심려가 깊은 것 같았다. 류통훈은 그러는 건륭을 눈 하나
깜짝 하지 않고 바라보았다. 창춘원에서 서리(書吏)로 있으면서
강희를 가까이에서 보는 경우가 있었다. 강희는 대신을 접견하고
나서 늘 잠시 방 안을 빙글빙글 돌며 생각을 하곤 했다. 옹정은
성정이 조급하여 배회하는 걸음 폭이 보다 컸고, 부산스레 걸음을
떼다가도 문득 멈춰 서서 고개를 홱 돌리는 순간 과감한 결정을
내리곤 했었다. 그러나 건륭은 그 어떤 의외의 일 앞에서도 늘
대범하고 침착한 모습을 보였고 조용히 자리를 지키며 한시간이
고 두 시간이고 신하들의 의견에 귀기울이는 편이었다. 오늘처럼
평소의 행동에서 벗어나 방 안을 방황하는 모습은 처음이었다.
심경이 그만큼 불편하다는 명증이었다.
 류통훈이 건륭의 생각을 점치고 있는 동안 건륭은 어느새 궁전
입구에 멈춰서 있었다. 동녘하늘에 층층첩첩(層層疊疊)한 겨울구
름을 응시하던 건륭이 메마른 목소리로 물었다.
 "이위를 만나보고 왔다고 했나? 그 말밖에 안 했을 리는 없을
텐데, 과연 다른 말은 없었던가?"
 "류강의 유죄 여부를 떠나 이위 자신은 죄가 인정된다고 고백하
며 마땅한 죄값을 받겠다고 말했사옵니다."
 류통훈이 천천히 입을 열었다.
 "이 사건을 곁에서 지켜봤으면서도 여태 함구하고 있은 걸 보면
필히 사심(私心)이 있는 것이옵니다. 새로운 군주의 신정(新政)
이 어떤 방향으로 가닥을 잡을 것인지가 투명해진 뒤에 기회를
봐서 처리하려고 했을 것이옵니다. 그나저나 어찌됐든 저에게 밀
주라도 올렸어야 했다고 사려되옵니다."

"음."

"이제 어떡할 거냐고 물으니 폐하께서 이 사건을 물어오신다면 지금이라도 팔을 걷어붙이겠다고 했사옵니다!"

건륭의 얼굴에 한 가닥 음산한 미소가 서렸다.

"보아하니 짐은 아직 덕이 부족한가 보네! 선제께서 아끼셨던 세 명의 모범총독 가운데서 전문경은 이미 물건너 갔고, 어얼타이도 이제 보니 순신(純臣)은 못 되는 것 같네. 둘은 그렇다 치고 이위만은 짐이 어렸을 적부터 믿고 따라왔던 노신(老臣)인지라 추호도 짐을 기만하는 일은 없을 거라 굳게 믿어왔네. 그런데, 그 사람도 짐에게 거리를 두고 있었다니 참으로 서글프네!"

이같이 말하며 류통훈을 힐끗 바라보던 건륭이 차가운 말투로 덧붙였다.

"인간이란 만물의 영장이라서 그런지 통 알다가도 모를 존재인 것 같네. 전도 같은 경우만 보더라도 류강의 금덩이를 매몰차게 내던져 자신의 결백과 떳떳함을 내비친 것 같지만 실은 자칫 류강의 썩은 줄에 함께 매달렸다가 크게 다칠 걸 미연에 방지한 얄궂은 심술이라고 보는 게 더 적합할 것이네. 자네 류통훈도 설마 전도같이 속셈에 능한 사람은 아니겠지?"

"신은 감히 그런 생각조차 못할 것이옵니다."

느닷없는 건륭의 날카로운 질문에 류통훈이 식은땀을 흘리며 급히 엎드렸다.

"신이 성현이 아닌 이상 착오가 없으리라곤 장담할 수 없사옵니다. 하오나 신은 수시로 폐하의 훈회를 받아 순신(純臣)으로 거듭날 것을 소망하옵니다."

"이 사건은 절대 흐지부지 넘어가선 아니 되겠네."

건륭의 입술이 팽팽하게 당겨졌다.

"류강이 가해자임이 분명해진다면 그 잔인함은 상정(常情)을 초월한 것이네. 그러니 짐 또한 헐하게 벌하지는 않을 것이야! 짐이 선제의 정책에 사사건건 반기를 든다고 뒤에서 비난하는 자들은 이참에 단단히 봐두라고 이르게. 짐에게도 모골이 송연할 정도로 혹독한 면이 있다는 걸 만천하에 보여줄 것이야!"

이같이 말하며 건륭은 껄껄 웃음을 터트렸다.

"이 사건은 꼭 자네한테 맡기고 싶네. 어찌 처리하든 맘대로 하게. 비밀리에 사람을 파견하여 인증과 물증을 수집하게 하는 한편 서둘러 류강을 잡아들이도록 하게! 사소한 것은 짐에게 주할 것 없이 알아서 처리하게, 무슨 말인지 알아들었는가?"

"예, 폐하!"

26. 장친왕부(莊親王府)의 쇳소리

건륭에게 밀주(密奏)를 마치고 난 류통훈(劉統勳)은 마음이 복잡한 채로 건륭을 따라 연회가 한창인 건청궁으로 왔다. 소문이라도 새어나가 류강이 자살할세라, 류강이 벌써 산서로 떠나버렸으면 어느 지점에서 길을 차단해야 할 것인지 연회 내내 류강을 잡아들일 생각만 하고 있던 류통훈은 장친왕이 휴연(休筵)을 선포할 때에야 벌떡 제정신이 들었다. 그는 부랴부랴 사람들을 따라 밖으로 나오며 두리번거려 병부상서인 사이직(史貽直)을 찾았다.

"잠깐만요! 아문으로 돌아가 상의 드릴 일이 있어서 그러는데 수레에 동석하면 안될까요?"

이에 사이직이 웃으며 말했다.

"며칠동안 설이다, 정월대보름이다 해서 쭉 쉬었는데 무슨 중요한 일이라도 있는가?"

류통훈은 웃기만 할뿐 응답이 없었다. 둘이 한 수레에 오르는 것을 본 류통훈의 교부(轎夫)들은 영문을 몰라 어리둥절한 눈치였다.

……형부(刑部)에 도착하여 수레에서 내려설 때 즈음엔 어느새 얼굴빛이 준엄해진 사이직이 류통훈을 공문결재처로 데리고 들어가 자리에 앉자마자 말했다.

"이런 일은 속전속결을 해야 하네. 자넨 이 사건 전변흠차(專辯欽差)이니 내가 도울 수 있는 데까지 도울게. 지금 당장 순천부의 사람을 불러 손가감(孫嘉淦)의 직예총독 아문과 함께 북경을 떠나는 주요 도로를 봉쇄해버려야겠어. 이번에 류강이 상경하여 어디에 숙박을 정했는지는 우리도 모르고 있으니 일 잘하는 관원 하나를 파견하여 요즘 류강과 잘 어울려 다니던 동년들을 찾아 그 소재를 파악해야겠네. 좋기는 아직 북경 어딘가에 남아있어 그 자리에서 연행하든 아니면 몰래 감호(監護) 시설에 처넣든 하는 게 실수 없을 텐데."

"예, 역시 어르신의 사려가 주도면밀하네요."

류통훈이 웃으며 말했다.

"지금 곧 그리 하겠습니다."

말을 마친 류통훈이 집포사(緝捕司)의 이목(吏目)인 황곤(黃滾)을 불러 일일이 배치를 마쳤다. 그리고는 사이직과 바둑판을 벌여놓고 조용히 소식을 기다리고 있었다. 마음이 외딴 곳에 가있는 두 사람은 정작 바둑두는 데는 관심도 없이 아무렇게나 바둑알을 옮겨놓았고 그럼에도 서로 지적조차 않았다.

어둠의 장막이 드리우기 시작하여 황곤이 달려와 보고했다.

"류강은 아직 북경에 있는 걸로 밝혀졌습니다. 방 하나 구하여 첩까지 기르고 있다 합니다. 신시(申時)쯤에 옆집에서 들으려니 여자가 울며불며 욕설을 하는 소리가 들리고 류강은 목소리 낮춰 말리는 듯하더니 곧 조용해지더라고 합니다."

그러자 사이직이 말했다.

"사람이 있다는 게 확인됐으면 현장을 덮치지 그래?"

이에 황곤이 웃으며 말했다.

"소인에겐 순천부의 표(票)도 없고 류강의 집에서 지척에 이부의 고공사(考功司) 아문이 있어 조심스러웠습니다. 꽃등 구경하러 밖에라도 나오면 그때 쥐도 새도 모르게 체포하려고 했는데 공교롭게도 몇몇 낯모를 관원들이 류강네 집으로 들어가더니 한참 후에야 류강을 데리고 희희낙락하며 나오는 것입니다. 얼핏 듣기에 연회가 있어 장친왕부(莊親王府)로 간다는 것 같았습니다."

"그래 미행은 안 붙였고?"

사이직이 다그쳐 물었다. 그러자 황곤이 급히 아뢰었다.

"소인의 아들 황천패(黃天覇)가 이미 장친왕부로 잠입했습니다. 절대 놓치는 일은 없을 것이니 심려 놓으십시오."

"황곤, 자네 일 잘하는데?"

이에 옆에 있던 류통훈이 말했다.

"제가 직접 장친왕부로 다녀오겠습니다."

그러자 사이직이 미간을 좁히며 침묵하더니 말했다.

"그리하면 자칫 장친왕의 심기를 건드리는 수가 있소, 만에 하나 장친왕이 감싸고 나서면 어찌할 거요?"

"전 흠차의 신분입니다."

검붉은 얼굴근육을 무섭게 푸들거리며 한마디 던지고 류통훈은 곧 떠나갔다.

장친왕부는 옛 제화문(齊化門) 안에 위치해 있었다. 북경에서 그리 후진 곳도, 번화한 곳도 아니었다. 정월 15일은 백성들이 꽃등을 관상하는 명절이었다. 윤록(允祿) 자신은 등을 만드는 데 있어 이를 생업으로 하는 업자들보다 더 뛰어난 감각을 가지고 있었다. 하늘에서 날아다니는 조류들에서 땅에서 파행하는 동물들 모형을 본떠 만든 등은 북경성 전체에서도 독특한 미를 선보이고 있어 늘 이맘때면 장친왕부의 담장 저 멀리엔 구경꾼들이 운집하곤 했었다. 그러나 올해는 아직 국상 기간인지라 건륭의 심기를 건드릴세라 조심스러워서 그는 꽃등을 감상하는 대신 사람들을 집으로 초대했다.

홍효(弘曉), 홍승(弘昇), 홍석(弘晳), 홍보(弘普) 등 조카들과 경관으로 있는 자신의 문하들, 그리고 평소에 왕래가 잦은 치러수, 서사림(徐士林), 나수투, 양초증(楊超曾), 윤회일(尹會一) 등 대신들도 불렀다. 열 몇 개의 류수석(流水席)에 접시가 비는 즉시 바로바로 음식을 갈곤 했지만 요리는 시종 네 가지밖에 없었다. 하영(賀英), 러거써, 마성라(馬成羅), 거산팅 등 몇 사람은 장친왕의 부마(駙馬)였으니 따로 만나 몇 마디 사적인 얘기를 나누는 건 당연했다.

윤록은 수석의정친왕(首席議政親王)인 장친왕인지라 그 위망이 대단했다. 어떤 이들은 자신의 식솔들마저 데리고 오는 바람에 처마 밑에 등을 내걸 시간이 가까워오자 낭하엔 2백 명이 다되는 사람들이 모여있었다. 성격이 소탈하여 사람을 좋아하는 편인 윤록은 안면이 있건 없건 간에 무조건 알은 체를 하여 손짓을 보냈다. 기윤과 서사림이 나란히 들어서는 걸 본 윤록이 반색하여 기윤에게로 다가가더니 두 손을 덥석 잡고 말했다.

"됐네. 이 자리는 예를 갖출 필요가 없네. 모두들 눈 똑바로 뜨고 보게. 이 사람이 바로 내가 방금 말했던 그 기효남(紀曉嵐)이네. 그날 자리를 파하고 나서 폐하께오서도 그 범상치 않음을 치하하셨다네!"

"친왕마마, 그리 말씀하시니 만생(晚生)은 실로 황공하여 몸둘 바를 모르겠사옵니다!"

기윤이 얼굴 가득 웃음꽃을 피우며 말했다.

"그저 폐하를 기쁘게 해드리려는 심산에서 있는 재주 없는 재주를 부려봤을 뿐이옵니다."

이때 윤회일이 사람들 틈을 비집고 다가왔다. 병부의 한인시랑(漢人侍郎)인 그 역시 체구가 우람하고 근육이 불끈거리는 사내였다. 왼쪽 이마에 호두알 크기의 혹이 유난히 눈에 띄었다. 앞으로 다가온 윤회일이 웃으며 손을 뻗어 기윤의 가슴팍을 툭 밀치며 말했다.

"자식, 지난번엔 날 제대로 골려줬었지! 이리 와, 벌주 석 잔이야!"

윤회일의 말을 들으며 사람들은 저마다 고개를 갸웃했다. 둘은 동년, 동향도 아니오. 주종 관계도 아닐 뿐더러 나이 차이가 한참 나는 걸로 보임에도 기윤이 천하의 윤회일을 골려주었다니? 사람들의 속마음을 점치기라도 한 듯 윤회일이 웃으며 말했다.

"어찌된 일이냐 하면 내가 늘 이 혹 때문에 고민하고 있었은데 지난번 한림원에 갔더니 이 친구가 저기 어디 신의(神醫)가 있는데, 감쪽같이 혹을 뿌리 뽑는 데는 귀신이라는 거야. 그런데 워낙 수천 리 밖에서도 수소문하여 찾아드는 사람이 많기 때문에 웬만해선 병을 봐주려 하지 않을 거라며 알아서 인사치레를 잘 하라는 거 있지? 그래서 이색적인 선물을 준비하느라 궁중다과 몇 상자를 가지고 기윤 이 친구가 가르쳐 준 곳으로 가서 그 신의를 물었더니 사람들이 그 집을 손가락으로 가리키면서도 낄낄거리며 웃는 거야. 이상하다고 하면서 문을 두드렸더니 한참 후에 그 신의라는 작자가 나타났는데, 내가 기절하는 줄 알았지 뭐야! 그놈은 오른쪽 이마에 나랑 쌍둥이 꼴인 혹이 나 있었던 거야. 거울을 보는 것 같아 걸음아 날 살려라! 하고 도망쳐 나왔지 뭐야!"

윤회일의 말에 장내는 떠나갈 듯한 박장대소가 터졌다. 웃다못해 안경을 벗고 손수건으로 눈곱을 찍는 이들까지 있었다. 모두들 이구동성으로 기윤을 향해 외쳤다.

"벌주 석 잔, 벌주 석 잔!"

기윤은 비록 불세출의 재학을 지녔다고 자부했지만 은과 시험에선 그 빛을 발하지 못하여 2갑(二甲) 4등으로 장원급제한 장우공(莊友恭)에 비해 먼발치에 뒤떨어지고 마는 비운을 겪고 말았다. 비록 한림에 선발되었다곤 하지만 여태 구석 자리에서 그리 시선을 끄는 존재는 못 되었다. 그러던 중 오늘 성의(聖意)에 쏙 드는 언행으로 뒤늦게나마 꽃을 피워 나비들이 분연히 날아드니 장친왕의 얼굴도 광채로울 수밖에 없었다. 단연 가장 이목을 끄는 주연이 된 기윤이 인파에 둘러싸여 대당(大堂) 안으로 들어가 자리했다. 그리고는 목을 젖히고 대접 가득 철철 넘치게 부어놓은 술을 연신 세 대접 들이켰다. 그 주량에 놀라 사람들이 눈을 화등잔처럼 부릅뜨고 있을 때 윤록이 빙그레 웃으며 가볍게 박수를 세 번 쳤다. 그러자 양측 벽면에 드리워져있던 휘장이 서서히 걷히더니 한인 복색을 한 묘령의 여자들이 곱게 분단장하고 미끄러지듯 운무를 타고 내렸다. 사뿐사뿐 발걸음을 옮겨놓을 때마다 패환

(珮環) 부딪치는 소리가 청아로운 가운데 심산유곡의 샘물소리를
방불케 하는 현악기가 울려 퍼졌다. 장내는 삽시간에 물 뿌린 듯
조용해졌고 나름대로 잔뜩 멋을 부린 가녀(歌女)가 애교 넘치는
몸짓을 보이며 노래를 부르기 시작했다.

  하늘하늘한 저 작약(芍藥)은 머리 끝자락에 매달린 빨간 댕기
같은데, 소맷자락을 나부끼며 낭군 옆으로 간 내 모습은 어느새 백발
이 성성하네. 금준옥주(金樽玉酒)는 꽃 속의 천만수(千萬壽)라며
위로하여 말하지만 아니야, 아니야! 비녀를 감춰버린 백발의 부끄러
움을 내 어찌 모를까……

노랫소리가 잠깐 멈추는 사이 장내는 박수갈채가 터져 나왔다.
"노랫말이 참 좋습니다. 어느 명사의 수필(手筆)인지요?"
공부상서인 치러수가 감탄하며 물어오자 윤록이 웃으며 두 번
째 석상에 자리한 중년사내를 가리켰다.
"저 요부자(姚夫子)가 아니면 누구겠나!"
사람들이 바라보니 납작코에 잉어 입술을 하고 얼굴 가득 들깨
뿌려놓은 듯 주근깨가 천지였다. 젊었을 때 풍질(風疾)을 앓았던
듯 눈썹도 가뭄이 들어 있었고, 두 눈 또한 크고 작고 짝이 맞지
않았다. 사람들이 노랫말이 좋다며 칭찬을 해오자 사내는 뒤통수
를 긁적이고 등 가려운 사람처럼 몸을 이상하게 비틀어대며 몸둘
바를 몰라했다. 그 모습이 재미있어서 사람들은 입을 감싸쥐고
키득거렸다. 그러자 기윤이 웃으며 말했다.
"불현듯 영감이 떠올라 〈대풍가(大風歌)〉를 한 단계 승화시켜
들려줄까 하는데, 부디 여러분들의 귀를 어지럽히는 졸작은 아니

었으면 합니다!"
시무룩히 웃으며 기윤이 입을 열었다.

대풍(大風)의 위세에 눈썹이 비양(飛揚)하는데, 어떤 이는 무너질 코허리 없어 걱정을 덜었네.

기윤이 다음 구절을 말하기도 전에 사람들은 배꼽을 잡고 말았다. 홍승은 흐느적대며 웃느라 찻잔마저 엎질렀고 서사림은 아예 땅바닥에 쭈그리고 앉아 버렸다. 얼굴이 시뻘겋게 달아오른 요부자의 고주망태 같은 납작코를 바라보며 윤록이 겨우 웃음을 참으며 말했다.
"그건…… 너무 했네……."
윤록의 말 한마디에 사람들이 뚝 웃음을 그친 가운데 요부자가 낚아채듯 술잔을 들어 꿀꺽 들이부었다.
한편 집안에 사단이 생겨 외출하고 싶은 마음이 전혀 없었던 터에 억지로 끌려오다시피 한 류강은 내내 기분이 가라앉아 있었다. 하로형을 죽이고 나서 따라나선 조서(曹瑞), 서이(瑞二), 이서상(李瑞祥) 세 종복이 류강이 산서성으로 발령이 나 안정적인 생활을 하게 됨에 따라 여자들을 집적대며 풍기를 문란케 하기 시작했던 것이다. 번갈아 가며 하녀들을 겁탈했고 급기야는 류강이 외출한 틈을 타 그의 처 류교씨(劉喬氏)에게까지 마수를 뻗치는 지경에 이르고 말았다. 그럼에도 류교씨는 반항이나 고발은커녕 언제부턴가는 죽이 맞아 돌아가며 갖은 추태를 부렸고, 급기야 류강의 집은 윤락의 소굴로 전락하고 말았다. 이번에 북경으로 술직온 류강이 산서로 돌아가는 걸 차일피일 미루고 있는 것은 어떻게든 경관으로 남아 생각만 해도 지긋지긋한 악마의 소굴로 돌아가는 걸 피하려는 심산에서였다.

산서에서 온 사람들로부터 류교씨가 조서 등의 작당에 넘어가 가산을 탕진하고 어디론가 잠적해버렸다는 말을 전해들은 류강은 사람들이 배꼽을 잡은들 웃음이 나올 리가 없었다. 혼자서 따르고 마시고 연이어 몇 사발을 들이키고 나니 취기가 몽롱해지기 시작했다. 썩은 계란 노른자처럼 풀어져버린 두 눈을 게슴츠레 뜨고 막 일어나려는 순간 류통훈이 몇몇 아역들을 데리고 낭하 쪽에 모습을 드러냈다. 표정이 심상치가 않았고 성큼성큼 걸어오는 폼이 예사롭지가 않았다. 뭔가 불안한 예감에 사로잡힌 류강이 술이 확 깨는 긴장과 함께 등골이 오싹해지는 것을 느꼈다. 그러나 애써 대수롭지 않은 척하며 자리에서 일어난 그는 크게 웃으며 떠들어댔다.

"어이, 연청(延淸, 류통훈의 호)형! 어찌 이리 늦었소? 벌주 석 잔이오!"

류강이 엉거주춤 앞으로 나가려 하자 옆자리의 스무 살 가량 되는 젊은이가 그 팔을 잡으며 말했다.

"술이 좀 된 것 같습니다. 그냥 앉아 계시죠."

"연청, 자네……."

류통훈이 왔다는 말을 듣고 반가움에 얼굴에 미소가 번지던 윤록이 그러나 류통훈과 함께 들어서는 아역들을 발견한 순간 얼굴이 석고처럼 굳어졌다.

"자네 지금 치도곤을 들고 우리 왕부를 쳐들어온 겐가?"

수백 명의 관원들 모두 입이 쩍 벌어지고 말았다. 사람들의 이목을 한 몸에 받으며 류통훈이 윤록에게로 다가가 땅에 닿을 정도로 공수해 보이며 말했다.

"백 번을 양보해도 예의가 아닌 줄은 아오나 소인은 지시를 받은 몸이라서 어찌할 수가 없습니다. 워낙 중대한 사안인지라 지금은 말씀 올릴 수 없사옵고 나중에 필히 다시 찾아와 죄를 청하겠습니다."

그러자 윤록이 버럭 화를 냈다.

"대체 무슨 일인가? 중대한 사안이라면 내가 모를 리가 없을 텐데?"

류통훈은 다시 한번 읍해 보이며 답을 피했다. 그리고는 류강을 향해 웃으며 말했다.

"많은 사람들의 분위기를 깨지 말고 자리 옮겨 얘기하지."

뭔가 단단히 잘못 되어가고 있다는 걸 감지한 류강은 당장 기절할 것 같이 눈앞이 가물가물하고 아무런 대책도 떠오르지 않았다. 뱃속 가득 출렁이는 술이 전부 식은땀이 되어 흘러내리는 것만 같았다. 자신의 팔을 움켜쥐고 있는 청년의 팔목이 쇠사슬같이 죄어와 통증이 느껴졌다. 이대로 끌려간다면 영영 끝장날 것만 같은 생각에 류강이 마지막 용기를 다하여 버텼다.

"내 평생에 남의 눈에 눈물 뺀 적 없고 남의 손가락질 받을 짓 안 하고 살아왔소. 그만큼 정정당당하니 무슨 말인지 이 자리에서 해보오."

그러자 류통훈이 숨넘어갈 듯 냉소하며 말했다.

"이봐, 류강! 방귀가 어디 손바닥으로 가려지겠어!"

내뱉듯 이같이 말하며 류통훈은 곧 아역들에게 명령했다.

"포박하라!"

때를 같이하여 황천패가 류강의 관모를 잡아당겨 내던졌고, 몇

몇 아역들이 무섭게 달려들어 순식간에 류강을 짐짝처럼 묶어버렸다. 실로 눈 깜짝할 사이에 발생한 사건이었다. 사람들이 눈을 등잔처럼 크게 뜨고 어리둥절해 있을 때 "찰칵!" 아찔한 쇳소리와 함께 류강의 목엔 철색(鐵索)이 씌워지고 말았다. 몸을 애써 비틀며 바락바락 악을 써가며 류강이 고함을 질렀다.

"내가 뭘 잘못했다고 이러는 거야. 소인배들 같으니라고. 부디 굽어살펴 주시옵소서. 하늘이시여…… 전 억울합니다!"

하지만 류강이 눈물의 하소연을 시작할 여유도 주지 않은 채 류통훈이 힘껏 그 등을 떠밀었다. 그리고는 떠나기에 앞서 화가 나 두 손끝이 차갑게 얼어든 윤록을 향해 한쪽 무릎을 꿇어 군례를 올리며 말했다.

"신의 무례는 실로 만부득이하옵니다. 부디 친왕마마의 용사를 비옵니다! 날을 받아 반드시 죄를 청하러 오겠사옵니다!"

말을 마친 류통훈은 곧 씩씩하게 물러갔다. 멍하니 그 뒷모습을 바라보던 윤록이 한참 후에야 이를 앙다물고 웃으며 말했다.

"저러고도 내 문하, 아랫것의 제자란 말인가! 채비를 하거라. 내 지금 당장 입궐해야겠다!"

윤록이 휑하니 계단을 내려서자 잠자코 있던 요부자가 조용히 의논이 분분한 사람들 속을 비집고 나오더니 잰걸음으로 몇 발짝 다가가 윤록의 발치에 엎드렸다.

"친왕마마, 지금 공무(公務)가 계셔서 입궐하시려는 것이옵니까?"

"아니다."

윤록이 거친 숨을 몰아쉬며 말했다.

"난 형부의 이 잡것들을 엄벌에 처해줄 것을 폐하께 주청 올리러 가련다!"

"류통훈은 비록 명을 받았다고는 했사오나 흠차(欽差)인지 형부의 부차(部差)인지는 명확히 하지 않았사옵니다!"

윤록이 잠시 망설이며 멈춰 섰다. 요부자가 다시 완곡하게 말했다.

"곰곰이 따져보십시오. 만약 사이직의 명을 받고 왔다면 류통훈은 간을 두어 개 더 준다고 해도 감히 친왕마마께 이런 무례를 범하진 못했을 것이옵니다! 또한 3품 대원인 류강을 형부가 감히 스스로 주장하여 연행한다면 연행할 수 있는 것이옵니까? 류통훈이 흠차임을 드러내지 않은 것은 친왕마마께서 무릎꿇어 신하의 예를 갖추시는 걸 막아 친왕마마의 체면을 보존해 드리려는 좋은 의도에서 일 수도 있겠고, 아니면 친왕마마께서 결사적으로 감싸고 나서면 그때 가서 흠차임을 밝혀 궁지에 몰아넣으려는 수작일 수도 있사옵니다. 폐하께오선 지금 태후부처님을 모시고 즐거운 한때를 보내고 계시옵니다. 하오니 친왕마마께서 좋지 않은 일로 걸음을 하신다면 친왕마마의 기분을 망쳐놓은 류통훈이랑 다를 바가 없지 않겠사옵니까?! 복진(福晉)께서도 자리해 계실 텐데 자칫 폐하로부터 죄를 묻는 일언반구라도 들으신다면 두 분께서 그 난감하고 민망함을 어찌하려고 그러시옵니까!"

흥분하여 앞뒤 잴 여유조차 없었던 윤록은 조리가 정연한 요부자의 말에 일리가 있다고 생각했다. 류강이 대체 무슨 죄를 지었는지 류통훈은 누구의 명을 받고 닥쳤는지도 모른 채 무작정 건륭을 찾아갔다가 태후의 심기를 건드리는 날엔 효를 중히 여기는 건륭에게서 좋은 소리를 못 들을 건 자명했다. 잠시 생각하여 김이 빠진 윤록이 한숨을 내뱉었다.

"요즘 아랫것들은 배짱이 웬만해서야 말이지! 그래도 사전에 미리 귀띔이라도 해줬으면 좋았잖아? 자기네들 다리품 팔 거 없이 내가 직접 형부로 연행해 갈 수도 있었을 텐데 말이야! 나한테도 이리 눈에 뵈는 게 없이 무례한데 백성들한테는 얼마나 사나울지 불 보듯 뻔하네! 세자(世子)더러 사람들과 더불어 여흥을 즐기라고 하게. 난 서재로 가서 좀 쉬어야겠네."

윤록이 요부자의 권언(勸言)을 듣기는 백번 잘 한 일이었다. 자녕궁은 이곳 장친왕부보다 열 배는 더 떠들썩했다. 궁문도 잠긴 뒤라 군국대사 아니고는 이런 시간에 황제를 알현하지 않는 게 규칙이었으니 자칫 별것 아닌 일로 큰 곤욕을 치를 뻔했다.

그 시각 자녕궁 정전과 측전엔 수천 개의 커다란 촛불이 높다라이 타오르고 있어 궁전 안팎은 대낮 같았다. 왕공들의 복진과 몇십 명의 혼인 전인 황고(皇姑)들과 크고 작은 공주들이 항렬대로 나란히 연회석을 마주하고 자리해 있었다. 수백 명의 1품 고명부인들과 내로라 하는 훈신(勳臣)의 외척부인들도 저마다 한껏 멋을 내고 다소곳이 고개 숙인 채 앉아있었다. 아직 쉰 살 미만인 태후 뉴구루씨는 용광(容光)이 환발(渙發)하여 궁전 정중앙에 높이 앉아 아래를 굽어보고 있었다. 한 쪽에는 황후 부찰씨가 술잔을 받쳐 들고 있었고, 다른 한 쪽엔 건륭이, 그리고 태후의 등뒤엔 태후의 질녀인 황귀비 뉴구루씨가 술 주전자를 들고 있었다. 아직 연회가 시작되기 전이라 탁자엔 수륙진과(水陸珍菓)들이 아슬아슬하게 높이 쌓여 있었다. 태후의 장수를 기원하는 백 개의 수도(壽桃)는 밀가루로 쪄서 만든 것이었다. 크기가 대접 만한 복숭아에 빨간 색을 입히고 파란 물이 떨어질 것 같은 상큼한 녹엽(綠葉)까지

만들어 붙여 수많은 진짜 과일들 사이에서 유난히 눈에 띄고 화려했다.

이윽고 술시(戌時)를 알리는 종소리가 울리자 기다렸다는 듯이 종고(鐘鼓)가 진동을 했다. 장조가 세심혁면(洗心革面)하는 마음으로 심혈을 기울여 만든 노랫말에 기암괴석을 냅다 때리고 부서지는 파도의 장쾌함을 닮은 음률을 가미한 칭송가가 백여 명의 창음각 공봉들에 의해 음창됐다. 촛불의 반사를 받아 더욱 눈부시게 빛나는 패환을 반짝이며 귀부인들은 일제히 자리에서 나와 무릎을 꿇고 숙연히 경청했다.

주군의 강녕하신 걸음걸음에 서운(瑞雲)이 가상(嘉祥)을 이어가니 매일매일 복된 나날이로세. 궁전 가득 보광(寶光)이 눈부시고 만방이 회취(會娶)하여 옥식(玉食)을 즐기니 환심(歡心)이 그득하구나. 욱일(旭日)이 당천(當天)하여 미수(眉壽)를 쓸어 내리니 즐겁고 강녕한 그 웃음 온 누리에 활짝 피네. 요지(瑤池)에 명엽(蓂葉, 전설에 나오는 상서로운 풀)이 차고 넘치어 흙메 같거늘 자비로우신 태후마마와 영명하신 주군과 더불어 이 강산, 이 사직 또한 만수무강하리라.

음창이 끝나자 건륭과 황후, 귀비 모두 자리에서 나와 태후를 향해 엎드렸다. 머리를 세 번 조아리고 나서 건륭이 큰소리로 말했다.

"신황(臣皇)이 태후성모(太后聖母)의 만수무강을 기원합니다!"

푸헝의 처 당아는 외척명부(外戚命婦)들 사이에 끼여 행례(行

장친왕부(莊親王府)의 첫소리　177

禮)하며 오늘따라 유난히 풍류스럽고 멋스러워 보이는 건륭에게서 시선을 뗄 줄 몰랐다. 작년 10월 입궐하여 건륭과 첫 번째 '특별한 만남'을 가진 이래로 그녀는 자신의 몸값이 예전과는 다르다며 스스로 자부해 왔으나 자신을 유난히 후대해주었던 황후에게 죄스러운 마음도 있었다. 남편 푸헝에 대해선 가끔 그리움도 있지만 또한 밖에서 오래 머물러 주었으면 하는 바람도 있었다. 건륭을 대함에 있어서도 매번 입궐 때마다 보고 싶기도 하고 일면 대하기가 두렵기도 했다. 둘이 있을 땐 여염집 남정네처럼 황제의 체통이고 권위고 전혀 찾아볼 수 없이 마냥 다정스럽고 곰살맞기만 하던 건륭이 자못 엄숙한 자세로 황후와 함께 나란히 태후에게 예배(禮拜)를 올리는 모습을 몰래 훔쳐보며 당아는 가슴이 콩닥거리고 얼굴이 붉어져 그만 고개를 더 낮게 떨어뜨리고 말았다. 그날 저녁의 뜨거웠던 정사(情事)가 주마등처럼 머리 속에 스치고 지나갔다.

그사이 예배는 끝나고 뉴구루씨가 황후가 받쳐들고 있던 술잔에 찰랑찰랑 넘치도록 술을 따랐다. 그러자 황후가 조심스레 들어 올려 건륭에게 건네주었다. 건륭이 길게 엎드려 두 손으로 술잔을 감싸 높이 들어 태후의 면전에 받쳐 올렸다.

"소자는 모친께서 술에 약하시다는 걸 압니다. 하지만 오늘은 창 밖에 만월도 휘영청 밝은 좋은 날이니 모친의 장수를 기원해 드려야 할 것 같습니다. 부디 이 장수주(長壽酒)를 비우셨으면 합니다."

"그럼. 그럼!"

태후가 희색이 만면하여 술잔을 받아들더니 단숨에 잔을 비워버렸다. 역한 술 냄새를 애써 삭이느라 잠깐 얼굴을 찡그리던 태후가 곧 자상한 미소를 지으며 말했다.

"오늘은 달도 좋고, 술도 맛있고, 이 어미의 마음도 즐겁습니다. 황제, 황후 그리고 모두들 그만 일어나시게. 이 늙은이를 의식하지 말고 오늘은 즐겁게 놀아주게. 그래야 나도 마음 편히 자리 지키고 앉아 있을 수 있지 않겠나."

건륭이 일어서기를 기다려 태후가 곧 사연(賜宴)을 명했다. 그리고는 건륭에게 말했다.

"오늘 연악(宴樂)이 왕년의 음악과는 달리 훨씬 듣기 좋은 것 같습니다."

그러자 건륭이 말했다.

"부처님께서 마음에 드신다니 소자는 마냥 즐겁기만 합니다. 장조가 작곡했습니다."

이에 태후가 말했다.

"음, 선제 때의 재자(才子)라고 들었습니다. 듣자니 무슨 과오를 범했다고 하던데, 아직 명예회복을 못한 상태입니까? 손자녀석이 그러는데, 궁중의 태감들이 그 사람을 우습게 알고 함부로 한다는 것 같았습니다. 그래선 아니 되는데……."

잠시 어리둥절해 하던 건륭이 급히 엎드려 절을 했다. 그리고는 웃으며 말했다.

"어머니의 말씀, 천만 지당하십니다. 예부상서 정도는 거뜬히 해낼 수 있는 사람이니 소자가 내일 군기처의 대신들더러 의논하여 결정하라고 하명하겠습니다."

두 사람이 대화를 주고받는 사이 어느새 연회석 상차림은 끝나가고 있었다. 태후의 연탁(筵卓) 한가운데는 일명 '수산복해(壽山福海)'라는 전채요리가 이목을 끌었다. 그 옆으로 얇게 저민 꿩고

기와 양고기가 팔팔 끓는 육수와 함께 올라와 있었다. 고기를 살짝 데쳐 먹게끔 되어 있는 육수냄비 밑에는 숯불이 이글거렸고 칙칙! 소리까지 내며 김이 사방으로 뿜어져 나오고 있었다. 그밖에도 사슴꼬리 볶음, 파와 고추를 가늘게 썰어서 얹은 오리찜, 돼지고기 편육, 참새미역 찜, 우렁이 소를 넣은 만두 등 각종 궁중요리가 연탁을 가득 메웠다. 연탁 한 쪽 태후의 눈에 잘 띄는 곳에는 노란 종이에 '주자(廚子) 정이(鄭二) 특헌(特憲) 태후부처님[太后老佛爺]'이라고 적혀 있었다. 다른 연탁들에도 '수산복해' 특별요리만 없을 뿐 대동소이했다. 좌중을 둘러보고 난 건륭이 말했다.

"짐은 여기서 부처님을 모시고 있을 테니 황후와 귀비는 짐을 대신하여 연탁마다 돌아다니며 권주(勸酒)하세요. 술 못하는 사람에게는 너무 무리하게 권하지는 말고."

황후 부찰씨와 귀비 뉴구루씨가 응답과 함께 건륭과 태후를 향해 몸을 낮춰 예를 표하고는 아래로 내려갔다. 대전(大殿)에는 흥분에 겨운 명부(命婦)들이 잔뜩 기대에 부풀어 황후로부터 술을 권해 받는 감격적인 순간을 그리며 호들갑을 떨고 있었다. 황후가 첫 자리에서부터 술을 따르며 다가가자 명부들은 황공하여 어찌할 줄을 몰라했다. 술이라곤 전혀 입에 대지도 못하는 명부들이 수두룩했지만 두 번 다시 황후에게서 술을 받아 마시는 영광이 없을지도 모른다는 생각에 저마다 술잔을 깡그리 비웠다. 마침내 당아 차례가 돌아왔다. 주전자를 든 뉴구루씨가 웃으며 말했다.

"황후마마, 당아 아씨는 두 잔을 마셔야 마땅할 것이옵니다."

의미심장한 말을 던져놓고 뉴구루씨는 당아를 바라보며 입을 막고 웃었다. 그러나 황후는 전혀 개의치 않는 눈치였다. 그저 조용히 웃으며 말했다.

"푸형이 아직 돌아오지 않았으니, 이 복수주(福壽酒)를 대신 마셔주면 좋을 테지."

어쩔 수 없이 당아는 술을 두 잔이나 마시고 말았다. 그러자, 순식간에 얼굴이 붉어지고 가슴이 콩닥거리기 시작했다. 황후가 다른 연탁으로 옮겨간 뒤 발갛게 달아오른 볼을 감싸쥐고 당아가 수석자리를 훔쳐보았다. 순간 때맞춰 당아에게로 시선을 돌리던 건륭과 눈길이 정면으로 부딪치고만 당아는 술 한 잔씩 걸친 여인네들의 목소리가 점차 높아지고 있는 틈을 타 몰래 밖으로 나왔다.

"어머니!"

태후의 비위를 맞춰주느라 같이 술잔을 홀짝이던 건륭이 당아의 빈자리를 발견하고는 태후를 향해 말했다.

"오늘저녁 급히 처리하여 병부로 넘겨야 할 주장이 있습니다. 아직 주비를 달지 못했습니다. 소자 대신 황후와 귀비가 시중들어도 괜찮겠습니까?"

"그럼, 그럼! 뭐니뭐니해도 일이 우선이어야지. 여긴 염려하지 마시고 가보세요."

태후는 여전히 싱글벙글 즐거운 표정이었다. 건륭은 술을 권하느라 여념이 없는 황후와 뉴구루씨를 힐끔 바라보고는 서둘러 궁전을 나섰다.

27. 불륜(不倫)

건륭이 밖에 나오니 나이 지긋한 태감 위약(魏若)이 벌써 기다리고 있었다. 두 사람 사이를 아는 몇 안 되는 태감들 중 한 명이었던 것이다. 건륭이 가벼이 머리를 끄덕여 보이고는 위약과 함께 자녕궁을 벗어났다. 수화문 앞에 다다르니 고무용이 대기하고 있었다. 위약은 되돌아가고 건륭은 고무용과 함께 곧추 자녕문에서 대각선 방향에 있는 함약관(咸若館)으로 향했다. 이곳은 멀리 있는 태후의 친정에서 나들이를 할 때마다 머물렀다 가는 궁전이었기에 규제가 거의 없었다. 남쪽에는 자녕화원(慈寧花園)이라는 자그마한 화원이 있었다. 당아(棠兒)와 가까워지면서 건륭은 이곳을 대거 보수하게끔 하명하였고, 두 사람 사이를 잘 아는 믿음직한 태감으로 물갈이를 했다. 그리하여 이곳에서는 두 사람 사이가 공공연한 비밀로 되어 있었으나 밖으론 절대 새어나가지 않았다. 함약관으로 들어선 건륭이 다그쳐 물었다.

"이 사람 어디 갔나?"

"폐하!"

꼬마 태감 하나가 얼른 아뢰었다.

"당아 외숙모께선 관음정(觀音亭)에서 향을 사르고 계시옵니다."

건륭이 알겠노라고 머리를 끄덕이고는 곧추 자녕화원 한가운데 위치한 관음정으로 발걸음을 옮겼다. 월색이 교교한 정자 앞에서 단아한 자태가 매혹적인 당아가 두 손을 모으고 중얼거리며 기도하고 있었다. 건륭이 발걸음을 멈추고 귀기울여 들어보니 그녀는 자신의 죄를 실토하며 멀리 있는 남정네의 안녕을 기원하고 '황은이 호탕하여 그 은택이 춘풍 같다'고 했다. 이에 건륭이 웃으며 말했다.

"지금 우리 사이에 '춘풍 같은 은택'을 논할 때인가?"

이미 건륭의 인기척을 듣고 있었던 당아가 기도를 마치고 옥관음상 앞에서 머리를 세 번 조아리고는 일어났다. 다시 건륭을 향해 몸을 낮춰 인사하고는 애교 섞인 간드러진 목소리로 나무라듯 말했다.

"지금 우리 모두를 위해 진지하게 기도하고 있사온데, 폐하께오서 그런 농을 하시다니요!"

건륭은 피식 웃으며 더 이상 말이 없었다. 다가가 당아의 자그마한 두 손을 꼭 잡아 자신의 손바닥 위에 올려놓고 감싸 잡았다. 잠시 후 둘은 팔짱을 끼고 월색이 대낮 같은 화원을 거닐었다.

은가루를 듬뿍 뿌려놓은 것 같은 화원은 포근한 이불속처럼 아늑했다. 한겨울의 추위가 전혀 실감나지 않는 날씨였다. 빨강, 노랑은 가뭇없이 자취를 감춘 화원엔 암록색의 키 낮은 송백들만

불륜(不倫) 183

'만(卍)'자 형태의 산책로를 만들고 있었다. 서로 다정하게 기대어 천천히 걸음을 떼어놓으며 은쟁반 같은 만월을 바라보고 있노라니 속세를 탈피하여 무인지경에 들어선 것 같은 착각이 들었다. 건륭이 정겨운 눈빛으로 당아를 지그시 바라보니 당아가 고개를 떨구고 한숨을 지었다. 의아스러워 하며 건륭이 입을 열어 한숨 짓는 까닭을 묻기도 전에 당아가 입을 열었다.

"폐하!"

"말해보게."

"여인네들은 하나같이 운명이 기구한 것 같사옵니다."

"자네는 예외네. 날 만났으니 말이야."

"앞으로가 걱정이옵니다. 푸헝이 눈치를 채기라도 하면……."

"그 사람이 눈치챈들 뭘 어쩌겠나? 그리고 짐의 지의없인 돌아올 수도 없네."

"……."

당아가 살며시 건륭의 손을 뿌리쳤다. 고개를 외로 꼬아 눈물을 닦아내며 그녀는 잠시 아무 말도 없었다. 건륭이 부드럽게 그녀의 어깨를 감싸 품속으로 끌어당겨 안았다. 잠시 몸을 녹여준 후 그는 두 손으로 당아의 뽀얀 얼굴을 받쳐 올리며 말했다.

"달빛 아래에서 미인을 보니 더 혼을 녹이는군!"

이에 당아가 말했다.

"외모가 혼을 녹이면 무얼 하나이까. 여자가 일부종사(一夫從死)를 못하고 이렇게 상덕패속(喪德敗俗)한 짓을 하고 다니니 호인(好人)은 못 된다고 생각하옵니다."

건륭이 수심에 잠긴 그녀의 이마에 뜨거운 입술을 갖다댔다. 그리고는 당아를 품안에 꼭 껴안으며 말했다.

"짐이 자넬 아끼는 한 자넨 그 어떤 죄책감도 가질 필요 없겠네! 짐은 황제로서 자네를 억지로 소유하려는 게 아니라 한 열혈남아로서 순수하게 여자인 자네를 좋아하는 것뿐이네. 짐은 정정당당하게 자네의 머리를 올려줄 순 없으나 최선을 다해 자넬 그 어떤 상처도 받지 않게끔 보살필 거네."

촉촉하게 젖은 두 눈을 들어 건륭의 준수한 얼굴을 바라보던 당아가 그 넓은 품에 살포시 기대며 흐느꼈다.

"폐하! ……소인이 회임을 한 것 같사옵니다……."

"뭐라?"

건륭이 놀라움과 기쁨이 교차하여 그녀의 얼굴을 번쩍 쳐들고는 다급히 다그쳐 물었다.

"자네 과연…… 짐의 아이를 잉태했단 말이지? 왜 진작에 말하지 않았나? 참 기분이 새로운데! 그래 사내아인가……."

건륭이 문득 자신의 질문이 황당하다는 걸 느낀 듯 실소하며 말했다.

"분명 사내아이일 거네. 자넨 남자를 끌어들이는 마력이 있으니 말이네!"

말을 마친 건륭이 다짜고짜 당아를 끌고 함약관의 동쪽 별채로 들어갔다. 들어서자마자 당아를 번쩍 안아 침대 위에 반듯하게 뉘여 놓고 건륭은 차가운 손을 부지런히 비벼 따뜻하게 녹였다. 그리고는 보드랍기가 비단 같은 당아의 아랫배를 쓰다듬으며 물었다.

"그래 아기를 잉태했다는 사실은 언제 알았나?"

건륭의 손이 점점 더 깊은 곳으로 미끄러져 내려가자 당아가 그 손을 살며시 밀어내며 애교스레 눈을 흘겼다.

불륜(不倫)

"이제부턴 조심하셔야 하옵니다. 아기가 놀라면 큰일이옵니다! ……두 달째 달거리도 없고 신 음식만 눈앞에 삼삼하니 회임이 분명하지 않겠사옵니까?"

그녀의 목소리는 여름날 아침 집앞 나뭇가지 위에서 옹알대는 새끼까치의 재잘거림 그 자체였다. 앵두 같은 입술도 탐스럽고 도톰하여 살짝 깨물면 단물이 톡 터질 것만 같았다. 그 위로 자신의 몸을 포개 올리며 욕정에 불타있던 건륭이 우박 같은 입술세례를 안기며 다소 거칠다 싶을 정도로 신음소리 간간한 여인을 다뤘다…….

"그 사람 얼른 불러와야겠사옵니다."

한바탕 뜨거운 운우지정(雲雨之情)을 나누고 난 당아가 옷을 입으며 말했다.

"더 지체했다간 들통나기 십상이옵니다!"

이마에 흥건한 땀을 닦아내며 건륭이 웃으며 말했다.

"그건 짐이 더 급하게 생각한다네. 내일아침 지의를 내릴 것이니 걱정하지 말게."

건넌방의 자명종이 언제부터 울렸는지 마지막 울림을 끝내고 있었다. 몇 시쯤 되었는지 알 길이 없었다. 건륭이 웃으며 말했다.

"아이 이름은 짐이 지어줄 것이니 그리 알고 자넨 아무 일 없던 것처럼 연회장소로 돌아가게. 짐도 군기처로 가봐야 하니 일 끝내고 시간 봐서 그리로 갈 것이네."

당아가 떠나가자 건륭은 곧 군기처로 향했다. 마침 당직인 나친을 만난 건륭이 웃으며 말했다.

"주량이 시원찮아 도망쳐 왔네. 차 한 잔 진하게 끓여 내오게!"

건륭이 이 시간에 군기처로 나올 줄은 꿈에도 몰랐던 나친이 당황한 나머지 경황없이 예를 올리며 부랴부랴 자신이 마시던 용정차(龍井茶)를 한 잔 만들어 내어왔다. 공손히 두 손으로 받쳐 올리며 나친이 조심스레 아뢰었다.

"폐하께서 술자리를 피하여 이리로 걸음을 하신 줄은 모르고 신은 또 긴요한 지의가 계신 줄로 알고 있었사옵니다!"

"물론 지의도 내려야지."

문득, 내일 부담스러울 정도로 깐깐한 장정옥을 이해시켜가면서 지시하느니 지금 조치하는 것이 나을 것 같다는 생각이 든 건륭이 미소를 머금고 말했다.

"날 밝자마자 곧 푸헝에게 귀경하라는 지의를 긴급편으로 전하도록 하게."

느닷없이 밤에 찾아와 푸헝을 불러들이라는 건륭의 지시에 놀라긴 나친도 마찬가지였다. 급히 조심스런 웃음을 지어 보이며 나친이 말했다.

"푸헝은 현재 남경에 체류 중이옵니다. 남경에서 푸헝에게 얻어맞고 산으로 잠입한 사교 일당들이 일지화 잔여 세력들과 합류하여 모반을 획책하고 있어 직접 친병들을 거느리고 토벌했으면 하는 주청을 폐하께오서 윤허하시는 내용의 주비를 발송한 지 며칠 안 되었사온데 돌연 북경으로 돌아오라고 한다면 그 이유를 충분히 밝혀야 할 줄로 알고 있사옵니다."

"글쎄……."

건륭은 일순 답변이 궁해졌다. 진짜 '이유'는 당연히 밝힐 수 없었다. 그러나 뭔가 궁색하지는 않을 정도의 이유는 있어야만했다. 한참 생각에 잠겨있던 건륭이 천천히 입을 열었다.

"북경에 시급히 처리해야 할 큰 사안이 있네. 푸헝이 북경으로 와서 술직을 마친 뒤에는 이 사건을 처리하고 그 다음엔 산서로 파견할까 하네. 산서 쪽에도 표고도인이라는 자의 사교가 기승을 부리나 본데 이치(吏治)도 살펴볼 겸 겸사겸사 보내야겠네."

이같이 대충 말해놓고 나니 뭔가 석연찮아 보였다. 그러나 특별히 꼬투리 잡힐 것도 없을 것 같았다. 나친으로선 건륭이 '일지화(一枝花)'라는 사교를 토벌하려고 남경에 머물고 있는 푸헝을 불러들여 하필이면 수천 리 밖에 있는 산서로 가서 '표고파(飄高派)' 도적들과의 일전을 원한다는 사실이 언뜻 이해되지는 않았다. 그러나 성의(聖意)가 이러하니 필히 그 이유가 있을 거라고 생각했다. 급히 허리를 깊숙이 숙여 보이며 나친이 대답했다.

"성의가 분명하오니 신은 지금 곧 문서를 작성하여 내일 6백 리 긴급편으로 지의를 발송하도록 하겠사옵니다. 그리고 한 가지 폐하께 주하고자 하옵니다. 방금 보군통령아문에서 들여보낸 보고서에 의하면 류강은 이미 양봉협도에 있는 감옥에 하옥되었다 하옵니다. 산서성의 포정사인 류강이 어찌하여 그리 되었는지 소인은 모르겠사옵니다. 또 그 사실을 장정옥, 어얼타이 두 군기처대신에게 알려야 할지도 모르겠사옵니다. 또한 류강의 빈자리에 대타로 갈 사람은 누구인지 궁금하옵니다."

다시 자녕궁으로 돌아가려던 건륭이 발걸음을 멈추고 웃으며 말했다.

"그게 바로 짐이 방금 말했던 '시급히 처리할 큰 사안'이네. 류통훈은 이원(吏員)이고 이런 류의 사건처리에 능하기에 이 사건은 이미 류통훈에게 맡겼네. 이는 형사(刑事)에 속하기 때문에 군기처의 목록에 올릴 필요는 없겠네. 장정옥 등에게는 간단히 설명하고 장친왕에게 아뢰어 요리하도록 하게. 류강의 대타로는 이번엔 좋기는 만인(滿人)을 보냈으면 하네."
 말을 마친 건륭은 곧 군기처를 떠나 태후가 있는 자녕궁으로 향했다.

 한편 느닷없이 귀경하라는 정기유지(廷寄諭旨)를 받은 푸헝은 그저 황당할 따름이었다. 아직 할 일이 많고 추진력도 인정받은 사람을 갑자기 술직하라며 북경으로 불러들이다니 웬일인가? 강서와 복건 두 성은 아직 둘러보지도 못했고 도적을 소탕하는 게 이유라면 그 멀리 산서로 갈 것도 없이 가까운 강서에도 도둑 떼가 이글거리지 않는가? 강남과 절강에서 반년동안 머물면서 수해현장으로, 하공(河工)으로, 무기고로 발뒤축 땅에 닿을 시간조차 없이 바삐 보낸 푸헝이었다.
 그러나, 다람쥐 쳇바퀴 돌듯 매일 반복되는 일상에 지치지도 않는 국구(國舅)를 시중드느라 파김치가 되어 있던 현지의 관원들은 소식을 듣고는 저마다 무거운 등짐을 내려놓은 것처럼 홀가분해 했다. 순무 윤계선 역시 푸헝이 하루빨리 떠나가기를 손꼽는 기분은 마찬가지였다. 이날 그는 장군인 야하와 함께 흠차행원을 방문했다. 명문망족(名門望族) 출신인 윤계선은 뛰어난 문장 실력 못지 않게 입담 또한 좋았다. 석별의 정을 아쉬워하고 더 함께 하길 원하는 말을 한가득 늘어놓았다. 그러자 듣기만 하던 푸헝이 웃으며 말했다.
 "계선이 자네 입에 침이나 좀 발라가며 말하게나. 내가 자네를 모를까 봐서? 우리 두 사람 사이야 문제가 없다는 걸 믿지만 다른 관원들 모두 날 한 삽에 파버리지 못해 안달이 나있을 테지! 하긴 손님이 가야 주인이 편하다고 난 오늘저녁 떠날 거네. 자넨, 자네

아버지 윤태 어른에게 전할 말이 있다더니."

윤계선 등의 속내를 훤히 꿰뚫어 보는 푸헝의 말에 윤계선과 야하 모두 웃고 말았다. 야하가 먼저 말했다.

"우리 어머니 화석14공주(和碩十四公主)께서 60대수(大壽)가 당장입니다. 몇몇 젊은 황고(皇姑)들이 필히 인사를 올 텐데 마땅히 수례(壽禮)를 보낼 것도 없고 하여 황금 백 냥으로 금비녀를 만들어 놓았으니 여섯째도련님께서 가시는 길에 좀 갖다 주셨으면 합니다. 그리고 여섯째도련님께서 한로(旱路)를 택하셨다니 윤중승께선 복귤 열 두 상자를 낙타에 실어 보냈으면 하는 중입니다. 우리가 강을 건네 드리고 강 건너편에서 주안상을 마련하여 조촐하나마 송별연을 베풀어드리면 되지 않겠습니까?"

"염치없지만 또 한 가지 부탁드리고 싶은 게 있습니다."

윤계선이 말을 이었다.

"금비녀 얘기가 나오지 않았더라면 깜빡할 뻔했네요. 여섯째도련님께서 조설근, 러민, 하지 등 몇몇 문우들이 얼마나 대단한 재주꾼들인지 모른다며 칭찬을 아끼지 않으셨기에 전 속으로 흠모해온 지 오래됐습니다. 이번에 귀경하시면 내년 회시(會試) 때까지는 시간적 여유가 있으실 테니 모두들 이리로 놀러 다녀가시라고 전해주십시오. 여기서 잘 모시고 있다가 때가 되면 제가 다시 북경으로 안전히 모셔다 드릴 거라고 해주세요. 음…… 한쪽 노자는 우리 영감님더러……."

이에 푸헝이 윤계선의 말허리를 툭 잘라버렸다.

"하이고! 언제나 김칫국은 잘 마셔대지. 그 손 큰 아버지를 믿기도 잘 믿는다! 내가 그네들 노자를 챙겨주지 않을까봐 걱정인가?"

푸헝의 말에 세 사람은 파안대소하고 말았다. 그날저녁으로 푸형은 남경을 떠났다.

　푸헝 일행이 북경에 도착했을 때는 벌써 2월 초순이었다. 푸헝은 웬일인지 이름할 수 없는 무거움과 일말의 흥분을 함께 느꼈다. 황하를 건너면서 뱃사공에게 요즘 들어 산속에 무리지어 만행을 일삼는 도적떼들을 못 봤느냐고 물으니 뱃사공은 잘 모르겠노라며 도리질을 했다. 그리고는 여량산(呂梁山) 쪽에 표고도인(飄高道人)이라는 사람이 조정의 친병들을 떡 주무르듯 하며 관가와 대항하고 있다는 소문만 설핏 들었다고 했다.

　순간 푸헝은 석가장이란 곳에서 표고도인 일행과의 짧았던 만남을 떠올리며 연이처녀의 풋풋한 미소가 그리워졌다. 한 줄기 무명실 위에서 물찬 제비처럼 율동하며 검무하던 모습이 눈앞에 가물거려 지울래야 지울 수가 없었다. 길게 대화를 나눠 보지는 않았지만 가을호수 같은 맑은 눈빛이 그렇게 인상적일 수가 없었다. 만약 자신이 친히 병사들을 이끌고 그들과 접전을 한다면 어떤 광경이 벌어질 것인가! 푸헝으로선 정말 원치 않는 대결이었다. 그러나 오할자는 표고도인이 '떴다'는 말에 좋아라 했다.

　"이번에 산서로 용병차 파견 나가실 때도 꼭 소인을 데려가 주십시오. 과연 표고가 틀림없다면 한번 제대로 붙어보고 싶습니다!"

　남의 속도 모르고 오할자의 웅심은 크기만 했다.

　노하역은 북경으로 들어가는 마지막 역이었다. 흠차들은 귀경했어도 황제를 알현하지 않고는 집으로 돌아갈 수 없게 되어 있었다. 그러나 푸헝의 식구들은 어디서 소식을 접했는지 용케도 노하역까지 영접을 나와 있었다. 당아가 몇십 명의 남녀 가인(家人)들을 데리고 역관 밖의 돌사자 옆에 대기하고 있는 가운데 대교(大

轎)가 내려앉고 푸헝이 수레에서 내렸다. 순간 가인들은 일제히 무릎을 꿇어 문안인사를 올렸고 당아 역시 몸을 낮춰 예를 갖췄다.
"됐네, 그만하게."
푸헝이 그리 싫진 않은 듯 웃으며 말했다.
"곧 돌아갈 텐데, 극성은! 폐하께서 아시면 '국구(國舅)가 좋은 꼴 보인다'고 하시겠네! 남들 보면 안 좋으니…… 다들 돌아가 게!"
이같이 말하며 당아에게로 시선을 돌린 푸헝은 미소를 머금고 눈짓만 해 보일 뿐 말은 없었다. 푸헝이 대교에서 내려서는 순간 가슴이 콩닥거리던 당아는 그제야 마음이 조금 진정된 듯 했다. 푸헝은 관복 대신 여우털과 양가죽으로 만든 긴 겉옷을 입고 있었다. 겉모습은 떠날 때와 별반 다를 바가 없었으나 어딘가 모르게 더 멋져 보였다. 푸헝이 가인들을 쫓아보내는 모습을 보며 당아가 말했다.
"자기네들이 섬기던 주인이 오랜만에 돌아온다고 반가워 마중 나왔는데, 무슨 큰 죄를 저지른다고 폐하께서 나무라시겠어요! 준비해온 음식으로 간단히 환영식을 마치고 돌아가지 않을까 봐 그러셔요?"
말을 마친 당아가 곧 하명했다.
"음식을 내려 역관으로 가져가 상을 차리게. 이봐 장씨, 역관사람들한테도 은자 조금 찔러줘야 군소리가 없지!"
"여인네들은 정말 못 말린다니까!"
푸헝이 웃으며 역관으로 들어갔다.
가인들이 술과 음식을 나르느라 여념이 없는 통에 당아가 푸헝을 향해 웃으며 말했다.

"따뜻한 방으로 가서 먼저 옷 좀 갈아입어야겠어요. 검정 옷이라 방금은 몰랐는데, 이제 보니 먼지가 많네요!"

이같이 말하며 손에 들고 있던 자그마한 옷 보자기를 주며 당아가 재촉했다. 이에 푸헝이 웃으며 목소리를 낮춰 말했다.

"솔직히 말해봐. 옷 갈아 입히는 게 목적이 아니라 홀랑 벗은 몸을 보고싶어서 그러지?"

푸헝이 어느새 달려들어 당아를 껴안고 수염이 덥수룩한 얼굴을 가까이 하려 했다. 그러자 당아가 급히 밀어내며 얼굴을 붉혔다.

"밖에 사람들이 오가는데 체신머리 없이 왜 이래요! 월경 때문에 짜증스러워 죽겠구만. 내일까지는 참아야 할 거예요! …… 밖에서 실컷 놀았으면서도 돌아오자마자 사람 잡으려고 들어!"

그러자 푸헝이 웃으며 말했다.

"남자라고 밖에서 그짓만 하고 다니는 줄 알아? 명색이 흠차야. 가는 곳마다 어딘가에서 수십 쌍의 감시의 눈이 번뜩일 텐데, 손오공이라도 여색은 훔치지 못했을 거다!"

이튿날 진시(辰時), 건륭은 건청궁에서 푸헝을 접견했다. 푸헝은 오는 길 내내 속으로 수십 번이고 되뇌었던 대로 군정, 민정, 구재진황(救災賑荒) 세 측면에서 현지의 현황과 앞으로의 장래성에 대해 근 두 시간 동안 장편대론을 폈다. 그리고는 끝부분에 덧붙였다.

"폐하의 관정은 당금의 천하에 있어 가장 민의에 부합되는 방략임에 틀림없사옵니다. 초야의 세민(細民)들은 물론, 그 이름도 유명한 공위(龔煒)마저 송사(頌辭)를 쓸 정도이옵니다. 물론 지역

불륜(不倫)

마다 다소 정도의 차이는 있사오나 상대적으로 폐하의 관정(寬政)의 혜택을 제대로 못 받은 지역에서도 지방관에 대한 불만을 토로할 뿐이었사옵니다. 신의 소견으론 지방의 부모관들이 성은의 은택을 초야, 세민 모두에게 골고루 뿌려주지 못하는 것은 사목(司牧)의 책임이라고 보여지옵니다. 고로 조정에선 수시로 관원을 파견하여 민생현장을 감독해야 할 줄로 알고 있사옵니다. 선제 때 산동, 섬서, 강서 등지에서 일어난 대규모 반란은 모두 수만 명의 백성들이 우르르 동조하여 반기를 들었기 때문이었사옵니다. 하오나 건륭 원년 이래로는 이처럼 불순세력의 선동에 놀아나는 백성들이 많아야 수백 명에 불과할 정도로 줄었다 하옵니다. 그네들도 지방관이 헌명만 내리면 곧 조수(鳥獸)처럼 흩어지곤 한답니다. 폐하의 관정애민정책은 벌써 꽃피우고 열매맺기 시작하옵니다."

이같이 말하는 푸헝의 얼굴엔 자신감이 넘쳐흘렀다.

"공위라면 강소성 곤산(昆山) 지역에서 활동하는 그 초림산인(剿林山人) 말인가?"

장시간 동안 앉아있어 무거워진 몸을 조금씩 움직이던 건륭이 다시 자세를 고정하고는 푸헝을 향해 말했다.

"밑에서 누군가 시켰겠지."

그러자 푸헝이 말했다.

"아뢰옵니다, 폐하! 이는 밑에서 보고 올라온 것이 아니옵고 신이 문사(文士)들을 좋아하여 곤산 지역을 지나면서 미복차림으로 그 집을 방문했었사옵니다. 그 와중에 우연히 그 사람의 일기장을 뒤져보게 되었는데, 그 속에 폐하를 칭송하는 글이 적혀 있었사옵니다.

푸헝이 이같이 말하며 작게 접은 종이쪽지 하나를 꺼내어 두 손으로 받쳐 올렸다. 건륭은 그 섬세한 마음씀씀이에 내심 만족스러워하며 쪽지를 받아 펴보았다. 과연 그것은 한편의 일기였다.

건륭 원년 2월 8일, 구름 한 점 없음.
올해는 새로운 군주가 즉위하여 전국의 전량을 면제해준다고 하니 향리(鄕里)엔 환호성으로 들끓고 있다. 모처럼 만방이 크게 고무되어 있으니 이것이 진정 조정과 백성들이 더불어 사는 세상이 아니겠는가. 새로운 군주가 관정(寬政)을 정책기조로 삼는다 하니 나 같은 소인은 큰짐을 부려놓은 것처럼 홀가분하다. 부디 풍년이 들어 만백성이 성은의 감로(甘露)에 겨워 사는 그날이 도래한다면 금상첨화일 것이니, 그리된다면 창생(蒼生)들은 그 무엇을 더 바랄까. 주군의 성은에 달리 보효(報效)할 길은 없고 다만 향을 사르고 탁주(濁酒) 한 잔으로 주군의 자자손손 영영보민(永永保民)하게 해 주십사 상천(上天)에 기도하는 수밖에.

종잇장을 잡은 건륭의 손이 미세하게 떨렸다. '초림산인'이라면 자손 대대로 유명한 문사 집안의 아들이고, 누동망족(婁東望族) 황씨네의 사위였다. 공위 본인은 시문(時文)과 경사(經史)에 능하고 사죽(絲竹) 공예에도 독특한 재량을 지닌 자타가 공인하는 재주꾼이었다. 그럼에도 번번이 과거와는 무연한 그를 두고 옹정이 "공위의 낙방은 그 시험 운이 안 좋은 탓도 있겠으나 재상의 책임 또한 회피할 수 없다!"라고 단언했을 정도였다. 회재불우(懷才不遇)하여 조정에 감정을 품고 있는 문사로 하여금 스스로 이같은 칭송의 글을 쓰게 했다는 사실에 건륭은 흥분을 금치 못했다.

불륜(不倫) 195

"자네 이번에 짐의 기대를 저버리지 않고 잘하고 왔네."

건륭이 부드러운 눈매로 푸헝을 바라보며 말했다.

"현지에서 올려보낸 주장들도 한탄이나 거짓이나 빈말이 아닌 백성들의 삶에 접근하려는 자세와 노력이 돋보였네. 짐이 파견한 다른 흠차들, 예컨대 노작, 장우공도 맡은 바 임무에 충실하고 있네. 그러나, 높이 올라 멀리 내다보는 안목은 자네한테 못 미치는 것 같네. 자네는 실로 대단한 대신의 풍모를 과시하고 있네!"

건륭에게서 극찬에 가까운 평가를 받으며 푸헝은 격동으로 가슴이 세차게 널뛰고 얼굴이 빨갛게 달아올랐다. 경황없이 연신 머리 조아려 사은을 표하는 푸헝을 향해 건륭이 다시 입을 열었다.

"관정(寬政)에 길들여진 사람들이 엄격한 규제에 적응하기는 어려워도 그 반대의 경우엔 용이하다고들 생각하는데, 사실 개중의 어려움은 당사자가 아니고는 알 수가 없는 것이네. 엄하고 관대함이 적당히 아귀가 맞아 돌아갈 때라야 그 정국은 비로소 안정을 찾을 수가 있지. 이는 지극히 알기 쉬운 도리임에도 왕사준 같은 비루한 자들은 짐의 관정을 곡해(曲解)하여 짐에게 불효의 죄명을 덮어씌우려고 하는 게 아닌가. 짐을 보좌하고 있는 노신들은 대개 일련의 학정(虐政)을 직접 제정했던 당사자들이고, 어떤 이는 이를 통해 승진하고 재물을 모아왔지. 이네들은 짐이 정무의 방향을 관정 쪽으로 트는 것에 대해 자신들에 대한 사정쯤으로 오해하여 지레 두려워한다네. 또 어떤 관원들은 관직에 오르는 자체가 곧 '윗사람에 아부 떨고 백성들을 압제하는 것[媚上壓下]'이라고 착각하기 때문에 이런 부류들에는 짐이 관대하게 대처할 수가 없지! 자넨 짐의 의중을 제대로 헤아린 몇 안 되는 신하들 중 한 사람일세. '국구'라 하여 강경 일변도로 나간 것도 아니고 적당히 풀어주고 조여가며 특별히 원혐을 산 일이 없이 일 처리를 깔끔하게 잘한 것 같네!"

끝없이 이어지는 건륭의 긍정적인 평가에 대단히 황송해하며 푸헝이 상체를 깊숙이 숙였다.

"이번에 신은 폐하께서 주창하시는 '인(仁)'에 입각하여 관후(寬厚)와 엄정(嚴正), 당근과 채찍을 겸하는 중용을 실행에 옮기느라 노력했사오나 다만 유감스러운 것은 신의 우매함으로 인해 시행착오도 적지 않았다는 것이옵니다."

"자신의 부족함을 안다는 것이 사람 위의 사람 아니겠는가."

건륭이 말을 이었다.

"태호(太湖)에서 수사(水師)들을 훈련시키면서 자넨 열여덟 명의 장령을 참하여 군기를 바로잡으려 했네. 그러나 그네들의 사기가 그토록 흐트러질 수밖에 없었던 이유 중에 가장 중요한 건 의식주가 제대로 해결되지 못했다는 사실을 자넨 알고 있었던가? 군기를 다스림에 있어 목을 치는 일은 불가피하겠지만 자넨 군기가 흐트러진 근본적인 이유를 모른 채 임시방편으로 사람을 죽였다는 것으로 짐의 책망을 받아 마땅하네."

"폐하!"

푸헝이 조심스레 입을 열었다.

"정기유지엔 신을 산서성으로 표고파의 반란을 평정하러 파견하신다고 하셨는데, 언제쯤이옵니까?"

이에 건륭이 웃으며 답했다.

"서두를 건 없네. 사실 산서, 강소 일대의 좀벌레들은 현지의 힘으로 충분히 섬멸할 수 있네. 그럼에도 짐이 굳이 자넬 파견하려는 이유를 알겠나? 요즘 같은 태평성세엔 문인들은 나날이 실력이

돋보이는 반면 무장들은 갈수록 그 예기(銳氣)가 무뎌지고 있는
데다 설상가상으로 뒤를 이어줄 후계자를 찾기 힘든 형국이네.
그 중에서도 유장(儒將)을 발굴하기는 더 힘이 든 실정이네. 서부
대소금천(大小金川), 준거얼 등지에 또 한 차례 용병의 필요성이
가시화되고 있는 시점에서 자네 같은 친귀훈신(親貴勳臣)의 자제
들이 실전 경험을 쌓고 몸을 다져두어야 하지 않겠나. 장광사의
부대가 이미 여량산 낙타봉의 양도(糧道)를 막아버렸다고 하니
한동안 배를 쫄쫄 굶겨 기진맥진시켜 놓고 자넨 열흘이나 보름
뒤에 출발해도 늦진 않네."

　자신을 거목으로 키우려는 건륭의 말을 듣고 난 푸헝이 크게
의외라는 반응을 보이며 잔뜩 격앙된 목소리로 말했다.

　"신은 어려서 〈성무기(聖武記)〉를 읽으며 성조 때의 명장 주배
공(朱培公)에 대해 흠모해마지 않았사옵니다. 솔직히 신은 우리
만주인 자제들 중에 이처럼 전재전능한 인재가 없다는 것을 내심
안타까이 생각해 왔사옵니다. 소싯적 꿈을 향해 매진할 수 있도록
폐하께서 이토록 배려해 주시니 이 또한 신의 무한한 행운이 아닌
가 생각되옵니다. 아직 젊고 왕성한 혈기를 이 강산을 지키는 사장
(沙場)에서 유감없이 발휘하도록 노력하겠사옵니다!"

　건륭이 묵묵히 머리를 끄덕여 보였다.

　"짐도 만주 자제들 중에서 누군가 이와 같은 말을 해주길 고대
해 왔네! 황귀비 뉴구루씨의 남동생 고항도 장래성이 있어 보이니
자네 대신 남경의 임무를 수행하게끔 할 생각이네. 고항은 문사
(文事)에서 일필(一筆)을 발휘하게끔 하고 자넨 자네 뜻대로 전
장(戰場)에서 일도(一刀)의 위력을 발휘해 보게. 며칠 내에 은지
(恩旨)가 내려질 것이니, 그 동안은 집에서 쉬도록 하게. 열심히

노력하는 자를 짐과 이 나라는 절대 배신하지 않을 것이네."

"성은이 망극하옵니다!"

푸헝이 죽어라 머리를 조아렸다. 이윽고 고개 들고일어나는 그의 얼굴엔 눈물이 낭자했다. 감히 눈물 닦을 엄두도 못 내고 그는 뒷걸음쳐 물러갔다.

그렇게 집으로 돌아온 푸헝은 도무지 가라앉지 않는 격동에 멍하니 넋을 잃고 먼 곳만 바라보고 있었다. 당아는 몇 번이고 어찌 된 영문인지를 물어보고 싶었다. 대체 건륭이 무슨 말을 어떻게 했는지 몰라 못내 궁금했던 것이다. 그러나 다그쳐 물을 수가 없어 그림 그리던 붓을 그대로 놀리며 잠자코 있었다. 그러길 한참, 푸헝이 갑자기 길게 탄식을 토해냈다. 당아는 깜짝 놀랐으나 애써 웃으며 말했다.

"무슨 한숨이 그리 깊어요? 폐하께 한소리 들었을지라도 대체 무슨 일인지 속시원하게 털어놔야 같이 고민하든 대책을 마련하든 할 게 아니에요?"

그러자 푸헝이 피식 웃더니 말했다.

"며칠 있으면 또 당신 곁을 떠나야 할 것 같아 아쉬워서 그런다오!"

푸헝이 방금 건륭이 자신에게 했던 말을 상세히 들려주었다. 그사이 마음이 차분히 가라앉은 푸헝이 다시 입을 열었다.

"조설근은 이제 곧 남경으로 가서 한동안 있다 올 거야. 방경이 출산한 지 얼마 안됐으니 당신이 시간 없으면 사람을 시켜서라도 자주 들여다보고 그래야지. 지금 당장 어려워도 앞으로 크게 될 사람이야. 그가 명성을 날리면 내 얼굴에도 광채가 날 게 아닌가. 나랑 방경 둘 사이엔 아무런 일도 없었으니 괜히 질투하고 미워하지 말고."

그러자 당아가 줄줄이 늘어놓았다.

"홍효도 조설근네 집으로 뻔질나게 다니는 것 같고, 홍승도 어느 땐가 영련이를 데리고 그 집에서 나오는 걸 봤어요. 하지만 걱정하지 않아도 돼요. 방경이가 우리 은혜를 잊지 않는 이상 우리가 높은 가지를 선점할 수 있어요!"

부부가 도란도란 이야기를 나누고 있을 때 가인이 달려와 아뢰어 말했다.

"고무용이 지의를 전하러 왔습니다!"

"어서 예포를 울리고 중문을 열어 안으로 모셔라!"

푸헝과 당아가 벌떡 일어났다. 당아가 직접 관복을 갈아 입혔다. 구망오조(九蟒五爪)의 관포에 공작보복을 껴입고 남색의 유리정자를 단정히 씌워주었다. 당아가 관화(官靴)를 신기는 동안 푸헝은 하녀들에게 향안(香案)을 준비하라고 명했다. 모든 준비가 끝났을 무렵 고무용이 두 명의 시위, 네 명의 꼬마 태감들을 데리고 들어섰다. 당아가 급히 옆방으로 피했다. 두어 걸음 다가간 푸헝이 북쪽으로 얼굴을 대고 길게 무릎을 꿇었다.

무표정한 얼굴의 고무용이 향안 뒤에서 남쪽을 마주하여 숫오리같은 목소리를 뽑아 올리며 큰소리로 말했다.

"푸헝은 지의를 받들어 경청하거라!"

"예, 폐하!"

푸헝이 소리나도록 머리를 조아렸다.

"신 푸헝은 성유(聖諭)를 받들어 모시겠사옵니다!"

"봉천승운황제조왈(奉天承運皇帝詔曰)."

고무용이 지의를 선독(宣讀)하기 시작했다.

"건청문 시위 푸헝은 흠차로서의 임무를 충실히 완수하여 뛰어난 정적(政績)을 과시했는 바 성심(聖心)을 크게 위로해 주었다. 이에 짐은 푸헝의 관품을 두 등급 올려 상서방 행주(行走) 겸 산질대신(散秩大臣)의 직책을 내려 보름 동안 산서로 파견한다!"

"망극하옵나이다, 폐하!"

건륭이 이처럼 자신을 높이 평가해줄 줄은 몰랐던 푸헝은 그 드높은 성은에 머리가 아찔해질 지경이었다. 그 사이 지의 선독을 마치고 얼굴 가득 웃음을 지어낸 고무용이 그제야 푸헝에게 예를 갖춰 인사했다.

"정말 감축드립니다! 여섯째도련님처럼 서른 살 미만의 젊은 나이에 대신으로 승격된 관원은 그리 흔치 않습니다! 소인이 면전에서 아부를 떠는 것 같아 이런 말까지 하기는 좀 뭣하옵니다만 여섯째도련님은 50년 동안 태평재상의 복상(福相)을 타고나신 분입니다! 그 옛날의 고상(高相, 고사기)이나, 지금의 장상(張相도, 장정옥)도 여섯째도련님엔 못 미칠 것입니다!"

"여봐라, 황금 50냥을 가져와 고무용에게 상으로 내리거라!"

푸헝이 희색이 만면하여 지시했다.

28. 험시(驗屍)

고무용이 황금을 상으로 받고 이게 웬 횡재냐며 좋아라 푸헝의 집을 나섰을 때 길에는 인파가 서쪽으로 대거 몰려가고 있었다. 무슨 영문인지 몰라 길 가던 사람을 붙잡고 물으니 하로형의 관(棺)이 덕주에서 북경으로 운송되어 오늘 대리사, 형부, 순천부아문에서 합동으로 부검을 실시한다는 것이었다. 태감의 특성이 대부분 궁금증을 참지 못하고 구경거리를 놓치는 법이 없다는 것인데 고무용도 예외가 아니었다. 이 사건의 심판이 시작된 후 그는 핑계를 대어 몇 번 형부로 가서 류통훈이 류강에게 고문을 안기는 장면을 지켜보았었다. 번번이 기절할 정도로 혹형을 당하면서도 류강은 끝까지 비굴한 기색이 없었고 자신이 범인이 아니라며 버텼다. 은근히 그 담력과 의지가 부러웠던 고무용은 공개부검이 있어 사람들이 구경간다는 말에 당장 달려가고 싶었다. 그러나 지의를 전달하러 왔으니 다시 돌아가 보고를 올려야만 했기에 정신없이 말을 달려 양심전으로 왔다.

그러나 건륭은 자리에 없었다. 물어보니 의친왕 홍효와 나친과 동행하여 어디론가 나간 지 반 시간쯤 된다는 것이었다. 꼬마 태감은 황제가 원명원의 대대적인 보수에 관해 공부(工部)의 관원으로부터 주사(奏事)를 받자마자 나가셨으니 혹시 창춘원으로 갔을지 모른다고 했다. 창춘원으로 다녀오자면 적어도 한두 시간은 소요될 것이라는 계산 하에 고무용은 부검이 있다는 대리사로 가기 위해 몰래 빠져 나왔다.

대리사(大理寺)에는 벌써 수천 명의 인파가 몰려있었다. 고무용은 차 마시러 이곳을 자주 찾았기에 찻집 사람들과 익숙한 사이였다. 말을 끌고 바싹 앞으로까지 갈 수 없게 된 그는 찻집 한 곳을 찾아 말을 부탁하고 조금씩 인파를 비집고 들어가기 시작했다. 수십 겹은 넘게 겹친 사람들 틈을 헤집고 점점 중심으로 다가갈수록 사람은 더 많았다. 한가운데서는 현장접근을 제한하는 차원에서 흰줄을 쳐놓고 그 안으로 들어오지 못하게 병사들이 연신 채찍질을 해대고 있었다. 땀범벅이 되어 거의 중간까지 비집고 들어갔던 고무용이 뒤로 후퇴하며 쓰러지는 사람에 의해 벌렁 나가넘어지고 말았다. 엉덩이를 털고 일어나며 그는 히죽 웃으며 욕설을 퍼부었다.

"새끼들아, 인간이 이리 우글우글한데, 채찍질을 해대면 어떡하냐!"

연신 땀을 훔치며 그는 바로 앞에 있는 사람의 어깨를 붙잡으며 말했다.

"잠깐 지나갑시다, 앞에 있다 밀려나는 바람에!"

그 사람이 고개를 돌렸다. 순간 고무용은 숨이 넘어갈 듯 두 눈이 화등잔만해져 입을 헤벌린 채 할말을 잃고 말았다. 그 사람은 다름 아닌 건륭이었던 것이다! 잠시 후 비명에 가까운 소리로 "폐……" 하고 입을 열었던 그가 "하"자를 미처 내뱉기도 전에 그 입은 벌써 등뒤에 있던 시위 써렁거에 의해 단단히 틀어 막히고 말았다. 그제야 사위를 둘러보니 온통 건청궁의 시위들이었다. 건륭은 다만 고무용을 힐끗 쳐다볼 뿐 고개를 돌려버렸다.

사람들이 장사진을 친 대리사 조벽(照壁) 앞의 공터에는 두 개의 긴 의자에 시커먼 칠을 한 관이 걸터앉아 있을 뿐 법사아문의 주관은 아직 도착해 있지 않았다. 자그마한 탁자에 술항아리가 몇 개 있었고, 순천부에서 나온 몇몇 검시관(檢屍官)들이 탁자에 빙 둘러앉아 주변은 전혀 의식하지 않고 권커니작커니 술을 마시고 있었다. 장포 자락을 허리춤에 쑤셔 넣은 대리사의 친병들은 끊임없이 흰 선 안으로 들이닥치는 사람들을 향해 채찍을 휘둘러 대느라 여념이 없었다. 쥐구멍에라도 숨고픈 심정이었으나 고무용은 어쩔 수 없이 건륭의 높다란 등뒤에 꼼짝달싹 못하고 갇혀버리고 말았다. 이때 앞에서 고함소리가 들려왔다.

"흠차 류통훈(劉統勛) 납시었다!"

그러자 뒤를 이어 누군가가 다시 소리쳤다.

"대리사 사경(寺卿) 아룽커 행차하셨다!"

"순천부 부윤 양증(楊曾) 어른이시다!"

인파는 술렁거리기 시작했고, 대리사의 친병들이 채찍을 힘껏 휘둘러댔다. 이번에는 그저 머리 위에서 휘두르며 겁을 줄뿐이었다. 그럼에도 한 번씩 맞아 본 사람들은 뒷걸음치지 않을 수가 없었다. 몇십 명의 친병들이 장화발 소리와 허리띠에 찬 패도(佩刀) 부딪치는 차가운 쇳소리를 내며 나타나자 순천부 아역들의 목줄이 빠지는 듯한 "오우!" 소리가 장내에 위압감을 주며 일순 사람들을 숙연케 만들었다. 고무용이 발끝을 아슬아슬하게 치켜들고 건륭의 어깨너머로 내다보니 류통훈이 한가운데 앉고 옆자리에 아룽커, 그 옆에 순천부의 양증이 자리해 있었다. 셋 모두 얼굴이 잔뜩 굳어있었다. 평소에 아룽커와 허물없이 지내는 고무용이었다. 음담패설과 욕설로 농지거리를 해대며 둘이 있을 땐 언제 한번 저처럼 근엄한 표정을 보지 못했던 고무용이 손으로 입을 막고 낄낄대며 웃었다.

"범인과 증인 등장!"

준비가 마무리되어 가는 것을 지켜본 류통훈이 양증을 향해 눈짓을 보이고는 명령했다.

"검시관들도 대기하라!"

"예!"

얼굴이 설익은 돼지간처럼 벌개지도록 술을 마신 검시관들이 한 발 앞으로 나섰다. 그사이 류강이 두 아역에 의해 짐짝처럼 끌려나왔다. 그의 두 다리는 형틀에 묶여 힘껏 조이는 고문을 받았는지라 납작하게 죽어버린 개구리 뒷다리같이 쭉 뻗어 있었다. 아역들이 손을 놓자 그는 그 자리에 주저앉고 말았다. 낯빛이 창백해 보였으나 두려운 기색은 없는 것 같았다. 그저 고개 들어 류통훈을 힐끔 쳐다보고는 눈꺼풀을 내리깔았다. 그 뒤를 이어 하류씨를 비롯하여 하로형이 머물렀던 여관 주인과 일꾼들, 그리고 전도(錢度)가 증인으로 출석했다. 전도는 공명을 지닌 사람인지라 하류씨와 함께 류통훈 등을 향해 예를 갖추고는 옆자리에 서 있었지만 나머지는 모두 공안(公案) 옆에 무릎을 꿇었다. 드디어 당목(堂木)을 높이 들어 힘껏 공안을 내리치며 류통훈이 물었다.

"류강, 여기 하로형의 영구(靈柩)가 도착해 있어!"
"그런데 뭘 어떡하라고?"
류강이 턱을 치켜들어 류통훈을 바라보며 말했다.
"그게 나랑 무슨 상관이냐고?"
"고개 돌려 저 관을 똑바로 쳐다보란 말이야!"
"……."
"왜, 찔려서 감히 쳐다볼 수가 없어?"
류강의 얼굴이 경련을 일으키듯 푸들거렸다. 잠시 숨을 고른 듯 그는 갑자기 힘껏 고개를 돌렸다. 그러나 주검이 들어있는 시커먼 관을 바라보는 순간 그는 곧 눈을 내리깔았다. 그리고는 다시 용기를 낸 듯 눈꺼풀을 치켜올렸다. 역시 그 눈빛은 관을 똑바로 쳐다보는 데는 실패했다.
"당신은 책을 읽은 사람이라 속이 온건하지 못한 사람은 시선이 비뚤어져 있다는 말을 들어봤겠지."
류통훈이 담담하게 입을 열었다.
"이 속엔 당신이 직접 목을 졸라 죽여버린 원혼이 들어있으니 당연히 직시할 수가 없겠지! 좋게 말할 때 범행 일체를 자백하면 자네도 피륙의 고통을 덜 수 있고, 하로형 역시 두 번 죽음을 당하지 않을 것이니 알아서 하거라."
류강은 고개를 번쩍 쳐들었다. 그리고는 대수롭지 않은 표정으로 류통훈을 바라보며 말했다.
"류통훈, 그래도 난 당신이 호인인 줄 알았는데, 역시 내 눈깔이 삐었군! 내가 산동 재해복구 현장에서 이재민들로부터 류청천(劉靑天)이라고 칭송받는 걸 당신이 직접 목격했잖소. 그런데 어찌 날 멀쩡한 사람이나 죽이고 다니는 그런 살인백정으로 몰아붙일 수 있단 말이오?"

"절로 터진 입이라고 청천 좋아하네. 재해복구가 순조롭게 이뤄진 것은 황제폐하의 은전(恩典) 덕분이라는 건 주지하는 바야!"

류통훈이 냉소를 터뜨렸다.

"산동성의 번고(藩庫)는 자네 재임기간 중 은자가 1만 7천 냥이나 증발해 버리고 말았어. 하로형 사건이 아니더라도 당신은 조정의 심판을 받아 마땅한 인간이야!"

류강이 쇠사슬이 감겨있는 목을 비틀어 보이는 시늉을 했다. 그리고는 똑같이 코웃음을 쳤다.

"내가 탐관(貪官)이라면 뒷조사를 해보면 될 거 아니야. 당신같이 앞 뒤 꽉 막힌 사람과 입씨름하는 것도 지겨워."

류통훈이 마침내 크게 노하며 일갈했다.

"지금은 하로형의 사건을 심문하는 자리잖아. 말해 봐. 하로형이 어떻게 죽었어?"

"그 얘기라면 이미 끝났지 않소? 사는 게 귀찮아 대들보에 목을 매어 자살했더라고 내가 몇 십 번을 말해야겠소?"

"그 당시 검시를 해봤나?"

"당연하지!"

"당신은 그토록 자신만만해 함에도 본 흠차는 믿을 수가 없어."

류통훈이 차갑게 말했다.

"그래서 오늘 관을 열어 부검을 하려고 한다……. 여봐라!"

"예!"

"개관(開棺)하라!"

"예!"

몇몇 검시관들이 응답과 함께 탁자께로 다가가더니 저마다 술

한 모금씩을 머금고 서로에게 뿜어댔다. 그리고는 추호도 주저함 없이 도끼며 지렛대, 끌을 집어들고 관 앞으로 다가왔다. 불과 몇 분만에 "삐-걱!" 다 떨어진 대문짝 열리는 듯한 아찔한 소리와 함께 관 뚜껑은 이미 저만큼 돌아가 있었다. 장내는 물 뿌린 듯 조용해졌고 사람들의 시선은 일제히 몇몇 검시관들의 일거수일투족에 쏠려있었다.

검시관 중에 대장 격인 듯한 사내가 길다란 집게 하나를 꺼내더니 시체를 머리에서 발끝까지 한 번씩 집어 내려가는 것 같았다. 그리고는 집게를 내던지고 손을 내밀어 은침(銀鍼)을 요구했다. 이미 부패하여 악취가 진동하는 시체의 부위마다에 사정없이 침을 꽂았다. 진흙더미에 쐐기를 쑤셔 박듯 푹푹 찔러대는 그 모습을 차마 보지 못하고 하류씨는 엉엉 소리내어 오열하고 말았다. 순천부 부윤 양증이 다가가 몇 마디 위로의 말을 건네고 다시 관 옆으로 돌아와 검시관이 은침을 빼내는 과정을 지켜보았다. 은침을 뽑아 유심히 살펴보기를 거듭하던 검시관이 양증을 바라보았다. 양증이 머리를 끄덕여 보이자 그는 류통훈이 자리한 공안 앞으로 다가오더니 공수하여 아뢰었다.

"하로형의 시체를 검시한 결과 두부(頭部), 흉부(胸部), 복부(腹部), 뼈마디 모두 전혀 상흔이 없습니다. 후골(喉骨)과 악골(顎骨)에 끈으로 조인 상흔이 두 곳 있습니다. 은침을 찔러본 결과 온몸 그 어디에도 독극물을 투여한 이상증후는 없습니다. 흉부에 꽂은 은침이 조금 누렇게 변한 것은 시체의 부패 정도가 심하기 때문인 걸로 판명되었습니다······."

검시관의 입에서 "전신에 중독증후가 없다"라는 말이 나오는 순간 장내는 펄펄 끓어서 넘치는 죽가마로 돌변하고 말았다. 자기네들끼리 수군대며 의견을 말하는 소리가 높았다 낮았다 파도 같았다. 그 속에서 누군가 "생사람 잡아 처먹으려 하는 이년을 때려죽여야 해!"하고 악에 바친 고함을 질러댔다. 그러자 다른 한 쪽에서는 "류통훈은 혼관(昏官)이다. 아룽커 어른께서 주심을 맡아야 한다!"고 외쳐댔다. 한바탕 욕설과 고성이 귓전을 어지럽혔다.
 이때 류통훈은 한낮의 작렬하는 햇살을 무색케 하는 형형한 눈빛으로 검시관을 뚫어지게 바라보았다. 류강은 코웃음을 치며 턱을 번쩍 쳐들고 도발적인 시선으로 류통훈을 노려보았다. 이제 뒷수습을 어찌할 거냐는 식이었다. 먼발치에 서서 모든 장면을 지켜보고 있던 건륭도 손 안 가득 식은땀을 쥐고 사태를 주시했다.
 "왜들 이리 무법천지야?!"
 마침내 류통훈이 무섭게 일갈하며 벌떡 일어났다. 당목을 들어 공안이 부서지도록 힘껏 내리쳤다.
 "여기는 국가의 신성불가침의 법사아문이야! 장내를 소란에 빠뜨린 주모자를 잡아들여 항쇄를 씌우거라!"
 처음엔 검시관의 말에 흠칫하긴 했지만 뭔가 이상한 기미를 눈치챈 것도 그 순간이었다. 류강의 살인현장을 목격한 사람이 있고, 하로형의 혈흔이 묻은 옷가지들이 발견됐다. 이 사건을 맡고 나서 주변 사람들에 대한 탐문을 거친 결과 당사자인 류강과 그 종복들이 한사코 잡아떼는 것 외에 인증, 물증 모두 충분했다. 그런데 몸에서 독성분이 전혀 검출되지 않았다니 어찌된 일인가? 잠시 생각에 잠겨 있던 류통훈이 그 검시관에게 다가갔다. 그리고는 물었다.
 "자네 이름이 뭔가?"
 "예, 어르신."

이마에 가득 흐르는 식은땀을 훔치며 검시관이 말했다.
"소인은 범인조(范印祖)라고 합니다."
"이 일 시작한 지 얼마나 됐지?"
"소인은 3대째입니다."
류통훈이 다시 하로형의 시체를 보니 채 썩지 않은 피륙이 섬뜩한 백골을 덮고 있었다. 악취에 숨이 막혔고 턱 부분은 죽기 전에 심하게 조인 탓에 움푹하게 꺼져있었다. 류통훈은 말없이 다가가 은침 두 개를 집어들었다. 하나는 입 안에, 다른 하나는 인후(咽喉)에 꽂았다. 그리고는 시체를 눈여겨 주시했다. 잠시 후, 류통훈이 다시 조심스레 은침을 뽑아냈다. 밖으로 드러난 부분은 은광이 반짝였으나 살 속에 들어갔던 쪽은 검붉은 색깔로 변해 있었다. 그럼 그렇겠지 하는 식으로 류통훈은 만족스레 웃었다. 그리고는 침을 들어 보이며 따져 물었다.
"이봐, 범조인! 당신, 대체 누구의 사주를 받고 이렇게 만인이 공노할 짓을 저지른단 말인가? 왕법은 모른다 쳐도 3대째 해먹는다면서 검시관으로서 최소한의 규칙도 모르나?"
경멸에 찬 모습으로 류통훈은 은침을 류강에게로 내던졌다. 그리고는 껄껄 웃으며 자리로 돌아와 앉았다.
"어, 어, 어…… 르신!"
대뜸 주눅이 든 검시관이 잔뜩 두려움에 찬 눈빛으로 류통훈을 바라보았다. 그리고는 털썩 무릎을 꿇어 부랴부랴 네 발 걸음으로 류통훈에게 다가가더니 온몸을 사시나무 떨듯했다.
"그게……"
"그게가 뭔가?"
범조인이 잔뜩 움츠러들어 양증에게로 두려움에 찬 시선을 돌렸다. 그리고는 한참 더듬고 나서야 겨우 말했다.
"소인이 배움에 게을러 뭘 잘 몰라서……."
"아무리 뭘 몰라도 독극물이 입으로 들어가고 목구멍으로 넘어간다는 도리도 모를까!"
류통훈이 크게 노하여 다시금 공안을 힘껏 내리쳤다. 두 말 할 것 없이 사람들은 범조인의 명운을 두고 잔뜩 긴장했다. 그러나 벌떡 일어나며 류통훈이 화살이 날아가 꽂히듯 손가락으로 지목한 사람은 뜻밖에도 양증이었다.
"저자의 정자를 뜯어내고 관복을 벗겨라!"
양증은 벌써 사색이 되어 있었다. 범조인이 감히 자신을 물어내지 못하고 혼자 떠안는 모습에 적이 안도했던 양증은 하늘을 찌르는 류통훈의 서슬에 그만 맥없이 무너져 내리고 말았다. 성난 친병들에 의해 거칠게 등 떠밀려 자리에서 밀려난 양증은 순식간에 정자도 떼이고 관복도 벗겨지고 말았다. 두 다리가 걷잡을 수 없이 떨렸으나 그렇다고 무릎꿇긴 이르다고 생각한 양증이 덜덜 떨며 물었다.
"류…… 어른, 대체 무슨……."
"범조인!"
류통훈의 두 눈에서 불기둥이 치솟았다.
"손톱만치라도 날 속여먹을 생각일랑 말고 솔직히 불어. 어떤 간덩이 부어터진 놈의 사주를 받았는지 말해 보라고!"
양증은 필경 관품이 높은 대원이었다. 그럼에도 처음부터 침착하게 여유있게 상대를 제압하는 류통훈의 번개 같은 위력에 건륭은 내심 흡족하여 중얼거리듯 말했다.
"충신이 따로 없지."

건륭의 옆에 바싹 붙어있던 나친이 나지막한 한숨과 함께 말했다.

"충정도 충정이려니와 유능하기까지 하옵니다. 양증이 순식간에 평민으로 전락되고 법의 심판대에 오를 줄이야 누군들 알았겠사옵니까."

그사이 범조인이 마침내 양증을 손가락질하며 말했다.

"바로 저자입니다! 얼마 전 소인을 불러 폐하께오서 류강이 잘못되는 걸 원치 않으실 뿐더러 독이 검출되면 얼마나 많은 사람들이 연루될지 모르니 알아서 하라며 '술값' 2백 냥까지 찔러주었습니다……"

범조인이 끝까지 자백하기도 전에 양증은 벌써 기절하여 땅에 널브러지고 말았다.

"끌어내!"

류통훈이 버럭 고함을 질렀다. 그리고는 곧 감정을 추스르는 듯 애써 목소리를 차분히 하며 말했다.

"이는 사건 중의 사건이네. 본 흠차는 이 모든 것을 폐하께 주명하고 나서 법에 따라 처리할 것이네. 류강, 마지막으로 할 말 없어?"

류강은 맥없이 허물어져 아무 말도 못했다. 아역 하나가 달려들어 빠개듯 그 어깻죽지를 잡아당겼다. 그리고는 물 한 모금을 입에 머금고 그 얼굴에 뿌려댔다. 그제야 번쩍 제정신이 든 듯 류강이 썩은 달걀처럼 풀려버린 눈으로 멍하니 관을 바라보며 중얼거렸다.

"하로형…… 나도 따라갈게…… 그러니 더 이상 괴롭히지 말아줘……"

한편 고무용이 물러간 후 푸헝은 곧 말을 대놓으라고 하명했다. 외출 채비를 하는 남편을 보며 당아가 물었다.

"어제 폐하를 알현하고 주사(奏事)했으면 됐지 또 무슨 일이에요?"

그러자 푸헝이 웃으며 말했다.

"장정옥을 만나보고 와야겠어. 세부적인 것까지 폐하께서 일일이 일러주실 수 없으니 경력자의 조언을 들어두는 게 좋을 것 같아서 말이네."

그러자 당아가 야유 섞인 표정으로 말했다.

"이제 보니 당신도 재상이네요, 그것도 국구재상(國舅宰相), 그러니 당연히 마누라보다 국사(國事)가 더 중요할 수밖에!"

당아의 이죽거리는 말에 푸헝은 잠시 주춤했다. 오자마자 눈썹을 휘날리며 장정옥을 찾아 나선다면 자칫 가볍게 비춰질 수도 있는 일이었다. 이같이 생각하며 푸헝이 웃으며 말했다.

"그래 먼저 숨이나 좀 돌리고 보지. 그러나 난 아직 재상이라는 것이 실감나지 않아. 재상이면 뭘 해, 어깨만 무겁지. 난 그저 폐하의 후은(厚恩)을 저버릴 수 없다는 일념뿐이지 공명엔 달리 욕심 없어."

그러자 당아가 인삼탕 한 그릇을 푸헝에게 건네주며 말했다.

"그래요, 사람은 공명에서 초연해질수록 더 값져 보이는 거예요. 지난번 입궐했을 때 황후마마를 시중드는 운향이가 그러는데, 이번 은과에 장원급제한 장우공이란 사람은 잠화주(簪花酒)를 먹고 미쳐버렸다지 뭐예요. 길바닥을 휩쓸고 다니며 아무나 붙잡고 '난 장원이야, 알아? 몰라?' 했다는 거예요. 웃다가 이빨 빠질 일이죠!"

푸헝으로선 금시초문이었다. 술이 거나하여 사람들을 붙잡고 똑같은 말을 수없이 반복했을 장우공의 모습을 떠올리며 푸헝이 배꼽을 잡았다.

"이거 두 내외의 오붓한 시간을 방해하는 건 아닌지 모르겠네?"

돌연 밖에서 인기척이 들려왔다. 두 사람이 의아스러워 하며 창 밖을 내다보니 황귀비 뉴구루씨의 동생 고항이었다. 푸헝이 급히 안방에서 나와 직접 주렴을 걷어올렸다. 스무 살 안팎의 젊은 나이에 눈썹이 일자로 짙고 각진 얼굴에 번듯한 이마가 시원한 고항이었다. 천마 가죽의 짙은 갈색 조끼에 남색 가죽장포를 받쳐 입은 그는 체구 또한 늠름했다. 직접 주렴을 걷고 영접 나온 푸헝을 향해 고항이 웃으며 말했다.

"그리 나와있으니 부담스럽네요, 장상께서도 걸음을 하셨어요!"

"그래?"

푸헝이 장포 자락을 움켜잡고 부랴부랴 계단을 내려섰다. 노색이 완연한 장정옥이 가인의 도움을 받으며 천천히 중문을 들어서고 있었다. 깍듯이 시중드는 가인의 모습에 푸헝이 흡족스런 미소를 띠우며 달려가 친히 장정옥을 부축했다.

"이젠 걸음 하시기도 이리 힘드신데 무슨 일 있으시면 절 부르시지 그랬어요?"

장정옥은 그저 히죽 웃을 뿐 말이 없었다. 푸헝의 부축을 받으며 윗방으로 올라오자 푸헝이 안방을 향해 말했다.

"이봐 나라씨(당아), 장상이 호랑이도 아닌데 어디 그리 꽁꽁 숨었어? 괜찮으니 어서 나와 내가 가져온 홍포차(紅袍茶)를 올리게."

"홍포차를 대단히 좋아하나 본데?"

어려서부터 푸헝과 종학에서 같이 어울리다보니 흉허물이 없는 고항이 말했다.

"우리 집에 많이 있는데, 원한다면 내가 한 스무 근 보내줄게. 장상께서도 모처럼 걸음 하셨고 승진도 했으면서 진짜 좋은 걸로 내어 와! 일부러 청렴한 척하는 것도 아닐 테고."

"말이 되는 소리를 해야지 원!"

푸헝이 웃으며 말을 이었다.

"진짜 홍포차는 차나무가 한 그루밖에 없어. 그나마 벼락맞아 반쯤 잘려 나가고 겨우 반밖에 안 남았단 말이야. 내가 직접 현지에 가서 겨우 두 냥을 얻어왔는걸. 스무 근 같은 소릴 하고 있어!"

그러자 장정옥이 등받이에 몸을 기댄 채 웃으며 끼어들었다.

"그리 귀한 차라면 전에 내가 마셨던 것도 가짜일 수가 있단 말이네. 오늘 어디 한 번 진품을 맛보세!"

그사이 당아가 직접 차를 끓여서 내어왔다. 장정옥이 찻잔을 들어보니 그것은 놀랍게도 그 당시로선 대단히 희귀한 유리잔이었다. 찻잎이 둥둥 떠 있는 여느 차와는 달리 지저분하게 떠있는 찻잎 하나 없으면서도 은근한 향은 가슴 깊은 곳까지 스며들어 그 유유한 청향(淸香)에 두 눈이 스르르 감겼다.

"여기를 보십시오."

놀라워하는 두 사람의 표정을 지켜보던 푸헝이 만족스레 웃으며 찻잔을 가리켰다.

"찻물이 다섯 가지 색깔이 나지 않습니까? 새파랗던 찻잎은 물속에 들어가면서 황색으로 변하여 가라앉지도 떠오르지도 않고 중간에 조용히 머물러 있는 것도 신기하고……. 이게 바로 홍포차의 진가가 드러나는 부분이죠!"

장정옥이 희미한 미소를 지으며 천천히 찻잔을 들어 코끝에 대고 향을 맡았다. 그리고는 입술 끝에 닿을 만큼 조금 마셔 그 맛을 음미했다.

"향긋하면서도 농염하지 않고, 담백하면서도 입안을 싸하게 자극하는 것이 참 기묘한 맛이로군. 좋아!"

그러자 장정옥의 말은 듣는 둥 마는 둥 처음부터 당아의 일거수 일투족을 쫓느라 눈 둘 데를 모르던 고항이 말했다.

"차맛이 좋아봤자 거기서 거기겠죠. 우리 형수님 차 끓이는 재주가 비상해서 맛이 좀 유난하게 느껴지는 게 아닐까요!"

그 말에 당아는 거들떠보지도 않고 나가버렸다.

"장상."

그제야 푸헝이 말머리를 돌렸다.

"방금 지의를 받았는데요, 제가 산서로 파견될 것 같습니다. 안 그래도 내일쯤 훈회를 받고자 찾아뵈려 했는데 마침 잘 오셨습니다. 여러모로 부족한 사람에게 이같은 중임을 내려주시니 솔직히 부담스럽습니다."

그러자 장정옥이 수염을 쓸어 내리며 답했다.

"자네가 밖에서 올린 상주문을 나도 다 읽어봤네. 문장실력이며 사고방식이 내가 자네 나이 때는 그리 써내지 못했던 것 같네. 후생가외(後生可畏)라더니, 과연 그릇된 말이 아닐세. 이젠 자네 같이 젊고 유능한 인재들이 폐하의 든든한 고굉(股肱)이 되어줘야 하네."

"그리 겸손하게 말씀하시니 전 몸둘 바를 모르겠습니다. 제가 폐하를 알현하고 물러날 때 폐하께오선 '장정옥을 본보기 삼되

명주나 고사기는 절대 따라 배워선 아니 된다'라고 못박으셨습니다. 또한 '장정옥은 수십 년 동안 하루같이 본연의 임무에 충실했고 공정하고 올곧은 신하의 본보기로 추호도 손색없네. 인(仁)을 치국(治國)의 근본으로 삼으신 성조께서 장정옥을 필요로 하셨고, 반대로 엄한 정치를 해오셨던 선제께서도 그 사람을 향리로 못 가게끔 잡아둘 수밖에 없었듯이 관정(寬政)을 지향하는 짐 또한 욕심 같아선 언제까지든 그를 곁에 붙들어 매어두고 싶은 심정이네. 세종께서 장정옥이 앞으로 현량사(賢良祠)에 입적되는 걸 윤허하셨으니 짐은 그를 향리로 돌아보낼 수 있을 때 사시사연(賜詩賜宴)하여 현량사에 입적시킴으로써 한 시대를 풍미한 명상으로서의 멋진 전시전종(全始全終)을 도와줄 것이네' 라고 말씀하셨습니다."

　장정옥은 열심히 귀를 기울였다. 〈홍범(洪範)〉에 나오는 오복(五福) 중에서 장정옥은 '종고명(終考命)'을 가장 중요시 해왔다. 대청이 개국한 이래로 막강한 실력파로 자리 매김을 해왔던 상서방대신들 치고 '전시전종'을 한 사람은 아무도 없었던 것이다. 푸헝이 건륭의 말을 인용하는 대목에서 자신의 '전시전종'을 도와줄 것이라는 말에 장정옥은 홍포차를 마신 것 보다 가슴이 더 후련했다. 그러나 장정옥은 푸헝이 건륭의 말을 누락한 부분이 있다는 사실은 미처 생각지 못했다. 건륭은 '오대(五代) 때 풍도(馮道)라는 재상이 있었는데, 무려 4대에 걸친 혁명에도 끄떡 않고 끝까지 버텨왔지. 장정옥도 재상직에 머물러 있는 세월이 풍도와 막상막하인데, 그도 나름대로 풍랑에 떠내려가지 않는 비결이 있는 것 같네'라고 의미심장한 말도 했었다. 장정옥을 몰염치하고 간사한 재상의 대명사인 풍도에 견주어 말한다는 것이 좋은 말은 아니라는 걸 푸헝은 알고 있었다. 그런 줄도 모르고 장정옥의 주름 가득한 얼굴엔 희색이 역력했다.

"폐하의 과찬에 실로 몸둘 바를 모르겠네. 사실 내 위치에 오래 앉아 있을수록 두 가지 문제를 야기시킬 수 있는 소지가 크네. 첫째는 스스로 수신(修身)의 한계를 느껴 사치에 물들기 쉽고 권력이 크다보니 자신이 신하라는 신분을 망각하고 불나방신세를 자초하는 위험에 항시 노출되어 있다네. 둘째는 그 동안 수없이 배출되어 밖으로 나가 도는 문생들 중에 누구 하나라도 옳지 못한 행실을 하고 다니면 내게 직격탄이 날아오지는 않더라도 얼굴에 그리 광채로운 일은 못 된다는 거네. 류강 하나만 보더라도 얼마나 많은 사람들의 입장을 난감하게 만들었는지 모른다네. 장친왕에서부터 치러수, 서사림…… 심지어는 홍효, 홍석 두 친왕에게까지 불똥이 튀었잖은가. 평생 명석하고 지혜로워 그 어떤 구설수에도 오르지 않았던 이위마저도 '류강 사건'에서는 자유롭지 못할 것 같네. 어제 사람을 시켜 방문했더니 기력이 쇠잔하여 말할 기운조차도 미력해 보이더라고 하네……."

이같이 말하는 장정옥의 신색은 어느새 어두워져 있었다. 그러나 곧 표정을 달리하여 웃으며 말했다.

"오늘은 자네의 좋은 날인데, 괜히 분위기 가라앉게 이런 말을 해서 안됐네. 성명하신 폐하의 촉조(燭照)가 사방을 훤히 비추시니 자넨 파도를 타고 풍랑을 가르며 파죽지세로 달리는 일만 남았네. 필히 나보다 더 잘해낼 것이네!"

"장상의 가르침, 가슴에 아로새기겠습니다."

푸헝이 이같이 답하고는 잠시 침묵 끝에 화제를 돌렸다.

"솔직히 지난번 지방으로 내려갔을 때는 뭐가 뭔지도 모르겠고 사사건건 간섭하고 꼬치꼬치 따지는 것이 일 잘하는 것인 줄로만 알았습니다. 그래서 남경 쪽에서는 저에 대한 평가가 별로 안 좋은 걸로 알고 있습니다. 황후의 동생이라 후광을 등에 업고 하룻강아지 범 무서운 줄 모르고 설쳐댄다는 둥, 방귀뀌고 재채기하는 건 일러바치지 않느냐는 둥…….”

그의 말이 끝나기도 전에 장정옥은 벌써 크게 웃어버리고 말았다. 고항도 웃었고, 옆방에서 자수를 놓던 당아도 하마터면 바늘에 손을 찔릴 뻔했다. 푸헝이 다시 입을 열었다.

“사실 일머리를 몰라 그렇지 고의로 그네들을 괴롭힐 생각은 전혀 없었거든요. 그래서인지 천만다행으로 절 이해하는 사람들도 가끔 있었습니다.”

이에 장정옥이 웃으며 말했다.

“인사, 행정면이나 재산관리면에서 지방엔 자기네 나름대로의 규칙과 방식이 있다네. 자네는 흠차이기 때문에 개중의 면면을 명경처럼 들여다 볼 수가 없는 한계가 있네. 그러니 그네들의 모든 것에 관여하려 드는 건 금물이고 절대 월권을 해선 아니되네. 예컨대 산서성에 사교(邪敎)가 판을 치는 것에 대해선 자네가 팔을 걷어붙여야 할 첫째가는 요무이니 최선을 다해 깨끗이 처리하고 나머지는 눈에 거슬리더라도 적당히 주의를 주고 시정할 시간을 주는 것으로 선을 분명히 하게. 정 심하다고 생각되는 폐단이 있다면 관련 부처에 발문(發文)하되 좋기는 그곳의 순무나 장군들과 상의하여 공동명의로 주장을 올리는 게 바람직할 것 같네. 그리하면 현지에서도 자네가 독단적으로 처리를 한다며 불평불만을 못할 게 아닌가.”

이같이 말하며 장정옥이 고항을 향해 말했다.

"여섯째도련님뿐만 아니라 이제 곧 남경으로 가게 될 자네도 마찬가지네. 둘 다 황친이라는 신분 때문에 불필요한 오해를 받을 소지가 있는 만큼 각별히 언행에 조심해야겠네."

"예, 장상."

고항이 웃으며 덧붙였다.

"전 푸헝 형과는 비할 바가 못되죠. 형은 '정품' 국구이고 전 잡패잖습니까. 또한 형은 산질대신이고 전 한낱 산해관 감세(監稅)에 불과하니까요. 제가 발을 구른다고 산인들 진저리치겠어요? 땅인들 살이 떨리겠어요? 몇 가지만 괜찮게 처리했다 싶으면 돌아와 보고올리고 말 겁니다."

그러자 푸헝이 웃으며 말했다.

"난 지금 노작과 장우공이 제일 궁금해, 하나는 복건성 전체의 안전과 직결돼 있는 제방공사 현장에 나가 있고, 하나는 정신없이 남경으로 몰려드는 안휘, 하남, 산동의 이재민들 때문에 골치를 앓고 있을 테니 말이야. 먹고살 길이 막막한 데다 전염병까지 돌고 사교들이 부채질까지 해대는 날엔 큰 민변이 초래될 위험이 큰 거야. 장우공은 어질고 심약하여 열성만으로는 과부하에 걸릴지도 모르니 자네가 가서 많이 도와줘."

"예, 그리하겠습니다."

고항이 급히 응답하며 뭔가 말하려 할 때 밖에서 가인이 달려들어와 아뢰었다.

"태감 고무용이 왔습니다."

가인의 말이 끝나기도 전에 총총히 들어선 고무용이 장정옥을 향해 절을 하고는 일어나 말했다.

"폐하께서 장상을 들라고 하십니다."

이에 장정옥이 일어서며 물었다.
"폐하께오선 창춘원에 계신가?"
"아닙니다."
고무용이 웃으며 푸헝과 고항을 향해 머리를 끄덕여 보이며 말했다.
"류강의 사건이 결안되자 폐하께오선 양심전으로 돌아오셨습니다. 장친왕, 나친, 어얼타이 그리고 장상을 함께 부르셨습니다."
말을 마친 고무용은 차 마실 여유도 없이 나친네 집으로 가봐야 한다며 급히 물러갔다.
서둘러 떠날 채비를 하는 장정옥을 밖으로 배웅하며 푸헝이 당아가 있는 안방 쪽을 향해 말했다.
"나머지 홍포차를 잘 포장하여 장상께 드려."
당아의 대답소리가 들려오자 고항이 소리나는 쪽을 멍하니 바라보았다. 잠시 후 하녀가 자그마한 종이꾸러미를 들고 나타나자 고항의 얼굴엔 실망하는 기색이 역력했다.

29. 충신의 눈물

　장정옥이 서화문에 도착했을 때는 유시(酉時)가 다 되는 시각이었다. 이제나저제나 문 어귀에서 초조하게 기다리고 있던 가인들이 그가 수레에서 내려서는 모습을 발견하고는 날듯이 달려와 관포며 관모 그리고 조주(朝珠)와 허리띠로 순식간에 장정옥을 변신시켰다. 따끈한 인삼탕까지 한 사발 마시고 난 장정옥은 그제야 대내로 들어갔다. 양심전 밖에는 태감들이 저마다 잔뜩 숨죽인 채 조심스레 시립하고 있었다. 평소와는 다소 다른 분위기였다. 궁전 앞 처마 밑에서 잠시 옷매무새를 바로 잡으며 서 있노라니 안에서는 아무런 동정도 들리지 않았다. 그는 가벼운 기침으로 인기척을 내며 아뢰었다.
　"노신 장정옥이 폐하를 공견하옵니다."
　"들게."
　장정옥이 들어가 보니 궁전 안의 분위기는 한껏 굳어있었다.

동난각의 온돌 위에 다리를 포개고 앉은 건륭의 얼굴은 음침해 보였다. 장친왕과 나친이 꿋꿋이 꿇어 있었고 어얼타이만 한 쪽에 앉아있었다. 장정옥이 대례를 올리려고 자세를 취하자 건륭이 말했다.

"면례하고 저쪽 나무 걸상에 가서 앉게."

"망극하옵니다, 폐하."

윤록을 힐끗 쳐다보고는 걸상에 엉덩이를 붙이고 비스듬히 앉았으나 마음은 이름 모를 불안으로 콩닥거렸다. 규정상 친왕, 대신들이 황제를 알현할 때는 모두 무릎을 꿇어 아뢰는 것이 원칙이었으나 역대의 황제들은 이들을 예우하여 친왕과 군기처 대신들에게는 자리를 하사하는 것이 관례처럼 되어 있었다. 헌데 오늘 장친왕과 윤록은 어찌된 일일까? 장정옥이 못내 궁금해하며 입을 열었다.

"산서로 가는 푸헝에게 몇 마디 당부의 말을 건네느라 좀 늦었사옵니다, 폐하."

이에 건륭이 머리를 끄덕여 보였다. 그리고는 방금 전의 말을 계속했다.

"류강은 류강이고, 악준은 악준이지 어찌 둘을 똑같이 치부할 수가 있겠나? 나친 자네는 이리 유연성이 없는 게 흠이네. 이젠 노환으로 골골대는 이위마저 물고 들어가서 뭘 어쩌겠다는 겐가? 당초 하류씨가 이 사건을 산동성의 법사, 순무, 총독 세 아문에 고소했을 때 모두들 나 몰라라 게걸음을 쳤다지? 그 와중에 이위가 그나마 사건을 접수했던 걸로 알고 있네. 그런데 지금 와서 불똥튈까 지레 겁먹고 사건을 외면한 자들은 공신으로 추대받고, 유일하게 고소장을 수리했던 이위가 죄인 취급을 받다니! 장친왕,

자넨 이를 너무 편협한 이기주의라고 생각지 않나? 류강은 자네 집에서 술을 마시다가 체포됐네. 그렇다면 과연 누군가 자네를 공범으로 지목한다면 자넨 어쩔 셈인가?"

장정옥은 그제야 건륭이 심기를 다친 연유를 알 것 같았다. 당초 악준이 류강을 산동성 법사아문으로 추천했다 하여 나친이 그 책임을 추궁한 데 이어 윤록은 또 이위가 이 사건을 수리해놓고도 조정에 보고 올리지 않고 은닉했다는 죄를 물어온 것으로 장정옥은 추정했다. 그 뒤 류강이 산서성 포정사로 승진발령 나면서 자신이 그 표(票)를 작성했었다는 생각이 떠오른 장정옥은 일순 가슴 한 편이 서늘해졌다. 이때 어얼타이가 말했다.

"폐하! 이위를 이 사건에 연루시키는 것은 부당하다고 생각하옵니다. 그러나 이위가 사건을 수리했음에도 성심을 어길까 우려하여 제때에 보고 올리지 않은 것은 그릇된 행위이옵니다. 악준 역시 산동성 순무로서 류강이 살인사건의 한복판에 있는 사람인 줄을 번연히 알면서도 산서 포정사로 천거했다는 책임을 피해갈 순 없을 것이옵니다. 이는 신의 솔직한 고백이옵니다."

건륭은 묵묵히 듣고만 있었다. 한참 후에야 그는 장정옥에게 물었다.

"자네 생각엔 이 일을 어찌 처리하는 것이 바람직할 것 같은가?"

"누가 뭐라고 해도 이는 유감스러운 일임은 분명하옵니다."

장정옥이 한숨을 지으며 말을 이었다.

"신의 소견으로는 두 가지 측면에서 이일을 처리했으면 하옵니다. 무릇 류강과 공모하여 살인에 가담한 자들은 그 죄를 엄히 물어 만천하에 죄행을 폭로해야 마땅하겠사오나 사건처리에 미온

적이었다고 지적 당한 관원들에 대해서는 그 죄의 경중에 따라 상응한 죄값을 치르게 하되 대외적으로 떠들썩하게 할 필요는 없다고 생각하옵니다. 자칫 폐하의 '관정(寬政)'이 흐지부지해지는 게 아니냐는 우려를 자아낼까 저어되어 올리는 말씀이옵니다!"

"조정의 체통에 먹칠을 했어!"

건륭이 돌연 분을 참을 수 없어 소리쳤다.

"류통훈에 의해 뒷덜미 잡힌 양증 그 자는 짐이 그리 보지 않았는데, 이제 보니 순 인간말종이었더군!"

이에 어얼타이가 나섰다.

"류통훈도 너무 사려가 깊지 못했던 게 아닌가 하옵니다. 주청도 올리지 않고 맘대로 3품 대원의 관복을 벗겨 내치다니 너무 안하무인이었던 것 같사옵니다! 법 규정을 몰라도 유분수지!"

그러자 장정옥이 차갑게 받아쳤다.

"난 그리 생각지 않소. 비록 현장에 가보진 않았지만 가인들이 돌아와서 하는 얘길 들으니 류통훈의 대처 방식이 퍽 지혜로웠던 것 같소. 봐줘서 될 일이 있고 안 될 일이 분명 있소. 쾌도(快刀)를 빼들었으면 난마(亂麻)를 쳐야지! 듣자니 류강이 오형(五刑)을 두루 맛보았으면서도 끝까지 배 째라는 식으로 나왔다는데, 류통훈이 칼을 빼들지 않았더라면 순순히 죄를 실토할 작자가 아니오."

그러자 어얼타이가 다시 쌀쌀맞게 되받아쳤다.

"만에 하나 양증의 관복을 잘못 벗겼다는 사실이 밝혀진다면 어쩌지?"

이에 장정옥이 그거야 당연지사 아니냐는 듯 미소를 머금고 말했다.

"패전한 장군은 알아서 그 죄를 치르는 법이요."

"별 것 가지고 다 입씨름을 하고 있네."

어얼타이가 다시 반격하려는 순간 건륭이 담담하게 한마디 던졌다. 자신들의 군전(君前) 실수를 깨달은 두 사람이 즉각 표정을 고치는 모습을 보며 건륭이 찻잔 위에 떠오른 찻잎을 뚜껑으로 밀어내며 말했다.

"그 많은 구경꾼들 앞에서 관복을 벗겨버린 건 백번 잘한 일이지! 주청도 올리지 않고 스스로 판단한 것도 그만큼 자신이 있었다는 뜻으로 좋게 받아들일 수 있겠네! 물론 이런 일이 자주 있어서는 아니 되겠으나 짐은 류통훈이 원혐(怨嫌)을 두려워하지 않고 소신있게 밀고 나가는 자세가 맘에 드네."

미간을 펴며 온돌을 내려선 건륭이 난각에서 천천히 거닐었다. 그리고는 말했다.

"짐은 재삼 생각해 보았지만 이 사건은 반드시 광명정대하게 처리해야 할 것이네. 지금 어떤 관원들은 짐의 '이관위정(以寬爲政)'을 '화광동록(和光同塵)'으로 착각하여 태평을 분식(粉飾)하고 웬만큼 잘못해도 봐주겠거니 하고 역겨운 어리광을 부리고 있다네! 무릇 이 사건에서 자유롭지 못한 관원들은 반드시 그에 상응한 죄값을 받아야 할 것이네. 관정을 베푼다 하여 이치(吏治)가 후퇴해서도 아니 되지."

"물론 정도의 차이는 있어야겠지. 윤록과 나친의 주장하는 바와 같이 고래와 새우를 한 몽둥이에 때려 엎어선 아니 된다 이 말일세."

사람들이 모두 고개를 떨구고 있는 가운데 건륭이 표정을 달리하여 웃으며 말했다.

"장친왕과 나친은 돌아가 사죄하는 내용의 상주문을 올리도록 하게. 누굴 난처하게 만들려는 게 아니라 최소한의 형식은 갖춰야 하지 않겠나. 오늘은 언자무죄의 자리이지만 자네들이 악준과 이위를 참핵하는 상소문을 올렸으니 이런 자리라도 마련해야지 앞으로 짐이 불필요한 오해를 받지 않을 것 같아서 말일세."

듣는 장친왕은 가슴 한구석에 냉기가 흐르는 듯 서늘해졌다. 겉보기엔 마냥 준엄하기만 한 선제 옹정과 천양지차로 구별되는 것 같지만 실은 속 깊은 곳에 옹정보다 더한 매서운 면이 내재되어 있다고 장친왕은 생각했던 것이다. 옹정은 이런 경우에 벼락같이 우레같이 화를 내는 데 그칠 테지만 건륭은 이처럼 증거를 확보하는 치밀함이 사람을 숨막히게 했다! 윤록은 마른침을 꿀꺽 삼키며 나친과 함께 머리를 조아렸다.

"신들은 폐하의 엄정한 처벌을 달게 받겠사옵니다."

이에 건륭은 웃기만 할 뿐 말이 없었다. 잠시 후 그는 고개를 돌려 장정옥에게 말했다.

"이보게 형신, 류강을 어찌 처벌하는 게 좋겠나?"

"능지에 처해야 마땅한 사람이옵니다."

추호의 망설임도 없이 장정옥이 말했다.

"보통의 살인죄를 저질렀다면 참립결(斬立決) 정도로 목만 떼어놓으면 되겠으나 그는 십악의 죄행을 저질렀사옵니다."

그러자 어얼타이가 말했다.

"십악의 죄는 모두가 사면될 때 사면받지 못한다는 조항은 있지만 죄를 더 무겁게 한다는 것은 타당치 않은 것 같사옵니다. 하오나 신은 추호도 류강을 변호하려는 의도는 없사옵니다!"

"그만 일어나게."

건륭이 두 사람을 향해 말했다.

"류강이 저지른 악역죄(惡逆罪)는 하로형 본인에게만 해당되는 게 아니라 선제와 짐까지도 욕보였어! 그 죄를 묻자면 능지에 처해도 민분(民憤)이 가라앉지 않을 것이네."

가지런하고 흰 윗니로 아랫입술을 잘근잘근 씹으며 한참동안 생각에 잠겨있던 건륭이 마침내 다시 입을 뗐다.

"능지에 처하되 그 심장을 도려내어 그 세 악노(惡奴)의 그것과 합쳐 하로형의 영전에서 난도질을 하게! 악랄하긴 하지만 이리 하지 않으면 그 억울한 충혼을 달랠 길이 없네!"

네 대신은 그만 소르르 진저리를 치고 말았다. 지나치게 잔인하다는데 생각을 같이했으나 어느 누구도 감히 토를 달지 못했다.

네 명의 보정대신(輔政大臣)을 물리치고 난 건륭은 곧 수레를 타고 이위네 집으로 향했다. 문지기가 달려들어가 아뢰려고 했으나 건륭이 제지했다.

"자네 주인의 병세는 어떠한가? 마님은 괜찮고?"

"쇤네의 주인께서는 요즘 들어 병세가 날로 악화되고 있사옵니다."

가인이 눈에 눈물이 그렁그렁했다.

"마님께선 화가 치밀어도 감히 병인(病人) 면전에서 울지도 못하고 애써 참는 모습이 안쓰러워 못 견디겠사옵니다."

"오?"

"어르신께서 말하지 말라고 하셨사옵니다……."

"짐에게도 예외는 아니라는 말인가?"

가인이 겁에 질린 표정으로 서쪽 담장을 바라보더니 입술을 실룩거렸다. 건륭이 그 시선을 따라 서쪽 방향을 보니 먼지가 사방에 희뿌연 것이 뭔가 토목공사가 한창인 것 같았다. 건륭이 잠시 어리둥절해 있는 사이 "쿵!" 하는 굉음과 함께 키를 넘는 꽃담이 통째로 넘어가는 것이었다. 보기에 대장인 듯한 사내가 원래 이위의 서재였던 방문 앞 계단 위에서 큰소리로 말했다.

"벽돌을 이쪽에 가져다 쌓아둬. 이 어른이 계신 저쪽으론 먼지 하나라도 날려선 안되니 깨끗하게 정돈해 놔! 그리고 조용히들 못해? 왜 그리 떠들어!"

"저긴 뭘 하는 겐가?"

서풍에 휘말려온 흙먼지가 눈에 늘어간 듯 손으로 눈을 비비며 건륭이 물었다.

"방을 헐어 화원을 늘이는 모양인데, 이위가 저럴 경황이 없을 텐데 어쩐 일인가?"

그러자 가인이 볼멘 소리를 했다.

"벌써 저 난리를 피운 지 나흘째이옵니다. 선제께서 하사하신 집이라 어느 누구도 귀찮게 한 적이 없었사옵니다. 하온데 며칠 전에 내무부에서 황아무개라는 당관이 나오더니 내무부의 결정에 따라 서재를 헐어 화원과 함께 회수해야겠다는 것이옵니다. 이어른께서 저러고 계시니 마님께선 감히 말도 못하고 저리 냉가슴만 앓고 계시옵니다……"

가인의 하소연이 이어지고 있을 때 동쪽에서 계집종 하나가 달려오며 말했다.

"이봐요 나씨, 마님께서 사람들을 데리고 상방(上房)으로 가서 물건을 덮어놓으래요. 천지개벽이 따로 없는데 자칫 폐하께서 하사하신 물건들에 먼지가 앉을까 염려하시네요……"

충신의 눈물 229

이같이 소리쳐 말하던 하녀가 돌연 건륭을 알아보고는 눈이 화등잔만해져 손으로 입을 가리고 어찌할 줄을 몰라하더니 정신없이 되돌아 달려갔다.

기분을 걷잡을 수 없이 잡쳐버린 듯 얼굴이 붉으락푸르락해진 건륭이 홱 돌아서더니 등뒤에 있는 고무용의 뺨을 냅다 갈겼다. 삽시간에 왼쪽 뺨이 시뻘겋게 부어오른 고무용이 아픔도 잊은 채 경황없이 더듬거리며 말했다.

"폐…… 폐하…… 소인은 전혀 모르고 있던 일이옵니다……."

"불과 이틀 전 짐이 이위에게 약을 하사했을 때 자네가 다녀오지 않았던가?"

건륭이 크게 노하며 가인을 향해 말했다.

"가서, 저네들의 책임자를 불러오게!"

빠른 걸음으로 달려간 가인이 꼴도 보기 싫은 듯 상대를 외면한 채 먼 산을 바라보며 내뱉듯 말했다.

"황씨, 저기 저 어르신이 좀 보자고 하시오. 아픈 사람 곁에 두고 하도 정신 사납게 구니……."

"정신 사납게 굴다니, 이게 그냥!"

황씨라는 사내가 손을 들어 때리는 시늉을 하며 앞서 걸었다. 그 말을 들은 건륭이 굴뚝같이 치미는 화를 주체할 길 없어 고개 돌려 노하여 고함을 질렀다.

"이봐, 써렁거! 자네는 어째 갈수록 젬병인가! 짐이 저리 무례한 자를 언제까지 보고 있어야 하나!"

그제야 자신의 책임을 깨달은 시위 써렁거가 순간 얼굴이 벌겋게 달아올랐다. 자신의 과실이라며 엎드려 연신 고개를 조아린 써렁거가 쏜살같이 황씨를 향해 덮치더니 불이 번쩍나게 뺨을 갈겼다. 팽이처럼 팽글팽글 돌아 저만치 나가떨어져 휘청거리던 황씨가 미처 중심을 잡기도 전에 등뒤에서 다시 발길질이 날아들었다. 느닷없이 건륭에게 뺨을 얻어맞아 잔뜩 울상이 되어 있던 고무용이 허리춤에서 채찍을 뽑아들더니 사정없이 내리치기 시작했다. 그사이 황급히 달려나온 이위의 처 취아가 반주검이 되어 늘어져있는 황씨를 살펴보더니 급히 머리를 조아렸다.

"폐하, 이 자는 한낱 새우새끼에 불과하옵니다. 이런 놈 때려죽여 괜히 구설수에 오를 필요가 없지 않겠사옵니까."

그 말이 일리가 있다고 생각한 건륭이 그제야 써렁거와 고무용을 제지시켰다.

"폐하!"

눈물을 글썽이며 취아가 말했다.

"누추하오나 안으로 드시옵소서……."

건륭이 머리를 끄덕였다. 그리고는 두려움에 가득 찬 퀭한 두 눈으로 자신을 바라보는 황씨를 향해 말했다.

"가서 지의를 전하거라. 이 일을 지시한 자네 상급자더러 신형사(愼刑司)로 찾아가 곤장 스무 대를 청하라고 말이야! 선제께서 아끼시던 노신(老臣)이고 짐의 심복이야. 정신이 제대로 박힌 자라면 감히 이런 짓을 못하지!"

말을 마친 건륭은 곧 취아를 따라 이위네 정방(正房)으로 왔다. 자리에 앉아 취아가 받쳐 올리는 찻잔을 받으면서도 건륭은 숨소리가 거칠었다.

"이보게, 취아! 짐이 자네한테 뭐라고 하는 건 아니네. 자넨 짐이 아주 어렸을 적 옹화궁 서재에서 짐의 글공부를 시중들던 시녀였지. 그땐 짐의 짓궂은 장난에 적당히 맞장구를 칠 정도로 짐과 스스럼이 없었는데, 어찌 갈수록 무지렁이가 되어가나? 일이 이 지경에 이를 때까지 지켜보고만 있었다니! 짐에게 주하기 무엇하면 황후에게라도 알렸어야지!"

이에 취아가 눈물을 머금고 말했다.

"쇤네들은 둘 다 거렁뱅이 출신이온지라 그저 길바닥에만 나앉지 않으면 된다고 생각했사옵니다. 쇤네가 진정 가슴 아픈 건 사람이 다 죽게 된 마당에 밖에선 그이가 죄를 범했다는 유언비어가 심상찮게 퍼지고 있다는 것이옵니다. 모든 걸 접고 고향으로 돌아가고 싶어도 폐하께서 혐의를 피해 도망간다는 의구심을 가지실까 저어되어 이러지도, 저러지도 못하고 있사옵니다. 쇤네의 남정네는 이렇게 가버리기엔 너무 가엾은 사람이옵니다. 주군의 홍복으로 이렇게 과분한 자리에 앉아 있으면서도 여태 쇤네의 결사반대로 첩 하나 들이지 못하고 있었사옵니다. 저리 몸져누우니 쇤네가 마음을 고쳐먹기로 하고 전에 저이가 좋아했던 시녀를 데려다 시중들게 하고 있사옵니다."

이같이 말하며 취아는 눈물을 닦으며 서글픈 웃음을 웃었다. 건륭도 잔뜩 굳어진 표정을 풀고 싶었으나 좀처럼 웃음이 나오지 않았다. 건륭은 진심으로 취아를 위로했다.

"류강의 사건을 미리 보고 올리지 않은 책임에선 자유로울 수 없는 게 사실이네. 그러나 이위가 평생 이룩해 놓은 공로는 결코 이번 사건으로 인해 지워버릴 수 없는 것이네. 짐이 나름대로 생각이 있으니 그 누가 무슨 유언비어를 떠들고 다닐지라도 절대 흔들려선 아니 되겠네."

건륭의 말이 이어지고 있는 가운데 멀리서 이위의 기침소리가 터져 나왔다. 컹컹거리는 힘겨운 기침소리는 지친 소의 탄식 같았다. 그 소리를 듣는 취아의 얼굴이 창백해졌고 손은 어느새 습관적으로 가슴을 움켜잡고 있었다. 건륭이 자리에서 일어서며 말했다.
"짐이 건너가 보겠네."
취아가 건륭을 안내하여 북쪽 끝에 붙어 있어 원래는 아이들 서재로 쓰던 작은 방으로 갔다. 창문 앞에 잠깐 서 있노라니 안에서 거친 숨을 몰아쉬며 이위의 목소리가 들려왔다.
"그렇게 지켜 서 있을 필요가 없다니깐 그래. 난 괜찮으니 가서 볼일들이나 보게. 푸헝 어른한테는 신경 좀 써달라고 내가 얘기해 놓았네. 폐하께선 앞으로 형사(刑事) 쪽으론 류통훈에게 맡기실 모양이야. 내가 연청(류통훈의 호)한테도 자네들 얘기를 해놓았네. 연청이 폐하를 알현하고 나오는 대로 찾아가 뵙게. 서로 간에 연결고리가 끊어지면 안되니까……. 한 그루의 나무에 목매죽을 순 없지 않은가?"
건륭은 아무리 들어봐도 통 두서가 잡히지 않았다. 취아가 주렴을 걷어올리자 성큼 안으로 들어서며 건륭이 웃으며 말했다.
"이위, 짐이 자넬 보러 왔다네."
방안을 둘러보니 세 명의 중년 사내가 남쪽 창문 가에 앉아 있었고, 스무 살 가량의 하녀가 구들 모서리에 비스듬히 앉아 시중들고 있었다. 이위가 터져나오는 줄기침 때문에 얼굴이 벌겋게 된 채 괴로워하자 하녀가 급히 가래침 뱉을 요강을 들고 다가가 등을 두드려 주었다.
"폐…… 폐하!"
겨우 기침이 조금 멎은 틈을 타 이위가 거친 숨을 몰아쉬며 간신히 입을 뗐다. 그리고는 애써 일어나 앉으려고 몸부림을 쳤으나 결국은 기진맥진하여 털썩 자리에 드러누워버리고 말았다. 다시 안간힘을 다하여 몸을 반쯤 일으켜 구들 모서리를 잡으려다 실패한 이위가 그만 엉엉 울어버리고 말았다.

"신은 이제…… 폐하께…… 행례할 기운마저…… 떨어지고 말았사옵니다……. 폐하……."

그 모습을 안쓰러운 표정으로 바라보던 취아가 그제야 세 중년 사내를 향해 말했다.

"폐하시오. 어서 대례를 올리지 않고 뭘 하시나?"

반쯤 넋이 나가 있던 세 사람이 그제야 일제히 무릎을 꿇었다. 그리고는 길게 엎드려 머리를 조아렸다.

"용안(龍顔)을 알아 뵙지 못하여 죽을죄를 지었사옵니다, 폐하!"

세 사람의 존재는 망각한 듯 건륭은 안쓰러운 표정으로 이위만을 바라보고 있었다. 꿈 많던 소년 시절에 거지로 전락하여 일찌감치 삶의 고단함을 맛본 거렁뱅이 소년으로부터 봉강대리(封疆大吏)를 역임하고 양강총독(兩江總督)에 산동, 안휘, 감숙 등 문제 지역의 치안까지 감독했던 열혈남아였다. 홀로 옥경루(玉慶樓)에 잠입하여 천하의 제일가는 호한(好漢)이라 일컬어지는 감봉지(甘鳳池)를 생포했고, 역시 혈혈단신으로 산채(山寨)를 들이쳐 어진 백성들을 고혹하는 두이돈(竇爾敦)의 무리를 진압함으로써 강호의 영웅들과 뒷골목의 강도들 모두에게 수뇌로 인정받던 당대의 호걸 이위(李衛)였다! 그러나 이젠 그 용맹한 기질을 어디에서도 찾아볼 수 없었다. 만감이 교차하여 이위를 바라보고 있던 건륭이 말했다.

"병이 이 지경에 이르렀는데 행례는 무슨 행례인가? 짐이 하사한 천패(川貝)는 복용하고 있나?"

"계속 먹고 있사옵니다."

이위가 가래를 그렁그렁하고 있자 취아가 대신 답했다.

"이 병은 겨울과 봄 사이에 특히 심하다 하옵니다. 이제 나무들에 새순이 돋아 날 때면 괜찮아질 것이옵니다."

이같이 말하며 취아가 이위를 시중들던 하녀를 향해 말했다.

"옥천아, 폐하께 차를 따라 올리거라."

건륭이 그제야 그 하녀를 유심히 살펴보니 빼어난 미인은 아니었지만 이목구비는 단정했다. 다소곳한 자태가 단아해 보였고 가느다랗게 살짝 치켜 올라간 눈썹이 이색적으로 다가왔다. 건륭이 웃으며 말했다.

"옥천(玉倩)! 옥처럼 아름답다! 음, 이름이 좋네. 그런데, 취아 자네는 배포도 있고, 아량도 드넓은 사람이 옥천을 떳떳하게 이위의 첩실로 받아들여 볼 생각은 안했나?"

그러자 취아가 답했다.

"선제께오서 이위는 지의 없이 첩을 들일 수 없다고 하셨사옵니다."

건륭이 선뜻 이해가 가지 않는 듯 잠시 어리둥절해 하더니 너털웃음을 터트렸다.

"알았네, 그럼 짐이 주선해주지."

건륭의 말에 옥천이 얼굴을 붉혔다. 건륭에게 찻잔을 받쳐 올리며 그녀는 수줍게 말했다.

"망극하옵나이다, 폐하! 박복하기 그지없는 이년은 그저 어르신을 평생 시중 들 수만 있다면 여한이 없겠사옵니다."

"옥천, 나 좀 일으켜주게."

그사이 기침이 멎은 이위가 구들 모서리를 잡고 반쯤 일어나 건륭을 향해 머리를 조아렸다.

"폐하께 큰 불경을 저지르고 말았사옵니다."

옥천의 도움으로 베개에 기대어 앉아 건륭을 바라보는 이위의 두 눈에서는 굵직한 눈물이 방울져 내렸다. 한참 눈물을 쏟아내니 다소 홀가분해진 듯 이위가 흐느끼며 입을 열었다.

"이 꼴로 폐하를 뵙게될 줄은 정말 몰랐사옵니다. 소인이 견치 80하고 6년을 더 산다는 오사도(鄔思道) 선생의 말에 선제께오선 짐의 아들이 요긴하게 부릴 수 있게 됐다고 하시며 크게 기뻐하셨는데 말이옵니다! 하늘이 불러서 가는 거야 무슨 유감이 있겠사옵니까만 황천길이 가까워질수록 선제와 폐하의 깊고 크신 은덕에 보답치 못하고 가야 한다는 생각에 가슴이 찢어지는 것 같사옵니다……."

끊어질 듯, 끊어질 듯 간신히 이어지는 이위의 처량한 언동에 취아와 옥천은 힘껏 입을 틀어막으며 울음을 삼켰다. 저만치 꿇어 있던 세 사내도 어깨를 들썩였다.

"너무 상심하지는 말게."

어렸을 적부터 이위와는 주복(主僕) 사이를 뛰어넘는 돈독한 정을 쌓아온 건륭도 상심에 젖긴 마찬가지였으나 애써 마음을 다 잡으며 말했다.

"짐은 오늘 병문안도 병문안이려니와 자네를 위로해 주려고 왔네. 짐이 보니 자넨 신병보다 심병(心病)이 더 중한 것 같네. 류강의 사건은 오늘 결안했네. 자넨 조석으로 짐을 배알할 수 있는 사람으로서 이 사건을 미리 주하지 않았다는 착오는 분명하네. 허나 짐은 자네가 다른 마음을 품었다고는 생각하지 않네. 형평성을 고려하여 자그마한 처벌은 내리겠으나 크게 벌하지는 않을 것이네. 사람은 항상 공과 사는 분명히 해야 하지 않겠나. 봉록을 3년 동안 지급 정지하는 것으로 조용히 끝낼 테니 자넨 그리 불안해 할 건 없네."

심병(心病)이 더 크다는 건륭의 말은 사실이었다. 평생 허를 찔릴 일은 하지 않고 당당하게 살아온 자신이 한순간의 실수로 엄청난 사건을 은닉했다는 죄를 짓게 된 것에 대해 그는 커다란 죄의식에 시달리고 있었던 것이다. 비록 취아가 가인들의 입단속을 철저히 하여 밖에서 떠도는 유언비어는 차단되어 있지만 "어르신의 병세는 절대 안정이 필요하기 때문에 어느 누구도 우리 허락 없이는 쳐들어올 수 없을 것"이라는 둥 "혹 무슨 일이 있으면 우리가 직접 나서서 형부(刑部)에 사정 얘기를 하겠다"는 둥 태의들이 진심으로 건네는 위로의 말이 이위로서는 마냥 불안하기만 했던 것이다. 그러나 건륭이 직접 병문안을 왔으니 그 심병은 벌써 반쯤 달아나고 말았다. 게다가 진심어린 건륭의 위로의 말은 마치 따사로운 훈풍 같아 이위의 언 가슴을 녹여 주었다. 콧마루가 시큰해지며 다시 눈물이 쏟아졌다. 이위는 연신 머리를 조아렸다.

"폐하의 드높은 성은을 어찌 다 갚겠사옵니까? 이승에서 더 이상 가망 없사오니 내생에서 다시 폐하의 우마(牛馬)로 태어나게 해 주십사 하고 기도하옵니다……."

이위의 말에 깊은 감동을 받은 건륭의 눈언저리가 붉어졌다. 애써 웃음을 지어 보이며 그는 말했다.

"이제 불혹을 갓 넘긴 사람이 몸이 좀 아프기로서니 벌써 내생을 운운하면 안되지! 용기를 내어 잘 치료받도록 하게."

이같이 말하며 건륭이 내내 엎드려 있는 세 사람을 향해 물었다.

"자네들은 어느 부처에서 일하나?"

"폐하!"

장시간 엎드려 있어 기진맥진해 있던 세 사람이 급히 머리를 조아렸다.

"소인들은 육부의 관원이 아니옵니다."

"그럼 술직온 외관들이겠군."

"아뢰옵기 황공하오나 소인들은 외관도 아니옵니다."

그러자 이위가 웃으며 말했다.

"폐하, 이네들이 바로 청방(青幇) 나조(羅祖)의 3대 제자들이옵니다. 이름은 각각 옹우(翁佑, 응괴) 반안(潘安, 세걸), 전보(錢保, 성경)이옵고 소인을 도와 조운(漕運)을 맡아주고 있사옵니다. 비록 조정을 위해 효력하고 있사오나 아직 폐하의 접견을 받고 직급을 수여받은 것이 아니옵기에 폐하께 말씀 올리지 않았사옵니다. 이네들의 사부인 나조가 타계하여 새로운 주사(主事)를 지명해주고 소인이 이대로 가버릴까 저어되어 후사를 당부하려고 불렀사옵니다."

건륭이 보니 옹우는 기골이 장대하고 긴 수염이 인상적이었다. 반안은 왜소하고 날렵한 모습이었고, 전보는 작고 뚱뚱했으나 모두들 눈빛만은 똑같이 형형하여 마치 호랑이 눈을 보는 것 같았다. 아직 상중임을 말해주듯 저마다 팔엔 검은 완장을 두르고 있었다.

"진작에 자네들을 만나보고 싶었으나 시간이 없었네. 자네들이 조운을 맡아준 이래로 과연 식량운송에 예전 같은 말썽은 없었네. 그런 측면에서 자네들은 유공자이네."

"망극하옵나이다, 폐하."

옹우가 머리를 조아렸다.

"쥔네들은 '청(青)' 방(幇)이오니 당연히 대청(大淸)을 도와야

한다고 생각하였사옵니다. 앞으로도 식량운송은 쉰네들에게 맡겨주시옵소서. 북경에 도착하여 쌀 한 근이라도 비면 쉰네들이 열 근을 보상할 것을 약조 드리옵니다. 오늘 폐하를 알현하는 행운이 주어졌사오니 폐하께오서 은전(恩典)을 내려주셨으면 하옵니다……"

그러자 이위가 말했다.

"허튼 소리 말게. 은전은 때가 되면 폐하와 조정에서 어련히 내려주시지 않을까!"

이위의 호통에 세 사람이 고개를 떨구는 모습을 보며 건륭이 희미한 웃음을 지었다.

"그리 화낼 때 보면 금세라도 툭툭 털고 일어날 것 같구만! 그 성질 좀 죽이게, 저네들도 그냥 해본 소리겠지."

그러자 옹우가 다시 머리를 조아리며 말했다.

"소인들은 비록 지의를 받고 조정을 위해 일을 하고 있사옵니다만 이렇다할 명분(名分)이 없사오니 조운 경유 지역의 지방관들로부터 이런저런 제한을 많이 받고 있는 실정이옵니다. 폐하께오서 부디 소인들의 어려움을 헤아리시어 허함(虛銜)이나 통행증이라도 하사해 주셨으면 현지 관원들 앞에서 적어도 지금처럼 비굴하지는 않을 수 있을 것 같사옵니다……. 온갖 어려움은 실로 한마디로 말씀 올릴 수가 없사옵니다!"

이에 건륭이 답했다.

"음…… 짐이 잠깐 생각해 보았는데, 자네들은 새로운 사부를 물색하느라 고민할 것도 없이 세 사람 모두 무관(武官) 직을 수여할 것이니 제각각 독립하도록 하게. 친병들을 거느리라는 얘기는 아니지만 재주껏 문도(門徒)들을 끌어 모아 보게……."

건륭이 잠시 생각하더니 덧붙였다.

"한 사람이 1천 3백 명 정도까지는 괜찮으니 이들에 대한 '용병술'은 자네들에게 맡기겠네. 식량운송을 전문적으로 책임지되 쌀 한 근이라도 비면 짐은 곧 그 사람의 죄를 물을 것이네."

강호(江湖)에서 활동하는 수많은 이 방(幇), 저 파(派)들 가운데서 황제로부터 이 같은 특혜를 수여받는 경우는 없었다. 옹우, 반안, 전보 세 사람은 날아갈 것만 같았다. 황제의 윤허 하에 버젓이 자신들의 문호(門戶)를 열고 문도(門徒)들까지 천명씩이나 받아들일 수 있다는 사실은 앞으로 양자강(揚子江)과 운하(運河)에서 관부의 협조를 받을 수 있음은 물론이고 평소에 채등회(彩燈會)니 천생노모회(天生老母會)니 정양교(正陽敎), 백양교(白陽敎)니 하여 곧잘 시비를 걸어오던 잡다한 무리들의 숨통을 일거에 조여버릴 수 있음이 자명한 일이었다. 실로 호랑이에 날개 돋친 격이었다……. 흥분하여 홍광이 만면한 세 사람은 연신 머리 조아려 사은을 표했다.

"돌아가서 자네들끼리 잘 상의하여 나름대로의 규칙을 정하도록 하게."

건륭이 미소를 머금고 말했다.

"언제 어디서든지 자네들은 강호의 본색을 잃어선 아니 되겠네. 조정에서 편의를 봐준다고 하여 사사건건 조정의 기치를 내걸고 호가호위(狐假虎威)하는 일이 있어서는 안되네. 자네들의 임무는 조정을 위해 운량(運糧)을 돕고, 지방관들에게 협조하여 강도와 도둑떼들을 다스려 보다 안정된 치안을 보장하는 것이네. 맡은 바에 임하는 자세를 지켜보고 짐의 마음에 들면 부와 명예는 얼마든지 상으로 내릴 것이니 그리 알고 본연의 임무에 매진하도록 하게. 이위는 지금 병들어 있으니 앞으로 대사는 이위를 찾아와 아뢰도록 하게. 사소한 사무는 류통훈이 요리할 것이네……. 그리 알고 물러가게!"

세 사람이 물러가기를 기다려 건륭이 그제야 이위를 향해 고개를 돌리며 물었다.

"짐이 제대로 처리한 건가?"

이위는 건륭의 드러내지 않는 속셈을 명경(明鏡)처럼 들여다보고 있었다. 건륭은 강호상의 무리들이 서로 상안무사(相安無事)하기를 절대 바라지 않았다. 그는 돈 한 푼, 병사 하나도 소모하지 않고 어부지리를 꾀하고 있었던 것이다. 실로 고단수의 심모원려였다! 비록 건륭의 이같은 심기를 잘 알고 있는 이위지만 감히 대놓고 설파할 수는 없었다. 건륭의 물음에 그는 급히 답했다.

"폐하의 뜻에 전적으로 공감하옵니다! 하오나 강호상에 홍방(洪幇)이라고, 저네들보다 훨씬 큰 무리들이 있사오니 그네들도 적당히 보듬어주는 것이 좋을 듯하옵니다."

"자넨 몸조리를 잘하는 것이 급선무네. 달리 엉뚱한 생각일랑 말게."

건륭이 이위의 말에 즉답은 피한 채 웃으며 일어났다. 손수 이위의 베개를 바로잡아주며 건륭이 말을 이었다.

"짐은 자네를 믿네. 그러니 조정에서 몇몇 한가한 사람들이 뭐라고 허튼 소리를 해대든 무슨 상관이 있겠나?"

건륭이 이번에는 취아를 향해 말했다.

"앞으로 무슨 일이 있으면 절대 혼자 끙끙 앓지 말고 태후부처님을 찾아가 털어놓도록 하게. 그리하면 곧바로 짐에게 소식이 전해질 것이니."

건륭의 세심한 배려에 이위는 크게 감동했다. 떠나려 하는 건륭을 급히 불러 이위가 말했다.

"폐하, 신이 방금은 심신이 혼미하여 깜빡했사옵니다. 폐하께 주할 말씀이 있사옵니다."

건륭이 몸을 돌려 이위를 응시할 뿐 아무 말도 없었다. 그러자 이위가 급히 입을 열어 말했다.

"방금 반안에게서 들으니 리친왕(理親王)께서 이네들 셋을 불러 1인당 금 백 냥씩을 상으로 내렸다 하옵니다. 그리고 각자 3백 명씩 문도(門徒)를 들이라며 경비는 자신이 부담하겠노라고 했다 하옵니다……. 또 무슨 물건을 구입해달라고 부탁했다 하온데, 신이 기억이 흐릿하옵니다."

"음!"

건륭이 잠시 생각하더니 창 밖을 힐끗 쓸어보며 담담하게 웃었다.

"홍석(弘晳)이도 호의에서 그랬을 것이라 믿네. 달리 생각지 말고 몸조리나 잘 하게. 무슨 일이 있으면 수시로 밀주문을 올리도록 하게."

30. 옥이의 사랑

　류강의 형을 집행하라는 성지를 받은 즉시로 류통훈은 사이직을 찾아 공문결재처로 왔다. 방안에는 전도가 불안한 기색이 역력하게 사이직을 마주하고 있었다. 그 모습을 본 류통훈이 들어서자마자 웃으며 말했다.
　"무슨 궁상을 그리 떨고 앉아 있어? 이위도 벌봉(罰俸) 3년의 처벌밖에 안 받았는데. 하물며 자네는 그 당시 별로 말발이 서지도 않는 미관(微官)이었잖아. '불응(不應)'의 경미한 죄는 묻겠지만 곧 복귀될 것이니 걱정 말게. 어제 푸헝 여섯째도련님을 뵈었는데, 산서로 파견나가시면서 형명막료(刑名幕僚) 출신인 자네를 데리고 갈 생각을 피력하시더군. 그래서 내가 머지않아 다시 일어설 것이니 그때 데려가라고 말씀 올렸어."
　전도가 자리에서 일어나 류통훈의 말을 공손히 경청하고는 말했다.

"사어른께서도 제게 그리 용기를 주셨습니다. 두 분 어른의 격려와 훈회의 말씀에 소인은 그저 고마울 따름입니다!"

"전도, 자네가 어쩐 일인가?"

사이직이 놀라며 말했다.

"방금 나랑 얘기할 때는 스스럼이 없더니 연청 자네가 오니 얼어서 동태가 다 됐네?"

그러자 류통훈이 웃으며 말을 이었다.

"그러게 말이오. 나도 지금 이상하게 생각하는 중이오."

전도가 그제야 자신이 지나치게 굳어있다는 생각에 웃으며 말했다.

"연청 어른에게 보름동안 취조를 받고 나니 이젠 멀리서 뵙기만 해도 다리가 후들거리고 가슴이 벌렁거립니다. 그때 그 굳은 표정을 떠올리면……"

전도가 오싹한 몸짓을 해 보이며 고개를 저어 말했다.

"지금 생각하면 악몽을 꾸고 난 것 같습니다."

사이직과 류통훈은 전도가 지어내는 몸짓에 웃어버리고 말았다. 분위기가 조금 느슨해지자 전도는 형부의 두 주관(主官)이 의사(議事)를 서두르는 느낌을 받고는 물러가려고 일어섰다. 그러자 류통훈이 도로 불러 앉히며 말했다.

"자넨 형명막료 출신이니 들어두는 게 좋을 거네."

전도가 자리에 앉자 류통훈은 곧 류강을 능지에 처하되 그 심장을 도려내어 하로형을 제전(祭奠)하라던 건륭의 결의를 전했다. 그리고는 덧붙였다.

"대청률(大淸律)엔 심장을 도려낸다는 조항이 없는데, 이 일을 누구한테 시키지? 때가 되면 북경성 전체가 떠들썩하여 구경꾼들이 북새통을 이룰 것인데 질서는 어찌 유지할는지?"
 사이직은 인품이 강직한 반면 다소 어눌한 면이 있었다. 찻잔을 들고 잠시 생각하더니 사이직이 말했다.
 "구경꾼들을 많이 모여들게 해선 뭘 하나? 좋은 구경거리도 아닌데. 폐하께 주청 올려 전에 선제께서 장정로의 형(刑)을 집행하시듯 문무백관들만 소집하고 백성들은 원천봉쇄하면 골치 아플 게 없잖소."
 "그 청은 폐하께오서 윤허하실 리가 없습니다."
 전도가 말을 이었다.
 "폐하께서 이번에 용위(龍威)를 크게 떨치시려는 건 선제와 같은 길을 행하지 않는다며 수군거리는 자들의 입을 틀어막기 위한 고육지책입니다. 일전에 지의에서 '지공지명(至公至明)'을 천명한 것과 같은 맥락에서 볼 수 있습니다. 그러니 백성들에게 이를 보여주지 않고 어찌 폐하의 '지공지명'을 드러낼 수가 있겠습니까? 저의 소견으론 채시(菜市) 입구에서 형을 집형하지 않고 지세가 낮아 하로형을 안장(安葬)하기에 알맞은 풍수지(風水地)를 택하여 하로형의 무덤 앞에서 제전할 겸 시형(施刑)하는 게 좋을 것 같습니다. 사람들이 무질서할 수밖에 없는 이유는 현장을 제대로 볼 수가 없기 때문인데 이렇게 하면 주변의 지세가 높아 집형 장면을 한눈에 볼 수가 있으니 질서를 유지하는 데도 훨씬 도움이 될 것 같습니다."
 사이직이 곰곰이 따져보니 전도의 견해는 대단히 바람직한 것 같았다.
 '심장을 도려내어 망자의 혼을 달래'는 제전식(祭奠式)은 무덤 앞에서 해야 마땅하거늘 그렇다고 하로형의 영구(靈柩)를 야채시

장 입구까지 옮긴다는 것도 그리 쉽지는 않았다. 잠시 생각 끝에 사이직이 말했다.

"이 일은 전도, 자네의 견해에 따르는 것이 좋겠네. 순천부 부윤 양증도 참립결에 처해졌으니 한꺼번에 집형하도록 하고 연청, 자네가 현장을 감독하게. 그런데 아직 홈차(紅差, 사형을 집행하는 일)를 맡을 회자수(劊子手)를 물색하지 못해서 어쩌지."

그러자 류통훈이 대답했다.

"류강 사건을 매듭짓는 순간부터 난 이제 더 이상 흠차 신분이 아니오. 그러니 감참관(監斬官)은 아무래도 사어른께서 직접 나서시는 게 나을 거요. 그리고 회자수는 전에 능지형을 집행했던 경험자들 중에서 물색하면 눈 깜짝 않고 깔끔히 처리할 것이니 염려하지 마십시오!"

사이직은 필경 문약(文弱)한 서생 출신인지라 형부를 맡은 지 얼마 안 되는 시점에서 이 같은 혹형을 집행해야 한다는 사실이 조금은 두려웠다. 별 것 아닌 양 가볍게 말해 넘기는 류통훈을 보며 사이직은 등골이 오싹했다.

"감참관은 아무래도 자네가 맡아야겠어. 위에선 아직 자네의 흠차 신분이 무효하다는 지의가 없었지 않은가!"

"형장에 친림하실지 여부를 여쭙느라 폐하를 알현했더니, 폐하께선 '군자는 부엌을 가까이하지 않는다[君子不近庖廚]'라고 말씀하셨소."

류통훈이 웃으며 말했다.

"사어른도 소와 양이 슬프게 우는 소리를 듣기 주저하는 걸 보니 군자는 군자인가 보오. 류강처럼 천리양심(天理良心)을 저버린 자는 백을 죽여 없애라고 해도 난 쾌히 응할 것이요!"

그러자 옆에 앉아 있던 전도가 말했다.

"모두들 선제를 천성이 가혹하다고 말하지만 실은 대단히 인후(仁厚)하신 분입니다. 전에 장정로에게 요참형(腰斬)을 집행할 때 단칼에 몸이 두 토막 나 상체가 저 만치서 꿈틀거리니 선제께선 순간 고개를 외로 돌리시며 외면하셨습니다. 그리고는 '참(慘)' 자를 연신 일곱 글자나 쓰시며 마음을 다잡으시더니 그 뒤론 요참형을 영원히 금한다는 영(令)을 내리셨습니다. 선제 때 집을 압수수색 하는 경우는 많았지만 사형이 그리 많지 않았던 이유도 여기에 있는 것 같습니다. 그러니 감참관들도 과형(剮刑) 장면은 감히 보기 힘들어하는 겁니다. 사실 전명(前明) 때는 능지처참형이 밥 먹듯 흔했죠. 위충현(魏忠賢)을 능지에 처할 때는 1만 7천 3백 33도(刀)를 흠정(欽定)했는데, 첫날에 3천도(刀)를 내리니 벌써 종아리까지는 어린(魚鱗)이 따로 없더라고 합니다. 그러나 그날밤에 이어 새벽녘까지 형은 계속되어 나중엔 돼지고기를 다져놓은 것에 불과하더라 합니다. 물론 잔인하기 그지없지만 형명을 맡은 관원들은 담력을 키우기 위해서라도 이런 장면을 많이 봐두어야 합니다."

전도는 사방으로 침까지 튀겨가며 형명막료출신으로서의 진가를 발휘하기에 열을 올렸다. 듣는 사이직은 안색이 파리하여 꼭잡은 손에는 식은땀이 흥건했다.

잠시 침묵이 흘렀다. 세 사람은 묵묵히 옹정과 건륭의 시정(施政)에 대해 특징을 비교하고 있었던 것이다.

"달리 의견이 없으면 이렇게 결정하지."

오랜 침묵을 깨고 마침내 류통훈이 깊은 사색에서 헤어나 말했다.

"이 자리서 논의한 대로 돌아가 추진해야겠소."

이같이 말하며 류통훈이 자리에서 일어나자 전도도 엉거주춤 일어나 사이직을 향해 인사하고는 따라나섰다.

류강에 대한 형이 집행되는 날 전도는 형장으로 가지 않았다. '류강사건' 때문에 당분간 일체의 업무를 중단하고 근신하라는 명을 받았던 그는 이제 사건이 완결됨에 따라 복귀를 서둘러야 했던 것이다. 북경에 인맥이 별로 없는 그는 몇 번이고 푸헝을 찾아갔지만 곧 흠차로 파견 나갈 사람인지라 집에는 빈객들이 운집하여 사적인 자리를 갖기란 전혀 불가능했다. 병세는 많이 호전 됐어도 아직 침상 신세를 지고 있는 이위를 방문했어도 뾰족한 수는 없었다.

초조하고 불안한 가운데 20여 일이 흘러갔다. 이부에서 소식이 올세라 감히 집을 비울 수도 없고, 갇혀 있는 순간이 지옥 같았다. 그렇게 심신이 편안하지 못한 가운데 마침내 3월 초하룻날, 이부에서 복귀를 알리는 표(票)가 날아들었다. 여전히 형부로 돌아가되 추번사(秋審司)로 가서 주사(主事)를 맡으라고 했다. 안도의 숨을 길게 토해내며 날 듯이 형부로 달려간 그는 사이직과 류통훈에게 인사를 하고 앞으로 동료가 될 사람들을 찾아가 한바탕 질펀하게 술자리를 갖고서야 비로소 평상심으로 돌아올 수 있었다. 가만히 앉아 손을 꼽아보니 러민이 강남으로 갈 시간이 육박해 오고 있었다. 결코 모른 척 그냥 지나칠 일이 아닌지라 그는 은자 스무 냥을 준비하여 죽교(竹轎)에 앉아 선무문 서쪽에 위치한 장가네 정육점으로 향했다.

때는 양춘 3월인지라 바람이 훈훈했고 햇볕이 따사로웠다. 길

양옆의 채소밭에는 푸른빛이 융단 같았고 흐드러진 버드나무가 땅에 닿아있었다. 속속들이 들여다보이는 맑은 냇물이 졸졸 소리 내며 남쪽으로 완연히 흘러가고 있었다. 돌이키기도 싫은 한달 동안을 생각하며 전도는 마치 악몽에서 헤어난 것 같은 홀가분함에 금세라도 저 가물가물 피어오르는 아지랑이를 타고 어디론가 날아갈 것 같았다.

멀리 우거진 버드나무 사이로 장씨네 정육점 앞에 막대기 끝에 매단 검은 천 조각이 보였다. 상춘의 호시절인지라 녹남홍녀(綠男紅女)들이 쌍쌍으로 봄이 무르익어 가는 대지 여기저기에서 웃음꽃을 피우고 있었다. 유객들이 많아 장사꾼으로서는 기대를 해볼 만한 날이었다. 그럼에도 장씨네 가게 앞에는 여느 때와 달리 고기를 올려놓은 탁자와 가마솥이 보이지 않았다. 자세히 눈여겨보니 가게문도 굳게 닫힌 채 출입문만 빠끔히 열려 있었다. 집에 사람이 있는 건 분명했다. 전도가 가마에서 내려 집 앞으로 천천히 발걸음을 떼어놓으려는데, 안에서 여자의 흐느낌 소리가 은근히 들려오는 가운데 간간이 누군가 위로하는 목소리도 들리는 것 같았다. 그는 발소리를 크게 내며 큰소리로 물었다.

"계십니까?"

"누구세요?"

장명괴의 둥글넓적한 얼굴이 문간에 살짝 스쳤다. 상대를 알아본 장명괴가 곧 얼굴 가득 웃음꽃을 피워내며 달려나와 반갑게 맞았다.

"복직을 감축드립니다, 전어른! 러민 상공께서는 아침 일찍 목을 뺀 나무가 있는 강 건너 조설근 어른 댁으로 다니러 가셨습니다. 그나저나 어서 들어오십시오. 안그래도 희소식을 접하고 이제

옥이의 사랑 249

나저제나 기다리던 중입니다."

전도가 못이기는 척 장명괴의 절을 받고는 방으로 따라 들어왔다. 장명괴의 딸 옥이가 고기 써는 탁자 앞에서 고개를 떨구고 있었다. 공처가로 소문난 전도는 밖에서 다른 여자들에게 눈길조차 주어선 안 된다는 처(妻)의 약법삼장(約法三章)이 있었는지라 평소에 옥이를 몇 번 보았어도 그저 먼발치에서 힐끔 훔쳐보는 데 그쳤었다. 그래서인지 오늘 가까이에서 바라본 고개 숙인 옥이는 미모가 범상치 않았다. 오뚝한 콧날과 미끈하게 뻗은 콧대가 고운 입술 선과 맞물려 단아한 매력이 돋보였고 양볼 깊숙한 보조개가 가위 매혹적이었다. 눈두덩은 울어서 빨갛게 부어있었고, 때 아닌 손님의 방문에 무안한 듯 애꿎은 옷섶만 손가락에 감았다 폈다 하는 모습에 전도는 문득 가엾은 생각이 들었다. 그는 웃으며 말했다.

"옥이처녀는 갈수록 예뻐지네! 근데 어인 일로 그리 슬퍼하시오? 러민 형이 떼 놓고 혼자 도망가려나 보지?"

"한사코 식솔들도 다 같이 따라나서자고 하지 뭡니까. 고집도 부릴 걸 부려야지!"

노파가 원망 섞인 눈빛으로 옥이를 쓸어보며 한숨을 지었다.

"그 사람 한 몸도 객인데, 우리 넷까지 달고 어딜 간단 말입니까? 남경의 윤어른께서 우리까지 받아주신다고 해도 돼지 잡는 게 일인 칼잡이가 이 꼴로 누구 얼굴에 먹칠하려고 따라나서겠습니까?"

노파의 말이 끝나기도 전에 옥이는 신경질적으로 발을 구르더니 손수건으로 입을 가린 채 방문을 뛰쳐나갔다. 그러자 장명괴가 한숨을 지으며 고개를 저어가며 말했다.

"오냐, 오냐 키웠더니 버르장머리하곤……."
 순박한 장씨의 얼굴엔 난감한 기색이 오래 동안 지워질 줄 몰랐다.
 전도가 준비해간 은자 스무 냥을 꺼내놓았다. 소매를 뒤지니 즉시 환전이 가능한 열 냥 짜리 은표가 나왔다. 함께 장명괴에게 내주며 전도가 말했다.
 "은자는 노자에 보태라고 러민 형에게 드리는 것이고, 이 은표는 읍내에 가서 환전하여 옥이처녀에게 옷 한 벌 사 입히세요. 러민 형이 이번에 아예 윤중승한테 눌러 앉아버릴 가능성도 있지만 북경으로 돌아와 응시할 수도 있어요. 러민 형과 옥이처녀 둘 다 서로를 위하는 마음이 극진한 것 같은데, 이참에 조촐하게나마 혼사를 치러 두 사람을 같이 보내는 것이 바람직하지 않을까요?"
 "그건 안됩니다."
 심약하여 자기주장은 거의 못할 것만 같은 장명괴가 단호하게 거절했다.
 "소인이 좀 본다는 사람들을 찾아가 보니 두 사람은 궁합이 맞지 않는다고 합니다. 러민 어른이 팔자가 드세어 처를 둘은 먼저 보내야 평안하다 합니다. 인품이며 학식 모두 우리한테는 과분한 분이오나 여느 부모와 마찬가지로 딸을 위하는 마음이 극진한 쇤네로서는 누가 뭐라고 해도 딸을 줄 수가 없는 입장입니다!"
 그러자 노파가 말했다.
 "식솔 모두 남경으로 쫓아가는 것에 반대하는 것만큼이나 전 당신의 그런 고리타분한 생각에 반대해요. 궁합이 안 맞으면 굿을 하든가 달리 푸는 방법이 있다고 하지 않았어요? 이젠 서로 알만큼 아는 사이인데 그런 호인을 어디 가서 사윗감으로 구하겠어요?"

"괜히 성질 긁지 말고 입 다무는 게 좋을 거요. 난 더 이상 할 말이 없으니까."

칼로 자르듯 단호한 어투와는 달리 표정은 마냥 담담하기만 한 장명괴가 말했다.

"서로가 인연이 닿아 만났고, 좋은 감정을 나누며 여태 살아온 것처럼 때가 되면 헤어지는 것도 당연하지 않나. 나중에 러 상공이 크게 되어 우릴 알아주든 몰라주든 그건 그분의 마음에 달렸고 혼인은 은정(恩情)과는 별개의 문제라고. 여인네들이 뭘 안다고!"

몇 번 이곳을 다녀갔어도 마냥 자상하고 어질게만 보이던 장명괴였다. 그러나 대사를 앞두고는 의외로 단호하고 냉정했다. 달리 중재 나설 방법이 없자 전도가 자리에서 일어서며 말했다.

"그리로 갔으면 필히 술 한 잔 걸칠 것이니 조만간 돌아오지는 못할 거예요. 러민 형이 오면 내가 다녀갔다고 전해주시고 내일 떠날 때는 배웅 나오지 못 할거라고 해주세요. 일가가 따라간다면 몰라도 그렇지 않을 경우엔 일개 가난한 경관에 불과하지만 힘닿는 데까지 도울 테니 무슨 사연 있으면 날 찾아오세요."

말을 마친 전도는 곧 가마에 올라탔다.

"살펴 다녀가십시오, 전어른!"

전도가 멀리 사라질 때까지 바래다주고 돌아온 장명괴가 대문을 쾅 닫고 들어서며 노파를 향해 퉁명스레 말했다.

"가서 옥이 좀 불러오게."

노파가 미처 부르러 가기도 전에 옥이는 벌써 쭈뼛거리며 방안에 들어서고 있었다. 눈을 내리깔고 곰방대만 뻑뻑 빨아대고 있는 아비를 힐끔 쳐다보며 걸상에 내려앉던 옥이가 물었다.
"전 왜 불렀어요?"
장명괴가 곰방대를 발뒤꿈치에 툭툭 털어 끄며 말했다.
"애비는 네 마음을 잘 안다."
"네?"
"네 에미가 러민을 잘 봤고, 너도 죽자사자 하는 걸 잘 안단 말이야."
"아빠!"
"왜 우리끼리 문닫아 걸고 말하는데, 보다 직설적으로 말하면 안되냐?"
장명괴는 한결 누그러든 어투였다.
"넌 내가 정말 팔자나 궁합 따위에 얽매어 너희들을 빠개버리려 드는 줄 아냐? 궁합이 안맞기로 치면 나랑 너의 엄마만큼 흉흉한 사이도 없어. 그래도 우린 여태 멀쩡하게 잘만 살아 왔잖냐? 너의 어민 내 마음을 잘 알 거다. 솔직히 문지방이 너무 높은 집에 들어가면 여자가 살아있어도 산목숨이 아니야. 너희 둘을 봐라, 가문이며 학식이며 지향이며 장래성이며 어느 것 하나 어울리는 데가 있나!"
그러자 노파가 마른침을 꿀꺽 삼키며 입을 열었다.
"그 사람 가문도 이젠 몰락했잖아요, 별볼일 없긴 마찬가지지!"
"자네들은 아직도 연극과 현실을 혼돈하고 있는 게 문제야!"
장명괴가 답답한 가슴을 쥐어뜯었다.
"여차하여 위기에 처한 공자(公子, 귀한 가문의 아들)를 빈녀(貧女)가 구해주고, 그 살뜰한 보살핌으로 원기를 회복한 공자(公子)가 금방(金榜)에 제명(提名)하여 그 은혜를 갚기 위해 뜻이 요원

옥이의 사랑 253

한 여자랑 혼인한다……. 이는 연극에서나 있을 법한 일이야! 우리 조상들도 명나라 때 만력황제에 의해 몰락하기 전까지는 썩 괜찮은 세도가였다고. 중문을 못 나가게 되어 있는 여자들이 연극에서 나오는 장원들은 과연 그리 인품이며 학식 모두 뛰어난 줄 알고 한사코 장원과 혼약을 맺고 싶다고 하여 만력 27년에 장원급제한 사람을 사위로 들였다고 하잖아. 그러나 소문난 잔치 먹을 게 없다고 기껏 출세시켜 놓았더니, 정실은 나몰라라 하고 첩을 들이는 데만 여념이 없어 결국엔…… 내겐 고모할머니지…… 대들보에 목매어 자살했잖아…….”

장씨의 말에 노파는 어느덧 표정이 숙연해졌다. 생각을 더듬어 보니 갓 시집오던 해 서른 살 먹은 남편이 책을 읽는 족족 태워버리던 기억이 났다. 그리고 해마다 청명날엔 몰래 술과 음식을 마련하여 장상공(張相公, 張居正)의 묘소를 찾아 제사를 올리곤 했었다. 그때는 장명괴네의 내력을 잘 몰랐으나 처음으로 가문의 과거를 털어놓는 남편의 말을 들으니 그 조상의 뿌리를 어렴풋이 알 것 같았다. 어느덧 남편의 말에 공감이 간 여인이 말했다.

“여자 일생에 남정네 잘 만나는 것만큼 큰 복은 없다. 나도 네 아비의 말이 맞는 것 같구나. 물론 러상공이 관직에 오르지 않는다면 상황은 달라지겠지만 말이야.”

“그 사람이 관직에 오르든 말든 간에 전 그이의 사람이에요.”

옥이가 눈물이 그렁그렁하여 고집스레 대꾸했다.

“전 마음속으로는 진작부터 그이를 남정네로 섬겨왔어요. 아빠는 여자가 일부종사(一夫從死)해야 한다는 말도 못 들어 봤어요? 정말 미워죽겠어요, 아빠가!”

말은 아무렇게나 내뱉었으나 사실 옥이는 내심 이성과 감정의 대결에 빠져 있었다. 좀처럼 승부가 갈리지 않자 그 터질 것 만 같은 고통과 원망을 아버지 장명괴에게 쏟아냈던 것이다.

거의 발악에 가까운 딸의 반응을 멍하니 지켜보는 장명괴의 눈빛이 우울했다.

그 동안 집에서 어떤 일이 있었는지 아는지 모르는지 러민은 신시(申時)가 지나서야 거나하게 취하여 비틀대며 대문을 밀고 들어섰다. 그러나 옥이가 미처 달려나가기도 전에 그는 욱하며 토하기 시작했다. 옥이가 허겁지겁 달려가 등을 두드리는 사이 장여인이 부삽에 재를 한가득 떠내 왔다. 기진맥진하여 한 쪽에 쓰러진 러민을 부축하여 방으로 들어간 옥이는 옷을 벗겨 물수건으로 몸을 닦아주고 해주탕(解酒湯, 해장국)을 끓여내느라 바빴다. 국을 떠 먹이기도 전에 코고는 소리도 요란스레 잠들어버린 러민의 곁에서 옥이는 침선 일을 손에 잡고 앉았다.

두어 시간 동안 달게 자던 러민이 어슴푸레 눈꺼풀을 밀어 올렸을 때는 밖에 어둠이 깔려 집집마다 등불을 내걸 즈음이었다. 천으로 신발을 만드느라 여념이 없는 옥이를 멍하니 오래도록 바라보기만 하던 러민이 마침내 깊은 한숨을 토해냈다.

"어머, 깜짝이야!"

옥이가 화들짝 놀라며 러민을 바라보았다. 핼쑥해진 그 얼굴을 안쓰럽게 쳐다보던 옥이가 미리 준비해둔 해주탕을 한 숟가락 떠 넣어주며 말했다.

"어찌 된 게 조설근이랑 술만 마셨다 하면 이리 곤죽이 되어 토하고 난리법석을 피워요? 술상대가 못 되는 줄 번연히 알면서 요령껏 마실 것이지! 기척을 안내니 몰랐는데, 언제 깼어요?"

"한참 됐어. 그동안 자넬 훔쳐보고 있었지."

"왜요?"
옥이가 자신의 몸을 아래위로 훑어보며 말했다.
"처음 보는 사람 같았어요?"
"등불 밑에서 꽃구경하면 별다른 운치가 있다고 하잖소."
순간 옥이의 얼굴이 귀밑까지 붉어졌다. 집다만 신발 바닥으로 히죽 웃고 있는 러민의 이마를 살짝 때리며 옥이가 말했다.
"허구한날 풍월시나 읊어대더니 어째 절세의 미인이 그리워지나요?"
그러자 러민이 두 손을 깍지 껴 베개삼아 누워 웃으며 말했다.
"괜스레 질투는? 우리 옥이는 그리 속좁은 여자가 아니지. 그런데, 정말로 나를 따라 남경(南京)에 가는 거지?"
옥이가 바느질하던 실을 길게 잡아 빼며 고개도 들지 않고 말했다.
"저 혼자만요?"
"그래."
그 말에 깜짝 놀라 아차! 하는 순간 바늘에 손가락을 찔린 옥이가 동그랗게 스며 나오는 피를 두어 번 빨아냈다. 그리고는 아무 일도 없었던 듯 다시 바느질을 계속했다. 한참 후에 옥이가 조용히 불렀다.
"러민오빠!"
"응?"
"절 기억해주실 거죠?"
"엉뚱하게 그게 무슨 말이야?"
"제가 따라가지 못하겠다면……."
옥이가 서글픈 표정으로 다시 물었다.

"절 기억해 주실 거예요?"

그러자 러민이 웃으며 말했다.

"내일아침 내가 아버님한테 직접 말씀드리고 꼭 데리고 갈 거야. 앞으로 맨날 코 맞대고 있을 텐데 뭘 기억하고 말고가 어딨어? 바보같이!"

옥이의 얼굴에 서글픈 미소가 번졌다. 동그랗게 예쁜 이마를 내리고 한참 생각에 잠겨 있던 옥이가 힘겹게 한마디 꺼냈다.

"그쪽에 가면 오빤 높은 사람들이랑 어울릴 텐데…… 전 두려워요."

그러자 러민이 벌떡 일어나 앉았다. 차를 한 모금 마시고 숨을 길게 내쉬며 그가 말했다.

"떳떳하게 신분을 밝히고 데리고 다니는데 누가 뭐라고 하겠어? 한 사람이 득세하면 식솔 가득 데리고 다니는 건 다반사인데, 내가 관직에 오르면 자넨 자연스레 나의 첩실이 되는 거야. 그러니 누가 감히 자넬 우습게 보겠어? 그리고 푸헝 어른이 그러는데, 다음 과거에 내가 응시를 못하게 되면 설근이처럼 먼저 국자감의 종학(宗學)에 추천해 줄 거라고 했어."

이같이 말하던 러민이 뚝 말을 멈추고는 놀라운 표정으로 옥이를 바라보며 물었다.

"갑자기 왜 그래? 안색이 창백한데 어디가 안 좋아?!"

"그런 거 아니에요."

놀라움과 두려움에 가득 찬 눈빛으로 촛불을 멍하니 바라보는 옥이의 얼굴엔 슬픔이 가득했다. 천천히 일어나 바늘과 실을 거둬들이며 떨리는 목소리로 옥이가 말했다.

"전 집을 비울 수 없어요. 동생이 아직 어리고 엄마, 아빠도 절

보내고 허전하여 못 견디실 거예요. 저희 걱정은 마시고 장미빛 꿈을 좇아 씩씩하게 떠나세요……. 아빠 약을 달여 드려야 하니 그만 가 볼게요."

　고개를 가슴 부근까지 떨구고 옥이는 물러갔다. 무슨 영문인지 몰라 뒤통수를 긁적이던 러민은 차 한 모금을 마시고 다시 드러누웠다. 잠시 후 고르다 못해 평화롭게까지 들리는 러민의 숨소리가 방안에 가득했다.

31. 국구흠차(國舅欽差)

 푸헝이 산서성의 태원(太原)에 도착했을 때는 3월 초사흘 날이었다. 일전에 흠차 신분으로 남순(南巡) 길에 올랐을 때 올리는 상주문마다 건륭의 높은 평가를 받아 그 주장과 어비(御批) 모두 관보에 자주 실렸던 터라 푸헝은 이미 꽤나 유명해 있었다. 그리하여 이 젊은 국구(國舅) 흠차가 아직 산서성에 도착하기도 전에 산서순무인 칼지산은 3일 동안 휴무하고 태원부의 관원들을 총동원시켜 태원 경내의 길에 황토를 다시 깔았고 매 50보마다 채방(彩坊, 울긋불긋 장식하여 세운 아치형의 문)을 세우는 등 흠차를 맞느라 열성을 다했다. 푸헝의 도착 예정일이 되자 칼지산은 또 신임 포정사인 싸하량과 함께 문무관원들을 인솔하여 요란한 의장을 앞세우고 십리 밖인 류수장(柳樹莊)으로 마중을 나갔다. 푸헝이 이동하는 매 순간이 궁금한 칼지산은 쾌마로 사람을 파견하여 바로 앞 역관으로 보냈다. 그러나 번번이 흠차가 아직은 도착하지 않았다는 탐마(探馬)의 보고만 들려왔다. 칼지산이 이제나저 제나 목을 빼들고 있을 때 저 멀리서 친병 하나가 말을 달려오더니 멀리 손가락으로 가리키며 말했다.

"흠차께서 이미 저쪽 모퉁이까지 도착하셨습니다!"

칼지산이 손으로 이마를 가린 채 눈을 좁다랗게 뜨고 바라보니 푸른 융단을 덮은 팔인대교(八人大轎)가 보였다. 그러나 흠차행렬 치고는 의장이 지나치게 간소한 것 같았다. 6품 무직(武職)의 복장으로 통일한 여덟 명의 대도(帶刀) 친병들이 앞에서, 5품관 복장을 한 여덟 명의 호위들이 어마어마한 대마(大馬)를 타고 뒤에서 호송할 뿐이었다. 칼지산은 즉시 하명했다.

"방포주악(放砲奏樂)!"

순식간에 대포소리가 세 번 울리고 고악이 대작했다. 그사이 당도한 대교가 천천히 내려앉고 친병이 주렴을 걷어올리자 구망오조(九蟒五爪)의 관포에 노란 마고자를 받쳐입은 푸헝이 천천히 모습을 드러냈다. 산호정자(珊瑚頂子) 뒤에 드리운 쌍안공작화령(雙眼孔雀花翎)을 반짝이며 위엄이 충천하여 칼지산을 향해 다가갔다.

"소인 칼지산이 산서성 각 부서의 문무관원 전체를 대동하여 폐하께 성안(聖安)을 여쭙사옵니다!"

칼지산이 길게 엎드려 머리를 조아렸다.

"성궁안(聖躬安)!"

푸헝이 고개를 들어 응답하고는 허리를 굽혀 두 손을 내밀어 칼지산과 싸하량을 동시에 일으켜 세우며 말했다.

"두 사람 모두 별래무양(別來無恙)하셨소?"

말을 마친 푸헝은 곧 두 사람을 훑어보았다. 강희 57년의 진사 출신인 칼지산은 벌써 지천명의 나이를 넘겨서인지 얼굴 가득 주름이 종횡했다. 약간 치켜 올라간 턱 위엔 반쯤 흰 산양(山羊) 수염이 몇 가닥 드리워져 있었다. 이제 막 불혹의 나이를 넘긴 싸하량은 각진 얼굴에 칼끝같이 날카로운 눈썹이 짙었다. 허리께까지 치렁치렁한 까만 머리채 끝에는 노란 실로 나비모양의 장식품을 만들어 달고 있었다. 두 사람 모두 말수가 적고 내성적이어서 옹정의 용인(用人) 취향을 알 것 같았다. 푸헝은 두 사람을 향해 말했다.

"세종께서 붕어하셨을 때 두 사람이 북경에 왔어도 그땐 통 경황이 없어 얘기다운 얘길 나눠 보지도 못했지!"

이번에 북경을 떠나올 때 건륭은 산서성에 칼씨 성(性)을 가진 두 관원의 사이가 껄끄러우니 유의하여 중재 역할을 잘 하라고 신신당부했었다.

"지난번 상경하였을 때는 동화문 밖에서 잠깐 뵌 적이 있습니다."

칼지산이 말했다.

"앞으로 산서성의 군무, 정무가 갱일보하는 데 있어서 많은 가르침 주시길 바랍니다."

그러자 싸하량도 말했다.

"흠차어른께서 남방(南方)을 순찰하시며 올린 주장을 관보를 통해 일일이 배독하였습니다. 해박한 논리와 독특한 시각에 경배(敬拜)를 금할 길 없었습니다. 조석으로 많은 지적과 훈회를 바랍니다."

이같이 말하며 싸하량은 한 쪽으로 비켜서며 손을 내밀어 안내했다.

"문무관원들을 접견하십시오, 흠차어른."

푸헝이 웃으며 머리를 끄덕여 보이고는 월대에 올라섰다. 월대 밑은 삽시간에 물 뿌린 듯 조용해졌다.

"여러분!"

푸헝이 자못 위엄어린 목소리로 운을 뗐다.

"난 두 가지 임무를 완수하고 오라는 폐하의 성명(聖命)을 받고 이곳 병주(幷州, 산서성의 다른 이름)에 오게 됐소. 하나는 이곳 흑사산(黑査山) 낙타봉을 소굴로 산서의 치안을 어지럽히는 표고(飄高)의 패거리들을 소멸하여 이곳 군민들에게 보다 안정된 삶의 터전을 마련해 주기 위함이고, 다른 하나는 각 아문의 재정, 형명, 국고환수 실태를 파악하고 정상궤도에 진입할 때까지 감독하기 위함이오. 떠나올 때 폐하께오선 준엄히 분부하셨소. 산서성의 정무는 여전히 여러 관원들에게 맡기고 흠차는 한 발 물러나 감독하고 바로 잡는 역할을 해야 한다고 말이오. 그러므로 난 여러분들의 일에 사사건건 제동을 걸어 간섭할 뜻은 없음을 분명히 밝혀두는 바이네. 지금 이후로 각자 본연의 위치로 돌아가 맡은 바에 전념하되 역대의 제반 업무에 대한 실사에 도움이 되도록 자료를 제공하도록! 내가 산서성 삼사(三司)와 합동으로 아무(衙務)의 득실을 명백히 할 것이니 은폐된 과실이 있더라도 잘못을 알고 진심으로 회개하려는 사람에게는 거듭날 기회를 주겠지만 그렇지 않은 사람엔 가차없을 것이네. 비록 젊고 여러모로 부족한 사람이지만 난 성심(聖心)을 받들고 성의(聖意)를 기치 삼아 매사에 임할 것이네. 본 흠차는 또 하나의 청렴한 표상이 되어 올 때 그랬듯이 갈 때도 청청백백한 일신(一身)으로 돌아갈 것을 여러분 앞에 약조하는 바이니 많은 감독 바라오!"

그의 장편대론이 끝나기도 전에 장내는 우레 같은 환호와 갈채가 터져 나왔다. 열광의 도가니 속에서 가슴이 벅차 오른 푸헝의 얼굴은 벌겋게 달아올랐다. 답례로 그는 좌중을 향해 읍해 보이고 가벼운 미소를 지으며 말을 이었다.

"이런 환호와 갈채가 아직은 부담스럽기만한 사람이니 방금은 천자를 대신하여 받은 걸로 하고 오늘 연설은 이걸로 마치겠소. 본 흠차는 칼지산, 싸하량 두 분 어른과 상의할 일이 있으니 여러분들은 그만 물러들 가시오."

말을 마친 푸헝은 곧 손사래를 치며 월대를 내려섰다.

칼지산이 급히 걸어나왔다. 사방으로 왁자지껄하며 흩어지는 백성들을 향해 웃으며 말했다.

"흠차어른, 성(城) 안의 백성들이 흠차의 풍채를 우러러보고자 학수고대하고 있습니다. 그리 긴요한 일이 아닌 바에야 잠깐 뒤로 미루시고 먼저 성으로 돌아가 백성들과 더불어 환락의 순간을 함께 하는 것이 어떨까 사려됩니다."

"내가 산서의 부로(父老)들에게 해놓은 일이 뭐가 있다고 그러나?"

푸헝이 담담히 웃으며 말했다.

"지금 이처럼 분에 넘치는 환대를 받는 것도 마냥 부자연스럽기만 한데, 긴히 처리해야 할 군무대사를 염두에 두고 있으면서 인사 받고 싶은 심정은 아니네."

그러자 싸하량이 말했다.

"접관청(接官廳)에 접풍연(接風筵, 손님을 맞을 때 마련하는 연회)을 준비해 놓고 있습니다. 그럼 그리로 걸음을 하시어 일로의 여독을 깨끗이 씻어내시고 문무들이 실망치 않게 다독여주시는 쪽으로 합시다."

"내가 연회에 가지 않는다면 문무들이 실망하고, 하늘땅이 떠들썩하게 입성하지 않으면 백성들의 마음을 다치게 한다는 말인가? 산서성엔 과연 우스운 풍속도가 있구만."

쌀쌀하게 내뱉는 푸헝의 이 한마디에 두 사람은 깜짝 놀라고 말았다. 감히 더 이상 말을 붙일 수조차 없게 된 싸하량이 급히 달려가 분부했다.

"모든 관원들은 일률로 먼저 귀성하여 각자의 위치로 돌아가 일을 보도록 하게."

푸헝은 사람들이 모두 흩어지길 기다려서야 비로소 수레 대신 말 위에 올라타며 말했다.

"난 답답한 수레보다 아름다운 춘광을 만끽할 수 있는 말이 좋네."

"어르신의 아흥(雅興)은 실로 대단하십니다."

칼지산과 싸하량은 그제야 이마를 쳤다. 이제 보니 푸헝은 오늘따라 유난히도 황홀한 춘광에 매료된 나머지 산수의 정취를 느끼고 싶어 홀로 행을 고집했던 것이다. 친병들더러 먼발치에서 호종(扈從)하게끔 명하고 난 두 사람은 곧 말을 타고 뒤따랐다. 싸하량이 웃으며 말했다.

"태원에는 명승고적들이 많습니다. 진사(晉祠)가 그 중 하나입니다. 여가를 내어 모시겠습니다."

그러자 푸헝이 사방의 춘색을 둘러보며 말했다.

"바쁜 대목이 지나가면 생각해 보지. 지금 내 머리 속엔 온통 도적떼들밖에 없네."

이같이 말하며 푸헝은 크게 웃었다. 한참 후에야 그는 다시 입을 열었다.
 "푸산이 자네 산서 사람이라고 들었네. 주상께서 가끔씩 그 사람의 살아생전을 떠올리곤 하시네. 나중에 깜빡하고 그냥 갈까봐 미리 일러두는 건데 그 가문이 이미 쇠락했다고 하니 자손들을 찾아가 먹고살게끔 만들어주게. 나중에라도 주상께서 물으시면 곤란하지 않은가."
 "예, 흠차어른."
 두 사람은 급히 말 위에서 몸을 굽혀 대답했다.
 "태원성 교외에 난촌(蘭村)이라고 있는데, 그리로 가 보았는가?"
 푸헝이 물었다. 그러자 칼지산이 답했다.
 "전 다녀왔습니다. 경치가 그만입니다! 양 겨드랑이에 태행산(太行山)과 여량산(呂梁山)을 끼고 깎아지른 듯한 절벽 아래 분하(汾河)가 완만히 굽이쳐 흐르는 모습이 장관입니다……."
 "난 그것보다는 두대부(竇大夫) 사당(祠堂)에 가보고 싶네."
 "아, 자그마한 사당이 있긴 합니다."
 칼지산이 기억을 더듬으며 말했다.
 "별로 구경할 만한 건 없었던 것 같습니다. 사당 북쪽에 한여름에도 얼음물같이 차다고 하여 '한천(寒泉)'이라는 샘터가 있는데, 그곳이 좀 괜찮을 뿐입니다."
 "한천은 누가 판 샘물인지 아나?"
 "……그건 잘 모르겠습니다."
 "바로 두대부였네."
 푸헝이 미소를 지었다. 그리고는 다시 물었다.
 "두대부란 어떤 사람인 줄 아나?"

"잘 모르겠습니다."

"진(晉)나라 때 조간자(趙簡子)라는 대신의 가신(家臣)이었지."

푸헝이 웃으며 말을 이었다.

"백년 가뭄에 타들어 가는 농심(農心)을 달래기 위해 분하를 끌어들이기 위한 수로를 파던 도중 지쳐죽었네. 그래서 사람들은 사당을 만들어 후세들에게 그 업적을 기리고 있다네. 한천도 바로 그 당시 파낸 샘물이라고 하네. 그 사당을 보면 춘추 때의 채읍(采邑, 두대부의 봉지(封地)) 규모에 대해 알 수 있다고 하네."

그러자 난촌에 가본 적이 없는 싸하량이 감탄을 금치 못했다.

"여섯째도련님께서 박학다식하다는 사실은 주지하는 바이나 오늘 가까이에서 뵈니 실로 감탄이 절로 나옵니다."

"장조한테서 들은 소리네."

푸헝이 말했다. 그러나 얼굴엔 어느덧 웃음기가 가신 듯 사라졌다.

"물론 개자추(介子推, 진(晉) 때의 명신)같이 자신의 엉덩이 살을 베어 목숨이 경각에 다다른 군주를 먹여 살리는 충신도 필요하지만 이 나라엔 두대부같이 백성들을 위해 목숨을 초개같이 여기는 진정한 영웅호걸이 턱없이 부족하다네. 비록 여태 칙봉(勅封)을 받진 못했지만 몇 천 년 동안 그 사당에 향화(香火)가 끊기지 않는 걸 보면 시사하는 바가 크다고 생각되지 않나?"

이쯤하여 칼지산과 싸하량은 흠차대신이 상춘(賞春)을 빌어 자연스런 훈회의 자리를 마련했다는 사실을 깨닫게 되었다. 푸헝이 아무리 날고 긴다고 해도 필경은 국구(國舅)라는 신분의 덕을 보았을 것이라고 생각해 왔던 두 사람은 벌써 푸헝에게서 보통사람을 뛰어넘는 비상한 기질을 느꼈다. 둘은 마땅히 응답할 말을 찾지 못했다. 커다란 채방(采坊)이 심심찮게 눈에 띄기 시작하자 푸헝은 멋스럽게 잘 만들었다며 치하하면서도 채방 하나 만드는 돈이면 웬만한 백성들의 일년동안의 생계는 문제없을 거라며 은근슬쩍 두 사람의 허를 찌르기도 했다. 잔뜩 숨죽이고 따라가며 두 사람은 등골에 가시라도 박힌 것처럼 깜짝깜짝 놀랐다. 그렇게 가다 서다를 반복해가며 막 입성하기에 앞서 세 사람은 길 옆의 자그마한 가게에 들어가 칼국수 한 그릇으로 끼니를 때웠다.

칼지산과 칼친은 흠차의 행원을 성학(省學)의 공원(貢院)에 정하기로 했었다. 그러나 푸헝은 일행이 스무 명 밖에 안 되는데 학궁을 점해선 아니 된다며 동문(東門) 내에 있는 역관을 행원으로 지정해줄 것을 순무아문에 요구해 왔다. 맨 먼저 만나 보기로 했던 장광사(張廣泗)가 안문관(雁門關)에서 군사배치를 마무리 짓지 못하여 아직 태원으로 돌아오지 않고 있었기에 푸헝은 며칠 동안 각 아문의 주관들을 불러 접견했다.

그는 추호도 흠차로서의 거리감을 두지 않고 3품 이하의 관원들 모두 편한 차림으로 좌담하게 했다. 현행 부세제도(賦稅制度)에 대한 백성들의 반응에서부터 과거에 응시하는 인원수, 합격 인원수, 주현 관원들의 수입, 지방의 풍습도…… 등등 구석구석 궁금해하지 않는 면이 없었다. 마치 식솔들끼리 앉아 두런두런 이야기꽃을 피우듯 평이하게 논하다보면 관원들이 속마음을 털어놓는 계기가 되어 의외의 수확도 적지 않았다. 현지의 명류유지(名流有志)들과도 스스럼없이 음풍농월(吟風弄月)을 즐겼으나 유독 술자리에 초대받는 건 애초부터 쐐기를 박아버렸다.

흠차의 위엄을 벗어 던지고 평이하게 다가서는 푸헝에게 관원들은 마음의 빗장을 열고 경계를 늦추기 시작했으나 유독 그 만만찮은 면모를 감지한 칼지산과 싸하량만은 매사가 조심스럽기만 했다.

푸헝이 산서에 도착한 지 나흘째 되던 날, 순무아문으로부터 산서, 호북, 하남, 사천, 호북 네 개 성의 군마(軍馬)를 이끄는 총독 장광사가 안문관으로부터 태원에 도착했다는 소식이 날아들었다. 드디어 두 명의 참장(參將)이 몇십 명의 친병들을 거느리고 역관으로 찾아와 뵙기를 청했다. 패도와 장화발 소리가 요란한 가운데 역관 밖은 삽시간에 살기가 등등했다. 산서성 학정(學政)인 칼친을 접견 중이던 푸헝이 느닷없는 바깥동정에 연유를 물으려할 때 역승(驛丞)이 벌써 달려 들어와 아뢰었다.

"흠차어른, 장군문의 신사(信使)가 뵙기를 청하였습니다!"

"신사를 먼저 보냈다고."

푸헝이 내심 장광사의 위풍을 느끼며 잠시 생각 끝에 분부했다.

"난 지금 칼친 어른을 접견 중이니 그네들더러 서쪽 별채에서 기다리라고 하라."

"하오나 흠차어른, 이는 두 명의 참장입니다."

그러자 칼친이 자리에서 일어서며 말했다.

"군무가 우선입니다. 소인은 먼저 물러갔다가 나중에 다시 뵙고 훈회를 받도록 하겠습니다."

"알겠네만……."

푸헝이 역승을 향해 웃으며 말했다.

"그네들더러 잠깐만 기다리라고 하게. 자리에 앉게, 칼친. 산서 북부의 각 주현들에서는 20년 동안 진사 한 명도 배출하지 못했다는데, 어찌된 영문인가?"

칼친이 불안스레 다시 자리에 앉으며 말했다.

"한마디로 하루 세 끼 끼니를 잇기에도 벅찬 고한(苦寒) 지역이기 때문입니다. 훈장 선생을 청할 돈이 있으면 배터지게 먹어보고 죽는 게 소원이라고 말할 정도로 궁합니다. 현학(縣學)에서 초빙한 훈도(訓導)에게 봉록을 내주지 못하는 일은 다반사이고 그나마 현학조차 없는 곳도 많습니다. 소인이 이번에 대동부(大同府)로 가보니 그곳엔 현학에 말 그대로 집도 절도 없는 중들과 어중이떠중이 도사(道士)들이 진을 치고 있었습니다. 어떤 현학들에선 일 년 내내 문닫아 걸고 있다가 연말에 한 번 문을 열고 수재(秀才)들을 불러 고기 한 덩어리씩 나눠주는 게 고작이라고 합니다……."

"참으로 문인들이 진작하려고 해도 할 수가 없는 분위기로군."

푸헝이 웃으며 말을 이었다.

"어제 가보니 성의 학궁은 제법 그럴싸하게 보이던데, 알고 보니 겉은 금옥(金玉)이요, 속은 패서(敗絮)였구만"

그러자 산서성의 학정을 맡고 있는 칼친이 말했다.

"어제 흠차께서 가보신 곳은 이번에 은자 10만 냥을 지원받아 새로이 꾸민 흠차행원(欽差行轅)이었습니다. 향시(鄕試)의 공원(貢院)은 아닙니다. 흠차어른 덕분에 생원들이 비를 피할 곳이 생기게 되어 소인은 그저 감지덕지할 따름입니다."

그제야 그간의 사연을 알게 된 푸헝이 말했다.

"어쩐지 구색이 안맞는다 싶었어……, 그랬었구나!"

푸헝은 찻잔을 들어 한 모금 마시고는 잠시 말이 없었다.

그러자 칼친도 일어서며 찻잔을 들어 홀짝이고는 작별 인사를 고했다.

"다시 한 번 올 가을 추위(秋闈) 때 향시 생원들이 비 걱정하지 않고 시험을 치를 수 있게 된 것에 대해 흠차어른께 깊은 사은의 뜻을 표하는 바입니다."

말을 마친 칼친은 곧 물러갔다. 잠시 머리 속이 복잡했으나 푸헝은 곧 이네들이 자신의 흠차행원을 공원(貢院) 안에 마련했던 깊은 뜻을 알 것 같았다. 가을 향시대전(鄕試大典) 때가 되면 행원을 비워줘야 함은 자명한 일이니 알아서 가을이 되기 전에 어서 빨리 북경으로 돌아가라는 뜻이었다. 귀신을 쫓는데 굳이 향을 피울 필요가 있냐는 것으로 풀이되자 푸헝은 내심 칼지산의 교활함에 놀랐다!

이미 들통난 간계를 비웃으며 정방을 나선 푸헝은 서쪽 별채로 발걸음을 재촉했다. 3품 복장을 한 두 무관이 허리를 곧추 편 채 긴 나무걸상에 똑바로 앉아 있었다. 담배도 차도 준비되어 있고, 두 사람 말고 아무도 없었으나 둘은 마치 흙으로 빚어놓은 사람처럼 딱딱하게 굳어 있었다. 푸헝이 들어서자 둘은 퉁기듯 일어나 한 쪽 무릎을 꿇었다.

"하관(下官)들이 흠차어른께 문후를 올립니다!"

"알았네!"

푸헝이 얼굴 가득 미소를 보이며 두 사람더러 자리로 돌아가 앉으라는 손짓을 보냈다. 그리고는 방 한가운데 비치되어 있던 의자에 앉으며 말했다.

"장광사 장군이 뛰어난 치군력(治軍力)을 자랑하고 있다고 들었소만 오늘 두 분 장군의 풍채를 보니 과연 범상치는 않은 것 같소."

푸헝이 이같이 운을 떼며 두 사람을 눈여겨보았다. 하나는 곰의 허리에 호랑이 등을 하고 있어 기골이 장대했고, 다른 하나는 맞춤한 체구에 날렵한 인상을 주고 있었다. 며칠동안 곰살갑게 아부를 하는 문관들만 접견하다가 씩씩한 장교들을 보니 푸헝은 색다른 기분이 들었다. 말투를 한결 부드럽게 하여 푸헝이 물었다.

"두 분 장군의 대명(大名)을 알 수 없을까? 장광사 장군이 사천에서부터 데려온 사람들인지 아니면 산서 토박이 주둔군들인지 궁금하군."

그러나 키 큰 사내가 상체를 깊숙이 숙이며 말했다.

"하관은 호진표(胡振彪)라 하옵고, 저친구는 방경(方勁)이라고 합니다. 원래는 연갱요(年羹堯) 대장군의 휘하에 있다가 연장군이 그렇게 되고 나서 악군문[岳鍾麒]을 거쳐 재작년부터 장군문의 휘하로 오게됐습니다. 범고걸(範高杰) 도통(都統)의 부하 참장으로 있던 중 이번에 장군문으로부터 흠차어른을 곁에서 모시라는 명을 받았습니다."

"알고 보니 다들 뛰어난 군문들이군."

푸헝이 잠시 침묵 끝에 다시 말했다.

"헌데 범고걸은 어느 대영 출신이지? 이번에 떠나오기 전 병부에 들러 참장 이상 군관들의 이력서를 들춰 봤는데, 두 분 장군의 이름은 어렴풋이 기억이 나는 반면 범고걸이라는 이름은 전혀 생소해서 말이오!"

푸헝의 시선이 자신에게 머물자 방경이 급히 대답했다.

"범군문은 장광사 군문께서 운귀총독아문에서 데려온 사람인지라 하관들도 잘 모릅니다. 설핏 듣기에 묘족(苗族)들의 침거지역을 공략할 때 공로를 세웠다는 것 같았습니다."

묵묵히 고개를 끄덕이던 푸헝이 그제야 비로소 물었다.
"그래 장군문은 지금 어디에 있소? 어찌하여 같이 오지 않았소?"
두 사람은 어찌 답해야 할지 몰라 조금 당황해하는 것 같았다. 잠시 머뭇거리더니 역시 방경이 대답했다.
"아뢰옵니다, 흠차 어른! 장군문께서는 늘 이러셨습니다. 흠차 어른께서 일정이 촉박하실까 염려하여 미리 알현 날짜를 받아놓으려고 하관들을 사신으로 보낸 게 아닌가 합니다. 혹여 하관들이 흠차 어른의 법도를 어겼다면 상급의 명에 복종할 수밖에 없는 저희들의 어려움을 헤아려주시어 용서해주시길 바랍니다."
"그런 건 없네."
푸헝이 말을 이었다.
"난 그저 지금 당장 장군문을 접견했으면 해서 그러네. 가서 청해오도록 하게."
푸헝의 말이 떨어지기 바쁘게 호진표와 방경은 벌떡 일어나 응답하고는 물러갔다. 푸헝 역시 서쪽 별채에서 나와 정방으로 돌아와 조용히 소식을 기다렸다. 그사이 역승이 관원들의 수본(手本)을 두툼하게 들고 들어왔다. 푸헝이 몇 장 넘겨보더니 도로 건네주며 말했다.
"웬만한 주관들은 다 접견했으니 이제부터 뵙기를 청하는 사람들은 군무가 아니면 돌려보내게."
며칠동안 각 부처의 관원들을 접견하면서 나눈 대화기록을 아역에게 건네주며 푸헝이 지시했다.
"이 문서들을 밀봉하여 보관하도록 하게."
말을 마친 푸헝은 서둘러 관복을 갈아입고 의관을 정제하고 장광사를 기다렸다. 거의 때를 같이하여 방경이 성큼 역관으로 들어서더니 뜰에서 절을 하며 크게 외쳤다.

"장광사 군문께서 흠차어른을 배견(拜見)합니다!"

"중문을 열고 예포를 울려라!"

푸헝이 큰소리로 명했다. 그리고는 자리에서 일어나 처마 밑까지 마중을 나왔다. 세 발의 예포가 울리고 완전무장을 한 장광사가 보무도 당당히 모습을 드러냈다. 두 명의 부장과 네 명의 참장이 융장패검(戎裝佩劍)하여 중문 입구에서 걸음을 멈추었다.

뜰 한가운데 우뚝 선 장광사는 계단 위에 서 있는 젊은 흠차를 향해 노골적인 경멸을 드러내며 한참동안 뚫어지게 바라보더니 그제야 머리를 조아려 성안(聖安)을 여쭈었다. 푸헝은 전혀 내색하지 않고 예를 갖춰 '성궁안(聖躬安)!' 하고 답했다. 장광사를 부축하여 일으키고자 푸헝이 한 걸음 다가서자 장광사는 벌써 일어서고 있었다.

장광사와 어깨를 나란히 중당으로 들어가려던 푸헝은 그러나 마냥 딱딱하기만 한 장광사를 향해 허허 웃으며 말했다.

"장군문, 안으로 드시죠!"

그제야 장광사가 얼굴에 한가닥 웃음을 띠우며 푸헝을 따라 방으로 들어갔다.

"장군문."

각자 빈주(賓主)의 자리를 찾아 앉은 뒤 이같이 오만불손한 사람에게는 격식을 차리기보다는 단도직입적으로 밀고 나가는 것이 낫다고 생각한 푸헝이 입을 열었다.

"폐하께선 강서와 산서 두 곳의 사교(邪敎) 조직과 비적(匪賊)들의 동향에 커다란 관심을 갖고 계시오. 장군문이 열병(閱兵)차 산서로 왔다는 말을 듣고 난 대단히 기뻤소. 태원에 도착한 첫날 칼지산과 대화를 나누던 도중 우연히 안문관 기영(旗營)에 대한 얘기가 나오기에 그곳 병력이 얼마나 되느냐고 물었더니, 칼어른도 상세한 건 잘 모르는 것 같았소. 대략 만여 명은 되지 않을까, 숫자를 부풀려 군향을 타내려는 악습이 근절되지 않은 이상 개중에는 거품도 많을 거라고 하더군. 또 일부 병영의 규율을 어기는 자들이 식솔들까지 데리고 다니는가 하면 진작에 물러나야 할 나이 많은 병사들도 죽치고 있다고 들었는데, 이게 과연 사실이라면 지난번 정돈한 태호(太湖)의 수사(水師)와 사정이 별반 다를 게 없을 것 같소. 장군문께서 직접 다녀왔다고 하니 보고 느낀 바를 얘기해 주었으면 하오."

두 손을 무릎 위에 올려놓고 시종 신색의 변화없이 푸헝의 말을 듣고 난 장광사가 답했다.

"그곳의 사정은 눈이 감기는 건 사실이나 제 생각엔 칼지산의 병영보다는 몇 배 나은 것 같습니다. 생각 같아선 흠차어른을 영접하러 나오고 싶었으나 친병들이 하고 다니는 꼬락서니가 워낙 엉망이라 정돈이 불가피했습니다. 산서 사람들이 똑똑하다곤 하나 총대 메고 나가 싸워야 하는 군사는 말 잘하고 영악하다고해서 되는 것만은 아닙니다. 설상가상 흠차어른께서는 병사들을 이끌고 전쟁터에 나가본 실전경험이 없는 분이니 저로선 더더욱 마음을 놓을 수가 없었습니다. 그래서 이번에 군기를 문란케 만드는 몇 놈을 처단해 버려가며 흠차어른을 위해 안문관 병영의 기강을 바로 세워 놓았습니다. 그밖에 제가 장군 셋을 이리로 보내어 흠차어른을 보좌케 할 것이니, 흠차어른께서는 친히 흑사산까지 걸음 하실 것 없이 이곳 태원에서 원격 조종만 하시면 될 것입니다!"

관심을 빙자한 장광사의 안하무인이라 생각하면서도 푸헝은 겉으론 웃어 보였다. 그리고 잠시 생각하고 나서 물었다.

"낙타봉 쪽에는 무슨 첩보가 들어온 게 없는가?"

이에 장광사가 답했다.

"3일에 한번씩 보고가 올라오게 돼 있습니다. 표고는 지금 낙타봉의 산채에 둥지 틀고 있습니다. 산이 높고 숲이 우거진 데다 산밑에는 하도(河道)가 종횡하여 관군이 접근하기 어렵고 섬서(陝西)와의 접경지대이다 보니 최악의 경우 섬서로 도망가기도 편리하다는 게 표고의 계산인 것 같습니다. 그러나 뛰는 놈 위에 나는 놈 있다고 하지 않았습니까? 저들이 아무리 발광을 해봤자 군기가 정돈되고 군량이 충족하여 사기충천한 우리 관군의 상대가 되겠습니까? 안문관 병영에서 3천 명만 동원시키면 불과 보름만에 그 소굴을 쳐부술 것입니다."

"역시 장군문이오."

적군과 아군 쌍방의 역량대비에 관한 분석이 푸헝 자신의 생각과 거의 맞아떨어지자 그 안하무인에 따른 혐오감이 조금은 사라진 듯 푸헝이 공수하여 말했다.

"그런데, 장군문께서는 언제쯤 병권을 내게 넘겨주시려는지? 또 날 보좌해주기로 했다는 장군들은 어떤 사람들인지 못내 궁금하군."

푸헝의 말에 장광사가 즉시 외치듯 말했다.

"범고걸 등 셋 출렬(出列)!"

장광사의 말이 떨어지기 바쁘게 체구가 땅딸막한 중년의 사내가 호진표와 방경을 데리고 대열에서 나오더니 날렵하게 군례를 올리고 대령했다. 가까이 온 범고걸의 검붉은 얼굴엔 근육이 불끈거렸고 무려 일곱 군데나 되는 칼자국이 그가 살아온 경력이 그리 순탄치만은 않다는 것을 말해 주고 있었다. 장광사가 세 사람을 가리켜 푸헝에게 말했다.

"범고걸이라고, 저의 좌영(左營) 부장(副將)입니다. 그리고 호진표, 방경 두 사람도 백 전을 경험한 용맹한 장령들로서 범고걸의 병영에서 참장으로 있습니다. 자네들 셋 잘 들어! 첫째, 반드시 낙타봉을 함락하여 표고를 비롯한 일당을 일망타진해야 하며, 둘째, 흠차어른의 의견을 존중하고 그 신변을 보호해드리는데 만전을 기해야겠다. 군전정법(軍前正法)에 처해지지 않으려면 매사에 최선을 다해야 할 것이다! 난 내일 태원을 떠나 사천으로 돌아갈 것이니 여러분들의 희소식을 기다리겠다. 무슨 말인지 잘 알아들었나?"

"예, 군문!"

"오늘 이 시각부터 여러분들은 흠차어른의 지휘에 전적으로 따라야 한다!"

"예!"

"마지막으로 할말이 있으면 해 보라!"

이에 범고걸이 한 발 앞으로 성큼 나서며 푸헝을 향해 공수하여 말했다.

"낙타봉엔 비적들이 고작 천 명 남짓 하온데, 장군문께서 5천 인마를 내주셨음에도 적들을 깡그리 소멸하지 못한다면 하관들은 살아있을 이유가 없을 것입니다. 흠차께서는 태원에서 하관들의 개선을 지켜봐 주십시오. 저희 셋이 보름 동안에 필히 낙타봉을 갈아엎도록 하겠습니다!"

"자네들만 믿네!"

장광사가 자리에서 일어나며 찻잔을 들어 조금 마시며 푸헝을 향해 손을 들어 보였다. 그러자 푸헝도 똑같이 찻잔을 들어 달리 이견이 없음을 표했다. 장광사를 역관 문앞까지 배웅하고 나선 푸헝은 뽀얀 먼지를 일구며 멀어져 가는 장광사의 뒷모습을 오래도록 바라보았다.

32. 위위구조(圍魏救趙)

 장광사가 산서성을 떠난 이튿날, 칼지산은 흑사산이 위치한 임현(臨縣)으로부터 날아온 화급문서(火急文書)를 푸헝에게 전해 왔다. 문서에는 '표고가 5천 비적들을 동원하여 현성(縣城)을 3일째 포위하고 있음. 군민(軍民)들이 힘을 합쳐 항거하고 있으나 적들이 사위에 포진하고 있어 피병(疲兵) 1천 명으로는 오래 동안 대적할 수 없사오니 속히 지원병을 파견 바람'이라고 적혀 있었다. 상황은 대단히 위급한 것 같았다. 푸헝의 콧등엔 어느새 땀이 송골송골 배어났다. 번번이 보고를 받았어도 낙타봉에 둥지를 틀고 있는 비적들은 천여 명에 불과하다고만 했었는데, 난데없이 '5천 비적'이라니? 아무리 장광사가 군기를 바로 잡아놓고 갔다곤 해도 워낙에 약골인 산서의 군마들이 밤낮으로 칼을 갈아왔을 5천 비적들을 상대하기란 결코 만만찮을 것이 자명했다. 자신이 도착 즉시 안문관 병영으로 가보지 않은 것도 자칫 '실기오국(失機誤國)'이라는 죄명을 뒤집어쓰는 데 방조하는 격이 될지도 모를 일이었다.
 잠시 긴박한 생각 끝에 푸헝이 문서 원본을 밀봉하였다. 그리고는 즉각 건륭에게 올리는 주장을 쓰기 시작했다. 산서성의 제반 상황과 장광사로부터 병권을 넘겨받은 경위를 소상히 적었다. 그리고 마지막으로 덧붙였다.
 "신은 금일 저녁으로 태원을 떠나 안문관 병영으로 가서 화급히 관군을 거느리고 낙타봉을 습격할 것이옵니다. 적들의 퇴로를 차단시키는 것이 급선무라 생각하옵니다. '위위구조(圍魏救趙, 위나라를 포위하여 조나라를 구하다)'의 계략으로 적들을 궤멸할 요량이오니 손바닥만한 산모퉁이에 박혀있는 오합지졸들 때문에 성려(聖慮)를 끼쳐드리지 않도록 전력투구하겠사옵니다."
 주장을 다 쓰고 난 푸헝은 다시 류통훈에게 오할자를 빌려 방위를 도와 주십사 하는 내용의 친서를 보냈다.
 8백리 긴급편으로 주장과 친서를 군기처로 발송하고 난 푸헝은 그제야 긴긴 숨을 몰아쉬며 친병에게 지시했다.
 "오늘저녁 안문관으로 출발할 차비를 하거라!"
 푸헝의 말이 떨어지기 바쁘게 밖에서 아뢰어 왔다.
 "이석주(離石州)의 통판(通判)인 이시요(李侍堯)가 뵙기를 청하였습니다!"
 푸헝이 습관처럼 창 밖을 내다보니 벌써 어둠이 짙어가고 있었다. 다급한 마음에 불기둥이 치솟는데, 한낱 미관에 불과한 통판을 접견할 여유가 없었다. 그는 짜증스레 손사래를 치며 분부했다.
 "본 흠차는 군무가 우선이니 문관들의 방문은 일률로 사절한다고 전하라!"
 "예, 흠차어른!"

"잠깐!"

친병이 돌아서는 찰나 생각이 바뀐 푸헝이 급히 불러 세웠다. 이석주라면 임현과 이웃하고 있으니 필히 적정(敵情)에 밝을 것이라는 생각이 뇌리를 쳤던 것이었다. 잠시 불러들여 물어보는 것도 나쁘진 않을 것 같았다.

"내가 이 사람을 잠깐 접견하고 있을 테니, 자네들은 떠날 채비를 서두르게."

친병이 물러가고 나서 곧 이시요가 빠른 걸음으로 걸어 들어왔다.

"이시요……."

푸헝은 어딘가 귀에 익은 이름이라 부지런히 기억을 더듬었다. 행례를 마친 이시요가 일어섰을 때야 푸헝이 비로소 입을 열었다.

"내가 어쌴의 문생록(門生錄)에서 자네 이름을 본 기억이 나네. 그 당시 이름이 독특하다고 생각하여 뇌리에 박혔던 것 같네."

푸헝을 바라보는 이시요의 예리한 삼각 눈이 반짝이며 생기가 넘쳤다. 그는 허리를 굽혀 보이며 말했다.

"그건 어쌴 어른께서 잘못 기록하신 것 같습니다. 하관은 천자(天子)의 문생(門生)입니다. 폐하께서 친히 선발해주셨고, 사시(賜詩)까지 하시어 하관의 무례함을 '벌'하는 차원에서 이곳 산서 통판으로 보내주셨던 것입니다."

이시요의 말을 듣는 순간 푸헝은 건륭이 광생(狂生) 하나를 면접하여 선발했었다는 취문(趣聞)이 생각났다. 푸헝은 어처구니없다는 듯이 실소를 터뜨렸다.

"음, 그 하룻강아지 범 무서운 줄 모르는 광생이 바로 자네였군. 헌데 어인 연유로 갈 길 바쁜 사람을 붙들었는가?"

그러자 이시요가 말했다.

"방금 칼지산 중승을 뵙고 나오던 중, 그 곳의 청객으로부터 흑사산의 상황을 귀동냥해듣고 흠차어른께 하관의 계략을 팔아먹으려고 왔습니다."

"과히 영특한 친구로군."

이시요가 불순한 동기를 안고 틈새를 비집고 들어온 간사한 미꾸라지에 불과할지도 모른다는 생각이 잠깐 들었으나 푸헝은 웃으며 대했다.

"비록 임현과는 이웃간이라지만 필경 남의 살림인데, 자넨 다른 주현의 일에도 이처럼 손을 뻗쳐 간섭하곤 하나?"

푸헝의 말이 떨어지기 바쁘게 이시요가 단호하게 말했다.

"흠차어른, 그 말씀에 착오가 있습니다."

순간 푸헝의 양옆에 호위하고 있던 친병들은 깜짝 놀라고 말았다. 아무리 물불을 가릴 줄 모르는 사람이라도 이같이 권력이 막중한 황친, 국척 앞에서 일개 새끼새우에 불과한 미관이 공공연히 그 '착오'를 운운하고 나선다는 사실이 도무지 믿어지지가 않았던 것이다. 그러나 이들의 염려와는 달리 푸헝은 크게 발작하기는커녕 소리 없이 웃으며 되물었다.

"내 말에 착오가 있다하니 그게 무슨 말인가?"

"소인은 늘 스스로 국사(國士)라 자부해 왔습니다. 국사라면 응당 천하지사(天下之事)를 관심있게 지켜봐야 한다고 생각합니다."

등불 밑에서 이시요의 눈빛은 예리하게 날이 서 있었다. 추호의 망설임도 없이 카랑카랑한 목소리로 말을 이었다.

"고로 하관은 팔방미인이라는 비난을 듣는 한이 있더라도 모든 일에 재량껏 간여할 것입니다. 하물며 임현과 이석주는 입술과 이빨처럼 서로 이웃하고 있습니다. 입술이 없으면 이가 시리다[脣亡齒寒]고 하지 않았습니까?"

자못 당당하기만 한 이시요를 바라보는 푸헝의 표정이 점차 진지해지기 시작했다. 그는 이 사람의 함금량(含金量)이 궁금해 졌다. 진재실학(眞才實學)이 있는 사람인지 아니면 처음 생각 그대로 교언영색으로 투기를 일삼는 것이 목적인 사람인지를 가려내는 게 시급했다. 한참 후에야 푸헝은 비로소 입을 열었다.

"긴말은 필요 없고 대체 나한테 팔아먹고자 하는 계략이란 무엇인가?"

"바로 '위위구조(圍魏救趙)'입니다. 비적들의 소굴을 습격하여 임현을 위기에서 구해주는 것입니다!"

그 말을 들은 푸헝이 고개를 뒤로 젖히며 앙천대소했다.

"과연 식견은 있는 친구로군! 근데 어쩌지? 난 당신이 계략이라며 팔겠다고 나서는 그 방법을 벌써 실행에 옮기기 시작했는데!"

푸헝의 노골적인 비아냥거림에 은근한 조소의 표정을 지어 보이며 이시요가 말했다.

"제가 미관이라 하여 흠차 어른께서 처음부터 얕잡아본다는 걸 압니다. 아무리 좋은 물건일지라도 이 같은 수모까지 받아가며 팔아먹을 이유는 없지 않겠습니까? 그럼 하관은 이만 물러갑니다!"

말을 마친 이시요는 곧 인사를 하고 물러가려 했다. 끝까지 무례함으로 일관한다고 생각한 푸헝은 순간 분노가 울컥 치밀었다. 저만치 걸어가는 이시요를 향해 푸헝이 일갈했다.

"게 섰거라!"

"무슨 분부라도 계십니까, 흠차어른?"

그 자리에 뚝 멈춰선 이시요가 고개를 돌려 대수롭지 않은 표정으로 물었다.

"이것들이 오냐오냐했더니 이젠 아주 기어오르려고 하는구만!"

화를 주체하지 못해 얼굴이 하얗게 질린 푸헝이 고함을 쳤다.

"얼마나 많은 군국대사를 제쳐두고 파격적으로 접견해주었거늘 어찌 그리 무례하게 처음부터 겁없이 '국사(國士)'를 자칭한단 말인가? 빈 수레가 요란하다고 했네. 그러고도 대접받길 원하나?"

홍광이 번뜩이는 푸헝의 두 눈을 똑바로 쳐다보던 이시요가 돌연 피식 웃었다. 그리고는 말했다.

"하나만 여쭙겠습니다, 흠차어른! 여기서 안문관까지는 거리가 얼마나 됩니까?"

"7백 20리! 그건 왜?"

"먹지 않고, 자지 않고 쾌마로 정신없이 달려도 1박 2일이 걸리는 거리입니다."

이시요가 말을 이었다.

"안문관에서 흑사산까지 가려면 가던 길로 되돌아와 다시 서남쪽으로 꺾어져 또 8백여 리를 가야 합니다. 몇천 인마가 움직이려면 적어도 열흘은 소요될 것입니다! 이런 '위위구조'는 듣지도 보지도 못했습니다!"

이시요의 말을 곰곰이 분석해 보던 푸헝이 깜짝 놀랐다! 자신이 득의양양하여 묘략(妙略)이라고 추진하고 있던 '위위구조'는 이대로라면 한낱 현실을 무시한 자기발등 깨기에 불과한 것이라는 생각이 들었던 것이다. 된 방망이에 뒤통수를 강타당한 느낌에

위위구조(圍魏救趙) 283

사로잡혀 무거운 발걸음을 떼어놓으며 이시요에게로 다가간 푸헝이 마냥 도도하기만 한 이시요를 날카롭게 응시했다. 낭패로 얼룩진 얼굴을 그대로 드러내 보이며 한참 입술을 실룩거리던 푸헝이 힘겹게 입을 뗐다.

"하마터면…… 큰일날 뻔했네…… 이선생……."

모든 계획이 수포로 돌아가기 전의 위기일발을 앞두고 이시요는 어느새 '이선생'으로 불리우고 있었다.

"내가 참으로 너무 속물적인 계산을 했던 것 같소. 넓은 아량으로 용서하고 그대의 묘략을 가르쳐주시면 푸헝이 그 은혜를 잊지 않을 것이오!"

흠차의 체면도 벗어 던진 채 푸헝은 땅에 닿을 정도로 길게 읍해 보였다.

"흠차어른, 이러시면 아니 됩니다."

이시요가 황급히 엎드려 환례하고 나서 말했다.

"추요지견(芻蕘之見, 하찮다는 뜻)입니다. 게다가 위험요소까지 커 흠차께서 수렴하기 저어될 수도 있습니다."

그러나 푸헝은 막무가내로 의자를 잡아당겨 이시요를 눌러 앉혔다. 하인에게 차를 내어오라 명하고 이시요를 마주하여 앉으며 푸헝이 말했다.

"병흉전위(兵凶戰危)라 했거늘 어디 만전지책(萬全之策)이 있겠소? 아무튼 내 소견을 뒤집었으니 그대 견해에 편승하는 건 당연지사 아니겠소?"

그제야 이시요는 허리를 곧추 펴고 앉으며 당당하게 입을 열었다.

"흑사산 낙타봉에 비적들이 출몰한 지는 벌써 십 몇 년의 세월이 흘렀습니다. 작년에 표고라는 자가 여제자 하나를 데리고 낙타봉으로 기어들어 정양교(正陽敎)니 뭐니 하며 포교를 하면서부터 그네들이 무서운 기세로 뭉쳐 깃발을 내걸고 공개적으로 조정에 도발을 해왔던 것입니다…… 십 년 전만 해도 저네들은 대부분이 관부의 조세제도에 불만을 품고 간혹 주먹을 내두른다든지 지주들을 협박하여 소작세를 감하거나 면제받는 것이 주된 목적인 농민 출신들이었습니다. 성조 때는 조정과의 사이가 마냥 태평스럽기만 했던 지역입니다. 성조께서 서부로 친정(親征)하시면서 동으로 황하를 건너 임현을 지나실 때 그곳 백성들은 밀가루를 천석씩이나 수레나 등짐으로 날라 군영까지 보내주는 열과 성을 보여 성조로부터 '민풍순후(民風淳厚)'라는 네 글자를 하사받기도 했다 합니다. 그 비석이 아직도 있습니다……."

"그러나 옹정 2년 이후로 선후하여 몇몇 악질 현령이 거쳐가면서 갖은 명목으로 약탈을 일삼았고, 끝없이 이어지는 가렴주구에 급기야는 백성들이 들고일어났던 것입니다."

이시요가 푸헝을 힐끗 쳐다보며 말을 이었다.

"소인이 결코 동문서답을 하는 게 아닙니다. 사교들이 무서운 속도로 번식할 수 있는 온상이 바로 불안한 현실에 그 근원을 두고 있다는 겁니다. 마음을 의지할 데 없어 신격화된 우상에 목숨거는 백성들이 있는 한 설령 이번에 비적들을 소탕하는 데 성공했다 할지라도 대군이 철수하고 나면 원래대로 돌아가는 건 시간문제입니다!"

그러자 푸헝이 몸을 앞으로 숙이며 미소를 지으며 입을 열었다.

"내가 그대의 말을 듣기 지루해하는 건 아니고 그대만의 해위양책(解圍良策)이 너무 궁금해서 그러오."

"임현은 태원에서 4백 리 떨어져 있고, 흑사산은 3백 리 안팎밖에 떨어져 있지 않습니다. 저희 이석주에서 흑사산까지도 3백 리 정도의 거리입니다."

이시요의 눈빛이 유유히 빛났다.

"흠차께선 이곳 태원에서 정예병 5백 명을 선발하여 서쪽 방향으로 출발하시고, 전 지금 당장 현으로 돌아가는 겁니다……. 흑사산의 비적들이 툭하면 내려와 우리 이석주의 백성들을 괴롭히는데 대처하기 위해 하관이 2천 민병을 키워 놓았습니다. 벌써 그중 천명이 소집됐다 하니 제가 이들을 거느리고 북으로 흑사산을 향할 것입니다. 흠차어른의 정예병과는 마방(馬坊)에서 회합(會合)하여 흑사산을 습격하면 시일도 훨씬 단축되고 효과도 배가될 것입니다. 표고의 무리는 바로 흠차께서 먼저 생각하셨던 대로 움직일 거라 굳게 믿고 있기에 저토록 담대하게 임현을 공격하는 것입니다. 임현만 정복하면 군향을 조달할 수도 있고 설령 대군이 쳐들어와도 접경지대인 섬서성 북쪽으로 도망가기에도 편리하다는 계산이 섰던 것 같습니다."

푸헝은 속으로 긴박하게 저울질해보았다. 이시요의 말대로 이는 위험요소가 뒤따르는 행보임이 틀림없었다. 그러나 적들의 허를 찔러 신속한 성과를 기대할 수 있다는 유혹 또한 만만찮았다. 잠시 심사숙고하고 난 푸헝이 물었다.

"그대가 알고 있기론 표고의 병력이 대체 얼마나 될 것 같은가?"

"5천 명까지는 안됩니다."

이시요가 웃으며 말을 이어나갔다.

"지방관들이 비적들의 수를 보고 올릴 때 부풀리는 건 다반사입니다. 관군이 패했을 경우 상대가 막강하여 역부족이었노라고 발뺌하기 위한 방패이고 승전을 올렸을 시엔 강적과 붙어 그만큼 잘 싸웠다는 걸 부각시키기 위한 수단이죠."

이쯤에서 이시요의 말투가 갑자기 비수같이 예리해졌다.

"그러나, 한 가지 간과할 수 없는 사실은 악덕 현관(縣官)들의 가혹한 착취를 받아온 일부 백성들이 비적들과 한 패가 되어 관군을 향해 주먹을 휘두르는 경우입니다. 그러니 적들의 성세가 요란해 보일 수밖에 없는 것입니다."

푸헝이 생각하기에 이시요의 전술대로 1천 5백 명의 정예병을 거느리고 돌연 습격했을 때 한판 붙어 볼만한 건 사실이었다. 설령 낙타봉을 수복하기에 버겁더라도 범고걸이 이끄는 안문관 병마들이 호응해준다면 위험하긴 하나 만무일실(萬無一失)에 가까울 것이다. 조부(祖父)인 부찰하이란 공(公)이 1천 기병을 거느리고 양주성(揚州城)을 공략할 때 수천 명의 명나라 군사들에게 포위당했어도 용감하게 뚫고 나와 적들의 진영을 와해시켰다는 사실을 상기한 젊은 흠차는 삽시간에 뜨거운 피가 솟아오르는 충동에 사로잡히고 말았다. 그는 벌떡 일어나 큰소리로 외치듯 말했다.

"대장부가 이럴 때 공훈을 세우지 않고 언제까지 기다릴쏘냐!"

자못 상기된 표정으로 이시요를 바라보며 푸헝이 말했다.

"그대는 이석으로 돌아가지 말고 바로 내 곁에서 군무를 참찬해 주도록 하게. 내가 참의도(參議道)라는 명의를 줄 테니, 이번 임무를 완수하는 대로 폐하께 주장을 올려 윤허를 받아낼 것이네! 자, 서두르자고. 난 순무아문에 가서 정예병과 군향을 해결하고 올 테니 그대는 친서를 보내어 이석에 있다는 민병 1천 명을 3일 이내에 마방에 도착하게 하여 명령을 기다리게 하게!"

"예, 그렇게 하겠습니다!"

푸헝은 곧 패검을 허리춤에 차고 친병 몇 사람을 대동하여 말 위에 날아올랐다. 그리고는 힘껏 고삐를 잡아당겨 어둠을 가르고 쏜살같이 달려갔다.

때는 해시(亥時)가 다된 시각이었다. 음력으로 3월 말인지라 밤에는 아직 냉기가 만만찮았다. 날씨는 흐려있었다. 순무아문에는 사문(四門)이 무겁게 닫혀있었고, 희미한 등불 아래에서 몇몇 아역들이 무료함을 달래느라 땅콩을 까먹으며 한담을 나누고 있었다. 급한 말발굽소리가 가까워오자 그들은 약속이라도 한 듯 벌떡 일어나 주위를 살폈다. 그사이 벌써 당도한 푸헝 등이 말에서 미끄러지듯 내렸다. 문관(門官) 료청각(寥淸閣)이 급한 목청을 뽑아내며 고함치듯 물었다.

"거기 누구요? 걸음 멈추시오!"

"나요."

푸헝이 한 손에 채찍을 들고, 다른 한 손은 패검에 올려놓은 채 성큼성큼 걸어왔다. 등불이 희미하여 상대가 잘 보이지 않자 그는 말했다.

"흠차대신 푸헝이오. 긴요한 일이 있어 즉각 칼지산 중승을 만나봐야겠네."

눈을 좁다랗게 뜨고 푸헝이 가까이 올 때까지 한참 뚫어지게 쳐다보면 료청각이 그제야 푸헝을 알아보고는 급히 대답했다.

"소인이 곧 들어가 모셔오도록 하겠습니다. 하오나 중승께선 이미 자리에 드셨을 터이니 후당까지 소식을 전하려면 좀 시간이 걸릴 것입니다. 중당께오선 여기 앉아 계십시오!"

말을 마친 료청각은 곧 예를 갖춰 인사하고는 다른 두 명의 문지기들을 데리고 의문을 열고 안으로 들어갔다. 마음이 다급하고 초조한 푸헝은 그 자리를 부지런히 서성이며 이제나저제나 칼지산이 나오기만을 기다렸다. 칼지산에게 자신의 뜻을 전하고 정예병들을 소집하여 잠깐 훈화(訓話)를 마치고 출발한다고 해도 오늘밤엔 조금밖에 행군하지 못할 것이었으므로 한시가 급했다. 그렇게 초조하게 배회하길 한참, 문득 고개를 들어보니 동쪽담 벽 모퉁이에 흙먼지를 잔뜩 뒤집어쓴 당고(堂鼓)가 보였다. 기발한 생각이 뇌리를 친 푸헝은 의문으로 들어가 채찍으로 당고를 마구 두드려댔다.

"둥둥둥둥……."

무겁고 다급한 당고 소리가 삽시간에 어둠의 장막을 갈기갈기 찢어놓았다!

오후에 싸하량과 함께 안문관 대영에 양초(糧草)를 보내는 일을 상의하고 아문에 돌아와 작패를 놀다가 집에 들어간 칼지산은 다섯째 첩을 끼고 누워 막 운우지정을 나누려던 참이었다. 한껏 달아올라 신음소리를 토하는 여인을 보며 좋아라 덮쳐들려던 칼지산은 느닷없이 들려오는 다급한 당고 소리에 놀라 부랴부랴 옷을 대충 걸치고 신발을 질질 끌며 밖으로 나왔다. 몇몇 시녀들이 어안이 벙벙하여 중문 쪽을 바라보고 있었다. 칼지산이 짜증스레 물었다.

"누구야, 이 밤에! 말도둑이라도 쳐들어 온 거야?"

칼지산의 말이 떨어지기 바쁘게 중문을 두드리는 소리와 함께 밖에서 료청각의 고함소리가 들렸다.

"중승어른, 흠차께서 긴요한 일로 중승어른을 보자고 하십니다!"

안에서 그 소리를 들은 듯 여인이 관복이며 장화를 들고 나오자 시녀들이 부랴부랴 칼지산을 시중들어 의복을 입혀주었다.

"아무리 긴요하기로서니 나보다 더 긴요할까!"

칼지산이 듣기에 아리송한 말을 내뱉으며 료청각에게 물었다.

"무슨 일이라는 얘긴 못 들었나? 혹시 성지(聖旨)를 전하러온 건 아닐까?"

"그런 것 같진 않았습니다. 대동한 몇 사람 모두 무장(武裝)인 걸 보니 군무 쪽인 것 같습니다."

"중문을 열라하라! 난 공문결재처 쪽으로 영접을 나갈 것이니."

료청각이 날 듯이 달려가서 얼마 안지나 중문이 활짝 열렸다. 화가 잔뜩 치밀었지만 젊고 유망한 흠차의 눈에 미운 털 박히는 일은 없어야 했다. 위풍당당한 푸헝이 호랑이 걸음으로 들어서자 칼지산은 얼굴 가득 미소를 띄우며 다가갔다.

"흠차어른, 이 시간에 어쩐 일이십니까? 뒤에서 상주문을 쓰고 있던 중에 깜짝 놀랐지 뭡니까? 솔직히 소인은 아직 야밤에 당고 두드리는 소리는 처음입니다!"

"별 일 없이 내가 심심해서 찾아왔을까?"

푸헝이 웃으며 칼지산을 따라 공문결재처로 들어갔다. 자리에 앉을 새도 없이 서둘러 자신의 낙타봉 습격계획을 털어놓았다.

"……다른 건 아무 것도 필요없이 내게 5백 명의 정예병만 내주도록 하게. 그리고 날이 밝으면 싸하량더러 그 가솔들에게 은자 3백 냥씩 보내주라 하게. 난 여기 앉아 기다리다 정예병을 데리고 출발할 거네."

아닌 밤중의 홍두깨에 칼지산이 크게 놀라 펄쩍 뛰었다.

"흠차어른, 설마 농담은 아니겠죠? 이런 경우는 간혹 연극에서나 보았지 현실적으로는 보지도 듣지도 못했던 일입니다."

그러나 곧 자신의 실수를 깨달은 칼지산이 어투를 달리하며 진지한 표정으로 말했다.

"여기서 흑사산까지는 3, 4백리 입니다. 산이 높고 숲이 우거진 데다 지세가 험준하여 그쪽 지리를 손금 보듯 하는 수천 비적들과 한판대결을 벌이기에는 너무 큰 위험이 따릅니다. 정예병 5백 정도야 당장 불러모을 수 있고 은자도 문제될 게 없겠으나 만에 하나 그 누구도 원치 않는 사태가 발생하면……."

칼지산은 연신 머리를 흔들 뿐 더 이상 말을 잇지 않았다.

"자넨 연극에서 보았다지만 난 책에서 읽었네."

푸헝이 더 이상 칼지산과 입씨름할 생각이 없다는 듯 차가운 표정으로 돌아서 서안(書案) 앞으로 다가갔다. 그리고는 붓을 들어 뭔가 급히 적어 내려가기 시작했다.

　　산서 순무아문은 즉각 5백 명의 정예병을 흠차대신 푸헝에게 파견하여 대령시키라!

다 쓰고 난 푸헝은 곧 칼지산에게 건네주었다.

"정 후과가 두려우면 이걸 갖고 있게!"

그러자 칼지산이 종이를 힐끗 쓸어 보더니 돌연 크게 웃으며 말했다.

"중당, 이래뱨도 나도 7척(七尺) 대장부입니다! 이런 수령(手令)은 필요 없으니 병사들을 데리고 가십시오. 소인은 중당어른과 더불어 영욕을 같이 하겠습니다!"

이같이 말하며 칼지산은 곧 종잇장을 촛불에 갖다댔다. 푸헝이 자못 놀라운 표정으로 칼지산을 바라보며 말했다.

"역시 만주호한(滿洲好漢)답군!"

이튿날 저녁 무렵, 푸헝의 8백리 긴급 상주문이 군기처(軍機處)에 도착했다. 그날 마침 당직을 서고 있던 나친은 급한 사안인 만큼 지체할세라 태감 진옥(秦玉)을 시켜 양심전으로 달려가 아뢰게 했다. 그리고 자신은 영항에서 지의를 기다렸다. 담배 한 대 태울만한 시간이 채 지나지 않아 고무용이 진옥을 데리고 나왔다.

"폐하께서 나친 중당을 들라고 하십니다."

"지방관들이 조정의 이목을 속이는 정도가 이젠 위험수위를 넘어서는군!"

건륭이 급보문서를 한 쪽에 밀어놓으며 분노를 터뜨렸다.

"표고 일당이 고작 천여 명에 불과하다고 보고할 땐 언제고 갑자기 5천 명이라니? 이런 일은 군기처나 상서방에서 미리 조사를 했어야지, 자네들은 대체 뭘 하는 사람들인가!"

나친이 마른침을 꿀꺽 삼키며 조심스레 아뢰었다.

"지당하신 말씀이옵니다. 문관들은 자기네들의 치적을 부풀리느라 태평을 분식하기에 여념이 없다보니 도둑들의 숫자를 자꾸만 줄이고 무관들 또한 자기네들의 실익을 따져 도둑 수를 실제보다 불려 보고하는 현상이 근절되지 않고 있는 실정이옵니다."

그러자 건륭이 탄식했다.

"문관, 무관 모두 자기들의 색깔을 잃어가니 어찌하면 좋겠나! 문관들은 잔뜩 돈독이 올라있고 무관들은 적들에게 가까이 가길 무서워하니 참으로 심각하네! 자네 십사패륵부를 다녀오도록 하

게. 산서성 비적들의 동향과 이에 따른 푸헝의 전략을 십사황숙에
게 아뢰게. 십사황숙이 달리 이견이 없는 것 같으면 자넨 오늘
저녁 내로 돌아올 필요가 없겠고, 부당성을 제기하고 나서면 당장
그 뜻을 짐에게 전해주도록 하게. 짐은 오늘저녁 내궁(內宮)에
들어가지 않고 여기서 주장을 읽어볼 것이네."
　나친이 연신 대답을 하고는 물러갔다. 실내가 너무 어둡다며
등뒤에 촛불 두 개를 더 밝히라고 명하고 난 건륭은 곧 각 지역에
서 올라온 주장을 펴들었다. 강서성에서 고항이 올린 주장에는
그곳 비적들이 토사 무너지듯 와해됐으니 더 이상의 은우(隱憂)
는 없을 것이라고 했다. 주장을 읽고 난 건륭은 잠시 생각한 끝에
붓을 들어 주사(朱沙)를 듬뿍 묻혔다.

　　경은 적지에 친림하지도 않았다면서 어찌 은우가 완전히 사라졌
　다고 자신할 수 있단 말인가? 비적을 와해시켰으면 그 두목 일지화
　(一枝花)를 짐의 면전에 끌어다 놓아야 믿어줄 게 아닌가!

　어비(御批)를 달아 밀어내고 다시 하나를 꺼내보니 남경에서
의창(義倉)을 설치하여 평소에 비축해둔 식량으로 재해복구에 요
긴하게 쓸 것이라는 윤계선의 주장이었다. 어비를 달 필요가 없다
는 듯 옆으로 밀어내던 건륭이 다시 가져다 몇 글자 적었다.

　　알았네. 이런 게 바로 실심(實心)으로 정무에 임하는 태도라 말하
　고 싶네. 원혐(怨嫌)을 살까 두려워 말고 여태 해왔던 대로 과감히
　밀고 나가게. 강남은 나라 재정의 중지라는 점을 명심하게. 인문(人
　文)이 회췌(薈萃)한 강남에 자네 같은 관원이 있어 짐은 노심(勞心)

을 더네.

그제야 한숨 돌린 건륭은 푸헝의 상주문을 다시 집어들었다. 임현에서 올린 긴급 문서를 참작하여 대조해보며 읽어보고 난 건륭은 오래도록 깊은 생각에 잠겼다. 어느새 표정이 딱딱하게 굳어진 건륭이 다시 천천히 붓을 들었다.

경이 산서성의 비관적인 면을 두루 나열하여 강조한 것은 혹시라도 추후에 책임을 피해가기 위한 방편이 아닌가? 이번 흠차의 첫째 가는 임무는 바로 표고 일당을 소멸하는 것임을 다시 한번 일러두네. 경이 며칠동안 관원들 접견하는 데만 열성이다 보니 적들이 안하무인으로 흠차의 코앞에서 난동을 부리지 않나! 이 책임을 누가 질 것인지 생각해 보았는가? 강서성의 비적들은 이미 전멸됐다 하네. 흠차로서 가장 중요한 임무를 제대로 완수하지 못한다면 짐이 죄를 묻기 이전에 경은 무슨 면목으로 짐을 마주하겠나?

의자 등받이에 몸을 젖히며 길게 한숨을 토해 낸 건륭은 문득 당아가 떠올랐다. 당아를 봐서라도 끝에 몇 마디 위로의 말을 덧붙이려 할 때 고무용이 들어와 아뢰었다.
"나친 중당과 십사황숙께서 뵙기를 청하였사옵니다. 영항에서 대령하고 있사옵니다. 궁문이 닫혔사오니 폐하의 지의 없이는 사람을 들일 수가 없었사옵니다."
"어서 들라하게!"
건륭이 서둘러 온돌을 내려섰다. 급히 사람을 불러 의복을 시중들게 했다. 허리띠까지 매고 의관을 정제하여 앉아 있노라니 나친과 윤제가 들어섰다. 윤제가 대례를 올리려하자 건륭이 급히 자제시키며 말했다.

"십사숙, 앞으로 이같이 사적인 자리에서는 대례를 면하도록 하세요! 아무리 군신지간이라지만 어릴 적에 십사숙의 품에서 놀았던 조카이기도 하잖아요? 명문이 유별하긴 하지만 '천륜(天倫)' 두 글자는 무시할 수 없지 않겠어요?"

"폐하께서 그리 말씀하시니 신은 몸둘 바를 모르겠사옵니다!"

가슴이 뭉클해진 윤제가 하마터면 눈물을 쏟을 뻔했다. 부지런히 눈을 슴벅이며 윤제가 말했다.

"푸헝의 전략대로라면 임현은 먹히는 수밖에 없사옵니다. 임현을 놓치면 표고는 섬서성으로 도망갈 수 있는 탄탄대로를 확보한 거나 다름없사옵니다. 섬서성의 유림성(楡林城)에는 몇십만 석의 식량이 비축되어 있사옵니다. 또 그쪽은 고한(苦寒)지대이고, 민풍(民風)이 흉흉한 곳인지라 표고가 그곳에 둥지를 트는 날엔 대적(大敵)으로 뿌리 내릴 게 틀림없사옵니다! 절대 표고를 섬서로 도망치게 해서는 아니 되옵니다."

건륭이 흠칫하며 냉기를 들이마셨다. 윤제가 소매 속에서 산서성의 지도를 꺼내어 펴서 보여주었다. 그리고는 푸헝의 전략이 위험천만한 발상이라는 이유를 설명하고 새로운 대안을 제시했다. 그 방법은 이시요의 견해와 거의 비슷했다. 끝부분에 윤제는 덧붙였다.

"푸헝이 수천 리 길을 달려 흑사산에 다다랐을 때는 수천 병사들 모두 피병(疲兵)으로 나눌 것이옵니다. 신이 표고라면 백석골 일대에 매복하였다가 기진맥진한 푸헝의 병사들을 전군 박멸시키겠나이다!"

말없이 듣고만 있는 건륭의 이마엔 식은땀이 줄기차게 흘러내렸다. 자리로 돌아와 털썩 내려앉으며 건륭이 탄식했다.

"결국은 서생의 한계를 넘지 못하는군. 짐이 사람을 잘못 파견했네!"

"장군은 싸움터에서 만들어지는 것이옵니다. 신도 패배를 맛본 적이 있사옵니다. 비오기 전 우산을 준비하는 격으로 태평시절에 젊은이를 연병(練兵)에 투입시킨 건 현명하신 처사이옵니다."

윤제가 평온한 어투로 말했다.

"현 시점에서 중요한 것은 착오를 만회할 대안을 찾는 것이옵니다. 폐하께선 일단 지의를 내리시어 섬서성 총독아문으로 하여금 5천 군마를 풀어 적들의 도주로를 미리 차단하게끔 하명하셔야 하옵니다. 또한 산서와 섬서 접경지대에 있는 현들에 명하여 나루터에 있는 배를 전부 거둬들이되 부득이한 경우엔 소각시키는 것도 불사하게끔 해야 하며, 칼지산더러 전 성(省)의 병마를 총동원하여 표고의 동향을 면밀히 감시해야 할 것이옵니다. 이상은 신의 좁은 소견이옵니다."

옆에서 듣고 있던 나친은 윤제가 지나치게 흉흉한 분위기를 조성한다고 생각하며 아뢰었다.

"십사마마, 혹시 닭 잡는 데 청룡도 쓰는 격이 아니 되는지 모르겠습니다. 표고는 우리가 우려하는 것처럼 그리 대적하기 힘든 상대가 아닐지도 모릅니다. 임현을 들이친 건 단순히 양초(糧草)를 조달하기 위한 궁여지책이 아닐까요? 그리고 조정과 대적하기엔 한낱 조무래기에 불과한 무리들이 감히 백석골 일대에 매복할 엄두를 못 낼 가능성도 큽니다. 자칫 민심의 대란이 우려되오니 일단 범고걸의 대부대는 움직이지 말고 대기하게 하여 사태를 지켜보고 결정하는 것이 어떨까 합니다."

그러자 윤제가 말했다.

"물론 가장 바람직한 건 모든 것이 우리의 과민반응으로 끝나는 것이지. 나라는 사람은 원래 하늘이 무너질까 걱정하는 사람이라서 그런지는 몰라도 항상 최악의 경우를 대비해두는 것이 좋을 거요."

"모든 건 십사숙의 뜻에 따르되 반드시 밀지(密旨)로 전략전술을 교환해야겠네."

건륭이 이같이 말하며 나친을 힘껏 째려보며 말했다.

"십사숙의 얘기를 듣다보니 유림 지역의 식량창고를 이젠 없애버리는 게 나을 것 같네요. 자칫 적들의 무기로 악용되느니 지금 춘궁(春窮)이 한창인데 창고를 열어 식량을 그곳 백성들에게 전부 나눠주는 게 바람직할 것 같네요!"

"실로 성명하시옵니다, 폐하!"

윤제의 얼굴에 모처럼 희색이 만면했다. 그는 처음으로 가슴깊이 건륭을 존경하게 되였다.

위위구조(圍魏救趙) 297

33. 흑사산(黑査山)의 도적떼

순무아문에서 병력을 빌려 푸헝은 그날 저녁으로 태원성을 떠났다. 이 5백 정예병은 원래 옹정 10년에 악종기의 서녕(西寧) 전선에서 훈련을 받았던 병사들이었다. 악종기가 패망하여 영원대장군(寧遠大將軍)의 직함을 박탈당하고 북경에 압송되어 죄를 묻게되자 이 후비군(後備軍)들은 전장에 나가보지도 못하고 우왕좌왕 갈곳을 잃고 말았다. 그러던 중 전임 산서순무가 이네들을 불러 친병으로 부려왔던 것이다. 실로 모처럼 만에 공로를 세워 신분상승을 꾀할 기회가 생겼다며 이들은 저마다 한껏 들떠 있었다. 이들의 사기를 가일층 돋워주기 위해 푸헝은 산서성 번고(藩庫)에서 조달해온 은자 1만 5천 냥 전부를 골고루 나눠주고 길을 떠났다. 표기(驃騎, 옛날 장군의 칭호), 쇠가죽 갑옷으로 통일하고 저마다 활을 비스듬히 메고 의기충천한 가운데 열 명의 화총수(火銃手)가 흠차의 호위를 맡아 푸헝과 이시요를 보호하여 쥐도 새도 모르게 태원성 서문을 빠져 나왔다. 숨돌릴 새도 없이 이들은 전속력으로 질주하여 이튿날 새벽 동틀 무렵에 흑사산 골짜기에 있는 마방진(馬坊鎭) 근처에 다다를 수 있었다.

"다 왔습니다."

푸헝의 옆자리를 내내 지켜왔던 료청각이 아직 어둠이 완전히 가시지 않은 어둑어둑한 마방진을 채찍으로 가리켰다.

"푸중당, 저 앞이 바로 마방진인데요. 듣기 좋게 '진(鎭)'이라곤 하지만 사실 인가가 2백여 호밖에 안됩니다. 하관이 전에 두 번 다녀간 적이 있습니다. 해마다 가을이면 말장수들이 중원에서 찻잎을 가져다 이곳에서 몽고인들이랑 말과 차를 맞교환하곤 하는 그 며칠만 빼면 일년 내내 조용한 동네입니다."

쉼없이 말을 달려오느라 푸헝의 온몸은 땀으로 흥건했다. 찬바람이 목덜미를 타고 들어가 등골을 오싹하게 했다. 서북쪽으로 빙 둘러앉은 시커먼 흑사산과 몇 점의 불꽃이 고작인 마방진을 둘러보며 푸헝이 물었다.

"이곳에 역관이 있나? 이곳 사정에 밝지 못한 우리가 무작정 쳐들어갔다가 미리 매복해 있을 지도 모르는 도적떼들에게 봉변을 당하는 경우도 배제할 순 없거든."

그러자 료청각이 아뢰었다.

"역관이라고 하나 있긴 합니다만 방 예닐곱 개가 고작입니다. 시중드는 역승, 역졸들도 없고 스산하기 짝이 없습니다. 마방진 동쪽에 천왕묘(天王廟)라고 있는데, 피폐하긴 마찬가지지만 뜰이 넓어 우리 일행이 묵어가기엔 역관보단 낫지 않을까 합니다. 하관의 소견으론 백여 명을 풀어 진(鎭)을 포위하여 들어올 수는 있어도 나가지는 못하게끔 조치하고, 나머지는 이시요 어른의 민병들이 도착할 때까지 천왕묘에 머물러 있는 게 어떨까 합니다."

"여긴 대체 어디에 소속되는지도 모를 동네입니다."

이시요가 나섰다. 어둠 속에서 그 얼굴은 똑바로 보이지가 않았다.

"진에는 조정의 관원이 하나도 없고, 진장(鎭長)이랍시고 있어도 정체불명의 인물이지요……. 우린 신분을 드러낼 거 없이 천왕묘에 머무는 것이 좋을 것 같습니다. 그러나 굳이 사람을 풀어 진을 칠 것까지는 없을 것 같습니다. 워낙에 삼교구류(三敎九流)들이 제집처럼 출몰하는 곳인지라 서로 웬만한 일에는 간섭을 안 하는 편입니다. 우리가 경계를 하면 되레 그네들에게 우리의 신분을 드러내는 격이 될 것입니다."

푸헝이 공감한 듯 웃으며 고개를 끄덕여 보였다.

그들은 열 몇 개의 횃불을 지펴 들고 료청각의 인솔하에 마방진 동쪽으로 난 역도(驛道)를 따라 한참 걸어갔다. 과연 넓은 공터 옆에 절 하나가 우중충하게 엎드려 있었다. 겉보기에 방들도 적잖을 것 같았다. 그러나 사위는 황량한 적막감에 휩싸여 있었다.

"쳐들어가!"

푸헝이 채찍으로 굳게 닫혀 있는 대문을 가리키며 큰소리로 명했다.

"방마다 샅샅이 뒤져봐, 안에 놈들이 매복해 있을지 모르니 조심하고!"

몇몇 친병이 말에서 굴러 내렸다. 크게 기합을 넣으며 달려간 이들이 힘껏 대문을 밀어젖혔다. 그러나 빗장이 잠겨 있지 않은 대문은 저절로 활짝 열리며 하마터면 병사들이 그대로 엎어져 코를 깰 뻔했다. 친병들이 요도(腰刀)에 손을 얹고 몰려들어가자 푸헝은 자신의 수행원들을 데리고 천장 한가운데서 조용히 사태를 주시하고 있었다. 갑자기 병사 하나가 횃불을 휘두르며 뛰쳐나오더니 발작에 가까운 목소리로 고함을 질렀다.

"방 안에 세 놈이 죽치고 있습니다!"

잠시 지켜서 있노라니 과연 어둠 속으로 세 그림자가 뒤쫓아 나오고 있었다. 얼굴은 똑바로 보이지 않았으나 두 사내는 체구가 우람했고, 다른 하나는 작고 왜소했다. 한 손엔 향을, 다른 한 손엔 칼을 든 채 문 어귀에 서서 잠깐 멈칫하는 것 같았다. 한참 푸헝과 마주하고 있던 두 거구의 사내들 중 하나가 물었다.

"니먼 왈? 써이쓰 씬주(비적들의 은어. 어디서 왔으며 대장은 누구냐는 뜻)!"

료청각이 성큼 한 발 앞으로 나섰다. 그러나 비적들의 은어를 모르는지라 똑같이 물었다.

"니먼왈? 써이쓰 씬주!"

"거라지구퍼이부취, 모리썽충(낙타봉에서 온 산벼룩이라는 뜻)!"

사내가 퉁명스레 내뱉으며 되물었다.

"니먼 왈?"

"거라지구퍼이부취, 모리썽충!"

당황한 료청각이 다시 그네들의 은어를 되풀이했다.

그러나 어이없다는 듯 서로를 번갈아 보던 세 사람이 돌연 배꼽을 잡고 웃음을 터트렸다. 한참 흐느적거리던 키다리가 성큼 다가오더니 칼을 뽑아들고 내리치려고 했다. 그러자 눈치 빠르고 동작이 잰 료청각이 자신의 패검으로 내리꽂히는 사내의 칼을 막았다. 두 장검이 부딪치면서 사방으로 불꽃이 튕겼다. 순간적으로 놀란 나머지 등골에 식은땀이 쫙 돋은 료청각이 두 눈을 부릅뜨며 악에 받쳐 고함질렀다.

"이런 빌어먹을 자식들! 말이 끝나기도 전에 비열하게 칼질하는 게 어딨어?"

"그럼 똑바로 말해봐, 어디서 온 누구야!"

그러자 료청각이 애써 화를 눅자치며 말했다.

"자형산(紫荊山)에서 왔다 왜? 표고 그 잡것이 이런 식으로 손님을 대할 줄은 몰랐어, 날이 밝기 전에 돌아가야지 원!"

도적떼들이 더 있을 줄 알고 은근히 걱정했던 푸헝은 그러나 상대가 세 명밖에 안된다는 사실이 확인됨에 따라 적이 안도했다. 료청각이 지혜롭게 대처하는 모습에 흡족한 미소를 지으며 어둠 속에서 푸헝은 연신 머리를 끄덕였다. 료청각의 내력을 알 수가 없어 서로를 번갈아 보며 눈짓으로 의견을 교환하던 셋 중의 키다리가 난쟁이를 겨우 면한 사내에게 말했다.

"산벼룩 어른, 저네들이 우리의 은어를 못 알아듣는 걸 보니 정말 자형산 쪽에서 왔을지도 모릅니다. 표총(飄總, 표고에 대한 존칭)한테서 자형산 쪽에 우리 사람이 있다고 들은 기억이 납니다. 악호탄(惡虎灘) 쪽에 병력이 부족하여 자형산 쪽에 인력지원을 요청했다는 것 같았습니다……."

그의 말이 끝나기도 전에 산벼룩이라 불리는 자가 손짓으로 말허리를 잘랐다. 그리고는 째지는 듯한 목소리로 말했다.

"보아하니 당신이 대장은 아닌 것 같은데, 들어가서 대장 나오라고 그래!"

그 말투며 일거수일투족으로 미뤄 보아 산벼룩은 낙타봉에서 서열이 꽤나 높을 것 같았다. 어둠 속에서 료청각이 고개 돌려 자신을 바라보자 푸헝이 성큼 앞으로 나섰다. 그리고는 음성을 내리깔고 물었다.
 "내가 이 무리의 두목인데, 어쩐 일로 날 보자는 거야?"
 "무량수불(無量壽佛)! 관음보살이 어린 동자(童子)로 변하자 오색 구름 속에서 간첩(柬帖, 글씨본)이 떨어졌네. 보살이 집어 읽어보니 무생묵화(無生默話) 일색이더라!"
 무슨 말인지 통 알아들을 수가 없었다. 순간 푸헝은 당황스러웠다. 일전에 상서방에서 소각해버리기 위해 자루에 가득 담아 내놓은 백련교 각 파벌들의 교서(敎書)를 심심풀이로 뒤적거려 본 기억은 있으나 이 구절은 어느 경(經), 어느 권(卷)에 나오는지 기억이 가물가물했다. 아무튼 백련교 경전에 나오는 것 구절임은 분명했다. 다급한 김에 푸헝은 생각나는 대로 말해버렸다.
 "안적(眼賊), 이적(耳賊), 비적(鼻賊), 설적(舌賊), 신적(身賊), 의적(意賊)을 일컬어 6적(六賊)이라 한다며 진공도사(眞空道士)께서 내게 무자경(無字經)을 가르쳐 주셨지!"
 "그렇다면 그쪽은 과연 표총의 사제(師弟)가 틀림없단 얘긴데!"
 산벼룩이 반신반의하는 표정을 지어 보이며 다시 물었다.
 "설파무생화(說破無生話), 결정왕서방(決定往西方)."
 분명 이에 걸맞는 시구를 대라는 얘긴데, 푸헝으로선 알 수 없었다. 비슷하게라도 맞춰야만 이네들의 믿음을 살 수 있을 터였다. 푸헝이 긴박하게 생각을 더듬고 있을 때 이상한 기미를 눈치챈 산벼룩이 버럭 고함을 질렀다.
 "이 얼간이 같은 놈아, 은어 하나 못 맞추는 주제에 누굴 속이려고 들어? 꼴에 우리 표총이 대단한 줄은 알아 가지고. 너 같은 놈이 빈대 붙을 정도로 허술한 줄 알아? 이것들과 승강이할 새가 없어. 가자고!"

"덮쳐라!"

더 이상 자신들이 표고와 한 패거리라는 것을 주장하기엔 무리라고 생각한 푸헝이 섬뜩한 쇳소리와 함께 장검을 뽑아들며 무섭게 고함질렀다.

"하나도 놓쳐선 안돼!"

푸헝 일행을 미리 경계해 왔던 세 사람은 곧 방어태세를 취하며 뒷걸음쳤다. 그러나 수적으로 상대가 되지 않는 터라 푸헝 일행이 철통처럼 사방을 막아 나서자 이들은 곧 독 안에 든 쥐가 돼버리고 말았다. 몇몇 친병들이 달려들어 두어 번 치고 박고 하니 두 키다리는 어느새 단단히 포박당하고 말았다. 그러나 그 철통수비를 뚫고 산벼룩은 어디론가 도망가버리고 말았다. 횃불을 지펴들고 뜰 안팎을 샅샅이 뒤졌으나 산벼룩은 그 어디에도 없었다. 수색하러 갔던 친병들이 속속 돌아와 뜰에 집결하고 있을 때 갑자기 정전(正殿)의 지붕 위에서 째지는 듯한 괴괴한 웃음소리가 귀청을 때렸다. 마치 야밤의 부엉이 울음소리를 연상케 하는 그 소리에 사람들은 등골이 오싹해 났다. 고개를 들어보니 짐승의 머리 장식물 옆에 쪼그리고 앉아 있는 산벼룩의 모습이 어렴풋이 보였다. 모두들 두 눈 시퍼렇게 뜨고 지켜서 있었는데, 언제 도망갔을까. 푸헝이 잠깐 생각하는 사이 산벼룩이 또다시 부엉이 울음소리를 내며 말했다.

"수백 명이 눈깔을 뻔히 뜨고 날 놓치는 주제에 감히 흑사산을 노려? 우리 표총을 도와 그 푸헝인가 뭔가 하는 놈을 잡아 족친 후에 다시 보자고! 두 아우는 그렇게도 모시고 있는 게 소원이라면 맘대로 하거라. 단, 털끝 하나 다쳤다간 큰코 다칠 줄 알아!"

말을 마친 산벼룩은 몸을 동그랗게 웅크린 채 두어 번 공중회전을 하더니 어디론가 종적을 감추고 말았다. 그제야 어깨의 통증을 느낀 푸헝이 손으로 만져보니 끈적끈적했다. 횃불에 비춰보니 피가 낭자했다. 그걸 본 료청각이 놀라서 소리질렀다.
"중당어른, 어디 봅시다!"
"괜찮네."
푸헝이 조심스레 어깨에 박힌 암기(暗器)를 뽑아보니 끝이 예리한 표창(鏢槍, 칼끝처럼 만든 흉기)이었다. 상처가 난 곳의 피가 선홍빛을 띠고 이상한 징후가 없으니 다행히 독을 묻힌 흉기는 아닌 것 같았다. 적이 안도하며 푸헝은 갈수록 더해오는 통증에 이를 앙다물었다. 부하들에게 내색하지 않느라 애쓰며 대수롭지 않게 표창을 내던지고 군의관에게 어깨를 맡기고 키다리에게 물었다.
"둘 다 이름은 뭐고, 낙타봉에서 무슨 일을 맡고 있어?"
그러자 키다리가 고개를 외로 꼬아 콧소리를 내며 말했다.
"난 류삼(劉三)이고, 저 친구는 은장(殷長)이오. 둘 다 산벼룩의 수행원이요, 왜! 그러는 그쪽은 뭐 하는 사람들이오?"
고작 두 졸병에 불과하다는 말에 푸헝이 적이 실망하며 다시 물었다.
"산벼룩은 서열 몇 번째야?"
"이 바닥에서 여태 그것도 모른단 말이야?"
류삼이 더더욱 경계하며 푸헝을 한참 동안 유심히 뜯어보았다. 그리고는 내뱉듯 말했다.
"복장이 어찌 이리 똑같을 수가 있어? 젠장! 혹시 관군들 아냐?"

그러자 옆에 있던 은장이라는 자가 말했다.
"관군이 어찌 이것밖에 안되겠어. 표총의 판단이 어긋난 적이 있었나, 어디?"
가까이에서 본 은장은 메주덩어리 같은 민둥머리에 커다란 이빨이 툭 튀어나와 입이 다물어지지 않는 바보 상통이었다. 푸헝이 다시 뭔가 물으려 할 때 이시요가 뒤에서 옷자락을 살며시 잡아당겼다. 그 뜻을 알겠다는 듯 머리를 가볍게 끄덕여 보이며 푸헝이 짐짓 료청각에게 지시했다.
"취조를 확실히 하라고. 혹시 알아? 조정 관원들과 한통속인 간첩들인지?"
속으로 웃으며 이시요를 따라 키를 넘는 쑥이 자라있는 서북쪽 모퉁이로 온 푸헝이 웃으며 말했다.
"자넨 어째 통 말이 없나? 표정이 내내 굳어있네?"
"중당어른."
이시요의 목소리가 떨렸다. 공포와 불안마저 느껴졌다.
"우리가 표고를 너무 쉽게 봤던 것 같습니다. 이제 보니 그자가 임현을 친 것은 관군을 노린 간계에 불과했습니다. 안문관의 병사들을 유인하여 중도에서 매복해 있다가 기습공격을 한다는 계산을 했던 것입니다!"
때마침 불어닥친 찬바람에 푸헝이 흑 흐느꼈다. 그리고는 한참 후에야 비로소 물었다.
"그걸 어찌 알 수 있나?"
"아까 류삼이 은연중에 악호탄이라는 말을 했었습니다. 우리를 표고의 지원요청을 받고 온 비적 쯤으로 생각했던 것입니다. 악호탄이라면 백석골과 붙어있고, 지세가 험하기로 유명한 곳입니다.

또한 안문관에서 흑사산에 이르는 길목에 있습니다……."
 이시요의 말이 끝나기도 전에 푸헝은 가슴이 섬뜩해졌다. 출발에 앞서 지도를 펴놓고 이시요가 했던 말이 번개같이 뇌리를 쳤던 것이다.
 "다행히 표고네 무리가 몇 안되니 망정이니 병력만 충분하다면 저것들은 분명 안문관에서 흑사산으로 이르는 길목에 병력을 매복시킬 것입니다. 그리 되면 범고걸 부대는 막대한 손실을 입게 될 것입니다."
 악호탄에 가보지는 못했지만 그 이름만으로도 지세가 충분히 험악할 것 같았다. 푸헝이 잠시 생각하더니 말했다.
 "저것들이 임현과 백석골, 악호탄에 다 내려와 있을 것이니 낙타봉의 산채는 비어 있을 게 아닌가. 아직은 우리의 방략대로 해볼 만하네."
 "과연 중당어른의 말씀대로 산채가 비어 있다면 우린 더 쉽게 밀고 나갈 수 있겠죠."
 이시요가 말을 이었다.
 "하지만 이건 생각하셔야 합니다. 우리가 서둘러 산채를 습격하면 표고 무리는 복병(伏兵)을 철수시켜 산채로 대거 몰려들 게 아닙니까? 아직 저것들의 병력도 제대로 파악하지 못한 상태에서 한판대결에 돌입했을 때 범고걸이 강 건너 물 보듯 팔짱끼고 있는 날엔 우리가 위태로워질 수 있습니다. 그러나 우리가 산채의 습격에 늑장을 부리면 범고걸 부대는 표고의 복병들에 의해 된통 얻어맞게 될 것입니다. 그리되면 조정에서는 결국 흠차어른의 죄를 묻게 될 게 자명합니다. 적절한 시기를 놓치지 않는 것이 한판승부의 관건이 될 것 같습니다!"

푸헝은 어둠 속에서 이시요를 힐끔 바라보았다. 별볼일 없는 통판(通判)의 놀라운 지략에 내심 탄복하며 푸헝은 껄껄 웃으며 말했다.

"자넨 실로 대단한 통찰력을 가졌네. 저 두 놈을 자네한테 맡기겠네!"

웃으며 흔쾌히 대답하던 이시요가 갑자기 안색을 달리하며 크게 고함쳤다.

"은장이라는 자를 이리로 끄집어 오너라!"

어찌 처리해야할 지 몰라 초조해하던 료청각이 이시요의 명을 받자마자 은장을 짐짝처럼 끌어냈다. 추호의 반항도 없이 끌려가는 은장을 향해 류삼이 등뒤에서 고래고래 고함을 질렀다.

"이봐 은장, 입에 자물통을 걸어야 해! 아무리 봐도 보통 놈들이 아니야!"

"네 주둥아리에나 자물통을 걸어라 이 자식아."

이시요가 무섭게 명령했다.

"여봐라! 저쪽에 말라붙은 연못이 있던데, 이놈을 끌고 가 처넣고 묻어버려!"

가뜩이나 손이 근질거려 류삼을 호시탐탐 노려보고 있던 친병들이 우르르 달려들었다. 오줌을 질질 싸며 끌려간 류삼의 최후의 발악이 흙에 파묻혀 점점 멀어져갔다. 은장은 기겁한 나머지 육신무주(六神無主)하여 죽어라 머리를 조아렸다.

"맘씨 좋은 어르신네들……, 알고 보면 다 한솥밥 먹는 형제들인데…… 제발 죽이지만 말아주세요. 묻는 말에 깍듯이 아뢸 것이니……."

"조금만 영악하게 굴었더라면 저리 개죽음은 당하지 않았을 텐데 말이야!"
 이시요의 얼굴에 음험한 미소가 번졌다. 칼날이 유난히 넓어 보는 것만으로도 섬뜩한 요도(腰刀)를 뽑아내며 이시형이 음산하게 말했다.
 "자형산에서 고생고생 하면서 찾아왔더니 이런 식으로 우릴 '환대'해 주는 거야? 대체 어떤 쓸개빠진 놈들이 표고 그 자식을 녹림(綠林)의 공주(共主)로 봉했어? 말해봐, 표고 지금 어딨어!"
 "표총께선…… 악…… 악호탄에 있습니다……."
 "산채엔 사람이 있어, 없어?"
 "있습니다……. 노약자와 몸이 성치 않은 형제들이 3백 명 정도 남아 있을 것입니다……."
 "임현을 포위했다는 5천 명은 인솔자가 누군가?"
 이시요의 물음에 은장은 잠시 어리둥절해하더니 마지못해 입을 열었다.
 "산채를 다 털어도 5천명이 안됩니다. 관군에게 겁주느라 백성들을 불러다 숫자를 채웠을 뿐입니다. 신오낭(辛五娘)이 이끌고 나갔습니다……."
 "신오낭이라……."
 푸헝이 끼어들어 물었다.
 "혹시 연이라는 처녀는 없나? 미색이 뛰어나고 무검(舞劍)에도 능한 여잔데."
 그러자 은장이 머리를 저었다.
 "연이라는 이름은 못 들어봤습니다. 신오낭도 끝내주게 예쁜데! 연꽃 위에 내려앉아도 가라앉지 않을 물찬 제비 같은 몸매에, 앵두 같은 입술, 복숭아 같은 볼…… 한 번 보면 아마 사흘 동안은 정신을 못 차릴 것입니다……."

은장이 색기어린 두 눈을 게슴츠레하게 뜨며 반쯤 헤벌어진 입으로 군침을 질질 흘렸다.

푸헝의 속마음을 알 리가 없는 이시요가 퉁명스레 쏘아붙였다.

"신이 났네, 신이 났어, 아주! 그년이 물찬 제비든 암캐든 우린 볼일 없어! 말해봐, 산벼룩 그놈은 어디로 튀었을 것 같아? 악호탄 아니면 신오낭 그년의 사타구니?"

그러자 은장이 비굴한 웃음을 웃으며 말했다.

"어르신이 한마디 물으면 소인이 열 마디를 대답하는데, 어찌 그리 으름장을 놓고 그러십니까? 다같이 정양교의 밥을 먹고 같은 조상을 섬기면서!"

그러자 이시요가 그 어깨를 두드리며 말했다.

"한 가마솥 밥을 먹고사는 형제간을 알아보는 걸 보니 류삼에 대면 어른이군. 우릴 잘 안내하면 내가 앞으로 나 몰라라 하진 않을 것이야!"

말을 마친 이시요는 곧 손짓으로 친병들을 불러 은장을 데려가게 했다.

"내 생각엔 저자가 거짓말을 할 위인은 못되는 것 같네."

푸헝이 웃으며 이시요에게 말했다.

"한바탕 소란을 겪긴 했어도 덕분에 표고의 내막을 어느 정도 알게 된 것 같아서 다행이네. 이번에 관군과 일전을 벌이기 위해 표고가 준비 꽤나 한 것 같아. 저것들이 우릴 자형산에서 내려온 지원병이라고 굳게 믿는 걸 보면 표고가 자형산의 비적들과 연락을 취하는 게 틀림없네. 이석(離石)에 있는 자네의 1천 민병이 이쪽으로 오고 있는 이 순간, 자형산의 비적들은 이석으로 향하고 있을지도 몰라!"

이시요가 머리를 끄덕였다.

"그리 우려할 법도 합니다! 하지만 자형산의 정황은 제가 다소 알고 있습니다. 그자들은 해봤자 5백 명 안팎입니다. 표고를 도와 원정을 다닐 만큼 담력이 크지 못할 것입니다. 설령 지원 온다고 해도 두려울 건 없습니다."

머리를 끄덕이던 푸헝이 웃으며 말했다.

"기왕지사 이렇게 된 거 우린 자형산의 비적들로 가장하여 잠시 마방진에 주둔하고 있는 게 좋겠네!"

이시요는 가타부타 말이 없었다. 두 사람은 나름대로의 생각에 잠겨 있었다. 천천히 흘러가는 구름을 바라보며 푸헝은 돌연 격세지감에 사로잡혔다. 어제까지만 해도 태원에서 크고 작은 문무들을 접견하느라 여념 없었는데, 지금은 분위기가 살벌하기 만한 피폐한 절 앞에서 자형산의 비적이 되어 있는 것이다. 다시 생각을 돌리니 무명실 위에서 위태롭게 팔랑이던 연이처녀의 황홀한 몸짓과 절묘한 검술이 눈앞에 선했다. 지금은 어디서 무엇을 하고 있을지, 못 견디게 그리웠다. 그런 푸헝과는 달리 이시요는 이석에서 떠나오는 자신의 민병들이 어디까지 와있을까? 범고걸은 언제쯤 백석골을 통과하게 될 것이며 어떻게 하면 범고걸을 적당히 골탕먹이고 구해줄 수 있을까를 생각하고 있었다. 이때 푸헝이 말했다.

"자네의 1천 민병들이 내일 저녁이면 도착할 텐데, 우리가 여기서 6일 동안 자형산 비적 행세를 하려면 양초(糧草)가 문제될 것 같네. 지금 산채를 들이치는 건 어떨까."

"저도 그리 생각합니다만……."

흑사산(黑査山)의 도적떼 311

이시요가 무겁게 입을 열었다.

"우리가 산채를 들이치면 임현과 악호탄에 있는 적들이 전력으로 우리한테 덤빌 것입니다. 범고걸 부대는 진심으로 조정을 위해 싸운다기 보다는 자기네 장광사의 위상을 높여주기 위해 나서는 것이니 필히 우리가 표고에게 얻어맞아 허우적대며 구조를 요청할 때에야 도와줄 것입니다. 그리되면 그네들은 공로를 챙기고 우리는 무기력하다는 비난을 받기 십상이죠. 사실은 우리가 산채를 습격하여 복병들을 끌어옴으로 인하여 득을 보는 쪽은 범고걸 임에도 말입니다! 그렇기 때문에 우린 무슨 수를 쓰더라도 이 악물고 범고걸 부대가 악호탄을 통과할 때까지의 6일 동안을 참고 버텨야 합니다."

이시요의 말을 조용히 듣고 난 푸헝이 무겁게 고개를 끄덕였다.

푸헝 일행이 도착하여 사흘째가 돼서야 이시요의 민병들은 마방진에 모습을 드러내기 시작했다. 이네들도 실은 이시요가 교화시켜 받아들인 비적들과 산민(山民)들로 구성돼 있었기에 옷차림도 각양각색이고 행진대열도 무질서했다. 무기도 창에서부터 화살, 도끼, 비수, 심지어 새총, 낫까지 없는 게 없었다. 선두부대가 도착하고 반나절이 다 되어서야 마지막 몇십 명이 먼발치에 모습을 드러냈다.

이곳 마방진의 진장(鎭長)은 나우수(羅佑垂)라는 자였다. 한낱 건달에 불과했던 그를 진장 자리에 올려놓은 것은 잦은 비적들의 출몰에 간담이 서늘해진 지주들이었다. 엊그제 비적떼들이 천왕묘를 점거했다는 소식을 접했던 나우수는 오늘 또 정체불명의 사람들이 대거 진입하여 읍내의 여관은 물론 역관까지 점했다는 제

보를 받고는 불안한 마음에 직접 몇몇 장정들을 데리고 천왕묘로 향했다. 푸헝은 겉보기에 유약하게 보이는 자신보다 이시요를 내보내어 나우수를 맞는 것이 바람직하다 생각하여 이시요를 호출했다.

"당신이 이곳 진장인가?"

이시요는 나우수를 보자마자 말에서 내릴 것을 지시했다.

"씨팔, 자그마치 3, 4천씩이나 불러놓고 코빼기도 안내민다 이거지 표고! 양초가 다 떨어져 가는데 말이야! 태원이 지척인데, 혹시라도 우리가 여기 있다는 걸 발설했다간 손바닥만한 마방진이 피바다 될 줄 알아!"

허리춤에 꽂혀 있는 대여섯 개의 비수를 드러내 보이기 위해 빨간 망토를 홱 벗어젖히며 이시요가 표정을 험상궂게 일그러뜨렸다. 방안에서 그 모습을 엿보고있던 푸헝은 그만 "푸우!" 하고 웃음을 터뜨리고 말았다.

그러나 나우수는 전혀 두려워하는 기색이 없었다. 이시요에게 곰방대를 권했으나 이시요가 거들떠보지도 않자 그는 자기가 붙여 물었다. 그리고는 대수롭지 않게 웃으며 말했다.

"산주(山主), 자고로 사방유로(四方有路), 팔면내풍(八面來風)이라 했습니다. 우리 마방진의 사정은 손금 보듯 알고 있으리라 생각하고 이곳 노부(父老)들이 부족한 이 사람을 받들어 진장자리에 올려놓은 이상 제 구실은 어느 정도 해야 하지 않겠습니까? 우리 동네가 좋아 찾아오신 모든 분들 다 귀한 손님이니 이 사람은 그저 정성을 다해 모실 뿐입니다. 날 믿고 따르는 사람들만 해치지 않는다면 더 이상 바랄 게 뭐가 있겠습니까? 그만 화를 거두시고 필요한 거 있으시면 이 사람에게 말씀하십시오, 힘껏

흑사산(黑査山)의 도적떼

돕겠습니다!"

"다른 건 없소. 여기서 나흘 머무는 동안 사람과 말이 먹고 살아야 하니 식량 2백 석과 마초(馬草) 서른 수레만 내주면 서로가 무사하지 않을까? 이를 거절한다면……."

이시요가 허리춤의 비수를 내려다보며 가볍게 콧소리를 냈다. 잠시 겁에 질린 듯 하던 나우수가 다시 배시시 웃으며 말했다.

"아이 뵙기에 산주(山主)도 호인(好人)인 것 같은데, 왜 이리 겁을 주고 그러십니까? 아시겠지만 여긴 귀신도 새끼치기 싫어한다는 째지게 가난한 동네입니다. 마초는 얼마든지 있습니다만 식량은…… 가을에 차마(茶馬) 교역을 통해 조금씩 거둬들인 세금으로 양창(糧倉)을 만들어 오가는 호걸들에 한 끼씩 대접하고 있는 실정입니다. 표고도인조차도 양창만큼은 손을 대지 않습니다……."

"표고는 표고고, 난 나야! 난 하늘도 땅도 어찌할 수 없는 자유로운 몸이라고!"

이시요가 침을 퉁기며 허벅지를 탁 내리쳤다.

"식량, 대체 내놓을 거야, 말 거야?"

그러자 나우수가 얼굴 가득 비굴한 웃음을 바르며 말했다.

"드려야죠, 당연히 드려야죠! 창고는 서북쪽에 있습니다. 빡빡 긁어봤자 백 석밖에 안될 것입니다. 그래도 모자란다면 목을 딴다고 해도 어쩔 수 없습니다."

이시요가 속으로 계산해보니 1백석이면 1천 5백 명이 엿새동안 버티기에는 전혀 무리가 없었다. 내심 쾌재를 부르면서도 그는 일부러 이같이 말했다.

"1백석 갖고는 모자라. 일단 있는 대로 가져오고 3일 내에 50석을 더 준비해 놔. 가봐!"

"산주……."

"썩 꺼져!"

나우수가 고개를 떨구고 멀어져 가는 뒷모습을 보며 푸헝이 이시요를 향해 엄지를 내두르고 있을 때 밖에서 친병이 누군가 한 사람을 데리고 들어왔다. 친병이 아뢰기도 전에 푸헝은 상대가 오할자임을 한눈에 알아보았다. 눈이 번쩍 띄었다. 푸헝이 크게 반기며 맞았다.

"빨라야 내일쯤 도착할 줄 알았는데, 하하! 하기야 바람을 타고 다니니 빠를 수밖에!"

오할자의 행례가 끝나길 기다렸다가 푸헝이 이시요와 오할자를 소개시켜 주었다.

"조정의 정기(廷寄)입니다!"

오할자가 화칠(火漆)로 단단히 봉한 서간(書簡)을 두 손에 받쳐 푸헝에게 건네주었다.

"태원성에서는 다들 흠차대신께서 친히 안문관으로 독군(督軍)차 가셨는 줄로 알고 있었습니다. 다행히 류통훈 어른이 칼지산 중승에게 보내는 친서를 전하느라 칼중승을 배알해서야 흠차께서 이곳에 계신 줄 알게 되었습니다……."

"그래 칼지산이 일처리를 제대로 하는군. 내가 안문관으로 간 줄로 착각하게 만드는 게 목적이었으니 말일세!"

이같이 말하며 푸헝이 정기의 겉봉을 뜯었다. 건륭은 어비(御批)에서 푸헝을 엄히 힐책하며 지의를 받는 즉시 그 자리에 명을 대기하라고 했다. 푸헝이 웃으며 주비를 소매 속에 집어넣었다. 그러자 이시요가 염탐조로 물었다.

"폐하께서 진병(進兵)을 서두르라고 하십니까?"
"아니."
푸헝이 음험하게 웃으며 말했다.
"폐하께선 군향(軍餉)을 충분히 마련하여 출병하라고 하셨네."

6일 후 범고걸은 5천 병마를 거느리고 백석골에 도착했다. 병부(兵部)의 감합(勘合)을 지니고 있었기에 경유지의 지방관들은 대단히 우호적이다 못해 비굴하기까지 했다. 양초(糧草) 걱정은 기우였고, 대군이 지나는 곳마다 백성들이 가축을 몇백 마리씩 선물했고, 술과 음식을 쟁반에 받쳐들고 역도에 길게 늘어서 있었다. 병사들에겐 백성들로부터 은자 한 냥이라도 받아선 안 된다며 단속을 단단히 했으면서도 정작 범고걸, 호진표, 방경 세 사람은 자그마치 3천 냥을 받아 챙겼다. 푸헝을 만나러 오기 전에 장광사는 이네들을 미리 불러 지시했다.
"이는 폐하께서 푸헝에게 공로를 세울 기회를 만들어주시는 게 분명해. 앞으로 재상 자리에 앉히려면 자격을 쌓아두어야 하거든. 표고를 대적함에 있어서는 우리의 전략대로 가고 가능한 푸헝에게 잘 보여서 점수를 따 놓으라고. 표고와의 전투가 끝나고 푸헝이 북경으로 돌아간 다음 내가 알아서 자네들을 진급시키고 공로를 인정해 줄 테니."
장광사의 말에 크게 고무된 셋은 어서 빨리 낙타봉을 습격하여 임현을 표고의 위협에서 구하고 표고를 생포하기 위한 일념으로 효행야숙(曉行夜宿)해가며 달리고 또 달렸다.
백석골을 지척에 둔 계하구(界河口)를 지나니 역도(驛道)가 사라지고 산세가 갑자기 험준해지기 시작했다. 깎아지른 듯한 천애

절벽이 앞을 가로막는가 하면 어떤 곳은 난석(亂石)이 옹기종기 하늘을 찔렀고, 거친 폭포가 포효했다. 그 수령을 점치기도 어려운 고목(古木)이 아스라이 높게 뻗어있었고 가시며 넝쿨이 무성했다. 설상가상으로 구름이 낮고 안개까지 자욱하여 말에서 내려 걷기에도 여간 조심스럽지 않았다. 땀으로 쇠가죽 갑옷이 흠뻑 젖은 범고걸이 등뒤에 까마득히 개미처럼 보이는 행오를 바라보며 앞서가는 향도(嚮導)를 불러서 물었다.

"여기서 흑사산까지는 얼마나 남았나? 앞에 남은 길이 다 이런가?"

"이미 흑사산 경내에 들어왔습니다. 낙타봉까지는 아직 산길이 30여 리 남아있습니다. 골짜기에 돌들이 하얗지 않습니까. 그래서 이곳을 백석골이라고 부릅니다. 지금처럼 비가 내리지 않을 때는 그나마 괜찮지만 폭우라도 쏟아지면 위험천만하여 이 길을 통과할 수가 없습니다. 여기서 왼쪽으로 꺾어져 남으로 가면 악호탄이고, 악호탄만 지나면 다시 역도와 이어집니다."

"저 뒤에 명령을 전하거라."

범고걸이 명령했다.

"악호탄에서 행오(行伍)를 정돈할 것이니 빨리 따라 붙으라고 말이야!"

그러자 옆에 있던 방경이 말했다.

"군문, 이곳은 산세가 예사롭지 않습니다. 혹시 복병을 만날지도 모르니 한꺼번에 우르르 건너가지 말고 세 부분으로 나눠서 건너는 게 바람직할 것 같소."

이때 땀범벅이 되어 헐레벌떡 뒤에서 쫓아온 호진표가 다짜고짜로 범고걸을 향해 고함을 질렀다.

"군사를 거느려본 사람 맞소? 5천 군마를 이런 식으로 몇십 리 길에 늘어놓고 뭘 어쩌겠다는 거요! 내가 표고라면 앞뒤를 막아버리고 산 위에서 바위를 굴려 한꺼번에 깔아 뭉개버리겠소!"

"말 다했어? 지금 악담을 하는 거야 뭐야!"

범고걸이 무섭게 으르렁대며 발끈했다.

"다시 한번 허튼 소리로 군심을 교란시켰다간 내가 군법에 따라 엄히 처벌할 줄 알아!"

말을 마친 범고걸이 홱 고개를 돌려 하명했다.

"세 개 영(營)을 한 조로 묶어 서 저 앞의 골짜기 건널 준비를 시키거라!"

뱀처럼 길게 뻗은 행오가 느릿느릿 움직였다. 한 줄이 두 줄로 변하고, 두 줄이 네 줄로 변하면서 5천 인마가 반시간에 거쳐 겨우 2리 정도 되는 협소한 구간에 집결됐다. 이들이 막 골짜기를 건너려할 때 갑자기 산꼭대기에서 노랫소리가 들려왔다.

이곳은 산이 높아 황제가 먼 곳이라오.
세금 안내도 다그치는 사람이 없다네!
머리 위에 하늘이고, 발 밑에 여량산을 밟으니
천하에 유아독존이 따로 없구나!
멀리서 오는 저 손님은 여긴 어쩐 일이오?
들어와 수제비라도 한 그릇 먹고 가시구려······.

사내의 노랫소리가 멈추자 옆에서 한 무리가 화답하여 외쳤다.

들어와 수제비라도 한 그릇 먹고 가시구려!

범고걸 등이 어리둥절하여 고개를 한껏 젖히고 아찔한 산꼭대기를 올려보는 순간 천둥소리와 같은 거대한 산울림이 들려왔다. 때를 같이하여 마치 수문을 밀고 거세게 몰아닥치는 홍수처럼 전 구간에 걸쳐 크고 작은 돌들이 산 위에서 굴러 떨어지기 시작했다.

34. 불타는 낙타봉

　관군들은 느닷없는 봉변에 동으로, 서로 뿔뿔이 흩어지고 말았다. 군영은 폭격을 맞은 듯 박살이 났다. 일부 경험 있는 병사들은 재주껏 큰바위나 나무 뒤에 은신했으나 대부분은 허둥대며 산 아래로 뛰어내리거나 골짜기에 숨어들었다. 사람의 비명소리와 말들의 처량한 울부짖음이 메아리로 울려 퍼져 아비규환의 현장이 따로 없었다.
　친병들의 호위를 받으며 거대한 바위 뒤에 숨어든 세 장군은 끊임없이 산 아래로 굴러 내리는 돌무더기들을 주시하며 경악을 금치 못했다. 놀라 가슴을 겨우 달래어 군마 수를 확인해 보니 사망 일곱 명을 포함하여 사상자가 총 47명이었다. 예상했던 것보다 인명피해는 미미한 데 비해 전마(戰馬)는 백 필이 넘게 죽어나갔다. 여기저기 피를 철철 흘리며 주저앉아 있는 말들까지 합치면 마필의 손실은 심각했다. 이번 횡화(橫禍)를 요행히 비켜간 말들은 겨우 스무 필에 불과했다.

바위 뒤에 숨어 한참 지켜보고 있노라니, 2차 공격은 아직 이어지지 않고 있었다. 범고걸이 고개를 내밀어 산 정상을 바라보니 사람은 잡풀들이 우거져 사람이 있는지 여부는 육안으로 찾아보기 힘들었다. 친병에게 손을 내밀어 망원경을 요구했으나 말안장의 주머니에 들어있다는 망원경은 어디가 박혔는지 찾을 길이 없었다.

화가 나 씩씩거리며 범고걸이 고개 돌려 방경에게 명했다.

"놈들이 얼마 되는 것 같진 않아. 뒤에서 조심하라 그러고 자네가 애들 데리고 올라가 봐!"

"예!"

방경이 응답과 함께 등뒤를 향해 손짓을 했다. 그러자 3백 여명의 친병들이 함성을 지르며 따라나섰다. 그러나 산세가 워낙 가파로운 데다 방금 전의 석우(石雨)에 간담이 서늘해진 친병들은 소리만 요란할 뿐 행동은 굼뜨기 그지없었다. 그 굼뱅이 모습을 지켜보던 범고걸은 주먹으로 바위 치는 시늉을 하는가 하면 부산스레 왔다갔다하며 좌불안석했다. 그러던 중 어느새 친병들이 산 정상을 얼마 남겨두지 않고 있자 그제야 안도의 숨을 내쉬며 바위에 털썩 걸터앉았다.

뒤에서 따라오던 부대에서 중군을 바싹 따르고 있으니 염려하지 말라는 연락이 왔다. 그는 이마에 흥건한 식은땀을 훔쳤다.

"여기서부터는 한 조씩 악호탄을 건너야겠어. 이 산꼭대기만 점령하면 큰 걱정은 덜 텐데."

그러자 호진표가 반신반의하며 말했다.

"문제는 우리가 아직은 산꼭대기를 점령하지 못했다는 거요!

아직은 안도하기 이르오, 악호탄도 만만찮을 테니."

악담에 가까운 호진표의 말에 범고걸은 미처 할말을 찾지 못했다. 치밀어 오르는 화를 주체하지 못하고 시뻘건 두 눈으로 주위를 두리번거렸으나 여차할 경우 자신의 편이 되어 줄 만한 군사들조차 없었다. 그는 마른침을 꿀꺽 삼키며 참는 수밖에 없었다. 바로 이때 산 위에서 '휙!' 하는 회오리 소리와 함께 화살 하나가 무서운 속력으로 날아왔다.

생각 같아선 호진표를 당장 없애버리고 싶었지만 그리할 수 없는 분노를 주체할 길 없어 얼빠진 사람처럼 씩씩대며 정작 등뒤에서 날아오는 화살엔 무감각한 범고걸을 호진표가 달려가 힘껏 밀쳐 버렸다. 깜짝 놀란 범고걸이 비틀대며 고개를 홱 돌렸을 때 화살은 이미 바위 옆의 나무에 날아가 꽂혀있었다. 길이가 족히 네 척(尺)은 될 것 같은 화살은 청칠(淸漆)을 먹여 반짝거렸다.

자세히 보니 그 끝에는 종이가 감겨져 있었다. 호진표가 조심스레 화살을 뽑아 종이를 펼쳐보니 이같이 적혀 있었다.

깜찍한 것들 같으니라구! 감히 이 산을 점령하겠다고? 당신은 이미 우리 3만 장사(將士)들에 의해 백석골에 꼼짝없이 갇혀버리고 말았어. 자형산의 3천 군사들은 악호탄을 봉쇄하고 있으니 갈수록 태산일걸? 철통장벽을 벗어나려면 하늘이 날개를 달아주지 않는 이상 불가능할 것이야! 여유를 줄 때 투항하지 않고 홍력이 시체를 거둬줄 때를 기다리는 서야?

- 표고(飄高) 유(諭)

호진표가 목숨을 구해준 데 대해 감격하여 방금 전의 분노가 수그러들었던 범고걸은 그러나 여전히 자신을 무시한 채 표고의 쪽지를 먼저 읽어보는 호진표를 보며 다시금 화가 치밀어 올랐다. 주먹을 불끈 쥐고 오만과 발호로 도배된 호진표의 얼굴을 쨰려보고 있을 때 다시 화살 하나가 유성(流星)처럼 호진표를 향해 날아왔다. 쪽지를 들여다보느라 여념 없는 호진표를 구해 줄 생각이 없었던 범고걸은 모르는 척 먼 산만 쳐다보고 있었다.

"아!"

짧은 비명과 함께 어깨에 화살을 맞은 호진표가 비틀거리며 그 자리에 쓰러졌다. 잠시 눈을 지그시 감고 고통을 삭이던 호진표가 흉광이 번뜩이는 두 눈을 부릅뜨며 이를 악물어 힘껏 화살을 뽑아냈다. 시커먼 피가 낭자한 화살을 잠시 노려보던 호진표가 표정이 어색하기만 한 범고걸을 힘껏 뚫어져라 바라보더니 기절하고 말았다.

"이 용감무쌍한 장군을 부축해 내려가라. 군의관더러 상처가 덧나지 않게 잘 치료해 주라 하라."

범고걸이 음흉하게 웃으며 이같이 하명했다.

등뒤에서 호호탕탕한 인마(人馬)들이 바싹 다가오는 걸 확인하며 범고걸이 길게 안도의 숨을 내쉬고 있을 때 갑자기 산 위에서 하늘땅을 울리는 대포소리와 함께 고함소리가 귓전을 때렸다. 반쯤 토하다 만 숨을 도로 들이마시며 범고걸이 깜짝 놀라 산꼭대기를 바라보았다. 청홍조백황(靑紅皂白黃) 다섯 가지 색깔의 깃발이 산을 반쯤 덮고 있었고, 깃발에는 전부 태극도(太極圖)가 선명했다. 개미떼 같은 비적들이 거의 산 정상에 다다른 방경 일행을 굽어보며 낄낄대고 있었다.

순간, 화살이 황충(蝗蟲)같이 쏟아져 내렸다. 기진맥진하여 간신히 기어오르고 있던 3백 명의 관군들은 퇴로마저 차단 당한 마당에 오르지도 내리지도 못하고 왕벌 잃은 벌들처럼 갈곳을 잃고 우왕좌왕하고 있었다. 다급해진 범고걸이 장검을 휘둘러대며 목줄 빠지도록 고함을 질렀다.

"전군 돌격! 힘내, 방경! 어떻게든 버텨야 해, 지원병이 갈 때까지 버텨야 한다고!"

그러나 범고걸의 목 터지는 호소에도 불구하고 방경은 더 이상 버틸 수가 없었다. 마음은 정상을 향해 기어오르고 있었으나 몸은 하염없이 밑으로 처지기만 했다. 3백 명의 군사들이 악을 쓰며 간신히 산중턱에 매달려 있는 가운데 설상가상으로 살인적인 돌들이 또다시 기승을 부리기 시작했다. 미처 피하지 못해 정면으로 맞아 거대한 바위와 함께 굴러 내려가 산비탈에 납작하게 압사당한 병사들의 모습이 처참하기 이를 데 없었다.

"군문!"

범고걸 옆에 있던 군사들이 사색이 되어 다급히 말했다.

"악호탄으로 가서 잠시 피해있는 게 낫겠습니다. 여기서 이러고 있다간……."

"허튼 소리 말아!"

범고걸이 노발대발하여 고함을 쳤다.

"군사를 내게로 집결시켜!"

그러나 전군이 한데 집결한다는 것은 이미 불가능했다. 한번 흐트러진 군기는 범고걸이 도망가는 진병 및 멍을 연신 베이서 일벌백계를 꾀했음에도 전혀 잡힐 기미를 보이지 않았다. 우레소리 같은, 돌이 굴러 떨어지는 소리가 점점 가까워오고 경황없이 도처로 숨어드는 병사들은 범고걸의 지휘력을 무기력하게 만들었다. 자신이 타던 말마저 누군가가 훔쳐 타고 도망가버린 마당에 범고걸은 어쩌는 수없이 길게 탄식을 하며 다시 명했다.

"악호탄으로 퇴각하라……."

범고걸의 입에서 퇴각하라는 명이 떨어지기만을 기다렸던 몇십 명의 중군(中軍) 친병들은 추호의 망설임도 없이 어깨에 중상을 입은 호진표를 말에 태우고 범고걸을 호위하여 서남쪽으로 질주했다.

악호탄 골짜기 입구에 들어서니 돌이 구르는 소리가 한결 멀게 느껴졌다. 그제야 한숨 돌리고 보니 겨우 살아남은 패잔병들이 폭격 맞은 피난민들처럼 절뚝거리며 여기저기서 모습을 드러내기 시작했다.

"몇 갈래로 나뉘어 방경을 찾아나서라!"

얼굴 가득 땀과 먼지 범벅이 된 범고걸이 명령했다. 사면이 깎아지른 듯한 절벽에 둘러싸인 악호탄은 지세가 험준하기 이를 데 없었다. 세 개의 강줄기가 집어삼킬 듯한 기세로 협곡에서 한데 모여 1백 무(畝)나 되는 험탄(險灘)을 만들고 있었다. 언제 어느 연대에 굴러 내려왔는지 모를 거대한 호피무늬 괴석이 한가운데 턱 버티고 앉아 고개를 기우뚱하고 북쪽 역도(驛道)를 노려보고 있었다.

남, 북 역도는 악호탄을 사이에 두고 마주해 있었지만 중간엔 다리가 없었다. 그러나 험준한 기세와 사나운 물살에 비해 수심은 깊지 않았다. 기진맥진해 있던 패잔병들이 저마다 물 속에 들어가 흐르는 물에 머리를 감고 몸을 씻느라 여념 없었다. 남쪽 역도 입구는 나무 울타리로 겹겹이 막혀 있었고, 그 옆 석벽(石壁)엔 '낙타봉(駱駝峰)'이라는 세 글자가 새겨져 있었다. 이제 보니 역도는 낙타봉 동쪽 허리께를 돌아 남으로 이어지고 있었다.
　범고걸이 어찌할 바를 모르고 사위를 둘러보고 있노라니 협곡 입구로 한 무리의 인마가 모습을 드러냈다. 방경이 구사일생으로 살아남은 40여 명의 패잔병들을 거느리고 돌아왔던 것이다. 저마다 머리며 이마, 팔다리에 붕대를 감고 부축하고 이끌며 간신히 걸음을 떼어놓고 있었다. 순간 두 눈을 반짝이며 방경을 향해 허겁지겁 달려간 범고걸이 가쁜 숨을 몰아쉬며 말했다.
　"됐네, 됐어! 우리 주장(主將) 셋이 다 살아있으니 다행이야. 빨리 푸헝이 있는 태원으로 급전을 띄워야겠어. 첩보(牒報)의 오류로 호시탐탐 노리고 있던 비적들의 복병들에 크게 당하는 손실을 입었으니, 악호탄에서 지원을 기다리겠노라고 말이야!"
　3백여 명이 40여 명의 패잔병이 되어 돌아왔건만 주장으로서 자신의 책임은 자책하지 않고 "주장들이 모두 살아 있어서 다행이다"라는 얼토당토않은 말로 일관한다는 사실에 방경은 분노가 치밀었다. 장광사가 뭘 믿고 이런 무책임하고 무능한 자에게 군사를 맡겼는지 한심스럽기만 했다! 그는 마른침을 꿀꺽 삼키며 범고걸을 외면해버렸다. 천근만근 무겁기만 한 몸을 애써 추스르며 기운 없이 바위에 기대어 앉아있는 호진표의 옆자리로 저벅저벅 걸어온 방경은 털썩 주저앉았다. 말없이 절레절레 머리만 내젓는 그 모습엔 실망이 역력했다.
　"말로는 하늘의 별이라도 따지!"
　호진표가 잔뜩 독이 올라 욕설을 퍼부었다.
　"큰소리는 뻥뻥 잘 치면서 정작 놈들이 기승을 부려대니 바위 뒤에 숨어 오줌만 질질 싸대는 졸부 같으니라고! 장광사, 그 자식…… '명장(名將)'은 무슨 얼어죽을 명장이야!"

호진표의 기분에 공감하고도 남는 방경이었다. 안주머니에서 밀가루떡 한 조각을 꺼내어 호진표에게 건네며 방경이 말했다.

"종일 아무 것도 못 먹었을 텐데, 이거라도 먹고 보자고. 기운이 나야 욕을 하든 주먹을 휘두르든 할 거 아닌가……."

물끄러미 방경이 내민 떡을 바라보던 호진표가 갑자기 방경이 손을 덥석 잡더니 도살장에 끌려가는 짐승처럼 애처롭게 울부짖으며 말했다.

"방경! 우리가 어쩌다 저런 자를 주인으로 섬겼을까! 우리 인생은 이제 종쳤어! 끝장이라고!"

드러내놓고 자신을 비난하는 두 난형난제(難兄難弟)를 곁눈질로 노려보며 범고걸은 문득 살기가 치밀어 올랐다. 백석골에서의 패전은 혹시 복병이 있을지 모르니 신중을 기하여 세 부분으로 나뉘어 통과하자던 호진표의 의견을 철저히 무시한 범고걸에게 전적으로 책임을 물어야 마땅했다. 둘 다 악종기의 옛 부하들인지라 처음부터 자신과 삐걱거리던 저네들이 조정에서 책임을 추궁할라치면 한결같이 자신을 성토할 게 분명했던 것이다.

그러나 사방을 둘러보니 자신의 친병들조차 그 표정이 심상치가 않아 보였다. 호진표가 화살을 맞을 당시 범고걸이 조금만 인간적이었어도 호진표는 그 사고를 피해갈 수 있었다는 것을 잘 알고 있는 측근 친병들이었기 때문이다. 이 자리에서 칼을 뽑아보았자 되레 돌을 들어 자기 발등을 까는 격이 될지도 모른다는 생각에 범고걸은 어쩔 수 없이 살심(殺心)을 거두었다.

이때 인마 수를 헤아리러 갔던 군교가 돌아왔다. 그러자 범고걸이 다그쳐 물었다.

"사정이 어떠한가?"

"부대는 점차 질서를 찾아가고 있습니다. 생존자는 총 2천 9백 38명입니다. 당장 식량이 턱없이 부족하고 의약품이 없는 것이 큰 문제입니다."

"각 병영의 주관들더러 여기 와서 건량(乾糧)을 받아가라고 하라."

범고걸이 말을 이었다.

"여기 4천 근 정도의 건량이 남아 있으니 이걸로 나흘을 버텨야 하니 아껴서 먹으라고 해. 그리고 사람들을 파견하여 오던 길로 되돌아가 돌에 맞아 죽은 말 주변을 샅샅이 살펴보라고 해. 말안장에 먹다 남은 건량들이 남아있을 테니 말이야. 지원군이 사흘 내에 반드시 도착할 것이니, 그때까지만 버텨달라고 해. 표고, 그 놈의 자식이 날개가 돋쳐도 도망가지 못하는 때가 올 것이니!"

범고걸의 발악에 가까운 고함소리가 멈추기도 전에 주변의 산봉우리들에서 호각소리가 울려 퍼졌다. 그에 맞춰 북을 두드리는 소리와 함성이 산의 기복을 타고 때론 멀리, 때론 가까이에서 들려오기 시작했다. 인원이 얼마나 되는지는 파악할 수가 없었다. 공포에 질린 두 눈으로 주위를 둘러보니 수풀이 우거진 산마다 비적들의 귀신불 같은 혈안이 피를 뚝뚝 흘리며 번뜩이는 것 같았다. 마치 함정에 빠져있는 느낌이었다. 참다 못한 방경이 다가와 말했다.

"범군문, 이곳은 오래 머물 곳이 못되는 것 같소. 적들이 우리가 악호탄으로 무사히 퇴각하게끔 내버려둔 걸 보면 여긴 절로(絶路)임이 분명하오. 식량이 넉넉해서 오래 버틸 수 있는 것도 아니고, 지금으로선 당장 사람을 파견하여 퇴로를 찾아보는 수밖에 없겠소. 현재 우리한테 있는 지도는 순치(順治) 연간에 어떤 자가 그랬는지 순 엉터리요!"
"퇴로야 당연히 남쪽이지."
얼굴을 팽팽히 당겨 먼 산만 쳐다보던 범고걸이 갑자기 피식 웃었다.
"저들은 지금 성동격서(聲東擊西)의 의병계(疑兵計)를 쓰고 있는 게 분명해. 남쪽을 치는 척하며 북쪽을 막고 있다고! 지금 너나없이 기진맥진해 있는데, 누굴 파견해서 퇴로를 알아본단 말인가!"
범고걸은 가장 상식적인 군사조치도 못하여 커다란 패망을 불러왔음에도 여전히 주변의 의견을 수렴하려 들지 않고 전횡과 독단으로 일관하고 있었다. 더 이상 참을 수 없었던 방경이 주변의 장령들을 향해 큰소리로 외쳤다.
"여러분들도 사태파악은 충분히 할 줄 아는 사람들이라 믿소. 장군문의 말과 내 말을 다 들었으니 판단은 여러분들에게 맡기겠소! 우리의 목숨은 지금 경각에 달려 있단 말이오!"
두 손을 맞잡아 좌중을 향해 읍하며 방경은 눈물을 비오듯 흘렸다.
범고걸이 차가운 눈빛으로 둘러보니 사위의 군사들은 저마다 얼굴이 잔뜩 굳어진 채 자신을 외면하고 있었다. 문득 자신이 이미 군중의 분노를 끓어오르게 했다는 생각이 뇌리를 치자 범고걸은 대뜸 얼굴 가득 웃음을 지어내며 말했다.
"이봐, 방경! 모두 동고동락을 해온 형제들인데, 무슨 일로 그리 서운해 하나? 자네 뜻에 따르면 될 거 아니야……. 중영(中營)에서 체력이 좋고, 판단력 뛰어난 군사 60명을 선발하여 30명씩 두 조로 나눠 남과 북으로 퇴로를 탐색하라!"

"후훗!"
방경이 볼이 터지도록 숨을 모아 힘껏 터뜨리며 호진표의 옆에 털썩 내려 앉아버렸다.

표고(飄高)는 고작 1천 2백 명의 병력으로 5천 인마의 청병(淸兵)을 습격하여 대승을 거두었다. 그는 이제 범고걸의 머리 위에 있는 수십 장(丈) 높이의 화향봉(花香峰)을 노리고 있었다. 산 정상에 몰아닥치는 바람 속에서 산벼룩을 포함한 수십 명의 호법시자(護法侍者)들에 둘러싸여 홀로 술을 마시는 표고의 흰 수염이 깃발처럼 휘날렸다. 악호탄을 굽어보는 그 여유만만한 표정에 도골선풍(道骨仙風)의 기백마저 흘러 넘쳤다.

악호탄의 수심이 얕은 것은 표고가 악호탄을 흐르는 세 강줄기의 상류를 막아버렸기 때문이었다. 이 역시 청병들을 유혹하여 그 경각심을 늦추게 하기 위함이었다. 내일 새벽 수위가 충분히 높아졌을 때 세 곳의 수문을 동시에 열어버리면 악호탄에 묶여있던 청병들은 꼼짝없이 전멸될 게 분명했다.

그가 지금 생각하고 있는 것은 자형산에서 내려온 지원군이라 자처하며 천왕묘에 묵고 있다는 무리들이었다. 과연 자신을 도우러 온 벗이라면 어찌하여 산벼룩 등을 그리 흉흉하게 대할 수 있겠으며, 적이라면 어찌 6일째 감감무소식이란 말인가? 그는 머리가 복잡하고 초조했다. 그러나 자신을 전지전능한 신선쯤으로 추앙하는 부하들 앞에서 불안한 기색을 내보일 수가 없었다.

무거운 어둠의 장막이 드리워졌다. 군중 그 어디에도 등불을 밝혀선 안된다고 하명하고 군막 밖으로 걸어나오는 표고를 향해 시자(侍者) 하나가 달려와 여쭈었다.

"표총, 법지(法旨)라도 계십니까?"

"그런 건 없네."

표고가 평온한 목소리로 덧붙였다.

"아, 참! 사람을 시켜 마방진 쪽을 잘 감시하도록 하게. 무슨 동정이 있으면 등화(燈火)로 신호를 보내오게. 홍등(紅燈)은 흉(凶), 황등(黃燈)은 길(吉)로 알고 있겠네!"

"법지를 받들어 모시겠습니다!"

어두운 밤하늘을 향해 긴 숨을 토해내며 표고는 아직 1천 의민(義民)들을 거느리고 임현에서 싸우며 자신이 어서 빨리 돌아가 지원해주기만을 기다리고 있을 수양딸 연이를 떠올렸다. 올해 쉰일곱 살인 표고는 속명(俗名)이 가영(賈英)이고, 강남성(江南省) 사주(泗州) 사람이었다.

어느 핸가 불행히도 풍병(瘋病)에 걸린 그를 치유해 주기 위해 가족들은 도처로 구신문괘(求神問卦)했고, 구혈(狗血)로 목욕시키고, 도목(桃木)으로 때려보아도 아무런 소용이 없었다. 궁여지책 끝에 가영의 부모는 동네어른들의 조언에 따라 그를 영곡사(靈谷寺)로 보냈다. 그곳에서 그는 기적적으로 병이 나았고, 나중에는 자양도관(紫陽道觀)이라는 도량(道場)으로 들어가 천문지리(天文地理)와 도가(道家)의 법술(法術)에 능통한 도사로 거듭났던 것이다.

옹정 6년에 황제의 고질(痼疾)을 치유할 수 있는 이능지사(異能之士)를 수소문하라는 조정의 밀지(密旨)에 따라 이위의 추천으로 입궐하게 된 가영은 그 곳에서 가사방(賈士芳)을 스승으로 모셨다. 어느 날 저녁 사도(師徒) 두 사람이 나란히 면벽하여 수행하려던 중 가사방이 말했다.

"오늘저녁 사경(四更)에 우박이 때릴 것이니, 우리 노천(露天)에 앉아선 아니 되느니라."

그러나 가영은 다른 의견을 제시했다.

"우박은 콩알 굵기뿐이 안될 것입니다. 게다가 서남풍까지 불어 우리가 북쪽으로 향한다면 우박이 한 방울도 몸에 닿지 않을 것입니다."

가사방이 은근히 불쾌감을 느끼고 있던 중 과연 가영의 말이 그대로 들어맞고 말았다. 그 일이 있은 뒤로 가사방은 가영을 질투하여 미워하기 시작했고, 입궐한 지 3개월만에 가영은 얼토당토않은 일로 죄를 뒤집어쓰고 쫓겨나고 당하고 말았다. 궁궐을 나서면서 가영은 '표연히 왔다 표연히 떠난다'는 뜻에서 자신에게 '표고(飄高)'라는 이름을 지어주었던 것이다.

그때부터 표고는 사해를 돌아다니며 자신의 '진주(眞主)'를 찾아 나섰다. 그러던 옹정 7년 안휘성에 백년가뭄이 들었고 낟알을 하나도 건지지 못한 이재민들은 이듬해 춘궁기를 기하여 대거 주변의 다른 성으로 흘러들었다. 표고에게 있어 이는 곧 제세구인(濟世救人)하고 포도(布道)를 통해 인연을 맺을 호기였다.

큰 뜻을 품고 표고가 호북성에서 하남성 남양으로 왔을 때는 늦추위가 기승을 부리는 2월이었다. 길 양옆의 인가의 처마 밑마다 타향에서 몰려든 이재민들이 추위와 기아에 허덕이며 웅크리고 있었다. 저마다 피골이 상접하여 차마 쳐다보기가 안쓰러웠다.

봄을 재촉하는 춘풍이 진눈깨비를 휘날려 낮게 드리운 먹장구름이 숨막히기 만한 어느 날, 표고는 출출한 배를 달랠 겸 길옆의 자그마한 가게로 들어갔다. 따끈한 황주 한 사발과 땅콩 한 접시를 시켜놓고 천천히 먹고 있노라니 피로가 싹 가시는 것 같았다.

이때 길 맞은편의 표구가게의 문이 빠끔히 열리더니 꼬마 계집아이가 풀 한 통을 들고 나왔다. 어디론가 심부름을 나선 것 같았으나 자신의 가게 앞에 한줌이 되어 웅크려 있는 굶주린 노파를 발견하고는 주춤거렸다. 주위를 두리번거리며 노파에게로 다가간 계집아이가 물었다.

"할머니. 안색이 너무 좋지 않아 보이는데, 배가 고파서 그러시죠? 혹시 그릇 갖고 계세요? 풀이 아직은…… 따뜻한데 이거라도 한 그릇……."

아이가 노파에게 한 그릇 가득 풀을 따라주는 사이 어디서 몰려왔는지 거지들이 너나없이 달려와 이 빠진 사발이며 닳아 떨어진 그릇을 내밀고 아우성을 쳤다. 잠시 조그만 얼굴에 난색을 드러내던 아이가 잠시 고민하는 듯 발끝을 내려다보고 있더니 급기야 풀 통을 들어 반 그릇씩 전부 나눠주고 있었다. 풀통이 바닥을 보인 건 순간이었다. 아이는 말없이 빈 풀통을 들고 다시 표구가게로 들어갔다.

잠시 후 안에서 패대기를 하는 소리와 욕지거리가 터져 나왔다.

"이년아, 밀가루 한 근에 얼마인지나 알고 아무 데나 선심을 쓰고 자빠졌어? 어디 가서 돈 한 푼 못 벌어오는 주제에 뭘 믿고 선심이야, 선심은! 이제 온 동네의 거지들이 다 몰려들 텐데, 네년이 무슨 수로 감당할 거야! 네년이 무슨 관세음보살이라도 되는 줄 아느냐!"

악에 받친 여인의 귀청 째는 욕설과 함께 따귀 때리는 소리가 찰싹찰싹 들려왔다. 표고가 적이 놀라 엉거주춤 밖으로 나가려 할 때 깡마른 키다리 여인이 그 계집아이의 머리채를 잡아끌고 밖으로 나왔다. 그리고는 잔뜩 겁에 질린 아이를 시키면 설수(雪

水)가 가득한 웅덩이에 내쳤다.

열 두어 살 가량 되어 보이는 아이는 웬만한 바람에도 날아갈 것 같이 연약해 보였다. 굶어죽기 직전인 사람들에게 풀 한 그릇씩 내어주었다는 이유로 이같이 혹독하게 구타당하는 아이를 동정하여 몇몇 사내들이 키다리여인을 노려보며 다가갔다. 표고도 술값을 계산하고 밖으로 나왔다.

"보긴 뭘 봐? 아직도 더 먹고 싶다는 거야 뭐야? 몰염치한 것들 같으니라고!"

여자가 세모 눈을 치켜 뜨고 앙칼지게 으르렁댔다.

"어쩨 남정네 잡아 처먹더니 사내 생각나서 못 견디겠더냐? 거지새끼들을 배불려서 뭘 어쩌겠다는 거야!"

그제야 표고는 여자아이가 이 말라깽이 여인의 민며느리라는 걸 알 수가 있었다. 사람들을 비집고 들어가 머리가 봉두난발이 된 채 땅에 내팽개쳐져 있는 아이를 일으켜 세우며 표고가 말했다.

"사람은 다 자기 팔자라는 게 있는 법이오. 당신 아들이 명이 그것밖에 안돼서 죽었지, 이 애가 잡아먹은 건 아니란 말이오! 너나없이 다 소중한 생명이거늘 어찌 이렇게 짓밟을 수가 있단 말이오?"

"하이고, 그새 거품 물고 편드는 놈 다 생기고……. 네년은 재주도 좋다!"

여인이 겁없이 떠들어댔다.

"이년은 우리가 은자 열두 냥을 주고 인시(人市)에서 사왔단 말이야, 구워먹든 쪄먹든 내 맘이지!"

"좋아, 이 아이는 전생에 석가좌(釋迦座) 앞의 7품 연(蓮)이었어. 이제 곧 겁수(劫數)가 끝나고 뇌음천(雷音天)으로 날아오를 것이야! 은자 열두 냥은 내가 줄 테니, 더 큰 악업을 쌓고 싶지 않으면 이 아이를 순순히 내게 보내줘⋯⋯."

표고의 말에 사람들이 일제히 박수갈채를 보냈다. 그제야 한풀 꺾인 여인이 화를 삭이느라 씨근대며 손을 불쑥 내밀었다. 은자를 그 손바닥에 내치듯 던져주고 표고는 아이를 데리고 길을 떠났다⋯⋯.

연(捐)이라는 새로운 이름으로 새 출발을 하게 된 아이는 표고를 따라다니며 도술을 익혀왔다. 천부적인 기질로 무공을 익힘에 있어 하나를 가르치면 둘을 아는 연이는 갈수록 미색도 고와지고 자태 또한 웅장해져 벌써 여인의 농익은 매력을 물씬 풍기기 시작했다. 세상에 둘도 없는 '부녀' 사이로 흥허물없이 자신을 아비로 받아들이는 연이에게 내심 감격하며 화목하게 지내던 어느 여름날, 표고는 우연히 연이가 목욕하는 장면을 훔쳐보게 되었다⋯⋯. 자신의 남성이 주체할 수 없이 꿈틀대는 느낌에 화들짝 놀라 발은 연신 뒷걸음쳐졌지만 두 눈은 한사코 그 육감적인 여인의 몸매에 달라붙는 걸 어찌할 수가 없었다. 그 뒤로 아비가 아닌 한 남성으로 다가서 보려고 몇 번 시도해 보았으나 연이는 전혀 이성적인 감동을 느끼지 못 하는 것 같았다.

'이번 일이 끝나면 내가 왕으로 칭하고, 연이를 왕비로 봉해야지⋯⋯.'

표고가 속으로 이같이 생각하며 군막으로 돌아가려던 찰나, 갑자기 맞은편 낙타봉에서 대지를 뒤흔드는 대포소리가 들려왔다. 흠칫 놀란 표고가 미처 깊이 생각할 사이도 없이 수많은 횃불이 동시에 불타오르기 시작했다. 산채의 병사(兵舍)며 식량창고, 마구간⋯⋯ 그 어디라 할 것 없이 시커먼 연기에 뒤덮였다. 곧이어

화약고가 폭발하는 듯 연신 굉음이 터져 나왔고, 낙타봉은 삽시간에 화염에 휩싸이고 말았다. 그 와중에 어디선가 호롱불이 빨갛게 명멸하는가 싶더니 곧 자취를 감추었다.
"놈들이 산채를 덮쳤다!"
비명에 가까운 고함소리와 함께 표고는 그 자리에 털썩 주저앉고 말았다!

〈제③권에서 계속〉